U0863158

十七条皱纹

陈亚珍◎著

SUNCHIME 三辰影库音像出版社

责任编辑：朱　江

图书在版编目（CIP）数据

十七条皱纹 / 陈亚珍著 . -- 北京 : 三辰影库电子音像出版社 , 2016.8

ISBN 978-7-83000-223-7

Ⅰ . ①十… Ⅱ . ①陈… Ⅲ . ①长篇小说－中国－当代 Ⅳ . ① I247.5

中国版本图书馆 CIP 数据核字 (2016) 第 185377 号

书　　名	十七条皱纹
作　　者	陈亚珍
出 版 人	王六一
出版发行	三辰影库音像出版社
社　　址	北京市朝阳区北苑路媒体村天畅园 2 号楼
网　　址	http://www.sunchime.cn
印　　制	北京市玖仁伟业印刷有限公司
开　　本	710 毫米 ×1000 毫米　1/16
印　　张	21
字　　数	340 千字
版　　次	2016 年 10 月 第 1 版
印　　次	2016 年 10 月 第 1 次印刷
书　　号	ISBN 978-7-83000-223-7
定　　价	38.00 元

版权所有 翻版必究

凡购本社图书，如有缺页、倒页、脱页，由发行公司负责退换。

我们并不因自身遭受不幸而获取世人的怜悯。

我们向人类渴求的只是一份持久的友情和一份永恒的感动！

——手记

A章

一

20世纪末的一个雨天，我做梦都没有想到我会走进一个未知的世界。我根本没有意识到我生活在一个悲剧的时代，我更不知道悲剧的帷幕就是在这一天为我徐徐拉开——

雨，连绵不绝地下，天黑穆穆的，让人恐怖、让人心里憋闷，让人恨不得冲天凿一个窟窿喘一口气。这样倒霉的天气只能用暗无天日来形容，它常常把我的快乐、热情、浪漫、幻想一并锁住。

也许上苍早有预测，把一腔悲伤洒向人世，预示着即将发生的事件有多么可怕。可我仿佛混沌未开，依然生活在我的“童年”里，天真烂漫不知今是何年地喊呀叫啊地显示着以往从来没有过的激情，因为足球队长的光荣称号马上就要在全校公布……

然而，尖利的警笛声如刀似箭地穿过校园路，剜心刺腑地朝我袭来，把一校师生的目光都吱吱嚓嚓扯直扯硬，把天上的云都吼叫得乱作一团，麻雀飞过也惊得哆哆嗦嗦东张西望不知飞到何处，树木都直僵僵地伸向空域呈一片呆白。欢乐的校园歌声如同断流的河稀拉着停下来。一张张涉世未深的脸都由红变白、由白变成了紫，紧张和恐怖如一块黑布遮住了南中的上空。

所有动的全静了。

所有响的全哑了。

在一片奇静中，静待警车带走最后的结果。

有消息说“脚”的头被打破了。

全校立刻哗然。这仿佛东边的太阳由西边出来，也好像春天一下又返回了冬天一样，在场的人都忍不住打了个哆嗦。寒气开始四处飘荡，花草刚刚展开的枝叶开始蜷缩，楼群在突然间缩小，教室里、桌椅间无处不躲藏着惊异。一种从未发生过的紧张气氛悄然弥散在校园的各个角落。

有人把“脚”的头砸破了?

有人竟敢在“脚”的头上动土?

我的心像黑夜里的火苗儿跳跃了一下，觉得这世界真是诞生了英雄。不说幸灾乐祸吧，起码的同情心可一点也搜集不起来。

当又有消息传出是有关擒获“飞鸿帮”时，人们立即用目光四处搜索我的踪影，并且想到我的安危。我并不明白事情为何突然转折在我的身上，而且我也并不知道“飞鸿帮”与“脚”的头有什么直接的关系。很多同学向我投来探究的目光，目光里传递给我的是那种飘忽不定的不安和担忧。可我并不害怕，我不仅从容自如，而且还有那么些凛然的，英雄式的、不屈服的，甚至是光荣的自豪感……

这种姿态让全校的“灵魂工程师”为他们的教育失败而汗颜，觉得我这孩子不以为耻反以为荣，确是无药可救了。

如此，一声声的叹息就从各自的嗓子眼里无可奈何地发出来。除去班主任——我们的龅牙老师，是真的为出了“班丑”气急败坏以外，其它老师的叹息，都是无关痛痒的、是为了附和校长和班主任的情绪而叹息。因为不关他们的奖金和升职问题，无非是应景性的表达而已。

就在我被带上警车的当儿，许多同学的目光都叮叮咣咣交战起来，那目光好像是求助谁能出来替我说一句求情的话似的，可所有可以说话的人全都沉默着，他们严肃的表情代表着对法律绝对的信任。

同学们求助无效，就眼睁睁地看着我被带走，并且含泪带血地喊了一嗓子：“巴乔——”

知道巴乔的意思吗?巴乔就是意大利足球名星。罗伯特·巴乔早已取代了我的名字，我也早已接受了这个光荣的称号。他们对我都快要崇拜得死掉了。

我回过头来，看到黑压压的一片人头在攒动，一双双眼睛大睁着，眼白却出奇的多，他们的黑眼仁都跑到那里去了呢?

春日的风涨起了我火红的运动衫，如一面猎猎的战旗，在铅灰色的雨雾中变悲为壮！

我笑了，这笑是安慰那些有泪的同学。可这一笑好像更麻烦，居然让他们的泪水夺眶而出……

我以一个首长检阅士兵一样的姿态踏上了警车，乐观有加、神采飘逸，看上去我肯定一点儿也不像上警车，倒像去参加奥林匹克颁奖仪式一样。

警车徐徐开动，天上的雨丝淅沥而下，湿润一层盖过一层。这当儿，远处的火车呜——地撕裂着长鸣了一声，像是顿然把大地劈开了一道黑色的缝隙，使整个校园哆嗦得东倒西歪。有同学好似被这一声吼叫从痴怔中惊醒，一激灵便随警车疯跑疯窜，如一股巨大的潮流向我涌来……

各班的老师喊破喉咙，叫塌天都难以阻挡。校长愤怒地喊："都想上警车是怎么着，谁想犯罪这就是榜样，追呀，谁敢再追我开除谁！"

我看到车后潮涌般的人流退下了，静静地，目光是僵硬的，但我能感觉到那目光里的问号如同一杆一杆的手杖向我穿行过来，不知在询问什么。

神情是失望而迷惘的，好像感觉到日月星辰有可能颠倒。

阴霾的天，小雨淅沥得无声无息。

同学们的心是阴湿的，整个校园的气氛是恐怖的，刚刚绽开的花也枯黄了，低垂着头颅撒下一地的殷红！

我到底带走了什么？

不知道！

我看到，一个个受惊的孩子睁大惊恐的眼睛远远地望着我，像一根根未成材的林木直挺挺地栽了一校园，望着雨天不知他们在想什么……

二

警车一路呼啸，尖厉地把城街上的人都吓得纷纷躲开，警官严肃的表情如同冻结了的坚冰不能融化。空气是紧张的，细雨不停地撒落，就像一个多愁妇人的眼泪，无声无息地伤感。警车呼啸而过，雨线被煽动成弯弯曲曲的弧线，街两边呈现出透明的灰暗，好像整个世界都隐藏着一个巨大的阴谋。可我因为是"莫名"，所以英雄气概依然盖世，神态中不含任何怯意，那股昂扬劲儿无人可比，警官们看上去对这种姿态尤其恼火。

我被带进候审室时，已有几个灰头土脸的人，木在室内了。其中有“驼爷”，因他脊背有些驼峰样，并素日喜欢称爷，故得一名为“驼爷”；有“飞毛腿”，因在运动场上短跑如飞，同学们特为此腿命名“飞毛腿”；还有“小非洲”，顾名思义，黑得彻头彻尾，同学们皆认为他有混血的嫌疑。

警官不让说话，统统面壁而立。把我带进来的时候，警官让我转过身去，声音很是严厉，脸绷得如鼓面一样，然后就带上门并且加了锁拖拖沓沓地走了。随着脚步声远去，面壁者都哗啦一声转过身来，目光噼噼啪啪如燃亮的电灯炮光芒四射地炙烤着我，并且有些欢呼雀跃地说：“我们胜利了，我们‘飞鸿帮’胜利了。”

我不知就里，仍是一副莫名的样子。

我说：“怎么胜利在派出所里了呢？”

驼爷说：“昨天夜晚，北中的泼皮拦路抢劫，非要向我们要钱，不然就不放我们通行，后来才发现指挥这场战斗的主谋是咱班的‘脚’。‘脚’非让我们交出你来，说要把你的腿打断，不然你对他的足球发展永远有威胁。我们不交，他们就说要敲断我们其中一个的腿，他叫我们是狗腿子。他要我们投降，为他效劳，让他成为足球队长。我们就唾了他一口。然后就开战。我们把‘脚’的头打破了，把其中一个的鼻子打出了血，然后就各自跑回家里，谁知今天早上我们就被带到派出所里。警官在我们身上搜，没搜出凶器，却搜出了我们‘飞鸿帮’的名片，他们问清‘飞鸿帮’的意思，然后就问‘飞鸿帮’的头领是谁，我们就告诉了他们你的名字……”

我沉默了一会儿，做出沉思状，之后说：“这是正当防卫、自卫还击、替天行道，‘飞鸿帮’根本没有错！”

我一向善于总结和决策，经我这么一说，几个人就互相击掌，兴高采烈地高呼“耶！”就好像我是他们的最高裁判员。

快乐如一股狂风漫卷而来，然后几个人席地而坐，说：“我们成了打击坏人的英雄了吧？”

我胸有成竹地点点头。

大家就颇自豪地认同了这个看法。

驼爷问：“我们会不会上电视？”

小非洲答：“大有可能。”

飞毛腿补充：“那我们有可能会接受记者的采访。”

又有人说，“也许我们会上互联网？”

全体哗然。那我们不就成了全国，不，是全世界的英雄人物了。

大家脸上一并庄严起来，各自的神情就都漫上了幻想的线索，并且仔细回忆“脚”的头是被谁打破的，那要钱的泼皮是谁最先砸歪了他的鼻子？这样回忆着，各自在掂量着功劳的大小，以便记者采访时好争个头名什么的。在期待英雄称号来临时，又觉得各自的尊容有可能不堪，就都分别开始拍打身上的土、整理自己的头发、系好自己的衣扣、还有的偷着用唾沫擦脸，进行了这么一番整理仪容之后又不约而同有些不好意思，但还是掩饰不住内心的喜悦。

我一直默默地看着一室的“英雄”，好像有些没有参加战斗的遗憾。

大家感觉到这一点时，就共同为我默哀。

驼爷说：“也许我们该把你交出来？”

小非洲马上反对说：“交出来，断腿的肯定是巴乔，足球队长理所当然就是脚了，‘脚’就是企图实现这个伟大理想的。我看还是保住巴乔的腿为上策。”

话题就又转移到当英雄，还是保护腿上面来，最后确定他们的英雄壮举其实是对我参加“青足”大赛的捍卫。于是大家就又共同高尚起来，觉得也对得起我了。然后就开始等待各方记者的来访。

这是一种漫长的煎熬，每一个人都不时地望着窗外的那一片天，天空灰白得虚无，反馈不回任何期待的结果，但他们并不气馁，脸上仍是红暖暖如过年墙上贴的年画一样，每一双眼睛里都有着色彩斑斓的憧憬。

这当儿院里响起了脚步声，听起来是那种沉重而慌乱的感觉，就集体朝外张望，等来的却尽是些家长，家长脸上都有些气急败坏、急火攻心的模样，我们中就有许多人开始紧张。通常的经验，叫家长是没有好事的，可又有人认为叫家长可能是记者要一同采访，比如教子有方什么的……

这个说法马上得到认同。凡是能与宣传英雄的构想联系起来的，就统统认可。因为他们始终认为他们是正确的，误解也是暂时的。大家各自驰骋在最美好的幻想中，谁也不认为打击坏人有什么错！这么驰骋了一阵，又有人提出巴乔又没参战，怎么还要叫巴乔来呢？立即有人认为，巴乔是“飞鸿帮”的首领当然得叫他，这是教帮有方。

此说法全体通过，并且因有了我的“英雄股份”而集体兴奋。

可我一直觉得我与他们不同，因为我始终是局外人，但我确实不认为他们做了坏事，因为被打击者经常欺负女生、拦路抢钱、无辜挑衅，有时候由不得你打不打。可警察常常抓不住他们，今天能把此事曝光，警方一定会站在我们这一边，为我们歌功颂德。我觉得我的思路没有错。

日光从云层里透出薄明淡暗的光，雨，如同一个羞怯的少女不知躲到哪儿去了。这一刻每一个人脸上都飘荡着灿烂的天真，骄傲的气氛就如同长了彩色的翅膀，满屋子都在扑棱棱地震响。我们由于期待记者采访、上电视，乃至上互联网，心开始活蹦乱跳起来，好像该找一个释放兴奋的方式才对，小非洲就唱起来：

我们飞鸿
昂起骄傲的头！（全体共唱）
我们飞鸿，
除遍天下的坏人！
我们飞鸿，
从来不服输！

歌声震天动地，竟把派出所的肃穆搅得七零八落，经这屋子里飞出来的歌声一震动，警官们全体停住手中的活，脑袋全都抬了起来，眼睛里冒出了意外的光，目光犹如一杆一杆的利箭一并朝这间小屋射过来，并且皱起了眉头。

一个警官拿着钥匙插进锁孔里扭了一下，拳头大的铁锁咔嚓一声弹响，门哗啦打开的时候，警官的脸都气歪了，说："吵什么吵，知不知道你们进了啥地方呢？"

我们就一并抖擞起一副勇士的模样告诉他说："派出所呀！"我们好像对他的明知故问很是不屑。

警官厉声喝道："派出所是干啥的？"

"讲理的呀！"

"知道什么人才到这地方吗？"

众目光就都凝在警官脸上不动了。

于是警官有些咬牙切齿地说："社——会——渣——滓！"

所有的目光惊慌失措地从警官脸上叽溜一声滑下来，相互对视了片刻就满屋子叮叮咣咣地打起架来，显然“社会渣滓”对他们有着深深的侮辱性，每一个人都不赞成这样的结论，就纷纷讲故事的经过，生怕警官听不懂，生怕他们搞不懂好人和坏人。

警官说：“无论何种原因，杀人偿命、欠债还钱，懂不懂呀你们？”

每个人就都低下头思索，显然是不懂。因为他们没有杀人、没有欠债，他们打击的是坏人。

警官没理睬他们，却把其中的一个叫走了。

被叫走的人一脸茫然！

所有的人依然固执地抱着“英雄”的幻想，集体用目光祝贺他。

原来不是采访，而是依次审讯，整整进行了一天。

结果是凡参战者一律暂罚款五千元，赔偿伤者医药费，精神损失费共三万五千元。通知各家大人前来交款走人。

声音不大却能震天动地！

众孩子不服气，力求讲理说：“是泼皮们先抢我们的钱我们才出手战斗的。”并且列举很多事实，说明他们抢劫不止一次。

警官就问他们要证据，说：“证据呢？人家抢你们的钱，得拿出证据来呀。”仰仗法律的裁决最有说服力的就是证据。

他们拿不出证据，因为遭劫时他们身上没有钱。但他们打伤人是真，显然要钱的来由就不成立，并且大有陷害“忠良”的嫌疑！

所有的人都僵僵地站着不动了，脸上厚起了一层茫然。世界突然开始旋转，开始颠覆，每一双清澈透亮的眼睛开始模糊不清，他们都想搞清事情的真相，他们并不管打伤了谁、得罪了谁，他们只感觉对拦路抢劫还击就是有理。

他们的父亲母亲们头都快低到裤裆里去了，连走路都得擦着边，宁肯交钱换人，悄无声息地把事情了结，逃亡似地拉着他们的孩子离开派出所，第二天好显出若无其事的样子，表示他们的孩子什么事也没有，也不愿过问是非曲直。难道这世界上已经没有是非了吗？我们的父亲母亲们难道不知道是非对我们是一件很重要的事吗？

大人们心里的奥秘又有谁懂呢？谁也不懂，一直笼罩在我们心里的幻想破灭了，因此我的同学个个都无力地张着嘴，像一条条垂死的鱼！

三

一屋子的“英雄”湮没了，只剩下我一个人在没有灯光的黑屋子里囚禁着。

待审室里空荡起来，连尘埃的飘落声、鸟虫的鸣叫声、暮色的拥挤声、月光的流动声都清晰可辨，这一刻世界奇静无比是多么可怕。我像被一只无形的魔掌推进了一个窑窟里，黑暗围猎了我，我的心开始起风，由于我的判断失误，事情从好的方向一劲儿地往坏里变，最后变得连我这样聪明清醒的头脑都反应不过来了。我已经开始怀疑自己到底是以什么样的角色被带到这里的呢？这次战争和“飞鸿帮”到底有什么关系呢？以我十七岁的经验还不具备洞察一切的能力。暮色开始挤进屋里，月光从树的枝叉半露着脸显得阴冷而没有生气，显然这是不幸的预兆。顷刻间一片嗡嗡声蓦然而起，窗外似乎有窃窃私语，并且窗外探着几张不怀好意的脸。我就从这几张脸上似乎读出了自己是坏人这样的概念，而且那脸上的内涵是义愤填膺的、是青紫恨恨的，好像我是恐怖分子一样，个个用奇异的目光搜罗着我，恨不得揪出我狠揍一顿赶出地球外才解气。

一团愤怒的黑云铺天盖地裹挟了我的心，我蹿起来像一头逼急了的小野兽瞪着红血血的眼睛喊道：

“为什么抓我？”

“放我出去！”

“我要回家！”

接着我身体里的气就开始运动，喊出来的声音仿佛冒着浓烟，并且声音里有泪。浓烟在屋子里抱成一团，翻滚起来窜到房顶上，又滚到墙壁上，然后哐咚一下摔在地下就弥漫开来……

这当儿那扇死锁的门微微松动了，然后把灾难放了进来。我的喊声如同风一样扑到门上，打在了警官的脸上，警官用手电光柱照着我青紫色的脸，然后我听到了警官轻蔑的笑声。我浑身就抖动起来，喘息如同半空中的风呼哧呼哧叫啸不止。

接着是两种情绪的尖锐对抗。

经历了漫长的摩拳擦掌之后，警官把我犯人似的揪到审讯室里，我这才开始认真观察起来，审我的警官有一个鲜明的肖像特征，脸的左侧向下垮塌着，而右侧则弯出一个微微的弧度，满脸是青春痘感染过的麻子，整个面目呈现出一把锈迹斑斑的瓦刀样子。因此，在我的记忆中每提到警察，我就想起了“瓦刀”这个形状，为不影响警察的整体形象，我就权且把他叫作“瓦刀”可否？

我开始剑拔弩张，我说：“我没有罪，我不接受审讯。”

瓦刀啪叽一下摔在桌上一沓寸把厚的名片，名片上印有“飞鸿帮”三个字，并有一个五大三粗的黄飞鸿的形象在名片上手舞足蹈，那拳头力大无比，眼神里射出灼人的光芒，看一眼就能让人打一个寒战。此创意出自我的想象。

瓦刀亮出“罪证”，哑然笑了。

警察对“飞鸿”其意没有深究，但所有的目光都集中在“帮”字上，如今“帮”最是让警方头痛的。他们是人民群众的卫士，自然对帮派体系最是敏感。我没有参与打架，但他们说我的“罪行”不可低估，我是“飞鸿帮”的头领，是组织者，是不安定因素的最大祸害。

瓦刀盯着我就像盯着一个犯人一样，好像我是他们等待已久的重大收获，抓一百个小偷也抵不上一个团伙。直刺刺的目光中夹带着遏制不住的骄傲，炫耀着他们在侦破中的慧智，工作中的显著成绩，那样子好像比神探福尔摩斯都神气一千八百万倍。

我面对那一沓名片是坦然的、自豪的、理直气壮的，我认为这是我打造出来的品牌。我觉得我的样子神气活现，好像嫌疑人不是我倒是瓦刀。只是身体单薄、缺骨少肉的我，被高大英武的瓦刀压迫得越发瘦小了。

“敌”强我弱，对瓦刀来说，阵容十分理想。

我虽弱，却是一副大无畏的模样，如一棵直溜溜的小白杨，在黑云压顶，风雨雷电来临时依然挺拔，这让瓦刀无论如何也搞不出审讯的气氛。为找感觉，瓦刀惊天动地地拍了一巴掌横在胸前的桌子，竟把一杯水惊得四处飞溅，稀稀拉拉撒落了一地。大约是用力过猛，他自己的瓦刀脸也好像卷了刃一般，吓得异常地抽搐了一下，屋子里的东西都让他拍得魂飞魄散。借着这点气氛，瓦刀的脸阴沉如天空中罩着的黑云，那问话就如爆竹般噼里啪啦地响起来：“叫什么名字？”

“叶雨枫。”

“哪个叶？”

“写不上来？那就写成夜晚的风雨吧。”

“跟谁说话呢？严肃点！”

我就立即做出严肃状：“不是为你们方便吗。”

"'飞鸿帮'是什么意思？"

"崇尚英雄的意思呗。"

"干过什么勾当？"

"注意措辞，啥叫勾当呀？"

"你组织'飞鸿帮'是啥目的呢？"

"自卫还击呀！"

"和平年代还击谁呢？"

"还击你们抓不住的坏人呀。"

"咋回答问题呢？打过几次架？"

"无数次。"

"都在什么地方呢？"

"操场，校园路。"

"打伤过人吗？"

"当然，我们每次都胜。"我颇自豪地说。

"偷盗、抢劫过多少次？"

"请尊重人格，再这样问我拒绝回答。"

"这么说'飞鸿帮'确有其事？"

"当然，这还有错？"

"印这么多名片干啥用呢？"

"发展队伍呗。"

审讯戛然而止，"黑社会萌芽势力"罪名成立。

可我为自己能够对答如流骄傲不已，我以为我成了"飞鸿帮"杰出的外交官。我是称职的，我为"飞鸿帮"弘扬了正气。我觉得我天真无邪的脸上，笑意一波儿一波儿地顶上眉骨，恨不得闪电般飞回弟兄们中间炫耀一番，我无视于瓦刀的存在，我自觉地把自己提升为英雄。我焦急地问瓦刀："我可以走了吗？"

瓦刀说："没有最后定论走什么走。"他边说边盯住我的小模样若有所思。

四

月光欢笑着透过窗口上的玻璃拥挤进来，碎银般撒了一地。我披着满身的月光忍不住嘿儿嘿儿地笑——胜利了。我想：我为什么喜欢黄飞鸿呢？因为他从来不输，路见不平、拨刀相助，那带有神性的无影脚在空中飞舞，嗖一下从耳边飞过，嗖一下又从头顶上穿越，飞檐走壁，来去无声。

噢，酷极了。

一股清爽的小旋风从门外旋儿着进来调皮地围着我转了一圈，然后那桌子上的“黄飞鸿”就在名片上翩翩起舞，变成了无数个黄飞鸿，然后驼爷、小非洲、飞毛腿、程超、钟炜，司马柯都变成了黄飞鸿，在空中飞旋。刀剑叮叮咣咣碰撞不止，飞溅出来的火光染红了半边天际。我这一刻想入非非，有关自豪的细胞就迅速地活跃起来，脸上红通通地漫上了难以掩饰的兴奋。

我眯着眼睛笑了，身陷困境却浑然不觉。

其间，瓦刀如一个有经验的老中医切诊号脉一样，把目光投在我的脸上思索着停顿了一会儿，好似要以最精湛的医术完成“治病救人”的善行。

只听计算机咔嚓嚓一响，一个“秘方”就应声而出。

瓦刀把“秘方”递给我的时候，颇温和地说：“小子，好自为之吧，以后随时听候传讯。”

咯噔一下，我的心沉下去了，笑意就那样凝在脸上，我觉得这话哪儿有些不对劲儿。接过“秘方”仔细一看，腿开始发抖，血开始倒流，脸上的兴奋倏然消失，我茫然地望着瓦刀，觉心中的信念轰然坍塌。

“犯罪嫌疑人！”

五个黑色的字如五颗炸弹带着烈焰通过眼膜穿入大脑，轰轰隆隆地开始爆炸，我觉得炸死的不是我自己，我仿佛看到死在地下的是父亲、是母亲。我甚至看到父亲的血，流成了一条黄河，悲戚就如水一样冰冰凉凉漫过了我的全身……

我成了坏人？

我的喉结开始发紧，眼前立即出现了一片漆黑，月光是黑的、灯光是黑的，人也都是一团一团的黑雾，飘来飘去，连城市的高楼都像定格在大地上的黑魔一样，我看不见别的色彩了，恐惧在我体内无限扩张，仿佛一口黑锅哐当一下就扣在我的头上，把平素的思维砸得七零八落。我冷、我尿急，只觉得体内有一种嗞嗞的噪音，接着喉管里就开始冒烟，两只眼睛红血，犹如一头被击疼了的小兽，横冲直撞，恨不得咬谁一口，我说："谁是犯罪嫌疑人呀，我犯了什么罪了，你们说清楚呀。黄飞鸿是好人，是英雄，你们懂不懂呀？"

没有人对我的反驳有所反应，我觉得大约是声音不够洪亮，就加倍地吼起来，把房子都震得嗡嗡直响，把一座城市的夜色都搅得一波三折，把瓦刀的眼睛吓得不住地眨。瓦刀终于耐不住了说："咋呀，你想咋呀，凡是不符合社会团体规章的一切帮派团伙都是非法的，你懂不懂！其他人只是打伤了人，有钱就能解决问题。你知道你是什么人吗？你是这个帮派团伙的组织者，不把你关起来已经够你偷笑了。犯罪嫌疑人理当你来承担，听清楚了没有？"

我睁着白茫茫的眼睛表示完全不懂！

当我进一步理论的时候，瓦刀说："你走不走，走不走？不想走了住几天监狱？"他又说有关"飞鸿帮"的事还要继续调查，还要挖根断苗，呈报上级。

我骂他们："你们是胆小鬼，你们都是势利小人，是权力支配下的奴仆。"

后两句话是从一本书上看到的，此刻跳入我脑海里用起来简直得心应手。此话虽然言简意赅，可我没想到它会出人意料，一下子就把瓦刀的脸，喊成了猪肝色，并且把灯光喊暗了好几成，甚至把城街上摆小摊的小业主都喊呆喊愣了，把盆盆碗碗都喊得叮铃咣当响成一片，把警官们喊得大张着嘴说不出话来。一个乳臭未干的毛小子骂警察是势利小人？是奴仆？有没有搞错？明天的日头还从东边出来吗？天上还有云有雾吗？四季还有轮回吗？是不是冬天要下雨，夏天要下雪了？会不会男人要代替女人生孩子了？或者是松柏树从此要落叶，猫儿要从天亮开始长角了？

最先刺激瓦刀神经的是警官自身的尊严受到威胁，于是脸抽搐起来，呼吸也变得坎坎坷坷，有股怒不可遏的力量在喉咙里冲撞。片刻的呆木之后，他不得不用武器来捍卫尊严了，既然法律不能使他高大起来，那就只得下最后通牒。一根并不可怕的警棍非常温情地指向我瘦薄的身体，瓦刀甚至还带着笑，没经一拳一掌，我就被击毙在现代文明的脚下，蛇样地扭动，号啕大哭起来……

英雄形象就这样不战自败……

我觉得我就要死了，好像我的眼睛里飞出的净是些黑蝴蝶，耳鼓里像掠过了鸽子的哨音，扯出了深长的恐惧。可我脑海里映着瓦刀的微笑，笑从此让我害怕，笑也从此改变了意义，我从来没有意识到笑能把一个人推向死亡的边缘。我的呼号如黑色的气流旋着从屋内拐出去冲向天空，震动着这座城市，死亡的号角响成一片，我的肺腑炸裂了，我用手使劲儿地撕扯着衣服，扣子嘣嘣嚓嚓满地乱滚。瓦刀笑着看着我瘫软在地下扭动不已的身体，呈现出职业的老练。

我说：“让我死吧，让我死吧！”

这一刻，死真是万分幸福的事。

可是一个人最想死的时候上帝是不给机会的，就在我即将踏上死亡的临界点时突然获救了。我的身体解除了电击之后，我首先看到的是一座“高山”轰隆倒塌的惨景。

我惊呆了。

我怎么也不敢相信我眼前的事实：“那一座高山——我的父亲——我心目中的高山，轰隆一声坍塌了。”

坍塌的声响，轰鸣不止，响过天涯、响过海角、响彻了整个天地人间，似乎还有粉末尘灰未彻底散去。橙黄色的灯光下流动着污浊的空气，映照着那座熟悉的山脊。

那“山脊”抖颤着已没有“脊”的形状，屈下的双膝在冰凉的水泥地板上正发出悲泣的呼号！

一切都像静止，一切都已死去。

我脉断筋连地喊了一声：“爸——”

泪水便汪洋了一个世界……

五

父亲怎么可以跪倒呢？他伟岸高大的身躯怎么能如一座大山一样倒塌，而且不分是非曲直就跪。对瓦刀不住地点头哈腰不停地给瓦刀道歉，检讨自己“教子无方、给社会造成了麻烦”诸如此类满天满地批评自己的话。紧张的气氛把父亲的身躯挤压成一条干瘪弯曲的弧。瓦刀在我父亲说了一世界动听的话之后才找回了自己的尊严，气也就渐渐缓和下来，显出了人民警察特有的气度和涵养，并说了那么多教育下一代的动人语词。

父亲接圣旨般一一应是。

瓦刀和他的同事们是在父亲的卑微面前雄壮起来的，警官终于又变成了好好警官，脸色由青紫变为红润。然后，好像灯光也亮了，夜也宁静了，连那条警犬也温顺多了，一切似乎都还原了。

我是在父亲的卑恭屈膝、点头哈腰中，被解救出来的。

那一刻我睁着黑洞洞的眼睛哭了，连叫喊的力气都没有了。

我的绝望来自于父亲的隐忍、默许和卑怯，完全没有了一个父亲应有的强硬，好像我给父亲欠了一世界的血债一样。

在我记忆中，父亲是高大的、坚强的，只要有父亲，我就昂扬、就理直气壮，就什么都不怕了，一切问题都迎刃而解。我原指望父亲会帮我搞清楚是非，可父亲的绝对服从让我绝望。

一个人最大的痛苦莫过于你心目中的偶像突然有了缺陷。

父亲曾说，“大丈夫膝下有黄金。”可他在警官面前膝下连废铜烂铁都没有一星半点，脊梁弯曲得快要钻到裤裆里，恨不得把头叩到警察的脚面上。母亲说，“男儿有泪不轻弹”，可父亲泪水纵横，眼神里满是巴结央求的成分，可怜得快要化成一摊泥水，全不顾他还是个站着撒尿的汉子。

就是在这一刻的愤怒之下，又驱策我将那张印有犯罪嫌疑人的单子撕成碎片，粉粉末末地扬在了瓦刀的脸上，表示我宁死不服。

一室的人再次惊呆了，好像天塌地陷的事情发生了，风雨雷电变化了。瓦刀的“气度”一下子又缩回去了，僵硬的脸上被我掀起了惊涛骇浪，空气白哗哗地哆嗦着。他心想：这臭小子是吃了豹子胆，怎么就没有个怕呢？这地方是干什么吃的，法律从来不怕谁硬。

于是，瓦刀晃着白晃晃的手铐，眯眯起眼睛，似笑非笑，显出令人可怕的温柔，说：“不服？不想走了进号子里溜达几天。”说着他就要把我铐在暖气片上感受一下。

父亲在这一刻当机立断，彻底变成了一条虫，好像他什么也不要了，什么也不想了，什么也不顾了。他说：“警官，铐我吧，他还是个孩子，给他个悔过的机会吧，一切都是我的错。他还没走出我的监护范围，让我替他受过，我就这一个儿子，是我教子无方啊。”

父亲的声音里带着泪……

然后父亲扇了我一耳刮，又扇了我一耳刮，直到把我扇出门外，把门关严了。不知他们在里面做了些什么，大约比我看到的情况还要糟糕，直至父亲从房子里走出来。父亲手里捏着一张纸，但我看到父亲是倒着走出来的，我最先看到的是父亲的臀部。视觉上的残缺让我大吃一惊，父亲的脊梁和头颅哪里去了呢？

一个残缺不全的身躯让我着急。

大约过了千百万年，我终于看到父亲的背脊和头颅抖抖瑟瑟地直起来，像被风雨摧残过的一棵无根树……父亲终于还是满足了我的愿望，给了我一个完整的身体。

瓦刀在送出父亲的时候满脸红润，好像看着父亲点头哈腰是一种享受，是充分培养他们良好心情的好机会，也是树立他们威严的好氛围。只有在这时候他们才真正显出一点风度，说："这样对你的儿子没坏处，你可盯紧了别再闯祸。树不通不成木，人不管难成才啊！"父亲立即表示苟同，一脸是虔诚的感激，好像他们刚刚研究了一项最恰当的育人项目似的。父亲依然不住地点头、不住地哈腰，腿不由自主地弯曲。

瓦刀劳累了一天，这当儿心情看上去出奇地好，那神情不像是送一个犯罪嫌疑人的父亲，倒像送一个拜访他们的客人。

我就开始纳闷了，怎么就突然变得如此和风细雨了呢？父亲真神奇啊，他是下了啥样的灵丹妙药使瓦刀变得如此亲切了呢？父亲的形象在我心目中又开始还原了，父亲真有本事。因为我想到有可能父亲帮我弄清了是非，解除了罪名。我的心开始起飞了。

父亲走出了警察的视线之后，一直沉默无言，我一直希望父亲能给我说说事情是如何有了突然的转折。可父亲的脸如阴云密布的天，一直不见好转。我预感到这沉默中孕育着一场暴风骤雨。黑的夜色颤抖着，昏暗的路灯放射着不怀好意的光，父亲走路的脚步一向很轻，好像总担心地球会突然陷下去一样。他走路也习惯低着头，碰见熟人总是赔着笑脸，有时候我觉得父亲的笑脸后面还有一张不想笑的脸，不想笑就不笑呗，好像自己也不能左右自己一样。父亲为什么会活得如此累呢？可我想不透。

六

父亲把我领回家里，母亲一脸等待的焦虑，她急切地望着父亲想要个结果。父亲不说话却是啪叽一下把那张"犯罪嫌疑人"的单子拍在桌子上，母亲显然是吓了一跳，脸颊就爬上了不解的表情。悲凉的气息静悄悄地流动，三个人木在屋内沉闷得如同扣在笼屉里的三只馒头。

我惊讶地盯住父亲，我终于找到父亲沉默的原因，原来父亲替我扛回了这口黑锅。我看着灯光下那五个大字，心一个劲儿地抖动，我用目光求助母亲，我说：“我没有犯罪，我没有打架，我不是嫌疑人。”我向母亲不下数次地复述“飞鸿帮”的来历和目的，母亲把我紧紧地抱住了说：“不要怕，妈妈相信你的话。”

母亲安慰的话让我找回了勇气。

我说：“爸，你怎么可以要了这个结果。”

我说：“爸，我已经把它撕碎了呀。”

我说：“爸，我就是不服这个结果才撕碎扬在警官脸上的，你怎么又把它好好地带回来了呢？”

父亲一脚就把我踢跪在地下说：“让你硬，让你痛快，你硬的是你老子的脸面，你硬了三千块钱，你还有理由厉害呀你？”

我脑瓜咣地响了一声惊住不动了，我觉得我眼神里发出的光又直又硬，唇上挂着哆嗦，嘴角间的怨气一脉一脉地涌出来，眼里泪汪汪的像快要决口的河水，我能觉出我的泪水中满是怨恨，甚至如火一样的滚烫。我原以为父亲会站在我一边向警方要回那个理，可父亲说：“你以为你是谁，也不摸摸你有几个脑袋，理是你这号人要的吗？”

这一夜我怎么也睡不着，我使劲儿想呀想，我一定要弄清楚我是“哪号人”，我这号人怎么就没有理呢？

我后来想“脚”是靠他父亲的威势生存的，任何时候理都在他那一边，老师对他都礼让三分，连明目张胆地承认要强暴我的同学欧阳白雪，都没人敢追究。而自己却是靠父亲的一点卑微、一点可怜，才拣回来这一点点的安全。我早就知道我和“脚”有着天壤之别，但我并不知道我是“哪号人”。

父亲不让我逞威风，要我事事都做到忍让，很早就开始打磨我性格中的棱角。有小朋友和我打架，父亲一律以吃亏是福的理论教导我。我记得我曾问父亲：“要是别人先打我怎么办呢？”

父亲说：“你往家跑。”

“要是离家很远呢？”

“那就藏在别人看不见的地方。”

“那要有人唾我呢？”

“擦了。”

“那要有人尿在我身上呢？”

“站在阳婆底下晒干了。”

父亲的生存哲学就是这样息事宁人。他一贯坚持以柔克刚，他说：“人活到八十岁，牙掉了，谁见过舌头烂了的？这世界就是以强凌弱的世界，你生来就是被吞噬的角色，所以你就必须以吃亏为本。若继续硬下去，监狱就在眼前等着呢。”

可母亲却不这样认为，她说：“人活着就该有些刚气，尤其是男人，没有血气方刚，怎么可以称之为男人，要不上帝造人时为什么要做两种构造呢？”

母亲很希望把我塑造成她理想中的男子汉，因此母亲有意无意地训练我性格中的勇敢、心底的善良。但母亲的善良并不含怯懦和隐忍，母亲的善良建立在爱憎上，她希望我有正义感、讲道理、坚持做人的气节。可是，依了父亲，我总是受人欺负；依了母亲，我勇敢了、反抗了、保持了做人的气节，可在是非面前我又无处讲理。

静夜中似乎有一条毒虫在咬噬着我。我听到窗外的风声呜呜咽咽像是无助妇人的哭泣，我莫名其妙地感到一股冷冬的凉意透进了我的肌肤，钻进了我的骨髓里。意识中产生的某种黑暗渗入各个毛孔，使我的肌肉迅速绷紧，闭住眼睛却没有睡意。

可我看到父亲在灯下也没有睡觉，平时不抽烟的他，这当儿一根接一根地抽，烟雾从他的鼻孔里窜出来然后缓缓地扩散开来，满屋弥漫着怨雾愁烟，还不时有深长的叹息传过来，他一次又一次自言道：“完了，照这样下去只怕是完了，唉，生就的骨头，长就的肉。”然后他眉宇一挑，很悲苦的样子。

母亲听到“完了”二字就显出极为反感的样子，她探头看了我一眼，大约以为我已经睡去，就回头压低声音对父亲说：“别老对着孩子说完了、完了的。什么叫完了，他十七岁不到，谁一生中能保证没一点差错，怎么就完了呢？再说，警察单凭一张名片就判定是黑社会萌芽势力，也太小题大做了，这明摆着是孩子们崇拜英雄的一种创造性游戏吗。我们应该从中发现孩子们的灵魂闪光点，他们虽然打架了可维护的是他们正当的权利。何况咱小雨又没参与打架就给他下这样的结论，他当然不服，为什么不能向警方提出质疑？从这点看，我倒为咱们小雨对真理有着不懈追求的品格而自豪，而且也能看得出咱们小雨有很强的组织能力和凝聚力。社会有社会的规则，如果父母心里再没有一个公正的评判，那孩子还有一个精神的疆界吗？”

我的泪哗然而出……

人总是在被人理解的时候感情才出现最为柔软的一部分。

可父亲勃然大怒，说：“你到底是个什么样的妈，你还怕他不出事呀？什么狗屁精神疆界。父母公正的评判顶屁用，社会的规则压倒一切。”

母亲说：“你别瞪眼，对于孩子应该正确引导，但对警方你就不该轻易把这个结论拿回来。这对一个人的一生太重要了。”

父亲有些哭笑不得，说：“我希望你别只钻在象牙塔里卖弄你的空学问，不管人间世俗的事好不好，整天叫嚷着人文精神的失落，还立志要把儿子培养成一个灵魂健全的人。你儿子什么都缺，就是不缺你赞扬的优秀品格。”

父亲一脸嘲讽地说：“如今搞成这样，他将受到世人啥样的对待？好学生能进那种地方吗？你说你没有错，是冤枉你的，那你向全市人民一个一个解释呀。现如今大家都讲实效，拿到学分你就是英雄、就是好学生，你就前途无量。中国是个讲中庸的民族，培养个性你不是往悬崖上逼他吗？光有灵魂顶屁用，灵魂倒有，考不上大学掏粪便都没地方用你。花点钱能买到安全就是万幸了，现在他还是个学生，将来到社会上像他这样叮当作响的脾气两天就把他放展（打败）了。世俗从来不会对谁客气，你硬，它比你更硬，不信骑毛驴看唱本——走着瞧。”

父亲和母亲常常为我的事争吵不休，一个要成绩，一个要精神，但最终想不出一个更好的法子，我成了他们最大的难题。母亲对生活总抱有美好的幻想，但常常被父亲打击得落花流水。

母亲说：“人总不能像一堆棉花，踩一脚也不知道哎呀一声吧？你倒是连蚊子都怕碰死一只，你也算是知识分子，你也有知识，那你最终的结果是什么呢？还不是让人翘起腿掠过你的头，不择手段地爬上去了。请原谅我，不是逼你要权，我的意思是人起码有一个健全的心理，敢于维护自己应该有的权利。如果你屈己让人，这是一种风度，可你该说的话、想说的话烂在肚里，却整天愁眉苦脸压抑自己。作为一个人，我们有权利质问自己搞不清楚的问题，长着嘴，总应该表示一下说话的功能吧？长着头颅也总该体现一下脑系的功效吧？没有质疑就没有尊严，我们这一代是这样，难道我们后代还该这样吗？”

父亲像是受到了严重的侮辱，脸上的肌肉激烈地抽搐着，像有炸雷噼啪一下、噼啪又是一下袭击着他的肌肤。父亲说："你别自以为清高，变着法儿挖苦我，你这明明是变相地逼我要权。我有权能受这窝心气？我愁眉苦脸，你当是为我吗？我给老婆孩子带不来别人有的，我心里难受，我惭愧，可我起码还可以平平安安地活着。在外面用我的卑微扛起所有的俗事儿，好让你有足够的时间去培养精神，有足够的条件保持尊严。可你儿子倒在警棍下脸都青紫了，我哭都发不出音来了，他是我的血肉筋骨呀。可我用什么保护他呢？我只能用本能。这是现状，你懂不懂？他倒是刚强，把纸片扬在人家脸上，可明晃晃的手铐等着他，黑洞洞的监狱正向他敞开门。生活从来不怕谁硬，这世上什么时候胳膊能拧过大腿来？你偏要拿鸡蛋往石头上碰，那你就碰碰试试看。如果不是那三千元钱，不是用我不值钱的脸面垫着能摆平吗？你的儿子还能好好地睡在床上呀？"

母亲哑着不动了，她含糊不清的目光好像找不到东西南北了，母亲常常会有一些与我相同的心理，可她从来坚持不到最后。

再美好的理想也敌不过现实的残酷。

我多么希望母亲胜利啊！可是母亲却沉默了，怅惘的神情弥漫了脸庞……

我绝望的泪水慢慢地淌出来，不知道是为母亲哭，还是为父亲哭，更不知道是不是在为自己哭。母亲为什么不能永远坚持她的观点呢？可父亲又为什么不能铁骨铮铮呢？如果我们三个人拧在一起一定就厉害了吧？可我们家常常达不成共识，我因此常常茫然。

后来我听到母亲走进我的房间，我急忙拭去泪水，闭着眼睛装睡，我不愿让母亲看到我的泪水，我希望自己能在母亲面前保持阳光的形象，以慰藉母亲的心灵。后来我感觉到母亲在我床前坐了好久好久……

我睁开眼睛的时候已是第二天早晨。

母亲叫我起床，父亲依旧把鸡蛋、牛奶给我放在桌上。

我们彼此无言。

父亲的眼肿胀着，红红的，像是一夜未睡。

我吃饭的时候父亲总是紧紧地盯着我，生怕饭吃不进我的肚子里。我知道父亲有贫血症，可父亲从来不舍得补充一些特别的营养，只关心我的身体和成绩。父亲说以后上大学费用可不得了，但是父亲说只要我能上大学他出去卖血都高兴。

我虽然心疼父亲，可我并不以他为豪，我似乎需要一个更刚强的父亲。

于是我抬起头来看了一眼父亲，父亲的眼神里流露出一些急切和焦虑。

父亲说：“快吃，吃完我送你去学校。”

我说：“不用，你要送我，我就不去了。我自己的事自己处理。”

父亲坚持了一阵，但还是硬不过我，说：“那好吧，今天老师批评你，你要好好认错，大丈夫能屈能伸，临到考试的关口，天大的事情也得放下，以后要遵纪守法，在我们国家除了合法的党派组织外，组织一切帮派都是犯法的，听清楚了没有？这事在改革开放以后好多了，要放在以前早就把你打成了反革命。”

我半张着嘴，完全不清楚，听父亲言辞凿凿，好像我真做了违法乱纪的事，我没有回答父亲的话，心里却想：“既然大丈夫能屈能伸，那我们为什么总是屈，没有伸的时候呢？”我这样想着心里就又不平衡了。

我说：“为什么我就不能讲理呢？我到底是‘哪号人’呀？我们班的‘脚’也没有多长一颗脑袋呀，我和他有啥不一样呢？难道我们这么多人就天生该受他欺负吗？”

父亲显然没想到我会跟他说这样的话，父亲的脸色就由焦虑变得悲哀，但父亲总还要撑着父亲的面子，说：“你还是个学生，单纯点好不好，你整天想那么多问题干什么？这样想问题你还能不能学习，吃完饭，赶快给我走！一句话，想生存就得忍。忍忍忍，饶饶饶，忍字就比饶字高！”

我被父亲“忍饶”的道理搞得稀里糊涂。父亲内心的小庙，唯一的神灵就是忍。我愣乎乎想了一阵，终是没有想明白，就低头加快了吃饭的速度，我们谁也料想不到今天会“忍”出什么事，我们尽量把昨天的事抛开，用心应付明天的日子，可我一点儿都没有想到我一生中这一天的意外。

七

到了学校，若干同学都挨了批评。驼爷、小非洲他们看上去都没有躲过父母的一场严刑拷打，两眼哭得像红透了的“坏桃”，脑袋耷拉在胸前活脱脱像遣送回来的逃犯。他们一个个受过批评之后，随他们的父母进了教室，没有了先前活蹦乱跳的神气，仿佛像饱满的气球被扎破一样，蔫不拉叽。他们的父母把他们“遣送”回教室之后，渐次地退了出来，讨好地向龅牙老师不住地点头，尽量显出成人的力量，但他们卑恭屈膝的嘴脸却毫无遗露地展现出来。当他们看到我的时候态度便立即强硬起来，且一并投来深恶痛绝的唾弃眼神。我死活搞不清他们为什么如此仇视我。我到底怎么他们了？而我也时刻等候批评，可我却没有接受批评的资格了。

龅牙老师把我挡在门外，说："我们的英雄回来了？怎么样，过了一下进派出所的瘾？这下你的人生丰富了吧，狂，再让你狂！怎不狂到号子里享受几天？唉！可惜呀，南中的庙小，放不下你这大神灵。收拾一下，哪里来回哪里去吧。"她又说"你的学籍不在南中，学校无权处理你，至于原校怎么处理就是另外一回事了。"

我迷茫地望着龅牙老师说："不是很多人都犯'错误'了吗？"

"你无权质问老师！"

"可我有权搞清事情的真相呀。"

"你最大的毛病就是刨根问底。"

"可我没有参与打架。"

"可同学们一致供认你是策划者，他们的卖命都是为了保护你这员大将。叶雨枫同学，你看你有多伟大，你的威信都快超过上帝了。"又说，"十几名家长联名要求校方把你这匹害群之马赶出去，否则就要集体罢课，害群之马出在我手里，你说怎么办吧？"

我说："打架是我策划的？谁说的？""我"字拉得又深又长。我透过老师拦在门框上的胳膊往教室里张望，用目光搜寻驼爷、小非洲他们，以求他们作证，可他们坚决不与我的目光交汇，头像乌龟一样一个劲儿地往脖子里缩，但他们的脸色通红。

他们是怎么了？他们到底是怎么了？

平时胆大包天，这会儿像个受了惊吓的小猫一样，这到底是什么原因？我这样困惑着，于是就自作主张想冲进教室问个明白。"驼爷、小非洲，你们说到底是谁策划的战争，谁打破了'脚'的脑袋？你们怎么不说话？你们抬起头来呀，你们的脖子断筋了吗？"我喊叫着，可我走不近他们。因为老师的胳膊就像一条警戒线，这预示着我已没有进教室的资格了，因为我已是众矢之的。老师对教室内的人绝对信任的态度已决定了我的命运。

时间如老牛走路的蹄子踢踏而过。

龅牙老师可怕的脸色持续了足有一分钟。她说："走吧，别木桩似的栽着了，没用了。回去让你可怜的父亲领你回原校去吧，如果原校手下留情就算你烧高香了，是你自己把大好的时光挥霍掉了。到了校外可别记我的仇，事先我可什么都提醒过你的。”说完就咣当把门关上了。把一切疑团都关住了。

我望着这所庄严的学校，望着蓝得让我想哭的天穹迷惑不解了……

八

世界原来是“凸凹”二字！

我直僵僵地望着天边想啊想，使劲儿地想，才模模糊糊想出这样一个真理来。这真理使我烂漫的心灵顿时灰暗，使我的英雄气概瞬间被摧毁。

读书声依如往昔清脆悦耳。

太阳如往日升起。

地球如常转动。

这座城市里的人个个面孔僵硬、匆匆奔走，各忙各的事，各干各的勾当，好像天塌下来有地顶着一样。没哪个人吃饱了撑的关心一个孩子看透这世界被凸凹所控。在别人看来凸凹就是凸凹，凸凹是人类永远填不平的沟壑，凸凹让你服输、让你没脾气。

可我却时时为之出现愤怒的情绪，愤怒的结果是让世界把我抛弃了……

我开始步履沉重地走上那条长长的甬道，平日里，我从未觉得这甬道竟有如此的漫长，从前只要下课铃声亲切地一响，我便如雀儿一样飞奔出去，从没有时间的观念。可这一刻我就像在泥沼里做着最艰辛的跋涉。

甬道里的沉寂，厚如一道城墙和一座高楼，憋闷得我的喉咙都挤压成了一条空空荡荡的黑胡同，呼吸就急促如一阵一阵的穿堂风。细碎的尘埃在半空中飞飏得惊天动地，偶有几片纸屑被我踢起来呜呜哇哇叫嚣不止。这当儿一种阴沉之气从各个门孔和窗口里流泻出来，利如刀剑叮叮咣咣，一杆一杆向我直刺过来，那是许多目光交汇而成的阴沉之气，这阴气如雾似烟弥漫了我，几乎把我细细的身子挤压成一张薄薄的纸。我第一次感觉到带着粗浅、陋俗的阴气是可怕的，比真刀真枪都可怕！那是把人一棒子打死的阴沉，是把一个人看得一无是处、浑身腐烂的阴气。

所有前来学校说情的家长，脸上都挂着匪夷所思的窃笑，好像我的遭遇让他们获得了一次幸灾乐祸的机会，总算让他们感到还有一个比他们的孩子更坏、更差劲儿的人，以至世人不会耻笑到自己头上。

我突然觉得人不是生活在地球上而是在圈套里。人心原来是这样的可怕，把一个人推向深渊用不着一掌一拳。

可我为什么无法拒绝别人的陷害呢？

我愣荡荡地站住了，睁着黑洞洞的眼睛望着灰白色的天，好像还应该体现一下自己的道理才对。

可这世界有道理吗？

我没有讲道理的权利啊，没有人许可我说话呀！

因此我被学校就这样开除了？

我成了天底下最坏的人？

昨天夜里父亲喝斥我："理是你这号人讲的？你也不看看你是谁？"是啊，我是谁？我从来不曾怀疑过我是谁呀。我一生下来只知道我就是我！怎么长到十七岁了父亲才问我是谁呢？难道我是谁他不比我更清楚吗？我想啊想："我是谁，我到底是准？为什么我这号人就不能讲理呢？"现在，我才隐隐意识到父亲为什么拼命让我知道"我是谁"的道理了。

可母亲却常常有意无意地混淆"我是谁"这个概念，她让我永远拥抱世界，永远生活在快乐和尊严之中。她认为人的生命都是平等的，所不同的就是人格质量的区别，她要我面对任何人任何事物都要表现出不卑不亢的态度。然而，无形的刀斧已劈碎了我期望的真实，我像一只硕鼠被这种阴气追赶着，甚至被吞噬成一具空洞的残骸。在静如墓地的楼道里，乳白色的栏杆正发出冰冷的气味，指引方向的灯塔熄灭了，意志在阴气中消沉。天生喜欢接受别人赞赏的我，再也找不到昔日的感觉。

九

我望着升旗台上飘扬在空中的红旗，极力捕捉着曾经有过的激动，但这种激动很快被一阵小风吹散了，我清晰地记起一次次的憧憬，又清晰地记起一次次的转折，一切如一场梦就这样从此消散……我的心情持续地纠结着诀别的忧伤和疼痛。

长长的甬道好像永无尽头，不知是我不愿走到尽头呢？还是我本不该走到尽头。

已到中考的关口上，所有的人都在做着丰收的准备，鼻尖上、眼睛里、头发梢，走路的脚步都处处显示着开花结果的忙碌。可我却要彻底地与这段生活告别，校园的欢乐已不属于我。世界好像不容我有意志，有坚持，我的义务永远应该是顺从、妥协、屈服、退缩。世界不属于我，这是多么地悲惨。尽管母亲一再刻意地延续我的童年，但我还是意识到“我是谁”了！

下课铃响得惊天动地，我的心被尖厉的铃声刺痛着，好似有彻骨的嗤嗤的叫声冲向天空……

铃声停息的时候，我的心归于荒凉和冷漠。我听到各班教室里，潮起潮涌般淌出了人流。终于走到甬道尽头，我寂寥地朝校外走去，四周有喧哗的叫闹声，都似乎与我没有了关系，我加快步伐往前走，可我听到身后有杂乱的脚步声，还有粗重的喘息。有人喊了一声：“巴乔！”声音带了些不加修饰的热切和焦虑。

我停住脚步，回头一看，一堵厚厚的人墙砌在我眼前。全是球迷，我惊呆了。

有同学跑过来替我出主意，并且热切挽留：“留下吧，巴乔，让你爸你妈送礼，求情就没事了驼爷、飞毛腿他们不都是这样吗？”

我就用目光去寻找驼爷、飞毛腿，结果他们却踪影全无。

我说：“可是我没有打架呀，没有打架也送礼吗？”

“没有打架为什么开除呢？”

“那我不知道。我怎么知道打架的人没事，没打架的人反而被开除？”

我当时心里飘忽了一下求情的主意，很快就使这个念头全部湮灭，我知道求情是一件很丢人的事，我再不要父亲为我低三下四。我再也不允许自己看到父亲为我如同一条虫似的爬行，让人一脚就可以把他踩得稀烂！

于是我回头继续往前走，故意显出无所谓的样子。

“巴乔——”

司马柯、钟炜、程超呼啦一下围过来抱住我就呜呜哇哇哭成一片。程超说：“我不让你走，我就不让你走！”

我一动不动地被他们抱着，我愣愣的没有泪，只是惘然。我想：“傻瓜，你不让我走，我就可以不走了吗？为了足球，为了我们的友谊，我当然不想走，可要是面对这个号称‘贵族’的破学校，我早就没兴趣了。”

哭声唏嘘不已，天地间响起了一曲圣洁的恋歌……

我们的团聚，使在场的同学自动围成了一个圈，为我们让出了一个极好的场地。谁都知道我们是足球队里有名的“四大天王”，关系铁得密不可分。

我被称为罗伯特·巴乔，司马柯尊称为贝利，程超拥有马拉多纳的称号，钟炜永远是力量的象征，号称巴蒂斯图塔。我们的友情是随着对足球的兴趣不断升温而升华的，一度被人羡慕，然而，现实却让我们必须分离。

怅惘如一缕袅袅的白烟在我心里升起，钟炜哭了，我知道他虽然家境贫寒却最讲情义。从他记事起，摆在他面前的首先是生存问题，而他能读上初二以至上到初三都赖以朋友们的援助……面对我，他感同身受表现出恨不得自己替我顶罪的样子。他转身抱着一棵树一拳一拳地捣着树桩，手上的血一点一点地渗出来……

司马柯这一刻仰望着天，一副沉思状。经常思考使他满脑子充满问题，老师对他时时提出的问题厌恶到了极点。他的问题让老师头痛，因此凡和他相处的同学一并被视为“问题”。

程超的孤独似乎是与生俱来的，他两眼云雾蒙蒙，我的离去好像顷刻间带走了他的勇气和胆量，孤独如同一个黑洞把他紧紧地围住。

他抹一把泪说：“送礼吧，巴乔，没有送礼办不成的事。这是我们的爸爸妈妈试验出来的一条可行之路。没什么可耻的。”说完就把一卷儿大小不等的票子塞在我手里，这是他在“四大天王”中最有条件做到的。他不懂得敛钱，因为在他记忆中，钱对别人最有用，对他却是最没用的东西，但这笔钱是大伙集资用来营救我的。他忽然记起了最重要的事：“送礼得注意保密，我们的爸爸妈妈送礼别出心裁。可我们不会送礼，真丧气。”他低下头，泪水一滴一滴砸在地下溅起了无数个小泪点。

后来我才知道，在我被警车带走的那天中午，凡在南中借读的同学回家后都不同程度地对他们的父母扯了谎，说学校要学习资料费。各家父母没有深究细问，就慷慨解囊，各人按各人的胆量获得一笔数额不等的资金，到学校进行一项地下营救活动——送礼，保我重返校园。

竟是不谋而合，思维惊人的一致。

谁教给的？不知道。

反正老师绝不可能课堂上讲有关送礼什么的，他们也绝不敢说送礼是疏通社会关系的好风尚。

但哪个借读生不送礼能到南中？就算老师想洁身自好，家长们许可你清白吗？无论老师能否顾得过来个个体贴入微关照他们的孩子，他们都要表示对孩子尽心尽力。所以没一个花骨朵般的学生认为送礼有什么不妥，倒觉得这是一次面向社会锻炼自己的好机会。

他们知道送礼是拱开大门的有力武器，也是打开关系大门的生存技能。而且有同学当场列举了种种事实：某某判了死刑，用钱能买回命来；某某判了二十年有期徒刑，送礼减轻了多少多少年……诸如此类，就更坚定了送礼的信念。

于是，在庄严的派出所院内站了三个送礼的人，他们是司马柯、程超、钟炜。因是明目张胆地送，所以没哪个傻瓜敢接受这份庞大的队伍集起来的礼金。同学们深谙送礼的用处，却不知道送礼还需要精湛的技术处理。

送礼人并不见得有理，可他们却个个理直气壮。

警察威严地问："干啥的？"

答说："送礼的。"

问说："送礼？"

答说："营救叶雨枫呀。"

警察眉宇一挑厉声道："谁教给你们送礼的？"

人都在送礼。平日里司空见惯，倒也没觉出有天塌地陷之灾，可他面对的是祖国的花朵呀，"花朵"怎么能染上送礼的毛病呢？将来中国的栋梁之材就在此中诞生，如此平庸的思想怎么能撑起未来的天空呢？无论这"送礼"在社会上如何风行，但在校园里也竟成了毫不掩饰的风气，警察还是抖擞出一些忧患意识，把他们赶出大门，保证了他这一刻心灵的纯洁。

钟炜不甘心，伸长脖子扯起嗓门喊："要是不收我们的礼，你能放出我们的巴乔吗？"

警察说："他杀了人也能放出来？"

"可他不会杀人的，我们敢对天地保证。"

"去去去，赶快给我走开。"

"真正的坏人是'脚'，即使他的头被打破也是坏人！"

警察把他们赶开，不再理睬他们。他们整个人都呆愣着不动了，他们纳闷大人们送礼有效，他们送礼怎么就失灵了呢？

司马柯一向机智，向前跑了几步从兜里掏出一盒烟拦住警察，递过去一根并表现出一副很社会的味儿说："叔叔，我们了解叶雨枫，他学习不一定最好，但他肯定不是坏人，真的。"

警察瞥了一眼他谦而不卑的嫩脸说："放心吧，法律不会冤枉一个好人的，拭拭鼻涕一边玩去吧，人不大法儿还不小呢。”

司马柯不完全理解对方的话，但“法律不会冤枉一个好人”他听懂了。为了更有把握些，一激动就把那盒烟塞进了警察的衣袋里，不等他反应过来就飞快地跑了。司马柯回到“送礼”队伍中，脸上的自信山高海深，兴奋使他通体生辉。他一挥手说：“快跑！”几个人就应声不知就里地跑，跑出一截之后，几个人就像快要断了气一样，呼哧呼哧不停地喘息，目光却一并阳光般地落在司马柯的脸上以求答案。

司马柯说：“没事了，警察说，法律不会冤枉一个好人！一盒烟就可以解决问题。巴乔是好人，这当然没有错！”

程超说：“那你跑什么跑啊，想把人整死啊！”

司马柯说：“万一把烟退回来怎办呢？”

大家就会意了。

司马柯是他们中间的智囊，觉得事情有了把握。几个人就欢呼雀跃起来。

钟炜把司马柯背起来跑了一截以示奖励。

程超还了司马柯一盒烟。

他们被警察的话温暖着，欢欢喜喜地各自回家去了。

然而，事情的适得其反让他们吃惊。他们一并望着天边想，法律是不会冤枉一个好人的呀？这样傻乎乎地想了一阵，眼神里就出现了混乱，而后，我的朋友一并垂头丧气，他们对自己费尽心机也没能挽救我的命运表示懊恼。

大人们究竟是怎样送礼的呢？

他们一并都在思考这个问题，以求我的出路。

司马柯说：“巴乔，你等着，我们会替你搞清真相的。”

程超说：“我一定要想办法替你讨回公道。”

十

我攥着钱好久好久回不过神来，这钱好像是覆盖一切的天顶，它主宰着世间的运行，但并不是对所有的人都能够起到相同的作用。

我仿佛被一股气流渐渐压得喘不过气来，接着是一种腐臭的气味弥漫了我的整个味觉，很长一段时间，程超的话还在我记忆中清晰地回响着……

程超的话其实很有真理性。我亲眼看见过在诡秘的路灯下父亲低着头，东张西望，神色慌张，蹑手蹑脚地钻进一个胡同里敲开了校长的门和龅牙老师的门，第二天我就到了这所令人向往的南中借读。父亲苍白的脸上才有了些血色，好像还有些疲惫之后的快感，也好像只要到了南中我就必成大器一样，更好像谁的父亲能把自己的孩子搞到南中，谁的父亲就最出色最有能力。父亲在我身上享受了这样的光荣，可我却没有给了父亲相应的荣誉。

上课铃响了，同学们不得不和我依依惜别。我攥着钱用目光追程超，程超已经没影儿了，想放弃手中的东西已有些困难。后来有很多同学都认同了程超的意见，就都不同程度地拿了一些钱给我，不知如何谢绝的我说："我不想送礼，况且我没有支使'驼爷'他们打架，肯定是'驼爷'他们陷害了我……"

所有同学的脸上都出现了义愤填膺的表情。

有同学追上来说："'青年杯'足球赛你不管了？留下吧，我们都相信你，真的。"

我沉默了一会儿，眼睛红了，涌出了满目的热泪，表示了我最真诚的感激，但我终究还是得走。以我的力量难以满足同学们的心愿，但我总算找到一点点慰藉，原来一个人活着是为了"信任"二字。可是同学们信任的力量是多么微弱啊，我希望老师相信我、警察相信我，好像才有力量，才能改变我的处境。可是老师和警察均不容我辩解，就算驼爷他们打架不对，可好像我比那些真正打架的人还罪恶滔天一样。

十一

站在窗前，我望着愁苦的父亲，一夜之间，他脸上的苍色就云样地积了尺高丈深的厚，白茫茫的眼睛象征着精神上的某种散失、死亡。砰砰叭叭之间，脸就瘦如刀削斧劈样，那额头上的皱纹丝丝缕缕如犁过的黄土地，静悄悄翻卷着无可奈何的愁惨。

我怯步了，不敢推门，不知道是不愿面对父亲这个样子，还是怕父亲接受不了我带回来的结果。父亲肯定没有想到我会被开除。我愣愣地站着，那记忆的碧霄中闪出了一幅图景：

父亲的肩膀是宽阔的，稳如泰山，我两腿搭在父亲肩上，小手抱着父亲的脑袋，像一个巨人、一个骄傲的王子，父亲的脸上洋溢着青春的激情、希望的火花。我摸着父亲额头上细碎的抬头纹好奇极了，我问父亲额头上为什么会有这么多的小沟，父亲说这不叫小沟，这叫皱纹，你长一岁爸额上就会多一条，长一岁多一条，等你长大了，父亲的皱纹也就填满了，将来你也许是个科学家，也许是个政治家，也许是军事家。那时候爸额头上，条条皱纹都藏满了骄傲……

骄傲是什么含义呢？那个时候我可不懂。及至今天我看到父亲的形象被岁月无情地歪曲了，才知道是我摧残了父亲的骄傲。我低下头难过地淌出了泪，哗哗啦啦有声有响。日光照着我瘦长的影子，歪歪扭扭，我伸了几次手想要推开门，可我终因承担不起给父亲带来的沉重绝望的打击而打消了从此踏入家门的念头。确切地说，还有什么比绝望更让父亲伤心的呢？我知道只要我把结果带给父亲，父亲的精神就会崩溃。因为我既不可能成为父亲理想中的科学家，也不可能成为他理想中的政治家或是军事家，我成了一个令人不齿的“嫌疑犯”而被逐出校门……虽然如此，父亲再不是从前的父亲，因为我面对父亲的时候他不再产生骄傲感。

厌恶父亲吗？可我的心分明在疼……

我开始转身离开家门的时候，并没有预先设定离开的路线。人在最无助的时候其实都是漫无目的。许家的狗在悄悄地窥视我了，恼悻悻的，不像往常那样摇尾乞怜热情非常，却是用很尖锐的眼光盯着我，极不友好，好像还有些不屑的神色。我愣愣地站住了，它的冷淡让我吃惊，难道果然是狗眼看人低？可它好像对我这样的疑问表示不满，张起前爪就要朝我扑来，可惜绳索限制了它的行动。我胜利地笑了，笑得很苦、很惆怅。

我疑惑人与狗之间竟是有着如此多的相通之处，我明确地感觉到今天狗和人的神情一样对我有着一种歧视的味道。我真的成了这个世界上最坏的一个人了吗？我的心开始升起了愤怒，然后我捡起一块砖头就冲狗头砸过去，怕主人出来干涉，我撒腿就跑，只听狗嚎叫了一声，余波儿一直缭绕在我屁股后面，后来我又听到狗汪汪叫个不停，显然是在与我对抗。狗不依不饶的叫声，我突然觉得狗比人优越，它有反抗的权力。

跑出一截之后我茫然地站住了，不回家往哪里去呢？我望着灰蒙蒙的天空，没有任何主意。

世界空荡起来，久违了的孤独滋味又重新贴近……

嘀嗒！谁家把黑漆漆的拖把搭在院墙上，污浊的黑水立即滴滴答答像雨一样地淋了我一头一脸，我的目光立即拉长，躲在一边怔怔地望着污水肆无忌惮地淋下来，抑或它与世俗也行有所约？不然，我怎么会这样倒霉，喝口凉水都塞牙？我莫名其妙地盯着那黑漆漆的污水渐渐地往前走，什么东西又把我绊了一脚，来了一个狗吃屎。路面诡异地嘲弄着我，膝盖磕得生疼。我心里的火气蹿上来，突然想骂人，可是恶毒的声音欲横空出世时，突然又停到半截不响了，因为有哧哧的笑声传来，接着是一张怪异的面孔进入了我的视线，接着又出现了好多雷同的面孔，我知道他们的嘲笑一定是不谋而合……

太阳把水泥硬化过的地面烤得噼啪作响，不该出现的燥热扑面而来，巷道里的风，把各家门前旧年的迎春对联掀动得哗啦啦响成一片，我的听觉里像出现了群兽怪叫的声音。全身掠过一阵冷意，一种难以面世的感觉不知不觉裹挟了我……

巷道里已有不少人在走动，这些怪异的面孔非常冷漠，从他们的神色中看不到对任何事物的兴趣，如果他们个人利益没有丝毫损害的征兆，他们是绝不会烦劳感情系统的。他们好像是一个没有痛苦、没有欢乐、没有感情的怪物，心就像板结了的土地一样干裂，只是偶然遇一个熟人习惯性地龇龇牙，表示一下貌似人的友好。我站在巷道的一端，尽量使自己隐蔽一些，我知道从巷道这一端到另一端有许多出入口，很多人会从这些巷口进去，然后需要一个转折回到自己家中。我也知道整个巷道的出入口都是藏龙卧虎之地，像我这样的人，连狗都生嫌的境遇，他们从我身边路过，一瞥之下会不会心有所动？我不像在派出所里的时候那么理直气壮了，那当儿我从来不认为我有错。可是现在我已经分不清对错了，一切都在颠倒，一切都让我产生混淆。如果你好，为什么还让学校赶出来？学校是多么圣洁的地方，留住的自然都是好的，赶出去的肯定大逆不道。派出所是多么神圣的地方，好人从来与那里无缘，只有坏人才在那里受到惩罚，你能说得清楚吗？当一切人都搭起伙来说你坏，那你再好也好不成了。“你硬，世俗比你更硬”父亲的话一夜之间就有了真理性，演变得真是快如一道闪电，让人来不及有一丁点儿思想准备就直接进入了状况。从现在开始我已不再是好人，连我自己似乎也很快进入了角色。

因此我不敢在谁家门口逗留，他们的孩子个个蓬勃向上，看到我如此灰头土脸的样子又怎能说出他们的心中所想？

后来我仓皇地看到我同学的母亲朝我走来的时候，不住地看我，目光里很有些研究的味道，神色怪怪的。我有些不敢迎接他们的目光，那目光里的含义很复杂，一时说不清楚。我仿佛觉得我必须避开很多熟人的目光，在这些目光之下，我体会到了最初的自卑感，我会成为很多家长教育他们的孩子的宝贵资料。

我仿佛看到父亲在人前低垂着头、理不直气不壮，甚至说话的声音也不怎么高昂，因为他有一个不争气的儿子，他失去了体面、失去了人的资本。我也仿佛看到父亲的精神一点点萎靡，心在汩汩流血……

我不是自己的，是专为父母的骄傲活着的。

父母也不是自己的，是专为别人的羡慕和赞叹活着的。

我已经不能满足他们的需要了，那我大概就没用了吧？为什么所有的人都非要为别人活着呢？一个人为什么不能掌管自己的心灵，为自己活着不关他人的事呢？我在这一刻心里生出了些许惘然，我不知道是谁把我推进了坏人堆里的，导致我不能满足父母的愿望。我也不知道一心想当好人的我怎么就“坏”得彻头彻尾了，别人“坏了”还可以好，自己被认为“坏了”就再也好不成了。这世界究竟是谁出了问题呢？

归根究底我又觉得是父亲的问题，是父亲的隐忍和软弱造成的，他不让我辩解只让我认错。这已成了惯例，及至今天我连认错的机会也没有了。可父亲并不知道我连认错的机会都没有了啊。

十二

天色完全暗下来的时候，这已是第二天的晚上，我蹲在离家不远的暗处正为是否离家出走下着最艰难的决心，可细风儿把父亲的喊声吹过来灌满了我的耳鼓：“雨枫——小雨——你回来呀，爸不怪你了，你回来吧，你到哪里去了呀！我的孩子……都怪我大意，都怪我没有送你到学校去呀……”

父亲一边喊一边用拳头捶打着自己的胸部，好像是胸部阻碍了他送我的行为一样，声音里带着深深的谴责和无奈。这是城市里不多见的找人方式。

我看到父亲仿佛从电影里走出来，如同祥林嫂寻找阿毛的情形正在重复。阿毛被狼吃掉了，他已完全不知道母亲为他是如何焦急。可将要失踪的我，比让狼吃掉还要难受，因为我眼睁睁看着父亲和母亲夜不归宿地寻找我，我却没有勇气把自己还给他们。我没有出息，给父亲母亲丢人败兴，我怎么有脸把自己交回去呢？我忍受着心灵的摧残，再没有丝毫逗留的余地，我站起来，虽然心不停地流连，可脚还是不由自主地一步步拉长我与父母的距离，尽管我走得毫无目的，可我知道用不了多长时间我就会走出思路。

灰暗的魏城，灯光闪烁，却难以照亮我此刻的心。我明明感觉到我与身后的家有一种断根拔苗的疼痛，可我还是得走。

我肚子饿了、口渴了，通常在这个时候，父亲或是母亲总是料事如神，用不着我有任何的表示，一切属于生理上的要求全都替我解决了。可眼下我饥、我渴，没有人愿意满足我的需求。

走出很多熟人的视线成了我唯一的目标，拯救父母的尊严成了我此刻的信念。为了父亲能挺直腰杆做人，我将离他们而去，必须无声无息地消失……

我这样下着最彻底的决心，可是，我眼睁睁看着父亲和母亲焦虑的目光如同扫描仪一样四处扫描，他们几乎不放过任何一个与我相仿的“可疑分子”。我看到父亲截住好几个南中的学生全都认错了，认错了也要拉住人家问长问短，神色非常谦卑，腰依然不住地哈，头依然不住地点，父亲为什么对谁都这样呢?

那学生是一副无动于衷的样子，他们的态度是冷漠的，他们的面孔依然带着课堂上的倦容。越是学习好的学生越不爱关心与己无关的事，他们在老师、家长面前都是神圣的，他们在这个时期自视为未来的社会栋梁，培养出了一副高高在上的态度。他们是骄傲的一族，老师的伟大都是在他们身上得以体现并给予歌颂。如今对于我这种已被人认为是“坏人”堆里的人，他们当然更会表现出一种不屑的态度。

父亲好像顾不了对方的态度，父亲只想从学生嘴里了解到我的行踪，那急迫的，欲哭无泪的样子并没有引起学生足够的重视，好像这种事件一天不知要发生多少次一样，但与他们无关。

可对父亲来说，这是开天辟地第一次，我是他唯一的儿子呀。他希望能引起别人的关注，可这座城市里的人依如往昔从容、自如。

后来父亲就有些神经质了，见一个学生模样的人就截住，也不管是不是南中的，拉住人家的手死活不放，恨不得让人家立即变成他的儿子，冒名顶替一下也过瘾。再后来，谁被父亲拉住谁就惊慌失措，使劲儿甩开父亲的手像躲疯子一样往前跑。

父亲就那么怅然地望着那渐去渐远的身影，僵僵地站着一动不动……

父亲喊我的声音沙哑得像在哭泣，听起来让人颤抖不已……

我在这一刻流下眼泪，为我可怜的父亲。可也就是在这一刻，我一咬牙，再一次转过身去没命地奔跑，泪珠儿滴滴答答甩了一路，风在我耳边嗖嗖地掠过，夹带着父亲的喊声，后来又加添了母亲的哭泣。暗夜中喊声、哭声混杂而来，犹如一条黑色的绸带紧紧地勒着我的脖子，使我喘不上气来，我的心绞疼着，两腿酸软。尽管我并不知道跑向何处，可我还是要跑。

父亲，对不起，真的对不起，我多想做一个好孩子、好学生、有道德的好青年，可是客观世界不允许。

母亲，我多想做一个爱憎分明、血气方刚的好儿子啊，可现实好像不容有血气。

我的朋友钟炜他们替我搞清楚了，我的判断没有错。小非洲、驼爷、飞毛腿他们的父亲为了保住他们的学籍，逼迫他们把所有的错误都推到我身上，说是我的指使、我的策划，他们帮助我犯下了滔天大罪。联名要校方把我开除，还要找一个有势力的人签字。他们集体拽着自己的儿子到“脚”的家里道歉，说他们的儿子脑袋硬，让“脚”的父亲派一个人也打破他们儿子的头，出出心头之恨。

可“脚”的父亲说：“既然你们这样愿意让你们的孩子脑袋开花，为什么不自己拿一块砖头砸上去岂不更方便呢？”“脚”的父亲还说这纯属是败坏他的名誉，法律已经解决了，一切问题与他已没啥关系了。

“脚”的父亲让他们走，可他们谁都不敢走。他们给“脚”买了若干营养品，都被“脚”家的小保姆应命扔进垃圾箱里。他们又给“脚”重新付了医疗费，小保姆再一次应命朝他们的脸上扬了去，他们傻子似的僵在地上不敢动。

“脚”的母亲烦了，就将一盆脏水挨个儿地冲他们的头上浇下去，算是对他们的惩罚，不给他们点颜色，他们是不会离开他们家的，因为前去道歉的人已快踢破门槛了。他们被“惩罚”过之后，个个都觉得接受惩罚理所应当，精神似乎轻松了许多。然后他们把呼吁学校开除我的联名信拿出来给“脚”的母亲看。这是最终目的，没有“脚”的母亲签名是没有力量的。当“脚”的母亲搞清我就是跟他儿子竞争足球队长的那小子，她毫不手软地签了字。于是我的命运也就决定了。

“脚”还当机立断收驼爷他们做了他的足球同盟军，他们不敢不从，个个都做了势力之下的奴仆。

钟炜气不过，当天夜里，一个人孤军作战，把驼爷他们痛打了一顿。这算是对我的一个交待，也只能用这样的办法解决我们的问题。我心满意足了，我完全可以离去了。

我曾经恨驼爷他们不义，可我更恨他们父母的阴险。天下的父母都教育他们的孩子诚实不欺，可他们却逼迫他们的孩子做背信弃义的事，好像让别人替他们的孩子受过是件很过瘾的事。我很想知道人心是什么东西，因为我意识到给我造成最强烈的摧残就是人心本身。

父亲，当你知道这一切之后，你一定又怪罪我生来是个垫背的命，说我什么都不缺就缺一个心眼。你一定又要怪罪母亲整天灌输一些大道理误导了我。然后您很可能不惜重金去为我重新打开某一所学校的大门，或者也如驼爷他们的父母一样去遭受凌辱，为我换取学习机会，不然你又有什么样的办法呢？

父亲，我知道我是“啥号人”了，我知道“我是谁”了，我知道我为什么不能讲理了……可我又能怎样呢？我只有离开你了。只有离开你让我去找回比一百分更值的身份了。

父亲，你不要喊我……母亲，你不要哭了……回去吧，快回去吧，夜深了，不要四处找我了，不然我怎能有勇气离去……我不是存心想折磨你们，我只是想让父亲能够在我的心目中保持高大的形象。父亲，我不允许你继续败坏自己的尊严啊，不允许你如一条虫一样四处为我求情。

我一气给父亲说了这么多的话，已是泪流满面……

为了拯救父亲的尊严，我加快了奔跑的速度，力求甩开身后的父子情长。尽管我看到前面仿佛是无边的黑洞，左右两边似乎有群兽在怪叫，空洞、无助正从我的脚底升起，可我还是要跑……

冷风如刀片一样硬硬地刮着我的脸，父亲的喊声在我身后时隐时现，母亲的哭声时近时远，夜色被搅得一波三折。我怕我的心就要支撑不住了，我多想返回去抱住父亲母亲，可是不行，这一刻的信念牢牢地抓住我，怂恿我朝无边的黑暗中奔去……

B章

我骑着黑马飞上天了，看到了闪烁的星空、包罗万象的宇宙，真旷达。我呼吸着大气层里湿润清新的空气，我听到有音乐在天国里奏响，我还听到月球上有呀呀的读书声。那里也有很大、很现代的足球场，守门员很胖，像一扇门似的，整个身子把球门挡得严严实实，足球射过来他一脚就踩爆了。我对这个守门员很感兴趣，然后我要黑马停下来，我昂首挺胸，非常英武地走进足球场，介绍自己是地球上最好的前锋，想同这位守门员较量一下。我的提议很快被月球上的人所接受。我上场后第一个球就踢在守门员的额头上，守门员向后一倾身，球就进去了，可是守门员把球门压塌了。

场上一阵掌声，夸赞我是英雄。他们说："自从选了他当了守门员，月球已经上亿年没有进过一个球了。地球上的人真是太厉害了。"

后来，他们建议我留在月球上，让我当足球队长，给我最高级的待遇。

我心动了："你们这里讲理吗？"

他们说："当然讲理，我们有最严谨的法律，谁触犯了法律就处罚谁。"

我说："那你们是厉害的人才有理，还是有理的人才厉害呢？"

他们说："当然是有理的人才厉害，连国王犯错误也和我们一样受罚。"

我哭了，泪水变成带血的雨帘撒向地球……接着，月球上的国王举行了隆重的接见仪式，并请求我留下来传授球技。

国王说："我们这里人与人之间和平相处，没有纷争、没有杀戮、没有欺骗、没有讹诈，生命都是平等的，人人都生活得自由自在。”

我听了国王的话兴奋不已，就决定留下来。可是黑马咴——地叫了一声就把我腾空架起，飞入茫茫的太空里，看不到星空，看不到月亮，只感到我向黑的深渊一点点坠落，我的头发一根一根直立起来，衣服被风胀鼓着，坚硬的空气从我的指缝间流过，我仿佛听到上面有人在喊——留下来吧，我们这里是平等的王国，这里能实现你的理想。我只觉得心一揪一揪地疼，我希望自己能够呼应一下，可是我身不由己，一路坠落下去。后来我感到我掠过荆棘，越过悬崖，咣当一声我的身体扎在无数根芒刺上……

光如一记响亮的耳光“啪叽”打在我的脸上，我的全身抽搐了一下，但我睁不开眼睛，我先是觉得鼻尖上有一种凉丝丝的刺激，接着是嘴、下巴得到同样的不适之感，我猛然睁开眼睛，先是看到一个黑黑的鼻子、黑黑的嘴巴，然后看到了一对别有用心的眼睛正在观察我。我哇地叫了一声，神志完全清醒过来才看清是一只雪白的哈巴狗正用粉嫩嫩的舌头贪婪地舔着我。哈巴狗随着我的叫声惊愕地向后退了几步，我这才发现它被一条精致的铜链条极温柔地牵引着，当我的目光顺着链条一节一节地移上去，才看到一个身着白色晨衣的妇人，优雅地露着白哗哗的碎牙，笑着看我，那目光让我怦然心动，我一骨碌爬起来拔腿就跑。在很长一段时间内，我特别惧怕各式的眼睛，可为什么到处是别有用心的眼睛呢？身后的恐惧让我拼命地跑了一截之后，觉得并没有人追过来，然后我就停止奔跑，回头望去，我看到刚刚发绿的草坪上，那美丽的妇人牵着狗，正静静地望着我。身后是一幢淡黄色的别墅，远远望去就像童话世界里的木房子，四周栽满了柔情似水的紫丁香，绿树半遮半掩，环境幽静的让人发怵，看上去如同一幅淡雅的油画……

我鬼使神差地盯住那妇人，觉得她并无恶意。那妇人随着颠儿颠儿的哈巴狗也姗姗地朝我走来，好像在看她的宠物一样地看着我。

她说：“你为什么睡在我的草坪上？”

我说：“我怎么知道这是你的草坪？”

她说：“人是不能如狗一样睡在露天之下的。”

我说：“我找不到合适的旅店当然就露天睡了。露天睡就是狗吗？”

她说：“我当然不希望你是狗，如果你愿意，我可以为你提供最优惠的旅店。”

我说：“我没有身份证。”

她说：“我完全用不着核实你的身份。”

我有些意外地证实了事情的真实性之后问：“多少钱？”

“最少十块。”

我摇摇头说：“如果再便宜一点我会住下的。”

她依然那么笑笑地看着我，作了一番思考之后，说：“可以八块。”

我知道这是最便宜的了，不好再继续压下去，唯恐妇人突然变卦。当然主要是用不着身份的核实，无论条件多么的差，我也只能住下了。我四面打量了一下，这里的别墅错落有致，每一幢别墅都有一个停车库，比我的同学程超的小楼阔多了。不远处有一片浩大的枣林，枣林背后是有显著特征的黄土高坡，枣林前面有一个规模不小的洗车行，全是现代化设备。

妇人说自己是洗车行老板。我听到妇人的自我介绍有些肃然起敬，她居然可以当老板？我想应该加个“娘”字还差不多。

我决定住下的时候，又对妇人说：“住下完全可以，但你得答应我，无论什么人来找我，你都不能把我交出去。”

妇人听了我的话，有一些吃惊，但吃惊之后好像愿意承担这样的义务。她走近我，对我做了一阵仔细研究之后：“我不会成了‘窝藏犯’吧？”

我心一惊，对“犯”字仿佛特别的敏感，说：“我不是坏人，你要是把我当坏人看，我就走。”

她莞尔一笑，她的笑极美、极可爱，让我心颤了一下。

她说：“既然你不坏，我怎么可以把你当坏人看呢？如果你愿意住下，我可以创利八元，如果你不住下我或许可以创利十元。”

为了“优惠”我当然不会拒绝她的挽留。我随她而去的时候，看到的并不是什么旅店，而是一间地下室。

她说：“这是洗车员工们住的宿舍，刚好还有一间。”这种较为隐蔽的居住环境我当然更愿意接受，可是这种寻求隐蔽的心理，无端涌上一股凄凉，扼住了我的咽喉……

C章

一

我是坏人？我成了坏人？我到底坏人还是好人呢？

我开始反省自己，是在想起龅牙老师对我最后的提醒，“你最大的毛病就是刨根问底。”

是的，如果世界上有十万个为什么，那么我的问题就有二十万个为什么。母亲说过我的问题多如牛毛，父亲说过我的问题多如天上的星星。五岁的时候，我就发现了问题。父亲和母亲总是催我吃饭吃饭，于是我就问：“爸，人为什么要吃饭呢？”

父亲说：“因为肚子饿。”

“肚子为什么要饿呢？”

“因为身体需要消耗。”

“什么身体需要消耗呢？”

“因为干活。”

“人为什么要干活呢？”

“为了活着。”

“人活着又是为什么呢？”

父亲一怔，好像他也没有认真考虑过这个问题，于是就有些烦，说：“活着就活着呗，为什么，为什么，你说活着为什么，你奶奶把我生下我就活着了，我哪能考虑那么多为什么。”

我就哇地哭了。

母亲就接过来说："人活着是为了改造世界呀。"

"改造世界干什么呀？"

"改造世界是为了活得更舒适、更富有呀。"

"什么是舒适？什么是富有呢？"

"有好吃的、好穿的、好玩的、好住的地方呀。"

"那咱啥时候才能有好吃、好穿、好玩、好住的呀？"

"不久的将来呀。"

"不久的将来有多久？"

母亲终于也不耐烦了，她说："好我的儿啊，你的问题有没有完？"

我紧咬着下唇做出沉思状，显然是没完。

"妈妈，蕾蕾为什么住的是楼房，咱们住的是平房呢？"

"妈妈，蕾蕾家怎么有那么多好吃的呀？他们家的苹果都往垃圾堆里倒呢，炜炜她们偷偷拣着吃呢，咱们家买回的苹果都不如他们家扔掉的好。"

"妈妈，蕾蕾家吃得好、住得好，她的爸爸妈妈是不是就不用干活了？"

"妈妈，为什么有那么多人送东西给蕾蕾家呢？"

母亲说："捂住眼睛什么也不要看。"

"长着眼睛为什么不让看呢？"

"闭住嘴不要乱说话。"

"长着嘴为什么不让说话？我明明说的是真话，怎么是乱说呀？"

父亲哭笑不得地说："真是个问题篓子。"

可世界上有那么多问题我怎么可以不问呢？

母亲就十分自豪地对父亲说："很多像他这么大点的孩子白痴一个，可咱的儿子已经能想这么多问题，而且都是非常现实的问题。"还说我将来一定是社会的栋梁之才。

"栋梁"是什么呢？我可是不清楚。后来母亲把支撑楼的柱子指给我说："那就是栋梁。世界就是靠栋梁支撑起来的，一层一层的楼就好比是世界，栋梁就是一个一个优秀的人。"

父亲说："还栋梁呢，说不定吃亏就吃在这张嘴和眼睛上呢。"

嘴和眼睛又与"栋梁"有什么关系呢？难道"栋梁"不需要嘴和眼睛吗？可我是人，我怎么可以如"栋梁"一样不要嘴和眼睛呢？

二

记忆的碎片日积月累纷纷飘落。我清晰地记起了母亲阳光灿烂的脸，母亲面对我的时候，总是那么热衷于引导我做一个好孩子。在母亲的概念中，好孩子的模式曾是那样简单。

母亲说："把字写好，十个字写好五个字你就是全市最好的孩子。"

我说："要是写好六个字呢？"

"那你就是全省最好的。"

"那要是全写好呢？"

"那就是全国最好的。"

"我要一天写好一百个字呢？"

"那就是世界级好孩子了。"

也许是在母亲面前我总是最棒的，才导致了我事事争强好胜。

母亲还说过宇宙间有一个圣诞爷爷，他整天在各国视察。哪个孩子最聪明、最善良、最勇敢、最听话、最爱学习，圣诞爷爷就在圣诞节奖励谁最珍贵的礼物。

我于是两手托着腮，眼前经常出现模糊的幻觉，我似乎看到圣诞爷爷在天上飞来飞去，白花花的长胡子在风中飘荡，他拿着各种各样好玩的东西送给小朋友。那时候我并不知道全国大还是全世界大，后来母亲帮我搞清楚之后，我就想，我要做世界级的好孩子了。

于是我开始注意自己的事情自己做，还努力做一个勇敢的男子汉。

就在一天中午，蕾蕾从许家门口走过，一只狗汪汪地狂叫，好像要把蕾蕾吞掉一样。身体一贯娇嫩的蕾蕾吓得僵硬且哇哇大哭，是我挡住了狂叫的狗把蕾蕾护送过去。蕾蕾脱险之后，连谢字都不懂得说一句，脸上浮了一层青紫紫的惊恐，拔腿就跑。

那一刻，我在母亲脸上看到了对我的骄傲和赞赏。母亲说："你是善良、热情、勇敢的孩子。"然后我就在圣诞节收到了"圣诞爷爷"送给我的一面小红旗。母亲说："这是最珍贵的礼物，在任何一个领域里旗帜都是最高奖赏，它代表着最神圣的荣誉。"

可在我的想象中，圣诞爷爷有各种各样好玩的玩具，但他为什么不多造一些小红旗呢？

母亲说："小红旗是圣诞爷爷的上司造出来的，因此才珍贵，只有少数人才可以得到，而且必须是最好最优秀的人。”

从此我对小红旗有了一种特殊的理解。

然而，恰恰是这个美丽的诱惑成为我命运中的第一口陷阱……

我感觉到自己的重要，甚至是唯一。母亲常常给我一些意想不到的奖赏，并且我从母亲这里一级一级提升到世界级好孩子的行列里。我在五岁的时候背会十二首唐诗，还会书法。我带着母亲装给我的满满荡荡的自信，昂昂扬扬进了一家幼儿院，当“第一”成了我潜在的信念。然而在众多花骨朵中间，我失去了在母亲面前的艳丽。

三

我幼年记忆最深的就是想拥有一朵小红花。

七朵小红花如七颗小太阳红彤彤地挂在雪白的墙壁上，跳跳荡荡地波动在我小小的心灵里。老师说：“谁得到小红花谁就是好孩子。”然后小朋友就集体举头仰望，表现出了很大程度的向往。做一个好孩子是多么的光荣呀。我发现好多小朋友都如我一样向往那朵小红花，每当做好一件事都要望一眼小红花。

可是，我曾经怀疑自己笨，只要一动就有犯不完的错误，走路时不住地摔跤，吃饭的时候漏饭，洗手浸湿了袖子，洗脚蹬翻了盆子，早晨叠不好被子，有时候还尿床……这都是不能做好孩子的表现。每当我被老师指出来，自知又犯了错误。回到家里我对母亲说：“妈妈，为什么我总是犯错误？”

母亲说：“凡是活着的人谁都会犯错误的，只是多与少的问题。”

“妈妈，小红花和小红旗一样不一样？”

“性质一样，都代表荣誉。”

“那我为什么总是不行？”

“只要努力一定行。也许有人比你还不行，只是你不知道。”

我低下头，做出一副沉思状，好像又有了一些信心。

为了得到小红花，我一点一点改正自己的错误。

有一次做游戏，老师让我演一个骗人的狐狸，教我如何的聪明，让好多小山羊受骗并且生命受到山洪的袭击，受到狼群的围困，多亏有大象公公救护，山羊才脱险。

老师宣布游戏结束了，大声问小朋友："狐狸聪明不聪明？"

小朋友说："聪明！"

"骗人好不好？"

"不好！"

"小朋友应该做一个什么样的人？"

"聪明诚实的人。"

"狐狸"低着头认错的时候哭了，哭得很伤心。因为我把自己当成狐狸了，我想，当了骗人的狐狸就再也当不成好孩子了。

老师惊奇地问我："你怎么真哭了？"

我说："我不想当狐狸，我不愿骗人，我要当大象公公。"

老师说："下次吧，下次你当大象。"

我说："不，我现在就要改正错误。"

老师拗不过我，就让小朋友重来一次，我当了一次救人的英雄就神气昂扬起来。

我说："老师，我是不是好孩子？"

老师肯定地说："是，你表演得非常投入，很有艺术天分。"

那时候我并不懂艺术天分的含义，但我知道我已经是老师心目中的好孩子了。可是我并没有因此得到小红花，我就问老师说："我是好孩子为什么不给我小红花呢？"

老师说："你各项事情都做好了吗？中午吃饭是不是撒掉饭了？"我低头仔细想想是撒在胸襟上一点点饭。好奇怪，老师的眼睛无处不在，可为什么老师只能看到我的缺点呢？

我为拥有一朵小红花每一件事都做得很辛苦，可是我却一直未能如愿以偿。我每天都羡慕那些戴花的小朋友，我试图和他们接近，也试图和他们玩，觉得和他们在一起，就更能接近小红花。可奇怪的是，老师没有指出我的错误，我也得不到小红花。后来我发现了一个重大秘密，七朵小红花多是被那些坐小汽车到幼儿园的小朋友得去了。老师对他们的父母非常的客气，全不像在我父亲面前那么骄傲。

我茫然了。

有一天，我对老师说："只有坐小汽车到幼儿园的小朋友才能得小红花吗？"我觉得我当时的眼睛一定是如明镜一样透亮，因为老师看我的神色很特别，好像突然在我的眼中发现了自己的影子。她对我提出的问题表示意外，但老师并没有回答我的问题。

于是我回到家里要求父亲用小汽车送我到幼儿园。

父亲说："坐小汽车得花费很多钱。"

我说："那别的小朋友就有钱吗？"

"那是人家自己买的汽车，或者说是当官的父亲才有的特权。"

"什么是特权呢？"

"特权就是特别的权力。"

"那你为什么没有特别的权力呢？"

"因为我不是当官的，当然没有特别的权力了。"

"那咱家也买汽车吧，坐上小汽车我就可以得到小红花了。"

"咱们家哪有钱买汽车，你倒是什么都敢想。能维持简单的生活就不错了。"

"那别人家为什么就有钱买汽车呢？"

"人家有本事呗。"

"那你就没有本事吗？"

父亲好像出现了很长时间的难堪，然后就把话题进行了转换："小红花是一个人的荣誉，荣誉是要靠自己努力，不是靠坐小汽车。"

我又茫然了。

我不知道是该相信父亲的话，还是该相信自己的眼睛。可是我每天都在证实我看到的事实。我还发现有的小朋友一星期犯好几次错误老师都给他戴小红花。

我开始揭发了："老师，蕾蕾打人，躺在地下打滚，吃饭扔了碗，怎么还给她戴小红花呀？"

老师一愣怔，惊了半晌才醒过神来："你的话怎这么多呀？"

我以为老师不信任我，就说："你问桐桐，她夺佳佳的积木，没夺过去就滚在地下哭喊。"

桐桐、佳佳公正严明地证实了这一点。

老师竟被问哑了一阵，但这也并不影响蕾蕾戴小红花。蕾蕾得到小红花就扔了，我多想拣起来戴在自己的胸前，然后很自豪地回家向母亲汇报。可是我不要拣来的，我要老师亲自给。

后来我又对父亲说："爸，你当官吧。"

父亲说："为什么？"

我说："当官的小孩子可以坐小汽车呀。"

父亲就长长叹了口气："官怎么可以想当就能当上呢？等你长大了你当吧。"

我觉得我对当官很感兴趣，我说："怎样就能当上官了呢？"

父亲说："好好学习有了知识就有了头脑，有了头脑统领了人就可以当官了。"

我说："那你没有头脑吗？"

父亲说："有呀，可你爷爷是个放羊的当然不行。"

"为什么爷爷放羊的就不行呢？难道头脑和爷爷放羊有关吗？"

父亲就突然不再说话了，好像很难过，过了一阵说："小孩子懂这么多干什么。"

这我可就不懂了，我不甘心地说："爸，我们幼儿园得到小红花就是好娃娃，好娃娃是不是长大了就可以当官？"

父亲有些烦了，就随意回答说："是。"

我有些急不可耐了，那时候我认定当不上好娃娃是因为没有小汽车坐。父亲说买小汽车没钱，当官又没指望。我就逼着父亲借一辆小汽车送我到幼儿园。我对父亲说："一次，就一次。"父亲不依，我就赖着不走。那时候我最大的法宝就是闹。父亲心一烦，大事即可告成。无奈，父亲就只好打了个出租车送我到幼儿园。

我记得那天的太阳又大又红，仿佛天幕上滚了一个大火轮，不停地向我笑。我神气极了，一路上仿佛觉得所有的小朋友都在为我喝彩。而那一刻我看见路上所有的人都小如地下滚爬的蚂蚁，他们走路都慢如老牛拉车，楼房也因我坐了小汽车而比往常矮了许多，小鸟也惊得不敢飞了，白云也"嘭"地瘫在天穹上不能动了，林荫树也把鹿角般美丽的枝杈直僵僵伸向天空呆住了。汽车河流似的，而我也在这河床上幸福地流淌。我觉得父亲真伟大，没有钱、没有权也可以让我坐上小汽车。这件事在一段时间里一直壮大父亲的形象。我的眸子更亮了，小脸红扑扑的，话也多了：

"爸，星星为什么晚上才出来？"

"太阳为什么是圆的？"

“地球和太阳离多远？”

“人能上月球吗？”

“月球上的人会不会造汽车？”

“世界上最长的河有多长？”

“最深的海洋有多深？”

“天为什么是蓝的？”

……

父亲被我问得昏头涨脑，雨点般的问题砸向父亲，把父亲砸得七愣八怔，答一下不答一下，有时候经意，有时候不经意。就这样一路问一路答，父亲并没来得及回答我几个问题，幼儿园就到了，路怎么会变得如此短？我故意磨蹭着不下车，连出租车师傅都有些着急，可我不急，我希望能引起老师和小朋友的注意。当父亲把我从车上抱下来的时候，我异常独立地说：“爸爸，你回去吧，我一个人进教室。”

院里的小车、自行车、摩托车鱼贯而出，小朋友的哭声此起彼伏。我颇自豪地背着小手朝教室走去。

我发现文文又抱着她母亲的脖子哭个不停，她难道就不想戴小红花吗？哦，她肯定是哭她坐不上小汽车。真可怜，这样一比，我就格外的神气，见人就报告：

“我坐小汽车了。”

“蕾蕾，我也坐小汽车了。”

“平平，见没见我坐小汽车啊？”

“老师，我坐小汽车来的。”

我蹦蹦跳跳一刻也不停地炫耀着，我从来没有像那天那样高兴过。

可是小朋友好像对我的通报均不感兴趣，连老师都不以为然，然而这并不影响我高涨的情绪。这一天我格外听话，故事也讲得好，歌唱得也洪亮，连老师都为我鼓掌。午休的时候最先闭上眼睛，邻床文文爬起来跟我说话，我绝口不言，我闭住眼睛，睡不着的时候就用母亲告诉我的办法数绵羊，一只，二只，三只……数着，数着，一片火红的色彩遮住了我的眼帘，七朵小红花在脑海里跳跳荡荡，时而变成七颗小太阳，时而变成满天的星星，时而又变成了七面小红旗，时而又汇成一片火焰。我慢慢地融入火红中，后来在一阵惊天动地的掌声中，我光荣地走上讲台，小朋友在为我喝彩，老师给我戴上小红花，窗外的柳树笑弯了腰，小鸟在枝头上不停地叫。我全身暖暖的，心跳得厉害。

我看见圣诞爷爷从天上踩着雪白的云彩飘然而至，那长长的白胡子被风吹成了一片飘逸的雨丝，轻轻地落在我脸蛋上，冰凉凉如水一样滑过，舒心惬意。红日当头，天空不见一丝儿云烟，黄爽爽的日光在大地上四处漫荡。我仰头望着圣诞爷爷，圣诞爷爷脸色红润，用芭蕉扇一样大的手掌抚摸着我的头说："小朋友，祝贺你戴上小红花，你终于当上好娃娃了。"说完就驾着云朵飘然而去，声音在天空中渐去渐远……

我久久地望着天穹，随着圣诞爷爷的消失，天空出现了彩虹，像玉女抛下的彩带。还有一群宁静的白鸽，扇动着翅膀在彩虹下掠过，鸽子的哨音悠长而平和地划过长空，如同来自天堂的和声在空域里久久萦绕。

而我胸前戴着小红花，红光闪闪地跳荡在山间，惊飞了一群家在半崖上的乌鸦，它们怔怔地落在远处的高枝上，惊羡地望着我。我还惊跑了三只雪白的小兔，跑一截回头望一下，眼睛都被映红了。

山间的流水潺潺如一首不懈的歌，绿草上簇簇花朵在日光下缓缓绽开，彩蝶忙什么呢？这儿站不稳就飞到那儿去，它和蜜蜂是朋友吗？它们在花丛中忙碌地追逐。听说蜜蜂是专为人类酿造甜蜜而存活的。母亲说做人要有蜜蜂的精神！我小小的身体仰躺在如茵的草地上聆听那小溪的欢唱和小鸟的鸣叫，我融入幸福的梦幻之中……我咯咯的笑声，把邻床的小朋友惊得一乍一乍，把他们全都一个一个地吵醒，一骨碌，一骨碌从床上爬起来揉着眼睛，惊讶地四处张望，最后目光全都落在我的脸上。

我是在睡梦中最后一个笑醒的，当我的两只眼睛像两扇大门哗啦打开的时候，高喊着："我见到圣诞爷爷了！我见到圣诞爷爷了！"

小朋友们哗地围上来说："圣诞爷爷是什么样子？"

我说："啊！好长好长的胡子，白的像雪一样，还有一个闪闪发亮的大脑门，笑眯眯的，他是踩着白云专门来祝贺我戴上小红花，当了好娃娃的。"

小朋友就一起斜着眼睛朝窗外的天空望去，那么神往、那么好奇，说："圣诞爷爷会不会再来呢？为什么圣诞爷爷只来看你呢？"

我仔细想了想说："我妈妈说谁最勇敢、最善良，圣诞爷爷就来看谁。"

小朋友就都羡慕我。

四

时间快如一道闪电，佩戴小红花的庄严时刻到了，我张开希望的小翅膀一劲儿地往前飞，眼睛一刻也没有离开过老师，戴小红花的事似乎是成竹在胸。母亲给了我的自信一刻也没丢失过，我习惯了母亲对我的细心留意，有一点儿小变化，母亲就会及时发现加以表彰，老师当然也给予过我同样的爱护。我今天坐小汽车了，而且也很乖，这是一个重大的变化，老师一定记得。可是最后一朵小红花又戴在了蕾蕾胸前。

老师说："戴回家去给爸爸看，蕾蕾每天都是好娃娃，小朋友，请给好娃娃鼓鼓掌。"

这时有掌声响起来。

可我没有鼓掌，我记得我当时把老师往死里盯，我想，老师一定会拿一朵小红花朝我走来，或者老师突然向我道歉，承认把我忘了的错误，或表扬我今天的重大变化什么的。

可是老师始终没有看我一眼，老师把我忽略了，老师根本就没有注意我。我不干了。

我说："老师，我坐小汽车了呀，我真的坐了，不信你问文文，坐了小汽车为啥还不给戴小红花呢？"

我记得老师的反应很迟钝，好像听不懂我的话，说："就你虚荣，谁规定坐小汽车的小朋友就该戴小红花的？"

我说："戴小红花的小朋友大部分都是坐小汽车的呀！蕾蕾每天犯错误，老师还给她戴小红花，这是为什么？"

老师这一刻往死里盯我，脸上掀起惊涛骇浪一般，然后老师就不大喜欢我了，说我顶嘴，说我话多，还说我眼睛贼。

眼睛贼是什么意思？我不知道，但我不敢说话了。谁在六岁的时候尝到过刻骨铭心的失望的滋味呢？眼里的泪水一波儿一波儿涌上来，三寸长的小"河"在我脸上流淌不止。回到家里，我和母亲谈了很长时间的话。我站在母亲面前盯住她："妈妈，什么是虚荣？"

母亲说："虚荣是贪图外表的荣耀呀。"

我说："当好娃娃，戴小红花就是外表的荣耀吗？"

"当然不是，那是奖励的办法，是鼓励小朋友争当好孩子的一种方式。"

“那别人戴小红花就是好娃娃，我想戴小红花怎么就是虚荣呢？”

母亲说：“这不是虚荣，这是竞争心理，是上进意识。”

“可老师为什么说我是虚荣呢？”

“你大概还不懂虚荣吧？可能是老师用词不当吧？”又说，“你是不是把荣誉看得太重了？”

“什么叫太重了？”

“就是你在做每一件事都是为了小红花，而不是自觉地培养一种习惯。”

“可老师说谁做事最好就给谁戴小红花的呀。”

“不戴小红花并不都是坏孩子，只不过老师是在好娃娃里面选出更好的做榜样。”

“不对，蕾蕾每天闹，吃饭还得阿姨喂，所有的玩具她都霸占着不让小朋友玩，她大便的时候还得我给她拿盆子，她还把裤子穿反，可老师还要给她戴小红花。妈妈，什么是好，什么是坏？我们班戴小红花的人大都坐过小汽车，可我今天也坐了呀，为什么我就戴不上小红花？”

我觉得我的目光一定咄咄逼人，闪现出那个年龄不该有的锐利。不然母亲怎么会大张着嘴不说话呢？也许母亲也回答不了我的问题吧！

母亲只说：“我要好好想想，这里面的问题有些复杂。”

是的，母亲没有像往常回答问题时那么睿智。因此，直到现在我也没有搞清楚虚荣和上进心的根本区别，好像大人也不是特别能搞清楚吧？

我只记得母亲目瞪口呆之后很激动，用她特别柔滑光洁的手抚摸着我的细软的头发说：“乖乖，你才六岁就长了这么一颗复杂的小头脑，对是非问题如此敏感，在不公道面前敢于质问，妈妈不知是该为你高兴还是担心，你开始有思想了。”

我当时搞不清母亲是在表扬我还是在埋怨我，对于门第观念和人与人之间的等级问题，大约那时候我就有很细微的体验，只是我的认识还在蒙昧状态，未被造成特别的伤害。因为母亲常常能制造一些美丽的“谎言”慰藉我的心灵，直到现在我仍然不能平静地面对这个从远古时代就一直存在的最普遍的问题，而且伤害着许多人的心灵。其实母亲是守护我童心的勇士，可她又从来坚持不到最后。母亲可以陪我玩，陪我讲故事，我们曾与“卖火柴的小女孩”共同流过眼泪，可是一遇到现实问题就会被父亲击败。

当时我记得因为小红花的问题，母亲和父亲又有过一场激烈的争论，因为我拒绝去幼儿园，并且坚持要搞清楚我和蕾蕾的差别。母亲就决定和老师谈话。

父亲不让，他说：“谈什么谈，伸手给孩子要荣誉？十个指头伸出来还不一般呢，那么多孩子人家顾得过来嘛。”

母亲说：“我不是非给孩子要荣誉，我要和老师谈谈关于孩子的心灵、思想、眼睛。老师就是孩子眼里的一杆秤，让孩子感觉到不公平，对孩子心理成长有伤害。”

父亲如同训小孩子一样训母亲说：“你是市长？省长？还是教育局长？公平，怎么就能公平？蕾蕾的父亲是人事局长，我是甚？”

母亲说：“总不能这样回答孩子吧？”

父亲说：“这问题是迟早要面对的。”

母亲说：“为什么不能让孩子的童年美梦做的长一些呢？”

父亲说：“梦再长总归要醒。”

母亲说：“你太残酷了。”

父亲又说：“是生活本身的残酷，再说别的孩子就不提这个问题，他就非要打破沙锅问到底，这是最危险的毛病。”

母亲说：“你怎么知道别的孩子不问呢？只有孩子才能提这样的问题，这正是孩子的可贵之处。成人对是非，对等级早已漠然，他们的奋斗只会不停地制造等级，难道那些身居要位的人会考虑到等级对人性的杀伤力吗？孩子的是非观念很强不好吗？”

父亲说：“好什么好，枪打出头鸟，天下的不公平事多着呢，让他学会受委屈，面对不公平有能力承受，他才会有上进心。你每天都得把孩子交给老师，事情挑明了说，老师把不明确的事做得更明确，你又能怎么样？如今的人都很现实，每一种行为都与现实利益联系的很紧，你给人家空谈道理酸不酸啊？我说你还不如给老师送二斤毛线顶事呢。”

母亲睁大眼睛停止争论了，父亲的话像是让她很吃惊。母亲眼睁睁望着我被父亲拽到幼儿园，好像要把我拉下地狱一般。我哭得很厉害，我唾父亲、咬父亲的手，我说：“我不去，我就是不去……”可是在父亲的威严下我不可能不去。母亲试图抱我，却被父亲无情推开，我看到母亲和我一样也哭了，但我明确地看到，焦虑凝固在母亲的脸上。

这种表情我似曾相识。母亲喜欢种花，最喜欢无花而结果的花卉，她在浇水、修枝的时候，就像在给我讲故事时一样的欢乐。当她发现一片叶子焦黄了的时候，就会出现同样焦虑的表情，缺乏水份？染上毒菌？管理不善？每当她和父亲认真讨论这件“重大”事件时，父亲总是一副无关痛痒的样子，好像一切都顺理成章，并不该作为家事如此烦虑，可母亲总是出现天塌地陷一样的伤感……

母亲的担忧，父亲从来不屑，父亲好像忙得很，他从不留心我的追问。父亲的脸总是黑沉沉的，没有一点笑容。他一向对我提出的问题表示厌烦，嫌我多嘴多舌，说再要没完没了地问这问那，就要割了我的舌头。

我非常惊异于父亲的“凶恶”，世界上存在着那么多的问题，我怎么可以不问呢？

五

我的世界还原，是在几天后想通了一件事。

有一天我问母亲：“全世界大还是全幼儿园大？”

母亲说：“当然是全世界大了。”

我说：“那我是全世界的好娃娃，连圣诞爷爷都送我礼物，为什么连幼儿园的好娃娃都不是呢？”

母亲说：“全世界的好娃娃是永久性的，幼儿园的好娃娃是阶段性的。”

我说：“什么是永久，什么是阶段性呢？”

母亲说：“阶段性是几天、几个星期、几个月，永久是没有时间限制的。”

我说：“那我就是永久的吗？”

母亲说：“只要你永久地保持美好的心灵就会永久。”

我低下头想了想说：“妈妈，今天蕾蕾睡起来撒尿，老师要我给她端盆子，我偏不给她端。”

母亲说：“为什么呢？”

我说：“自己的事情自己做，她又没有生病，为什么她的事情让别人做？我这样做是不是坏孩子？”

母亲说：“你应该给老师讲清你的意思，不然老师可能会误解为你不听话。男孩子有力量，帮助女孩子做一点事也是应该的。不过你想促进蕾蕾的自理能力的养成，你也没有错。”

我说："那我算不算永久性的好娃娃呢？"

母亲说："当然算了。"

我觉得我的心好像闪了一道亮光，世界顷刻间还原了。

事实上那是母亲"谎言"的功效，母亲给我设置了一个永远实现不了的理想，但永远让我感到自信。我曾是那么向往做一个好孩子，可现在怎么成了一个无家可归的坏人呢？

B章

一

这一天的阳光与平日截然不同，好像在与我的心情赛跑，匆匆穿过集市、人群，驱赶着我在大街小巷不停地奔走，招工广告成了我视线注意的主要目标。在阳光的映照下，我迅速地浏览了各种不同的工作，因为没有任何的技能，适合我的大约就是酒店服务员了。我想，起码该到五星级酒店吧，那些不上档次的小店不在我选择的范畴，店小二那油渍渍的衣服，两只并不卫生的手在为客人端饭的时候，大拇指总是毫无顾忌地浸在饭食里，吃者居然毫不介意。从中看出两者之间的地位和生活习惯有着相同的特征，于是我大约觉得我不该与这一切为伍。

站在镜子面前打理一下自己，自认为仪表还算不差，比起排队中的乡下人，我的形象一百分的光辉。自信就如雨后的青草疯长疯蹿，我的风度也比他们翩翩自如。但是，我的礼貌用语常常会让他们匪夷所思而发出莫名其妙的笑，难道文明对他们来说是件很奢侈的事吗?

很快这个结论被验证了，由于我的礼貌和秩序一次次被人挤掉，总是截至我，招工就满员了。我只能再一次排着队耐心等待，可我的运气顶糟糕，好容易轮到我了，老板说我苗子虽然不错，可酒店不是保育院，不培养童子工。

我对这样的“幽默”还不习惯，一时不懂其中的意思。后来有人告诉我说是年龄太小，没有工作经验不予接收。

我心里轰隆一声有种天崩地裂的感觉，多么愚蠢，我居然不知道给自己长上几岁。本想再争取一下，旁边的人毫不客气地把我推开了，从他们的脸上能看出对我的落选幸灾乐祸，在他们急不可耐的表情中显示了熟门熟路的优越。虽然他们推我的力气重了一些，可我还是想与他们结成同盟让他们带我一下。然而他们似乎并不与人为善，好像我是伸进他们衣兜里的偷儿，他们的脸色把我甩开了。这个动作让我有了一些经验，想要咨询什么问题得找面善一点的人，否则你定会遭到欺骗和作弄。

然而，搞清了这个问题，我的判断还是常常出现失误，那些看似老实的乡下小子，内心并不与他的外表相同，打工队伍也并不轻易接收谁，除非你与他们是结伴同行的，才肯相互照应。他们的善良是有限的，尤其是你和他盯着同一块“面包”的时候，他绝不会把任何技术性的竞争机密透露一点。开始我并不明白他们的心肠为什么会有那么坚决的排他性，都是同病就该相怜，可是他们没有这样的气量。未接近“面包”之前，彼此还可友好一些，“面包”一出炉，那貌似老实的人眼睛立即变色，就像一只饿极了猫等上了千年未逢的老鼠。在这里，豪横、野蛮是一种力量，斯文、谦让绝不沾光。

这里绝对的自我不容置否。

后来我总结出来了，这都因为一个字——饿！谁都想吃饭，谦让和关照的气度当然就会被饥饿所榨干。你若和他抢吃同一块面包，他当然就会把你当敌人来看。他们对我的防范意识尤其重，他们懒得问我叫什么名字，都管我叫“小白脸”，小白脸的意思大概是认为我面嫩或者是涉世不深吧。其实他们中间有很多人比我也大不了几岁，但看上去皮肤粗而黑，头发乱而硬，长相老成，说一些粗话老道得让人吃惊。在他们面前我当然嫩的可以，虽然听起来不舒服，可也觉不出有太大的恶意，因此我也不与他们计较。可我的宽容也仍不能驱策他们与我有任何一点合作的可能，开始我有些纳闷，后来我看出来了，他们与城里人画着一条界线。若城里人有钱可赚，就是让他们提鞋跟、擦屁眼他们都能弯得下腰。若面对一个无钱可赚的城里人，他们的态度就立即冷若冰霜，好像只有这样才能有机会获得一点尊严感。在他们心里，和城里人打交道只有一种形式：我卖力，你给钱。而我是来和他们分吃面包的，自然不会轻易拉近距离。

我感觉出了我的不和谐，也有一点势单力薄的孤独，可我到底还是总结了一些经验，那些仪态不怎样的人靠得是随机应变的经验，对于诚实和信誉好像不怎么在意。很多时候诚实倒是一口陷阱，这让我在事前拿不定主意，可我也不能“死”在诚实上，稍作考虑，一个机遇就错过了。设若我谎报几岁，问题不就解决了吗？那个乡下小哥比我还小一岁呢，可他却知道隐瞒年龄，并且说他已有二年的从事服务业经历。这种本事一定是无数次的碰壁教会他的吧。从他的身上我取得了积极的态度，疲惫也算不了什么。

二

我晃晃悠悠走在大街上，一种从未有过的放松和自由让我新鲜不已，一时间，学校那长长的甬道被我甩在身后，展示在我眼前的是如此宽广的街市，曾经被赶出学校的难堪，对父母承受力的担忧都如烟雾一样远去了，我尽量显出一些老道的社会味来。天色已经完全暗下来，星星宝石一般一枚枚在天边凸现出来。流光溢彩的霓虹灯下，满大街都是勾肩搭背的男男女女，他们或窃窃私语，或大声发笑，都显得旁若无人，整个夜的空隙都让他们所占据，城市就变得异常暧昧。

一对男女，两人身高比例极不协调，女的纤巧、娇小，脖子如同鸭脖一样修长，面庞透明、白皙，长长的睫毛就如商店里的洋娃娃，看上去很是动人。男的却像一棵挺直的白杨树，细长得惊人。他们的身体紧紧贴在一起，女人白皙莹润的胳膊很费力地攀住男人的脖子，踮着脚尖将自己柔软的双唇，无私地献上去……我看到那女人富有弹性的双唇一触可及的情景，并且清晰地闻到她身上传过来的那一缕儿幽香，心跳的频率加快，我闭住眼睛不敢看下去，可好奇又驱策我勇敢地睁开来，目击的状况是那男人勾下头如一只老鹰，凶猛地叼住女人的双唇……

我的心轰隆一声巨响，整个人软塌塌地靠在树上动不得了……女人轻微的呻吟搅得我口干舌燥，一团色彩斑斓的喧闹挤进我的大脑皮层轰鸣不止，种种幻觉把我托上云端。我在云里雾里漫游着，身体如一团被风吹起来的蒲公英，在空中起起落落，然后轻轻地落下来，我长长出了一口气，刚刚目击的那一对情侣，把我无情地击垮，一种动荡不安的恐惧让我胆战心惊。我突然害怕那瘦长的男人冲过来揍我，因为我好像偷窥了他的隐私，突然产生了一种罪恶感。我问自己这是不是学坏了？离开了父母，我可得把自己看好了，对于情欲的袭击，我还没有足够的思想准备，甚至没有足够的理解水平。没有人发现我的举动，可我自动给自己戴上了一顶“无耻的大帽子”后飞快地走开了。

三

我简单吃了一点晚餐，没有过分的浪费，在未找到工作前，我知道该怎样节省。我回到我的住处，更确切一点，那里是个老鼠聚集交流的市场。午夜，鼠族肆无忌惮地与人共宿，它们来去从容，叽叽喳喳地交谈旁若无人，吵得过分令人心烦的时候我拍拍床沿以示它们肃静。可它们怒目圆睁，好像一副井水不犯河水的样子。如果我再进一步干预，它就干脆蹿上床来与我对峙。毛绒绒的身体、红血血的眼睛不时挥起爪子向我招招手，龇龇锋利的牙齿，令人发怵的目光，我常常尖叫着败下阵来，用被子捂住脸，全身唰唰地发冷……

隔壁洗车工喊：“有人强奸你了吗？”

我便不好意思再叫出声来。

我听到鼠族胜利后的叽叽大叫，用它们特定的语言庆祝它们的强大。这样无数次的胜利过后，我意识到我是房客，它们永远处于主人的位置。此后，每当它们成群结队地出来视察世情的时候，我都恭敬地退在一边让路。夜晚，它们昂扬地穿梭在屋中四处捕食。我怕它们找不到食物来分食我，我就每晚必得留下一个馒头给它们吃。每在这时，我都鞭策自己赶快致富脱贫，走向“与人共宿”的高级住处。

四

洗车行老板的员工又开始聚堆儿打牌，他们的薪水不多，一个月才二百多块钱，可他们夜夜都赌博，有时候为几块钱打起来不要命，败者的凄惨哭声叫人可怜……

有时候，有人推开我的门叫我打牌，我说我不打，那人被我拒绝后的眼神里就发出青紫恨恨的光。那目光比老鼠的目光更多了一层阴狠，多了一层不安全，鼠族只要井水不犯河水就能相安无事，可住处里的人好像不这样，时时有挑衅的可能。在他们的眼里许是看我很有钱？他们的目光总是那么不怀好意，好像我侵犯了他们什么一样。那天，一个洗车工端着饭，从我身边路过，我觉出他故意撞在我身上，碗就哗啦碎在了地下，饭撒了一地，我被这种故意的行为感到意外。还没等我醒过神，他就向我横了起来，硬要我赔他的碗，还有饭钱，一共算下来是二十块钱。我说是你碰我的，他说不管谁碰谁，反正是你损坏了我的东西。

我不赔，我要他讲理。他说他不懂理，他只懂得打碎了碗，没有餐具吃饭。我说他故意，他说我故意。这样我们就争执起来，并且动手打起来，他们人多，吃亏的自然是我，可是骨子里的要强不许我退缩，这样我吃的亏更大，我的头顶上有鞋飞过来，腰上挨着棍棒，脸上被甩着巴掌，鼻孔流出了咸腥的血……虽然我的应战能力也不算太差劲，但寡不敌众，终是占不了上风。

打了一个段落后他们说："不要你赔二十块钱了，你陪我们打一夜牌吧。"他们终于亮了底线，我想，他们一定是想合伙搞我的钱。我这么聪明，我当然不干，不干他们就要继续打。

洗车行老板出现在走廊里搅了他们的局，这个年轻的妇人站出来维护我。她说："怎么了？在跟谁过不去呢？"

她看见被殴打后的我的形象吃了一惊。

她说："这是我留下的客人，碍着你们谁的事了？谁再敢动他一根汗毛，我就炒了谁的鱿鱼！"

他们表示了最彻底的意外之后，都讪讪地笑着散开了。

妇人用纸巾为我擦鼻子上的血，目光却让我震惊。成熟女人对我表现出来的那种东西难以让我遣词造句，她的喘息和手指的抖动令我窘迫，我不要她动我。我跑回我的住处，自己收拾残局，可是妇人抱着她的长毛狗进来，关严了门，懒懒地倚门而立，脸上出现了匪夷所思的笑，看上去好像上帝专门派她履行笑的使命一样，这笑一定醉倒不少人，因为我就是被她的笑留住的。一头酒红色的卷发，常常展示着她的与众不同。这当儿她又露着白哗哗的晶莹剔透的碎牙盯着我，如同一只蚊子触到肌肤一样的贪婪，眼神里一定藏着肮脏这个形容词，一丝不祥的念头如同一只鸟在我的脑子里匆匆飞过，妇人此时的笑，很叫我陌生，她让我惊讶，让我莫名其妙……

C章

一

梦魇的开始，总是如烟如雾。我仿佛置身于沙漠，四面荒凉，嗖嗖的风，没有树，没有房子，没有田地，只有狼群在我身后呜呜哇哇地叫……

我在睡梦中不时地惊醒，然后仿佛听到从很深、很远的地方时隐时现着母亲的哭泣和父亲的叫喊，我的心像被一根很细很细的线勒着，我常常出现痉挛的疼痛……

一到夜晚，父亲的喊声和母亲的哭声总是持续不断地在夜空中旋转，不间断地传进我的耳朵，撕扯着我的心。我好像觉得父亲的喊声是对母亲的声讨，而母亲的哭声是对父亲的声辩，他们只有互相埋怨，再无别的办法。我多想跑出去回应父亲的喊声，平息母亲的哭泣，可我已经没有这种选择。假如我及时出现在他们面前，可能会暂时停息一下他们的悲苦，但会有更深切的悲苦渗透进骨髓里。

因为他们的孩子丢了。

他们的孩子——十七岁的我。我不能按他们的教导去实现他们的理想了，我要另辟蹊径。当然，这并非是我情由所愿，是连我都不明白的一股浊流把我推到了这一步，我要自立门户，踏出一条属于自己的路！既然权力和金钱是覆盖一切的天顶，我凭什么不直奔主题呢？我想，找工作我已有了一定的把握，只要敢撒谎就成。我设想着，若能找到工作，“脚”算个什么东西？他的钱是他父亲给的，他的威势是他父亲的辐射力，可我的钱是自己挣的，我将会成为同龄人中最阔的人。我计划着我第一个月的工资该怎么支配呢?我想，给母亲买一件粉红色的睡衣，让母亲永远美丽，给父亲买一个最高档的公文包，让父亲像一个当官的样子，父亲再不必那么谦卑。我为我有了这样一个目标、这么快就想清楚了人活着的根本而认为自己真是天才的思想家。

这一夜，我梦见我睡在了很多很多的纸币上，我唰啦啦地点着钱，手都点困了还是点不完。醒来的时候，我听到“鼠弟鼠妹”们正分食一张破烂的报纸，吱吱嚓嚓坚持不懈。很长一段时间，我仍疑惑是点钱的声音，及至鼠老弟叼着纸蹿上床来向我报告它的胜利果实时，我才从陶醉的梦幻中回到现实。肚子饿了，很想吃点肉类什么的，可是我没有钱，钱是一个多么有用的东西啊!

可是，父亲曾说，“钱是粪土，知识是最重要的”。

现在想来，这是多么大的谬误啊!钱既然是粪土，为什么所有的人都要钱而不要“粪”呢?粪土多好得呀，全世界最不缺的就是粪土。钱是粪土，难道一个有知识的人，有粪没钱能活吗?在南中，我意识到权力的厉害和人心的黑暗，这一刻我意识到了钱的厉害，没有钱寸步难行，若不是程超的英明，塞给我这一笔送礼钱，饭店不可能因为你没钱凭空给你吃一顿饭。店老板不可能因你没钱白让你享受一个晚上。我能背三十首唐诗，可谁给我一分钱呢?其实大人们整日奔波劳苦，追根究底还不是为了“吃穿”二字?思来想去，钱，原来是老大，钱是第一位的。我想清楚了这个道理就明确了目标。

二

其实，我九岁的时候就对钱有了较深刻的印象，那是前桌牛牛带给我的巨大启发。牛牛的朋友很多，因为他的衣袋里常常出现花花绿绿的钞票。他的父亲像管理企业一样管理牛牛的学习，习惯于物质刺激，百分奖励制，牛牛一个百分可得十元现钞，两个百分可得二十、三十元不等，全看他父亲的情绪而定，因此牛牛就极早拥有了大量的消费机会。课间可以买一大堆糖葫芦、羊肉串、泡泡糖之类的食物和他的朋友分享。那时我并不属于牛牛行列里的人，因为我还属于那种内敛的小孩，正因为内敛才更需要朋友。我也常常被他们香气逼人的食物和千姿百态的吃相所感染，馋涎不间断地往肚子里咽，那一刻我非常怀念幼儿园集体用餐的方式，越吃越香。但我好像是对牛牛的分配权力更感兴趣，有了钱就像一个至高无上的首领一样阔。我也企图靠近牛牛，可牛牛并不屑和我玩，我觉得孤独极了。后来我也就有了一个主意。

那个午后，我斗胆向母亲要五毛钱，我决定也去交几个朋友。

孤独是我们这一代人与生俱来的症结，我们不像父母亲有成群的兄弟姐妹，不必出门求人就可以玩得天翻地覆。同时，我也想告诉牛牛我也有钱。既然钱可以拥有很多朋友，我为什么不使用这个有力武器呢？可这个计划母亲不允许我实行，母亲非要问我买什么，否则，决不放弃为我购买东西的权利。

我当然不能把动机说明。

母亲当然也就坚持她的态度。

可我多想尽快如成人一样拿着钱去买东西呀，在我看来那好像代表着一种力量。

可母亲不给我怎么办呢？通常的法宝当然是闹，可这次我没有闹，我理直气壮地要钱，因为有了钱才能有了朋友！如果没有钱难道母亲能给我很多朋友吗？当然不能，因此我认为这是一件比较严肃的事情。

母亲坚持不给。

我就坚决不走。

母亲无奈，只得拿出两毛钱哄我走，我像是被这两毛钱壮了胆一样，夺过钱来扔在地下还鄙夷地外带了一脚。我突然很讨厌母亲的追根究底，觉得我好像一点自由都没有。两毛没有达到我的目的，我当然不要，牛牛家给的至少是十元，可我要五毛，母亲还要进行克扣。我感觉到了母亲对我的轻视，她一点都不关心我需要朋友的心情，于是转身气昂昂地走了。走出一截之后，我突然有些害怕，可能母亲会追出来揍我？我的肌肉有些紧张，一时间眼前出现了一片漆黑，然后有很多小白星飞溅着，耳鼓里有轻微的嗡嗡声连续不断地震响，这是我第一次对恐惧的感觉。

可身后悄无声息，我回头一看，母亲早被我的行为惊呆了！母亲泥塑一般，脸上出现的不是恼怒却是悲凉，我突然觉得母亲如此的状态不如打我一场让人放心。于是我放慢脚步希望母亲完成这个程序，可我却没有等到母亲的武力。

下午我当然没有能力去收买朋友了，孤独就是在这一刻开始的。但是，晚上我依然对自己给母亲发脾气延伸着恐惧，因此我这天的功课做得又快又好，以此抵消母亲的愤怒。

可是母亲并没有打人的征兆，却像班里爱告状的女同学一样，把我的行为汇报给了父亲，父亲显出天塌地陷样，好像不把这件事情搞个水落石出，天下就会大乱一样。俩人第一次思想达成了共识，合伙拷问我要钱的动机，不然就要武力解决。

我不得已交待出了“动机”。

我记得父母亲大张着嘴说不上话来，他们通过这个小小的“动机”透析了我对钱的兴趣和攀比心理，觉得我是个堕落者，于是就讲一大通道理让我改邪归正，诸如：金钱是毒害人的肿瘤之类。

我不明白钱怎么会与肿瘤有关呢?

父母亲的教育学术也太不通俗了。

我不明白大人们整天不择手段地为钱奔忙，甚至为几个奖金或一级工资争得鱼死网破，可小孩子一提“钱”字就好像一夜之间把思想烂掉，像爹死娘嫁人一样可怕。生在向钱看的年代了呢!

三

据母亲提供，我出生的时候正是重大的变革时期，打破大锅饭，“小锅”万元户像雨后的青草疯势势地长。这个时期也许不产军事家，不产政治家，也不产艺术家，却盛产款爹、款娘、款姐、款爷。很多思想前卫的父母，当机立断扔掉曾经梦寐以求的“皇粮”这个铁家伙，“下海”捞钱，个个捞得膘肥体壮，盛气凌人，让人看一眼就羡慕得打一个哆嗦。如此的大款、特款，又同款子、款孙，同坐一室，潜移默化能不感染一些“款”的习气吗?

那时社会上正时兴物质奖励，据说我的父母亲曾被空虚的精神搞得很无奈，他们刚刚羞羞答答尝到了一点点甜头，还没有彻底放心大胆地从精神的此岸直奔物质的彼岸好好地享受一下，猛然被他们的孩子们提出来，仿佛像日军侵华一样可怕。他们面对金钱物质从感情上心急如焚，可在理智上又充满了彷徨，他们的生存意念如同被风吹起来的破纸片在空中飘忽不定，导致他们的孩子思想也混乱不堪。因此，我在要求父母亲也如牛牛家一样实施百分奖励制的时候，父亲一巴掌就把我扇得不敢动了。父亲就是在那一刻告诉了我“金钱如粪土，知识最重要”的道理。

母亲也不失时机地向我灌输“精神第一，物质第二”的品格。

可是无论父母亲的道理讲得如何精辟，我还是想不透彻，大人们嗜钱如命，为什么小孩子爱钱就是不良习惯呢？

四

“金钱使一个人加速堕落，金钱是私欲膨胀的毒瘤”。

这种一直不被我理解和认可的说法，很快在牛牛身上应验了。牛牛拥有了很多朋友，只贪玩不学习，结果成绩由双百分落到单百分，又从单百分落到没有百分。可牛牛有办法，为了得到百分奖励他居然弄虚作假，借了好学生的考卷回去领父亲的奖励。这样做，第一，能保证他父亲的良好心情；第二，能在玩伴们面前保持至高无上的地位。牛牛的伎俩非常的简单，感谢发达的科技，为他提供了消字灵，把别人的名字轻松地一盖，牛牛从容地爬上去，不动神色地领了奖，便可以请他的朋友到游戏厅里大阔特阔地狂欢一次。然而这个伎俩很快败露，父母毒打、老师狠批，牛牛很快成了欺世盗名的谎言大师，很多同学在老师的严格监管下不再和牛牛接近，而牛牛也拿不出足够的资源让他们去享受。王子一样被人簇拥惯了的牛牛，一下子沦落成了孤家寡人，好端端的学生被金钱毁掉了。血的教训！

而牛牛父亲却执意认为是游戏厅对儿子造成了毒害，他的职工们因物质奖励，效益月月有增无减，怎么对儿子起了反作用呢？

看来对金钱的承受力是有年龄界限的？

于是，牛牛父亲一气之下把游戏厅砸了个七零八落，反正他有的是钱赔偿。可砸了一个游戏厅无数个游戏厅蓬勃起来，牛牛和大批学生的魂已被游戏厅缠得魂不附身，分不清了日月星辰，就像吃了大烟一样上了瘾，家长叫苦连连。牛牛父亲无奈，气急败坏地找到班主任，把一千块钱甩在班主任面前说：“我每个月给你一千元，你给我把牛牛盯好了！”

老师惊呆了，说：“校内可以，那校外呢？我是老师不是保姆呀！”

牛牛父亲说：“保姆有资格挣一千块吗？”

牛牛父亲相信重奖之下必有勇夫，好像他是中国土地上第一个认识钱的力量的人一样！

牛牛父亲很自信地走了，老师攥着钱，陷入了长久的沉思。

是窃喜？意外？还是忧虑呢？不知道！既然钱是毒害人心的东西，老师就该不接收吧？

牛牛父亲摆出了有钱人的气派令人敬畏，可是他已意识到金钱毒害了小孩，难道就不怕毒害了崇高的“人类灵魂工程师”吗？

不久后，出现了一次座位大调整，通常是好学生坐在前三排座，按学习成绩类推。调整后牛牛坐在第一排，还有几个学习不太好的学生也跃居前位。很多人都觉得意外，但那时候老师的意愿就如皇帝的圣旨，谁都不敢问这问那。

但我又犯劲儿了，我说：“老师，雅男和我分数一样，怎么就可以坐在第一排，我却依然还坐在第四排呢？”

老师对我提出的问题出现了暂时的陌生感，通常这类问题是无人敢问的，但老师很快找到了答案，说：“雅男眼睛近视，需要照顾。”

这是一个极为充分的理由。然而，我又说：“好多同学都近视为什么还在原位？难道他们不需要照顾吗？”

老师又说：“这次几个同学调整了位置都有特殊的原因，请同学们理解。”

于是，我和许多不服气的同学就都傻乎乎地给予了理解。

牛牛经常不断被老师叫起来提问题，牛牛常常是面红耳赤。

这个年代，老师最爱叫谁答问题，就是对谁特别的关照，通常都是家长委以“特殊”的重托，而老师尽可能地还他们的“人情”债。

但所有的同学都羡慕坐在第一排的同学，因为这个座次代表着他们在班里的威望、荣誉和地位，即使明知道他不够格也还有些羡慕。总之，这个座次代表着一个人某一方面的优势。人生最初的欲望开始在我体内涌动，我对这个座次有了特别的想法，可我没有想到这种欲望引出的一连串我意想不到的情况让我惊慌失措……

B章

一

薄薄的云，天空始终蒙着一层灰。我站在街角，望着热闹的集市，熙攘的街道，匆匆赶路的人群……仿佛这一切都与我相距很远，并且有些格格不入。

我躲在街角擦了一下鼻孔里流出来的血，一种咸咸涩涩的东西在我眼睛里打转，但我知道不能让它泛滥成灾。我得坚强，用耐力忍住悲凉，把希望寄托在我迎来的一个又一个的黎明当中。

奇怪的是，人人都有做错事的时候，人人都能逃过罪责。为什么我一有错就会受到惩罚呢？我知道我兜里的钱已经用完，再找不到工作将会流落街头。因此我有些急不可耐，应聘时我插了别人的队，结果被人甩开，我只好再讪讪地回到原来的队列，结果原来的队列也因我临时出动而不容我。我不服，不服就挨了别人的拳头，就像过街老鼠，人人喊打。我被这气势压垮了，我又忘掉“我是谁”了，我和他们其实毫无差别，我甚至连他们都不如，因为在投机钻营方面我还没有足够的技术力量。这里不缺武力，也不缺蛮劲儿，若不是我确实认为自己有错，豁出命和他们干一场又怎么样。可是，我容不得自己有错当作没错与人争与人抢，这就足以证明我没有生存的心理素质。

我知道我多少比他们讲道德、有礼貌。我骨子里流淌的血液比他们文明，可是现实逐渐让我懂得，文明也有阶层可分，生活在最底层的人好像容不得讲文明，他们不像电视里的应聘程序那样优雅，老板坐在对面，应聘人员回答老板所提出的一切问题，只要对答如流，就全看老板的兴趣而定。而我们用不着复杂的问答，只要有服务经验，能接受老板所提供的可怜的薪水就成。挣这点点可怜的薪水的群体简直太多了。可也并不是每天都有应聘的好运，即便有也是供大于求的局面，因此在等待的队伍中常常发生战争。他们没有足够的物质基础使自己“文明”，他们不横下心去抢去争就没有自己的份，没份就会饿肚子，这个死理，文明解决不了。可我怎么样就可以把那点点微弱的文明习气从心里面驱逐出去呢？靠空想不行，得有厚颜的本领。

当一个人生存不下去，但还想要命的话就会长出饿狼般的爪牙，只是我的爪牙还没那么锋利，若我无视他人的存在只顾自己争抢，首先过不了自己这一关，好像挨打也是应该的。我也知道老实、讲规矩是生存的陷阱，可是我做了几次尝试均不成功，我变不成没理争三分的无赖，这是最要命的。撒谎也不从容，声音发颤、话语结巴，红晕一浪赶着一浪，漫布在脸上，因而我一次次被淘汰下来。别人都有出奇不意的伎俩，而别人的“经验”对我而言竟一条都用不上。老板问有无服务经历，答者说两年，事情就定了；可老板以同样方式问我，我以同样的方式回答，老板却要像审视坏人一样地打量着我刨根问底，在哪个酒店就过职？为什么要跳槽？

跳槽？什么叫跳槽？这个新名词不像对待人，倒像对待一头牛或是一头猪。我感到有些受辱，可肚子饿顾不了这么多，无论是对猪还是对牛，总之，老板的问题如长江黄河般地涌出来。

我怎么可能知道那么多呢？

于是，我的谎言就败露得彻头彻尾。不过老板好像也见怪不怪，他说你急于求职的心情我也理解，如果你愿意留下也可以，但你得交一千元培训费……我到哪里去拿一千元呢？一百元也拿不出来。

我很像坏人吗？为什么我总是面对很多没完没了的问题，像是陌生得犹如掉进了看不见亮光的黑洞里。经验对我而言永远是错误的儿子，好像我不配在这个社会存活一样，我加入不进生活的潮流里，那里面有无穷的难题……

二

街角上一个女孩儿在哭，和我的年龄差不了多少，她哭什么呢？难道她也无家可归了吗？我心有所动，她瘦削的身体，还不具备成熟女性肉体上的弹性，她的头发好像也学着时髦女郎染烫过，但看上去营养不良，或者是劣质染烫导致头发干燥蓬乱，她满脸是茫然无助，如同一只鸟，筋疲力尽时找不到可以栖身的枝头，那么孤单、那么落魄……

我蹲下身，对她进行了认真地翻阅，从她的情绪中我找到了自己的特征。我想起了街头上“卖火柴的小女孩”，我很担心她有一天夜里会冻死在街头。那些谈天说地的人均不在意别人的事情，好像谁死谁活都与他们无关，面孔千篇一律的漠然，好像见了老鼠在天上飞翔都不奇怪。我很想去安慰她，并且想牵住她的手给她些温暖。我说：“你为什么哭？”

她警觉地躲闪着我的目光，缩了缩身子低下头。

我说：“我不是坏人，我是出来找工作的。”

她突然抬起头睁大眼睛闪着烁烁的光亮，在光亮中我看到了某种不可抵御的勇气，她看看周围无人，便压低声音说：“小哥哥，你要我吗？”

听口音是个外乡妹子，我茫然地摇摇头，说：“我为什么要你呢？”

她伸出五个指头说：“你只给五十块钱，我就把我给你。”

我摇摇头。

她说：“那四十。”

我依然摇头。

她咬咬牙说：“三十。”

我就惊奇地盯住她不动了。

她又说：“二十。”

她看我没有反映，就竖起一根指头在我眼前拼命晃动，目光有些歇斯底里，看得出牙在嘴里也不老实，吱吱嘎嘎帮助她在促成某种事情。最后她恶狠狠地把所有的指头都收起说：“那就五块钱，行吗？”语气中已带了破釜沉舟赔血本的意味。

我说：“你是不是饿了？你也找不到工作吗？”

她点点头，目光瓷瓷地不知盯着哪儿，疲倦地说：“我两天没有吃饭了，我们被酒店老板骗了，开始他说试用期工资二百块钱，试用期满逐步加薪，可是期满后并不加薪，工资还要被老板七扣八扣，每个月只够吃饭，然后我们就集体辞职。结果我连吃饭的地方也找不到了，连我们当初一千元押金也要不出来了。我想回家，可是我没有路费……”

我说：“我没有钱，不然我一定会帮你回家的。”她的目光就倏然暗淡下来，她说：“小气鬼，那些大姐姐给那些男人，最低价五十，最高的几百几千呢，我才不相信你出来找工作不带钱。”

我怦然心动，看到了她的眼神与她的身体有着极不相称的成熟和世故。我也看到她满身的疲惫，但充满了求生欲望。我说：“你是在出卖自己的肉体吗？”

那女孩儿就雀儿似的拔腿跑了。

我想我表现出来的吃惊面目一定很可怕，不然那女孩儿不会跑。那女孩儿让我立即感到这世界很可怕，女人为活命可以一点一点卖自己，那么男人身无一技之长，为活命卖什么呢？我的心仿佛被芒刺扎了一下。童话里的女孩想吃面包到街上去卖火柴，可现实里女孩想吃饭为什么卖的是自己呢？难道除了自己之外，再无可出卖的东西了吗？哦，也许她出卖力气了，可是挣不到钱。

三

我离开了一场陌生的故事，又进入了令我同样陌生的场景。

洗车行老板的眼睛总是红红的，像整夜哭过。

后来有人说她是被“大款”包养的一个“二奶”，也有人说她眼睁睁看着她男人与别的女人勾肩搭背在大街上游走，她曾经为此大吵大闹都无济于事。再后来，男人为门外的女人买了车，肆无忌惮地在她面前晃来晃去，听说还为其“合欢”买了一幢和她同样的别墅。

她的眼睛由红变呆，终于败下阵来。她只满足于男人为她所提供的丰厚的物质，日日慵懒在家里，洗车行无非只是她名下的一份资产，她并不参与任何经营活动。

黄昏如期抵达，我带着一身的疲惫走向那间地下室的时候，被洗车行老板的目光绊住了，她沉默无声，龇着白花花的牙，脸上却有坏坏的笑。她为什么总对我这样笑呢？我在凝视这一脸笑的时候，总有不祥的念头闪过，而这样的目光和笑容却越来越频繁地绊住我。我知道我已经拖欠了她很长时间的房租，心里总有些发怵。她总是命令我，“去，把卫生间的手纸给我倒掉！”“去，把厨房的垃圾给我倒掉！”“去，给我的贝克（狗）洗洗澡”……

我白住人家的房，不能不听人家的指派。可是，这一刻她又让我做一件超乎常规的事情。她说：“替我买一包舒肤佳卫生巾去。”由于事情突兀，我脸红了。她说："脸红什么，小孩子家家的。快，接钱呀。"

我依然表示为难，不情愿。

她忽然笑了："给你十块钱跑路费行了吧？"

我一听钱，肚子就立即造反，十块钱对我而言可是一笔巨款，省着点可以买四十个馒头。一道闪电亮过脑系，再为难的事也无理由推开。因为肚子，人的羞耻心都毫无意义地丧失掉。在这种境遇中，记忆中的父亲总是催我读书、读书，"书读好了就是人才，书读不好就是奴才。"这话如此精辟地透析了我此时的行为，我的心开始涌上了酸楚……

黄昏的天色熟悉而清冷，城街上的人们在为生计而忙碌地奔波。我攥着钱，想到街头哭泣的女孩，她会不会饿死在街头？假如她推迟一些时间遇上我，或许我可以分给她五块钱用，可是她跑到那里去了呢？我的心头袭来阵阵惆怅。

临街店面的玻璃，已荡满灰尘，里面的货物好像停滞不动。我看着柜台里的"舒肤佳"一言不发，很多人对我的沉默无心探究，只有店主人对我有所察觉，她脸上出现了迎接财神一样的喜悦。可是"舒肤佳"就如固定在我心里的一个"耻"点，我死活难以启齿。店主人在长久的等待中好像出现了失望的情绪，许是她急于关门才不客气地逼问我："买什么？你到底要买什么？"那语气大有豁出去了的决心，宁肯我什么都不买也要我赶快离开店铺，好似有更重要的事情要做一样。大约看我这样子也给她带不来多少经济效益，那市侩的嘴脸就暴露得淋漓尽致。

我不得已才说出："舒——肤——佳！"

她笑了，在完成着一切货币交换的程序中，她并没有放弃对我研究的态度，她诡秘地一脸戏谑："给谁买的？看把你羞成啥样？"我不听她的啰嗦，转身飞快地跑出她的视线。我喘着气，好像受到了天大的侮辱，我难以恢复我正常的心态，我也早不记得还有十块钱的交易不容我拒绝。我把所有的怨恨都发泄给了舒肤佳，要你"舒服"要你"舒服"，无辜的舒肤佳被摧残得面目全非。我惊呆了！怎样交待老板娘呢？这是个问题。

一缕儿细风吹来阵阵的饭香，随着生理上的反映，头脑渐渐清醒。一个小饭店哧啦一声油烟四起，接着肉香味儿弥散而来，生的意识又强烈地诱惑着我。无论如何"舒肤佳"可以换十块钱呢，我把舒肤佳抢救起来在裤子上擦了又擦。回去递给老板娘的时候，她并没太注意，只是坏坏地盯着我笑："知道这是干什么用的吗？”

我说：“不知道。”

“是女人来月经用的。”

我的脸哗一下如同一根点燃了的火柴，热辣辣发烫，立即让我陷入了难堪的境地。

她说：“知道垫在哪里吗？”

我说：“不知道。”

她指指裤裆说：“小傻瓜，在这里——”

我无地自容。我恨不得唾她一脸。

她却快活地笑着说：“今天我来月经不方便，把盆里的衣服帮我晒出去。”

我说：“凭什么？”

她说：“再给你十块钱！”

钱钱钱，又是钱！可难道我不需要钱吗？哼！舒肤佳都买啦，难道还怕晒一下衣服吗？可我拎起来的竟是女人的胸罩！

她说：“见过没有？知道在哪儿用吗？”没等我反映过来，她就掀起衣服两只白嫩嫩的大奶子虎视眈眈地横在我眼前……

我突兀惊呆了！

C章

一

经历了前桌牛牛的教训之后，我好像觉得父母亲的说法是正确的，毕竟成绩好可以使很多人羡慕呀。我开始暗暗竞争第一排的高位，最有力的证明当然是成绩，因为我还不懂成绩以外的东西。

我希望有好多人羡慕我。

可是生活并不能如人所愿，因为粗心，我总是得不到双百分，不仅我丧气，最主要是引发父亲的一声声叹息，我吃饭的时候不敢看父亲，因为父亲叹息归叹息，可还总是把菜里的瘦肉尽往我碗里拣，我不吃白肉，父亲就把白的吃掉红的给我留下。

母亲说："这样惯孩子不好。"

父亲说："总有一天我让他知道不好好学习对不起我。"

后来我就红肉也不吃，我怕对不起父亲。

可父亲又不依，说营养上不来脑子就发育不好，学习会更糟。父亲没有想到他设计的"良心债"会让我抗拒。吃饭时他出现了无可奈何的表情，就只好一个人躲开，试图让我恢复原状。我看父亲不在身边，果然忍不住吃肉，即便父亲偷看了也不拆穿我，一个人偷着乐。父亲满足于我的配合，好像也不敢有过分的要求。只是家里无论吃什么东西一分为三的时候，父亲从来不吃他那一份，他总是放在一边，等我去吃。

母亲说："这氛围不民主。"

父亲说："只要他学习成绩好，我不吃饭都情愿，只要他有出息，我当驴做马都高兴。"

母亲说："这是畸形心理，对孩子情感发展不利，会让他养成利己的习惯。"可父亲依然照他的逻辑对我日复一日的奉献，日子久了，我也真的不记得什么东西还该有父亲一份。在生活上父亲比母亲还要细，可有心里话我更愿意和母亲说。

在上初中之前，我穿鞋没有系过鞋带，即便鞋带在外面开了，也一样坚持回家让父亲为我效劳，好像这项工作与我无关一样。鞋带开了把我绊倒好几次，有一次把我的门牙碰掉一个，血淋淋跑回家里，哭声震天动地，泪水和血水汪洋了一个世界……

父亲说："我要死了，你也不知道系一下你的鞋带？"

我说："我不会呀！"说这话的时候我毫无一点惭愧。

父亲说："你会啥？就这样侍候你也给我考不下个一百分！"

有时候我不以为然地笑笑，有时候笑也不笑，就那样理直气壮直挺挺地站着，父亲单膝跪下给我十分认真地"工作"。

我说："爸，要是我上了大学你会跟着给我系鞋带吗？"

父亲好像十分乐意交流这个问题："系，你要真上了大学，爸就去大学给你系鞋带也光荣。"

我说："那我要出国留学呢？"

父亲说："会不会有这一天啊，要真有这一天，那我就跟着你到国外去系呀。"

父亲的爱心就这样毫无原则地奉献给我，他的感情好像以我的学习做着巨大的抵押，十分的辛苦，可我却毫不介意。在学习上我确实也想让父亲光荣一下，可总不能让他满意。

后来我问母亲说："为什么我总是不行？"

母亲微笑着说："谁说你不行，再加一把劲总行，不是就差三四分的距离嘛！"

我对母亲的宽容总是充满了感动。学习的负担一天重于一天，每一个小节考试，落差都是七上八下，而我总不能按自己的设想冲上去，我总怀疑那些比我强的人会不会是脑细胞多长了一万个？一个人，希望有多高，失望就有多深。打击多了，信心就小了，于是，厌学的心情也就无以复加。后来我上课开始走神，脑袋里总有一些奇奇怪怪的东西出现，一会儿我想变成一条观赏鱼供人养着觉得轻松，一会儿又想变成一条巨大的鲨鱼称霸海洋觉得爽气。一会儿又想变成一只鸟自由自在在蓝天上飞翔……总之，能逃避人间繁重劳动的活动我均想过千遍万遍，但均不能实现。坐在第一排的愿望并不因我无数次下决心而顺利实现，意志和现实总不一致。

二

就在一天夜里，我想也没有想到，我会坐着宇宙飞船潜入美国最先进的科技大楼去完成我的设想：寻找一种东西——知识输送器。这是我跟母亲反复讨论的一件事，结果是翻了很多资料都没有这项科研题目。我失望极了，问一个大鼻子老外怎么不创造这个对后代最适用的东西呢？全世界都在研究如何减轻人类劳动的各种科目，为什么不研究如何减轻学生的劳动呢？每天叫喊关心下一代，实际上，下一代弱小的身体都快要压垮了你们都不关心。我们儿童没有国籍限制，因有国际儿童节为证，如此，我以国际儿童的身份批评了大鼻子老外。

老外说：“我们还没有想到这个呢，这个信息非常珍贵，也非常新奇，要保存下来，然后打报告争取国际科研资金，马上投入研究。”

我说：“研究出来你会首先给我们中国儿童使用吗？”

老外答应首先给中国，而且认为中国是个大市场，因为中国的孩子负担最重。

当我愉快回国的时候，老外给了我一笔信息费，说再不准给任何人透露这个信息，给了我这笔资金表示一种成交。我还不太懂“成交”这个鬼勾当，但几句话可以在美国卖十万美金，令我吃惊。我想，这下我可以拥有很多朋友了，我可以超过牛牛了，我有了朋友一样不理牛牛。这样想着，我就高高兴兴准备回国，可是行至英国境内，宇宙飞船需要修整。然后进了英国科技大楼，英国博士汤姆斯得知我十万美金卖了一项科研信息非常可惜，他说：“太廉价了，你们中国人真是眼光太短浅了，十万美金就要把珍贵的科研信息给了异国，那我们以五十万英镑的高价买回来可以吗？而且科研专利你可以终身受益。”

我说：“那你们可以马上投入研究吗？”

他们说："当然，如果你愿意留下继续提供想法我们将十分欢迎。"

我于是就留下了，我和英国博士把一百个人脑打开，研究了人脑的构造，以及人脑在睡眠期和工作期的兴奋和沮丧状态时接收信号作了研究，发现人脑发射出来的电磁波各不相同，有的强，有的弱，强的可以影响弱的思维，因此，人与人之间出现了聪明、愚笨之说，人类才出现了劳力与劳心之分。有的人理性电磁波发达，有的人感性电磁波发达，还有的人逻辑电磁波发达，所以人类出现了科学家、艺术家、哲学家、政治家、军事家以及普通的劳动者。

上帝不给人类同样的智慧，但我却要给人类同样的机会。

我认为最好是在睡眠期把知识输入大脑，等到白天可以尽情地玩。

英国博士同意我的看法，他说："在最安静的状态，输入的知识最牢固，因为不受外界影响。"我们夜以继日研制出了世界上第一批知识输送器，以人脑电磁波发出的电波信号与输送器发出的电波信号进行信息的互相转换，接受知识输送。

结果令人满意。

回国后，我把和我一样的倒霉蛋同学都免费增送一台，让他们均有机会坐在前排享受光荣，而我是第一个。

三

马蹄表响得惊心动魄，我睁开眼睛，一缕初升的阳光如小猫咪的舌尖舔着我的脸，麻酥酥，暖洋洋的，我以为我依然在异国漫游呢，却发现我好好地躺在床上，许是因为从美国到英国，天上地下的折腾，被子都被踢在了地下。我在床上静躺着寻找感觉，回想睡梦中的壮举，我一骨碌爬起来就把这个伟大的梦告诉父母亲，父亲脸上出现了恨铁不成钢的表情，认为这是懒惰，懒惰意味着淘汰。

我说："这是科学。"

母亲笑了说："这真是一个伟大的创意。"不过，她又说："科学需要知识。你的想法的确很奇特，世界上绝无仅有，好好保密，肚里有了知识才能把它创造出来，小傻瓜。"母亲的话一向很有力量。为了创造，我学习热情得以升温，我暗暗下了死劲儿，那个学期我学得很苦很累，但我并不知道我是否能有相应的成绩。考完之后我不去看考分，却有人对我说："你考了双百分。"

我眼前腾一下闪过一道亮光，觉得这世界好像有了些变化，我虽然没有热泪盈眶，但情绪的高涨却是无以复加。我故意以平静的外表掩盖内心的沸腾，用眼睛的余光扫视着所有同学的面部表情。我想他们怎么也该羡慕我一下，以示我努力的结果。可是最成绩坏的同学都平静得如一潭死水，倒是好学生对我有些异常的表情，却是看不出羡慕的味道，好像我的双百分是冒名顶替一样。

四

自信的恢复绝对来自于“双百”的帮助。

回家时如一阵轻风，思想又长起了翅膀满世界漫游，母亲说：“我是个有理想的男子汉。”

是的，任何一种信念都是有力量的。理想让我有了劲儿，我觉得我在一点一点靠近理想。于是我又昂扬起来，看谁都比我矮几分。我知道我终于可以消解了父亲的叹息，舒展父亲满脸的愁容。这个愿望并没有失效，父亲为我的双百分果然长出了一口气，这口气好像憋了千年万年，这一刻我懂得了什么叫做叫扬眉吐气。

素日父亲不爱到人多的地方聚堆儿说闲，可是自从我得了双百分就一反常态了，走起路来身体板板的，脊梁骨挺挺的，好像也注意起仪表问题了，扯起有关孩子的事项，父亲不再是自卑的神情却是谦虚的态度了，对我好像也更有父亲的威严了。父亲的尊卑都押在我学习的优劣上了。

母亲别出心裁为我做了一面极美、极飘逸的小红旗挂在我的床头上，并写了两幅字帖同时挂在红旗两边，上面写着：

物质上要甘于平民
精神上要争当贵族

这个酷似学校办公室一样的布置，竟也潜移默化让我深信幸福来自于一个人的荣誉。因此，快乐增添了我的自信，我欣赏着自己的光荣。我若站着呢，就像阳光下挺拔的小白杨，微风吹过唰啦啦作响就如升向天国的琴声，七仙和嫦娥都在为我翩翩起舞；我要走起路来，像只挂帆的轻舟，在蓝天碧海中间顺风而行，我好像比过去更爱帮助人了，因为我有足够的能力帮助人。人在快乐的时候觉得所有的人都需要帮助，于是我帮助完别人心里特别高兴。

可是生活非常奇怪，当你在享受快乐的时候，马上就有可能让你承受一些不测。它就像人体内的心电图一样起伏不定，欢乐好比是起，痛苦就好比是伏。就在我刚刚感受到一点光荣的滋味，就被一种莫须有的小阴风刮得没了影儿。我没有想到别人得了双百分都是理所当然，我得了双百分就有人怀疑它的来历。我在班里属中等水平，这次一跃成为优等生，有人大惑不解，追根究底认为是我偷看了邻桌的学习委员吴桐桐的考卷，因为我周围只有她是双百。我被这种说法惊痴了半晌，然后心里就翻腾起不平的波纹，我第一次感受到什么叫义愤填膺。我辩解、争执，可没有人相信我。我没了办法，我浑身长嘴也说不清。

后来我求助于吴桐桐，说："吴桐桐，我看你的考卷了吗？我看了吗？"

吴桐桐一翻白眼，说："我怎么知道？眼睛在你脸上长着，看没看你心里清楚。"

"咦？"我傻眼了！

吴桐桐不动神色就把我那点小光荣扫尽了，说这话的时候一脸鄙视，一教室的人都带着深深的怀疑，连老师好像也不例外，因为她并没有制止这种说法。

我的精神坍塌了，我的美好心情被破坏了，我像一只伤了翅膀的小鸟，那驰骋万里的理想咔嚓一下被拦腰砍断了，阳光被淹没了，连春天也有些愁惨，沮丧气儿如一团化不开的云雾遮盖着我的心。我奇怪吴桐桐为什么不给我一个清白呢？好像双百天生就该是她拿的，而我稳稳做她屁股后面的中等生她才好受些。我心里憋闷得要死，恨不得跟谁吵一架。我又看吴桐桐的时候，才发现她长了一张扁平的丑脸，黄褐色的雀斑星星点点像苍蝇整天光顾着拉一泡屎一样，一张肮脏的脸。瞧她那德性，鼻孔翘翘的，一副天生傲慢的神气，嘴巴又是地包天，好像天下的人她谁都不服气。哼，下雨时若没有伞，准保灌她两鼻孔倒溢水淹死她，长大了宁死也不找这样的丑婆姨。我愤愤地这样想，于是就很想找些"手段"对付一下吴桐桐。人的报复心理绝对来自于冤屈！

五

没有费很大的力气我就找到了手段。

我把一枚图钉尖朝上放在吴桐桐的凳子上，我把武器准备好，就静等一场戏的开演。上课铃一响，吴桐桐兴乎乎地跑进来，“扑通”往上一坐，随即“啊”的一声尖叫，又站起来，声音又尖又惨在教室里砰砰叽叽旋了一圈，一教室的目光都给拽了去，白茫茫雾样地弥漫着不解和困惑，空气中被她喊出了一股红血血的腥味儿，浓浓烈烈地沉浮在教室里。教室内奇静无比，只听得吴桐桐抽抽搭搭地哭泣，因为疼痛之处是屁股，不好张扬。她独自把凶器从屁股上拔出来，白裙上浸出一朵殷红的血花……素常的傲慢没影儿了，只一副惨兮兮的模样展现给大家。

我暗自窃喜，我以为我终于神不知鬼不觉地报了一点点小仇。

可偏有人追问：“怎么了？”

她不说怎么了。

又有人问：“到底怎么了？”

她才把图钉摔在地下，嘴一撇一撇地喊：“是谁把图钉放在我凳子上？”

同学们的目光就一并打上了问号进行互看，却也拿不出准确的答案。后来善于侦破的海海说把图钉捡起来看看是蓄意谋害还是不经意掉在凳子上的。同学们兴趣大发，问海海：“怎么样就鉴定出其中差别？”

海海说：“办法很简单。”然后就煞费苦心地捡起图钉从高处往下掉。

他说：“如果掉下去，是针头朝上就很可能是不经意的，如果是针头朝下就可能是有人蓄意谋害。”

大家认为有道理。

结果是掉了几次，图钉均没有准确地定格在凳子上却是滚在了凳子下。掉下去的状态各异，有朝上有朝下。同学们都认为海海的侦破手段说不明问题。

可海海说结论已经有了，是蓄意谋害！

我心一紧，接着心跳声震响天国。黑色的气流就在我体内水样地流过，惊颤颤，凉浸浸……

一室的目光都警觉地盯住海海：“你怎么知道？”

海海说：“既然掉了几次都掉不在凳子上，不就是蓄意谋害是什么呢？”

许多脑袋就点起来，认为很有见地。

我也惊异于海海的谋略，心脏跳动的频率加快，震得我全身发抖。细碎的汗珠汩汩地直往外冒。我不敢抬头和谁的目光进行交流了，我低着头尽量表现出从容的姿态，但我相信只要有人认真对我作一番探究，立即就会发现。

可后来有人说："那你知道是谁蓄意的吗？"

海海摇摇头说："这恐怕就不好进一步搞清了，如果想搞清就得指纹鉴定，可是我们没有仪器。"

同学们直勾勾的目光就从海海的脸上松懈下来，很扫兴的样子。

我的心，立即松动下来，心跳声也随之减弱。海海的推理虽然准，可他并没有办法确定谋害出自谁手，这就令我得意。大家正为此事喧哗不止。老师进来了，用黑板擦咚咚哐哐地敲响教桌，以示安静。

全体肃然。

吴桐桐竟然再次痛哭流涕报告了她被蓄意谋害的遭遇。

老师的脸立即阴云密布，说："这个星期我很不满意，攒着吧，一切等到例会咱们再说。至于图钉事件谁是'凶手'我心里清楚，但我现在不点名，我希望给他一点时间自己出来认错，不然我就得点名。"

咣——好像一面铜锣在我脑中敲响，声音不绝于耳，窜出窗外，满世界回荡，然后有无数道黑色的光线四射出来干扰着我的思维。我的心提到了嗓子眼上，"凶手"？我突然对这个字眼产生了一种心惊肉跳的感觉。

老师说："一枚图钉和一把刀是一个道理，因为都是凶器。现在你只能拿动一枚图钉，将来如果能拿动一把刀呢？那你不就是杀人的凶手吗？只要认错证明你的心灵依然善良，不认错呢，很可能你会犯更大的错误，甚至走上犯罪的道路。"

我的脑海里从此有一种酷似敲锣的声音，咣，咣，咣……

一整天我都在回想老师的话，我并不知道一枚图钉和一把刀有如此密切的关系，我怎么也联想不到一枚图钉会导致犯罪。

那个年龄我没有能力洞察老师的伎俩，我只觉得老师在等待我自动站出来认错，我经历了一个同龄人从未曾经历过的错乱和慌恐，我好像真的已经走上犯罪的道路，我成了一个名副其实的凶手。报复吴桐桐获得的只是一小会儿的快感，接下来我的心就沉重起来，如一块巨石压顶，我喘不上气来，我不敢抬头，我知道我迟早得面对老师，面对同学，因为老师已经知道谁是凶手。是自己认错呢，还是等老师点名？成了我当时矛盾的焦点。时间一点点地缩短，太阳飞快地从东到西，时针如脑系错乱了的病人飞速转动，树叶仿佛一天之间就匆匆忙忙由绿变黄，容不得我有决定的机会。

过了一天，老师仍没有点名。老师曾说，给我一点时间。“一点时间”是多少呢？二天？三天？十天？八天？不知道。

我听不进老师讲课，我也看不出老师对我有怀恨在心的表情，既然她认为我是凶手甚至是罪人，老师为什么不恨我呢？连我自己都开始恨自己了。

她为什么不恨我呢？为什么？

我总是呆呆地坐着发愁，我也总是偷偷地看老师，但总也看不出老师对待“凶手”的目光。我的心，因此稍稍松快一点儿。

可这也只是一小会儿，轻松过去，马上就又紧张起来。老觉得有无数只小虫子不停地啃咬着我的心。我开始想一些事了，人，再冤屈也不能报复，报复使人脆弱，使人胆怯，使人总是担心别人洞察你的心灵，从而失去了自由……

六

在那些日子里，我的心灵饱尝着动荡不安，生命仿佛在白昼和黑夜被无形的魔刀劈成了两半。晚上，独自一人的时候总是鼓励自己明天认错做一个善良的人以免走上犯罪的道路。罪名对一个孩子来说是何等可怕啊，可是天一亮勇气全无，万一老师把这件事忘掉呢，不是正好可以逃避罪人亮相吗？在全班同学面前亮相毕竟是难堪的。如此我就又战战兢兢打消了自首的念头。这样小心地一天一天拖延着，心并不轻松，我在不停地自我成立和自我否定中折磨自己并且越陷越深……

一踏上上学之路，沉重的枷锁也就随之而来，我看到快乐活泼的同学时总是自卑、总是面红耳赤，总觉得他们在窥视我的心，等待我前去自首，他们不捅破是对我最大的宽容。

老师夹着书匆匆走来很认真地看我一眼，脸上出现了古怪的表情……

我脑海里咣——的一声，心惊肉跳，我马上意识到“时间”到了！

我决定自首了，争取主动，可是我走到老师办公室的时候尿裤了，死劲儿遏制都没有办法使尿液停止奔流，而且具有长江黄河之势。我哇的一声哭了，哭声把所有的老师都吓了出来，曹老师惊愕地盯着我湿的裤子说：“你怎么？尿裤了……”

从天边洒下来的光线照着我的裤裆，很多人的笑声让我无地自容，空气白花花地流动着，阳光慢慢羞怯地缩回了云层，风也不动了，树也被这突发事件惊呆了。

我被送回家里，母亲诧异于我的突然返回，并且以为我得了奇怪的病症。经过医生一系列的检查，认为是心理受了某种惊吓所致。母亲反复盘问，甚至诱引都没有使我吐露心中的隐秘。因为这种行为不符母亲对我教育的标准。

对双百分我再也不感兴趣了，因为没人相信我，我不再下死劲儿硬拼了。有关知识输送器的远大理想也早已偃旗息鼓了。反正那是长大以后的事，造出来我也享用不上了，至于代代受这种劳心之苦，跟我有啥关系呢？我受这样的苦，我的下一代凭什么不受呢？

“报复”让我远离人群，让我有了罪恶感，时间越久，心就越是承受不住，想忘记又不行，连夜晚的宁静也不能给以宽恕和安慰。恶梦总是连着片，先是吴桐桐裙子上开放的那一朵血花，接着是一片汪洋的血海，我就在这血海中沉浮着，我看到许多同学在岸上对我口诛笔伐，我看到曹老师愤怒的脸，看到母亲鄙夷的表情，看到父亲低垂着头好像在流泪……我想呼救可是没人理我。我清晰地记得母亲说做人就要光明磊落，我并不知道“磊落”是何意，可我知道光明就是不做“暗事”，可我做了“暗事”，母亲自然是天下第一个有权利鄙夷我的人。我哭了，我失去了所有人对我的信任，我想，那就让血海淹死我吧，我再也承受不起这心灵的折磨了。然后我沉在了海底里，我遇到了一群巨大的鲨鱼张着血口朝我蜂拥而来，我知道死就藏在某个角落里等着我，不定什么时候死神就擒住我的咽喉了，我想着，先让脑系死吧，这样会减少痛苦，可是当一条鲨鱼把我吞进肚子里时，我并没有死，反而有了安全感，我发现了一个巨大的世界，有山有水，有天有地。我于是在鲨鱼的肚子里筑起了一幢高楼，然后我决定把父亲和母亲接进来，一家人在这里生活，让时光倒流，忘记过去的不愉快，重新建设自我。要生存首先要有粮食吃，我要在这里建设一个农场让各种生灵在这里繁殖存活；然后我要把人类的优秀分子引进几个搞科研，主要科研项目是“罪恶清除器”，凡有过罪恶历史的人，只要有悔过之心，就可以享用“清除”待遇。清除干净罪恶，轻轻松松地活。

我正得意忘形的时候，许家的狗不知因何叫个不停，狗无情地把我拉回现实中来，屋檐上探过一缕儿阳光贼亮亮地照着我，我好像已经不习惯如此阳光明媚的气氛了，因为我的心失去了光亮。狗叫了一阵之后，仿佛是累了，把嘴支在前腿上，闭起眼睛想心事。做一条狗多好啊，因为它不会犯错误，就是犯了错，人们也会原谅它。上帝为什么对人如此苛刻呢？我的身体湿漉漉的，出了一身的虚汗。墙上的日历进入了我的视线，绿色的页面啪叽一下定格在我的眼睑里，星期六！我极其敏感这个日子，因为这是开班会的日子。我整个神经都紧张起来，时间容不得我继续拖延，它催促我必须尽快拿出决定。

自首？还是硬挺？

我想我得找个人说说话了，找谁呢？没有人回答我这个问题。

这几天老师对我上课“走神”头疼不已，连连向父亲告状，父亲脸上又晴天转多云了。父亲很忙，可还是抽出专门的时间谈这个问题，因为是老毛病，父亲没有耐心总问我心里想什么，检查了我参差不齐的作业后就决定武力解决，父亲相信棍棒底下出英才的说法。可母亲恰好相反，母亲习惯以平和的心对人，她像一个有经验的医生，看病先搞清前因后果，然后才做手术。

母亲借故把父亲支出去，用极温和平静的目光看着我，我似乎找到了一种依托感，浑身暖暖的，母亲的目光如一团轻盈的云柔柔地落在我的心上，湿湿的，能充饥消渴。我就有些感动了，泪水不知不觉地汪洋下来，母亲的力量是巨大的，她的目光不容你有欺骗的想法。于是我就将一心的沉重包袱卸给了母亲，我说：“我做了不光明的事，成了坏人，我害怕全世界的人都会看不起我的。”

我本想对自己的行为做一些辩解，可是母亲好像跳进了我的心里，知道我事出有因，还知道我心里后悔、内疚、难受，想认错又没有勇气。母亲并没有把我当作坏人看，她说：“犯了错误，有能力自省，并且敢于改正错误，不仅不是坏人，而且还是最勇敢、最了不起的人，大可不必背这么沉重的包袱。”

我睁大了眼睛，盯着母亲，想搞清楚其真实程度，但我从不怀疑母亲的话里有假。母亲的力量真是大，在这些日子里，压在我心头上的巨石哗啦一下被掀翻了，无数的光被点透进了我的心房。我又有勇气做人了，好像一只黑暗中呆久了的小鹰释放在阳光下，我又看见了山川、河流、花朵、青草、楼群和桥梁，还有奔驰的汽车……

是的，母亲是我的朋友、知己！

七

我知道我该怎么办了，我想出了自己认错的办法，并且为自己认错的办法自豪。我决定不直接面对吴桐桐，也不直接面对全班同学，我写了一份检查，独对老师，我并没有多余的话说给老师听，因为我坚信老师早已知道我是凶手，不然，我一定会隐瞒到底的。其实“自首”远比做一件错事更需要勇气，在别人没有揭穿之前有太多侥幸的幻想，可老师的“那点时间”恐怕不多了，时间是不容我有幻想的。

老师看了我的检查，先是出现了始料不及的表情，然后目光盯在我的脸上好一阵，再然后就胜利地笑了，笑意一波儿一波儿荡漾开来，好像得到了一份意外的收获。我虽然不能准确地透析这笑的含义，但有母亲的话做后盾，就不像先前那样皮紧尿急，反倒是多了一些坦然，因为我知道我起码在为做一个“了不起”的人做着努力，而且老师也没有因此显出特别的严厉，只是不断地看我，从那张笑脸里我似乎发现了母亲的特征，于是我就有些出奇的大胆，我要求老师保密，可老师说这不彻底，就当堂读了我的检查，引起了大家的喧哗，还挨了吴桐桐的好几个白眼。有的同学认为自投罗网最是不聪明。但我更深切地遭受到了很多同学的厌恶、冷眼、轻视和耻笑。

这一刻我思想极度混乱，我并且有点恨老师的残酷；恨母亲的指引；使我经受了一场无已复加的难堪和孤立无援的可怜，我眼泪汪汪了……

可这一切被老师压下去了，老师认为我不仅给全班同学做了个好榜样，而且给全校同学上了一堂活生生的思想品德课，老师肯定了我这样做的正确性，同学们都僵僵地竖着头颅不动了，好像大家都在调整着思维的错乱，情景也随着老师的倾向风雨雷电变化了，世界从冷漠中变得温和起来，我的自信也在这一刻鲜活鲜活地苏醒了，我从恐惧和混乱中解脱出来。

就在星期一全校举行升旗仪式的时候，政教处主任站在红旗下再次读了我的检查，表扬了我做错事敢于承认错误的品格，并且讲了红旗的来历和升旗的意义，同时讲了新中国的后一代不仅要有文化知识，而且要有良好的思想素质和道德品格。

我成了全校的楷模，我听见了像过大年时爆竹般的掌声，经受了全校一千多双目光的追寻和注视，看样子那目光根本不是追寻一个改邪归正的坏人，而像注视一个突如其来的英雄。在这个我永远难忘的早晨，一种从未发生过的新鲜，刺激的激情，从我的体内滚荡起来，我毫不掩饰自己骄傲的情绪，受人赞赏、受人爱戴，或许这才是人的本质。在这一刻，世间的万物都变得可爱、变得温文尔雅、变得和风细雨起来。就在国旗冉冉升起的那一刻，一种神圣感油然而生，我即刻融入在一片红色中，心里仿佛长起了一面面小红旗，在细风中起起落落飘动着。因为母亲曾经说过，旗帜是世界上最高的荣誉。

在此后的一些日子里，无论上学还是下学每每走到旗台前，我都要站下来凝望着飘扬的红旗，默默地停留很久很久……

八

我的心情持续着一种激动和兴奋，在同学中间自我感觉威信好像日日筑高。这点幸福感，让我的生命意义一点一点凸现出来，我不仅爱学习，而且爱劳动、爱帮助人，对老师同学一律恭顺，甚至对路边的乞丐都充满了爱意，对树木和小草爱怜有加。

可是我身边却多了一双愤恨的眼睛，我很想对她道歉，但是却走不近她。我想同她和好，可她的敌意即在一天天生长。就在那个黄昏，我们下了学，排着队列出了校园，很多家长遍布在路边比学生还密集，我往前走的时候，一个大汉站在我面前，啪叽就扇了我的脑袋一巴掌，我很想知道这巴掌的来历，可是没有等我搞清楚那硕大的巴掌因何而起，脑袋就再一次交付过去了，天地间即刻旋转起来，在恍惚中，我看到马路上有很多人的面孔产生了莫名其妙的线索，并且朝我围过来。

打我的汉子说："这狗杂种每天欺负俺娃娃，欺负了人还想落好，一点点大，心眼就深得像一口井。老子我就因为缺心眼吃了不少亏，俺娃娃这么大一点点就遭你这种算计。"就又向围观的人说"你们娃娃可要当心着点，这是个劣鬼！拿图钉往人屁股上扎，你说他劣不劣？"

男人的话很有效，他很快就从大人打小孩的尴尬扭转过来，许多人的目光都硬僵僵地盯着我，像盯一个坏蛋一模样，那目光、那神色是打死也不解恨的意思。我的脑袋嗡嗡地炸响，好像要裂成碎片一样，我沐浴了全校一千多双目光注视的光荣，可这一刻每一双目光中的摒弃都让我锥心泣血。

我还听到有家长问他们的孩子："他是哪个班的？和你一个班？离这种'鬼'远点，别招惹他。"我刹时间连人都不是了，未经变化竟就成了"鬼"，他们的孩子不以为然，他们的家长就反复告诫。

吴桐桐站在汉子一边下巴翘着，一脸忘形得意。

我说：“叔叔，我已经承认错误了，老师说认了错就是善良的人。”

汉子就扇了我一耳刮，又扇了一耳刮，说：“别他妈使这弯肠子，老子恶心的就是这一招！你认了错，别人就不疼了吗？老师不那样说怎么说？杀了人说一声‘我错了’，命还有吗？”

我被硕大的巴掌扇得站立不住，自尊心像一栋倾倒的大厦，我的灵魂仿佛已被砸得粉碎！我看到许多人脸上都没有同情我的意思，淡去了的罪恶感又重新贴近，我不敢反抗，也不敢大声哭，在升旗台前一点点温暖起来的心，这一刻又一点点地凉下去，我的心灵在遥远的记忆中作了一次漫游，像一本高潮迭起的书，一种恨意又如雨后的野草疯势势地长，很多时候一个人真心实意想存善，世事是不容的。我看到胜利后的男人牵着幸灾乐祸的吴桐桐钻进车里，呜一声，车屁股后面吐了一缕黑烟远去了，一种无助，无边无际地生长……

我想，吴桐桐你等着！

九

又一个白天开始了，再见吴桐桐的时候，她已恢复了先前的傲慢，她再看我的时候并没有产生内疚，而是看你还敢不敢嚣张的表情。我的恨意是从这一刻确立的，可是我惧怕那硕大的巴掌。假使我受了气，我的父亲会为我像她的父亲那样义无反顾吗？不！肯定不会！父亲习惯于忍让，我要向他报告我受了气，他定是严格地审问出我的过错，然后教我保持息事宁人的态度。让父亲也像吴桐桐父亲那样以成人的强势去打别人家的弱势小孩就如自己在打自己的脸。

所以我的仇恨得由我来解决。

课间操吴桐桐总是在我前面，只要我一伸脚就可以让她来一个狗吃屎，可是每当思想蠢蠢欲动的时候，那猎猎飘荡的红旗和一千多双赞许的目光就阻止了我，达不到目的是痛苦的。看来做一个坏人不容易，做一个好人同样难。

又有一天，生活给我降临了一个极好的机遇。我们排着队打开水，水龙头不知因何突然跳起来，滚烫的开水不从下面好好地流，却变成了水花一直朝天冒上去，又向我们纷纷扬扬撒下来，这个故障是吴桐桐造成的，水花烫得她哇哇大叫，她只知道用胳膊护她的脸却并不知道远远地躲开，我用一块砖头朝水龙头上端砸下去，水就被砸老实了又好好地向下流……

吴桐桐惊异于我的果敢，也感激于我的抢救。很多同学都为我哗然。我以为吴桐桐会把此事汇报给她的家人，以此消除我的恶劣影响。可中午下学我又见他父亲仍然不怀好意地白我一眼，我有意停留在他们面前，试图让吴桐桐给我平反昭雪，可吴桐桐一见父亲鼻子就一抽一抽，泪水盈了满眶，说手被开水烫了。他父亲就大惊失色追根究底："你们老师呢？老师死哪儿去了？下午爸给你找老师算账去。"

吴桐桐把烫伤的过程复述给她父亲，却只字未提我的壮举。我失望极了，我的心掀起了波澜，我想起了她父亲毫不留情的巴掌，想起了那么多锥心刺骨的目光所给予我的耻辱。救了任何一个人我都高兴，可救了吴桐桐我心里不平衡。多么好的一个复仇机会，可我却自动放弃了，没有时间叫我思考一下，我气得心疼。

可是，这件事我受到了老师的表扬，她说我不仅勇敢而且机智。我自豪地瞥了一眼吴桐桐，心灵找到了平衡。人到底愿意做一个好人，老师虽然不知道我内心的矛盾，可我毕竟保住了自己的形象，我复仇的烈火也就水扑火灭了。我惊异于老师总像长了一双隐形手，每到关键时候就不动神色地拉我一把，让我按照她的思路前行。我为此站在升旗台下，望着血一样飘动的红旗，悄悄地流泪，因为委屈，也因为红旗下有我的荣誉。红旗意味着什么？意味着一个人心灵的旗帜。我又迷上红旗了，因为那里面有无数的英雄。

我想，若我能当一次升旗手，该多么的光荣！能擎起无数的英雄，此种殊荣只有班干部才有资格享有，可我离班干部的位置远在天边。怎样就能当一次升旗手呢？这个憧憬和渴盼一直纠集着我的情绪……

B章

一

我从地下室里偷偷地溜出来，唯恐被妇人抓住。早晨的阳光非常清新，在地下室里住久了，好像已不太习惯很明媚的阳光。我猫着腰溜出了公寓，没发现异常，才松弛下来。

然而，满大街都贴着寻人启示，我的照片悬挂在墙上穿越了无数个人的视线。若有人能把我交回父亲和母亲身边，“告示”说必有重赏！“重赏”那两个字牵住了很多人的视线。这个启事有了经济效益，顿然辉煌无比。接着就有人开始撒开自己的视线遍地追寻，他们议论着：

“一定是个独生子女吧？”

“一定是！如今城里人养两个孩子的不多，这笔交易要成功，必定能得一笔好收入，比打半年工值一万倍！”

“做梦吧！哪有天上的馅饼这么巧就掉在你嘴里的？”

“万一呢？万一掉下来就得狠咬一口了。如今独生子女可是价值连城。”他们议论着，目光却不放过路上的每一个人。

我将领子往上拉一拉，低下了头，准备迅速撤离此地。我不能让他们把我捉回去向父母领赏，我怎么可能让他们挣这一笔最容易赚的钱呢？我从他们的背后从容地走过去，以为会很安全，可是我浑身载负着目光，就像一只蜘蛛一样纠集了很多光线，我全身的细胞开始紧张，脚步就由衷地加快，恰恰由于这个细小的举动引起了那些悬而未决的目光，他们开始认真辨别，后来我听到哧啦一声，一定是撕下了告示的声音，接着我听到了凌乱的脚步声在我身后马蹄一样地响起来。我立即随身后的脚步声飞跑起来，如此他们就更证明了自己的判断紧随其后。我立即变成了“逃犯”，宛如惊弓之鸟。他们的眼前一定看到父亲哗哗哗地为他们点票子的情景了，不然我已筋疲力尽了怎么他们还毫不松懈，只有钱才有这样的力量。没有人指示前面的人抓住我，他们一定是想到，让别人抓住起码得赏金一半。因此他们只一味地紧追不舍，到手的赏钱谁肯放弃呢？可他们谁也想不到我曾是全区田径运动会八百米冠军，只要给我时间，我会一个一个把他们甩掉，这是一个非常刺激的过程。我钻进一条胡同里沿着这条起伏摆荡的小路急速滑行，有几只悠闲的鸟暂时放弃飞翔，落在地下觅食，我迅雷不及掩耳的脚步鼓点般地向它们袭来，它们一纵身跳到房顶上，无比惊愕地为我放行。我由紧张到放松，由放松到机智，到底保住了自己的安全。

我躲到一个僻静的地方，那群人早已被我甩得无踪无影。我沉浸在胜利后的喜悦中，我庆幸我替父母又省了一笔钱，可是我的目光触到灰白的天，这种色调无意中为我添了些惆怅，心里升腾起一缕儿淡淡的思念，我想母亲了，我也想父亲，可是我又怎能就这样站在他们面前呢？我得有点出息，我得还给父亲一个骄傲。可是怎样就能达到骄傲的程度了呢？

一直笼罩着我的幻想开始残缺不全了，想找工作碰不到好的运气，想做生意又没有本钱。父亲和母亲已布下了天罗地网，不惜重金发动起天下所有的人寻找他的孩子，我仿佛看到父亲空洞失神的眼睛，母亲焦虑忧伤的面容……

我眼前漆黑一片，心开始了疼痛，泪淹没了整个城市……

二

我又得回去面对那妇人坏坏的笑了，只有她允许我欠她的房租费一直地住下去。那妇人看上去其实并不算难看，直挺挺的鼻梁很是脱俗。她好像没多少爱好，看起来爱她的狗胜过了一切！她的男人不常回家，可是每次回家，妇人都要借故把我叫到家里表示着与我不应有的亲昵，我心里感到无比厌恶。可是肚子饿，我需要妇人的报酬，妇人不会亏待我，这点我是坚信的。妇人还教我怎样与她表示暧昧。

我说："我不！"

她说："你不想要报酬了？"

我就气馁了。

她故意搂住我的肩膀，我只觉得全身发冷，我想挣脱，可是又不能。我很怕她的男人揍我一顿，可是男人对她的行为很不屑，看我的时候也是那种不可捉摸的目光，临走的时候还捏捏我的鼻子一副不无嘲笑的表情，我对这个男人感到恶心。设若他打我一顿呢，我觉得他像个男人，可他的全部尊严是可以养起无数个女人，厚此薄彼谁都拿他没办法。他的金钱托起了帝王一般的生活作风，到哪个女人房里过夜全看这一天他需要哪一种风情，谁得宠谁就灿烂无比，谁像抹桌布一样被他搁置起来谁就伤心无比，但他也不切断对她们的一切供给，这就是这个男人的"魅力"。

人心的肮脏让我对世界一点一点充满了失望。

男人走后，妇人就坐在一边伤心掉泪，把头发搞乱，把精心挑选过的衣服从身上扒下来扔在地下用脚踩脏，破坏的动作歇斯底里。看得出在这之前她是进行过一番修整活动的，不然她不会对自己的失败如此介意，在这个时候我对她产生一点点同情。我说："你不要哭了，你好好经营你的洗车行，你还可以发展更大的产业……"

她说："小嫩嫩，你懂什么，对男人来说永远是事业，对女人来说爱情就是她的生命。没有爱情我要事业、要金钱有什么用？"

我真不明白她眼底里到底囤积了多少泪水，可以一直不停地流。我和她同在沙发上坐着，我想安慰她，可是没有合适的言语。她说："要爱情，可人家不给我，我有什么办法？"她拿我来给她男人看，男人还会爱她吗？人心真是千奇百怪。

她哭了很长一段时间，天色暗淡下来，月光悄悄地从窗帘的缝隙中潜进来，黄色的地毯上呈现出一片秋草的枯黄。她显得有气无力，好像需要一个支撑就趴在我的身上哭，我下意识躲了一下，结果躲得让她伏在我的腿上。她湿漉漉的脸，贴在我的大腿上，嘴里的热气呼呼地传进我的肌肤里，好像有无数的小虫子在我的腿上蹿，我害怕极了，我推开她拔腿就跑了……

C章

一

夜晚的繁星总是给我以温暖的记忆。

记得我十二岁的时候父母亲为我的前景产生了分歧，不知我究竟是一个什么样的人，朝什么样的方向去。

父亲习惯于训话。

母亲习惯于研究。

一切的紧张气氛都是来自于考试成绩的落差所致。自从出过“图钉”事件之后，双百分无论如何总与我无缘，我是做过努力的，可是无效。于是我就习惯于朝后看，因为不如我的大有人在，设若我后面再找不出一个“霉球”那我可就死定了，我找了这么点点理由自慰。可我不是我自己的，我是父亲和母亲的，我的成绩优劣直接影响着他们的品种的声誉问题。因此父亲不高兴，父亲恨不得我事事占先，我若成了一个“全才”父亲大约就是世界“之最”了。可我奇怪，父亲为什么不直奔“之最”呢？何必把这种光荣让给我来完成呢？

父亲说：“你总是看不如你的人，怎不看看前面那些比你强的人，强者是要给有能力的人比的，和弱者相比你比弱者还弱。”

父亲像一个幕后操纵者，总是迫使我和所谓的强者比，比，比！

我说：“那你为什么不当官，却当一个小职员呢？”

父亲伸长了的脖子却怎么也收不回来，那目光针一样地刺向我，气得一句话都说不上来。许是我的话无情地打击了父亲，在父亲极度颓废的状态中，我感觉到我们双方都被判了死刑，这辈子我们谁都难以光宗耀祖，更别说成为国家的栋梁之材了。父亲总是以足够的理由为自己开脱，说他没有赶上学习的机会，说他家境贫困，姐妹兄弟多，并憎恨当时学习环境多么多么的恶劣，荒废了他们的学业尔尔。因此他才把希望寄托在我身上，可谓苦口婆心，却难以让我托起这崇高的希望。

其实一代人有一代人的使命，难道人类生存的意义就是为了一代人填补另一代人的缺憾而存在的吗？那我们该有何其的累啊！

后来我发现了一个惊人的事实——人类的辛苦源于零。

于是我写了这样一篇短文：

大家都说清洁工辛苦，警察叔叔辛苦，老师辛苦，工人、农民最辛苦，其实我认为整个人类都辛苦，科学家最无为。他们发明了汽车、火车、原子弹等等，可这一切都会给我们共同的家园——地球，起到极大的破坏作用。汽车的废气对大气层有影响，会造成臭氧层空洞，太阳的辐射会使人患皮肤癌，原子弹爆炸的化学放射物会对人类造成最大程度的杀伤力，杀伤力越大，科技成果就越高，而且各个国家都在争取科学含量，企图有一天竞赛自己的实力，这是何等的悲哀？

人类在你死我活地证明自己，可还要强调保护地球。一边破坏，一边保护，人类累不累，辛苦不辛苦？人们真傻啊，只看到眼前利益，却并不去想会给我们的妈妈——地球带来多么大的痛苦。如果人类活着就是为了辛苦的话，总有一天人类不再辛苦，永远躺下去，再也爬不起来！

我的理想是做一个农夫，永远美化地球，无伤于她的躯体！

母亲看完这篇短文，眼睛望着窗外，足有十几分钟难以言表，后来我发现母亲的眼睛里出现了赞赏和喜悦，她惊异于我奇奇怪怪的想法，她惊异于我复杂而善良的心灵。她后来给父亲推荐并朗读这篇短文时，神色充满了新奇和自豪。

而父亲的眉宇间却皱成了一疙瘩。他说：“他脑袋里都装了些啥呀？他的理想居然是当一个农夫，我们家几世几代修地球，吃尽了苦头，受尽了人间的歧视，到了我这儿费了多大的劲儿才脱离了“农夫”这个光荣称号，他的理想是当一个农夫？”“农夫”二字的声音深长如一口暗黑的枯井。父亲悲凉地质问苍天，他怎么会创造了这么一个智商低劣的品种，面孔就毫不犹豫地爬上了绝望的神色。

母亲却神往地说："瞧，儿子想的是人类，并非一人一事，是国家元首都不曾思考的问题。他才十二岁，十二岁就有如此深远的思想呢！"母亲欣喜若狂，脸上天真得像一朵绽开的荷花。我非常欣赏母亲此刻的美丽，她的心灵总是那么富有感性，并且从中找到了孩童心理的特征。

父亲不屑地将头扭向一边："别在这儿生产这种酸劲儿，你要真喜欢他做农夫，现在就可以去农村呀，他爷爷正愁没人帮着种地呢！"

母亲不管父亲的情绪，却津津乐道地朗读另一篇短文：

今天我看了一则报道：上海市青年突击队立功竞赛活动揭幕式正在上海浦东国际机场举行，来自全市建筑、工业、交通、邮电等领域的上千名先进个人受到表彰。假如我是市长我也开展一次这样的活动。

父亲紧绷的脸松动了一些，可能是我企图当市长的狂想，启动了父亲的希望，他神色明显回暖了一些，哑然地笑了。母亲却乐此不疲地继续往下读：

今天山东台又演《刘罗锅》，我很喜欢刘墉这个历史人物，虽然他的背有些驼，可他的脊梁比谁都硬。和珅这个软骨头是个贪污之王，真是先人的耻辱。和珅是满族正旗人，家境贫寒，没读过多少书，但为人精明机警，伶牙俐齿，因得乾隆青睐，爬上公爵、军机大臣和内阁大学士的高位，其家产值银两二亿三千余万，相当全国半年的收入，大家说这算不算"贪污之王"呢？我要是乾隆就一定亲自将其斩首示众，以整朝纲。可惜乾隆英明了一世却眼睁睁养了这么一个大蛀虫！

我看见父亲目瞪口呆了，他好像也赞同我这样的看法，并迷恋于母亲朗朗有声的阅读。母亲头也不抬地说："这篇更有意思。"于是，母亲念道：

今天是世界上的一个节日，我要向世界发出警告，听说日本要发动第三次世界大战！日本军备已经达到七万五千人，虽然联合国杜绝日本有军队，可他们又要来了，听说他们正在偷偷地研究核武器，据说七个月内造出来，十二个月要造出比原子弹杀伤力更大的武器……

父亲惊呼道："谁说的？他怎么知道？"母亲笑了说："请注意！"父亲屏声静气注视着母亲，母亲读完最后一句：

"四月一日愚人节！"

父亲松了一口气，忍不住笑了，这种笑，对于父亲是不多见的，他在生活中似乎总是泰山压顶，笑，对他的神经来说仿佛是久违了的活动。父亲的忧郁不知是来自这座城市的压力，还是怀才不遇，更大的可能是对我学习成绩的不满所致。这一刻他被我狠狠地"愚弄"了一下，竟忘记了父亲的威严，出现了家庭中从未有过的乐趣。父亲和母亲的情绪融汇贯通了。父亲的"听兴"被我的短文引发起来，母亲成了我作品的传播器：

今天是星期一，我们班升旗，我多想当一次升旗手啊，可我不是班干部，真丧气！然而我讨了监督员当，虽然不能直接擎起雄伟的国旗，可"监督员"是带有法律性质的，我要严格执法，决不手软！无论是哪个班，就算我们班也毫不留情。既然执法，就要"执"出个样子来，我抓了几个在国旗下极不严肃的人，可提出批评他们怎么不害怕呢？他们说我小题大做，说我无聊，还说我假正经。就算他们把我骂死，我也要执法如山，报告给政教处严肃处理，以正校风。

父亲和母亲的目光白炽炽地交流着，我看到父亲惊异的神色，出现了茫然不知所云的线索。而母亲的兴奋毫不掩饰，她伸起大拇指向父亲晃动着，意思很明了：看，这就是我儿子，一个刚正不阿，鲜活鲜活的小法官！母亲喜欢男人身体里坚硬刚强的骨子，并且有正义感，她当然希望她的儿子也有同样的质量。我看到母亲眼神里对我的肯定。

这对我的自尊是个不小的安慰，使这点安慰我似乎对自己又有了一点小自信，并且隐约确定了某种价值取向。

二

一个人简单的梦想深藏于心，通常需要一些精心的秘密和无所不在的细节引导。升旗这个神圣的仪式，一直深藏在心里。我的自信得益于“承认错误”时的赞扬，因祸得福的帮助。在很长一段时间里我怀念那种自豪的激情，甚至从小学至初中都没有消除来自那个时刻对我品质上的确定，而童年的任何行为都在于成人对你的定评。

只是，日复一日繁重刻板的学习生活越来越不适应于我，后来我开始自动看母亲书架上杂七杂八的书，并不像过去那样靠母亲的指引选择性地阅读。那世界真是奇妙无穷。

我的思想到过英国境内和简·爱对话，我钦佩她性格中的精神和尊严，我当然也喜欢罗契斯特的风度。

我也到过美国与斯佳丽会过面，这个女性热烈、野性，对爱的执着曾使我惊叹！美国对女人的道德约束并不亚于我们的祖先，白瑞德的性格特征是我一段时期模仿的形象。此书为什么叫《飘》呢?

都说《红楼梦》是我国文学之最，我那个年龄能看到的大概也就是宝哥哥和林妹妹的凄凄惨惨，我愤恨曹雪芹为什么把所有美全揉碎呢?

可我更喜欢《三国演义》，我惊异于诸葛亮的神机妙算，更爱曹操不仅具有军事才能，而且更具有政治品格。若我生活中有一个关羽一样的朋友该有多棒啊!

《水浒传》读起来更欢乐，我试着把自己分别扮演成各不相同的英雄。我对宋江不满意，是他决策上的失误让弟兄们一并为他殉身，我更爱武松骨子里的真侠气。

后来我对俄国的保尔产生兴趣，觉得他与我国《红岩》里的江姐、许云峰之流有着异曲同工之处。

从这些书中我感觉到了战争的残酷，人民生无着落，颠沛流离。我恐怖于战争的血腥，我设想假如世界上有一个“超人”统一全球，不再有邪恶和战争，人类该有多么安详啊！几千年来战争——和平，和平——战争，建设中破坏，破坏中建设。人类在苦难中不断地代代相袭，何其辛苦。人类互相残杀、掠夺，目的究竟是什么呢?

有一件事我一直不能妥协，据历史书上记载，八国联军瓜分了的我们圆明园的国宝至今还存放在他们的博物馆。我们为什么不能名正言顺地取回来呢？那是我们的东西呀，可有人说这样会导致战争，气死我了！假如我长大有了钱，我第一件事就是修复圆明园，把所失的国宝全部收回。有关这个问题我日思夜想，有一天晚上我梦见我变成一只鸟，决定飞往各国去讨要国宝，结果是没有翅膀飞不起来，然后我就迷失在森林里……

后来在一段时期内我和我们班的同学一直在探讨“取宝”的办法，点点说，外国人都喜欢熊猫，咱们变成熊猫卖到国外去，等到夜晚咱们就潜伏在博物馆附近，一旦时机成熟就开始行动。大家一致认为这个办法可行，可是谁能变成熊猫呢？谁也变不成，就很失望。再后来有人报告说，我们变成火箭吧，火箭可以在天空中穿过去。马上有人反对，火箭只能在我国的领空行动，此设想不成立。又有人想变成白云，白云是没有国籍的，可大家又想白云是一股气体，一到地下就消失了，我们就又是一声哀叹。总之我们什么都变不成。

有一天，晚上我从睡梦中惊醒，震耳欲聋的爆炸声连续不断地出现，眼前是一片火焰，火焰下一排排倒下的尸体。我梦见全世界所有的原子弹爆炸了，把整个地球炸成个碎片，人类全都被核武器覆没了……

于是我就想假如我是一个超人，我就要统一全球，创造一个自由、平等、和平的王国。我要把和平鸽作为国鸟来保护，时时提醒人们的和平意识。那么创造这个王国的人一定首先得有钱，经济实力决定一切。于是，无穷的奇妙幻想呈现在我的感受中，就在这个时候我写出了第一篇童话——《超人》。

母亲在一天晚上发现之后，像哥伦布发现了新大陆，乐不可支地把熟睡的父亲推醒又开始了她朗朗的阅读，那声音里的欢乐就像飞向天空的鸽群，那音色里的质感像小河流水，在夜间听起来格外生动——

超人

一、基本简介

世界五大跨国公司之一，伟业集团董事长叶雨枫，已经拥有百分之九十七的股权，他的个人资产达九千七百亿美金，是世界上第一首富。

伟业集团什么生意都做，卫星、房地产、农业、工业、宇航，甚至生态变化、生物存活等等。他在2570年就已经和多个星球有联系，为了防备地球上的战争，他还买下了整个月球，把它变成能存活生物的第二个地球。

后来他的事被地球人广泛传诵，很多大企业纷纷与他结为联盟，要求入月球股份。叶雨枫来者不拒，广集良才，月球秩序日日建全，有地球人要求到月球发展的，他也一律支持，但必须是热爱和平，有诚信有正义感的人方可通行。月球已发展到二亿人，而叶雨枫是月球人的始祖。

叶雨枫出生在一个平凡的家庭，爸爸是机关职员，妈妈是心理医生。爸爸虽然有些凶，可他心地特别软；妈妈虽然要求严格，但心灵世界丰富多彩，给他创造了充分发挥才能的条件，因此他成了一个有超能量的人。他把从小到大的压岁钱全部攒起来拿去扩股，每次全部投放，并无差错。

在他十六岁那年他已经有九百亿美金的个人资产，在他十七岁那年就拥有二千七百亿美金，在他十八岁那年上升到八千七百亿美金，在他二十岁时建立了伟业集团公司，每年收入二千八百亿左右，同时入股的还有他的好朋友：海海、豆豆、点点、二旦、程超、希林、伟奇。他们各管一面，海海管政法，豆豆管宇航，点点管卫星天线，牛牛管微机软件开发，程超管生产种植，希林管汽车制造，伟奇管生态和石油，二旦管房地产。

他很爱国，所以他决定重建圆明园。

就在2570年，他二十岁时向全世界宣告，要求八国联军把抢走中国“圆明园”的全部财宝归还原主，条件是他给每个国家五十亿美金，不然的话就搞成世界金融危机！通过卫星传播：紧急告示！

消息刚传出去，美国总统甘乃迪被中国的强大所吓倒，即刻表示同意。不到一个月功夫，国宝全部收回。

于是他拿出一亿美金重建圆明园，他的举动引起各界人士的不同反响。同时他还有其它设计，圆明园除去保持原来造型外，为了长远打算他还在地底下造一栋地下宫殿，直通地球中心，用意只有他心里清楚……

二、月球

在宇航方面，豆豆有突破性进展，他已经与72个星系的108

个星球有联系。他们广泛传诵着叶雨枫这个名字，他的信誉、品格、能力震惊了宇宙，豆豆在外交过程中遇到困难，只要提到叶雨枫的大名，问题就迎刃而解。

叶雨枫聘请了全世界最有名的科学家到月球上去发展事业。各国的精英就出现了争先恐后的局面。他给月球上了个玻璃罩，在内释放了大量的氧气，让他们安全工作。先是让他们在月球上种植了地球的植物，然后把地球上飞鸟昆虫及各种走兽动物移养到月球上。接着仿地球而造了沙漠、平原、高山、海洋、湖泊、河流、森林……

海洋与陆地的比例和地球相似，人们把月球称之为第二个地球，亚、非、拉美洲各占一地，叶雨枫还把各国最先进的政治体系、经济结构、文化学术，运用到月球并且进行改良。这里有严格的法律机构、和谐的人际关系，形成一个没有战争，没有掠夺，没有邪恶的王国。月球的造价花了七百亿美金，这是伟业集团三年的成果。

三、第三次世界大战

第三次世界大战爆发了。

叶雨枫这个聪明的企业家带领家人、朋友、弟兄，还有五百名受过他救命之恩的勇士及保镖，躲进了圆明园地下宫殿——太和殿。

上面的情况是，很多小国家都已灭绝。战争全部用的是核武器，根本用不着人力。地球濒临崩溃，再有几小时就彻底完了，叶雨枫本想到太和殿躲一下就坐宇宙飞船上月球，可行至太和殿的途中，发现前方有人，那人厉声喝道：“谁？”

叶雨枫说：“我还想问你是谁呢，太和殿姓叶，你又从何而来？如实招供！”

来人立即软下来说：“您是大名鼎鼎的伟业集团董事长吧？”

叶雨枫傲慢地仰起下巴：“没错！”

来人客气起来：“快跟我走，我们大王正等您呢，请！”

叶雨枫跟随来人一同前去，他对牛牛说：“如果我五分钟以后回不来，你们就穿上太空防护辐射服准备战斗。”

牛牛回说：“OK。”

叶雨枫随来人直通地下宫殿的主殿太和殿里，太和殿仿古代帝王朝政的建筑形式，四壁镀金，雕梁画栋，七百盏形态各异的壁灯，照得太和殿金碧辉煌。

宝座上坐着一个人，神气昂扬，很有权威的样子，见叶雨枫进来就问：“阁下就是伟业集团董事长吧？”

“是的，请问您是……？”

“我是亚里克斯帝国的国王，我们马丽斯五百六十三世都生存在地下，是靠“马托尼”（石油）和“卡斯托”（煤）生存的。可你们地球上面的人已经把“卡斯托”和“马托尼”全部用完了，我们无法生存，我们曾经对人类发出过多次警告，可人类并没有引起重视，所以我们只好改变生存方式，到地球上，又恐人发现，因为人类高喊友好相处，却残暴好斗。听说伟业集团董事长承诺全球与人为善,因此我们发现了您所建造的这幢地下宫殿,适合于我们居住，请董事长允许我们借住这里。对不起，不好意思。”

叶雨枫说：“没有关系，是我们人类对不起你们，将来，我决定把地球、月球、凡有生物的球类，统成一国，没有战争、没有毁灭、全球类均可成为邻居，友好往来。噢！对了，人类正用核武器打仗，地球马上要爆炸了。我们现在是在地球心脏，核武器的辐射物马上就会进来，你们得有长远打算才是。”

国王说：“那咱们合作吧，您到哪里我们也到哪里。”

叶雨枫说：“那你们就得归我统一指挥。”

国王说：“只要您让我们生存下来，我们就听您的。”双方达成协议，叶雨枫把兄弟们叫来，一切安排就绪，即刻就准备上月球，可叶雨枫的爸爸妈妈因留恋地球，宁死不走。叶雨枫急得没办法，只好忍着在太和殿陪父母又住了数十天，经探测仪探测，核辐射已到了地球心脏，许多人开始咳嗽，气喘、皮肤疼痛。叶雨枫再也不能依照父母的意愿，命令全体人员分批出行。

可是先谁走呢？

经过几天辐射，亚历克斯人身体毫无异常。于是叶雨枫对国王说：“你们亚历克斯人抗辐射力比我们强，你们在核辐射条件下比我们生存时间长，所以我决定用宇宙飞船先把我们的人运上月球，然后再来运你们一同上月球，你看如何？”

亚历克斯帝王起了疑心，说："你们人类最自私、最诡诈，一到关键时候就看出你们贪生怕死的秉性。你们心里光有自己，争夺了我们的石油和煤，又因互相争夺地盘，毁灭了地球。现在你必须先把我们运上月球，以实际行动表示赎罪。"

叶雨枫说："可是我们的人已生命垂危，你们居然毫无同情心。再说宇宙飞船是我们制造的，不说存活问题吧，就从礼貌上也该先我们上。我能接纳你们就是证明我代表人类，向你们道歉的，可你不与我友好合作，就是上了月球也不好相处的。"

亚历克斯国王就发动亚历克斯人和伟业集团的人打起来，为争夺宇宙飞船大战一夜，亚历克斯人没有打仗的经验，屡战屡败，最后亚历克斯人被降服。叶雨枫得胜后乘坐宇宙飞船上了月球。

而他的父母却在这次战争中死于非命，叶雨枫是含泪而去的，当时天上下起了绵绵细雨……

四、思念地球

叶雨枫带着他的人上了月球，经几十年的改造，把月球建设得比战前的地球还要繁荣，他不仅在工业、农业、科技、军事方面有突破性进展，而且在政治、经济、文化、法律都有了一套可行的办法。月球上的人民安居乐业，非常和平。

可有一天，宇航部门接到几个星球的求救信号，说北天门和南天门大战，要求立即报告叶雨枫！

叶雨枫经过一番调查了解，分析是非，然后命令豆豆带精兵强将前去支援正义一方。

豆豆马到成功，没伤一兵一卒就大获全胜。归来时缴获了各星系高科技仪器578种，武器上万种，挑起战争者失去自主权，归降叶雨枫所管。据副管说："还发现了一种强力粘合剂，可以把任何物体粘起来。"

叶雨枫立即想到破碎的地球。

于是他把粘合剂交给科研人员去研究，看是否能把地球粘合起来。

经科技部门提供消息说，还缺少一种"氮"元素，此元素只有地球上才有。叶雨枫即刻派人下地球的碎片上找回"氮"元素，生产了九万亿吨粘合剂撒向地球，十五天内地球还原了，一次性成功。

白发苍苍的叶雨枫，生于地球，长于地球，想到生他养他的父母死在地球上，对地球充满思念之情。于是他把月球的生物放回地球，带着愿意跟他走的弟兄们回到地球，重整家园，让全世界、全人类，皆成一家，不分彼此，互相支持，友好往来，形成没有战争、没有贫穷、没有邪恶的天地。

他并且把所有的宗教归为一家。

从此他成了地球的始祖……

母亲阅读的余音依旧在屋内旋转，父亲却出现了目瞪口呆的样子，说："这是他写的吗？这是他写的？"

母亲说："我想应该是吧！"

"这么说我们已经'死'在太和殿了？"

母亲说："这种死法我很骄傲！"

"这么大一点小脑袋尽想些啥呀，天上、地下没有他不去、没有他不通的，从农夫到市长又到皇帝至下而上地当了一遍，最后还要当一个无所不能的超人？学习成绩怎么能赶上来，这文化知识往哪儿放？"父亲似乎终于找到了我得不到"双百"的结症之处，出现了前所未有的恼火。

母亲说："这就代表文化呀，而且充满了浪漫色彩。一般孩子能有这种想象吗？我儿子就是浑身毛病也是可爱的，这是一个生命的精神！"

这句话让我颇为感动。

也许正因为母亲的肯定性态度，导致我不断有宏大的理想出现。

父亲却为之焦虑不已，他说："现实不需要这个，现实要求他一个年级一个年级升上去，扎扎实实的成绩单。"

父亲和母亲的争执，从不避讳我的存在。我常常搞不清我究竟该听谁，但我的天性更贴近母亲。

我看到父亲绷紧的脸背后有忍不住想笑的意味，许是他见识了一个现实中的超人吧，而这个超人正是他的伟大的精液所产生出来的。

而母亲的思绪却依然在惊心动魄的《超人》中旋转着……

父亲已经彻底回到现实中来，他毫无顾忌地破坏了母亲美妙的"沉浸"，一意孤行地喊："小雨你给我过来！"

其实用不着过来，我本来就在他们的房间门口悄无声息地猫着腰观察动静呢，但我还是装作在我的房间里认真写作业，并不给他马上过去。又听父亲喊了一声，我才从“认真”中拔出来，带着莫名其妙的表情走过去。

父亲挥舞着本子说：“这是你写的？”

我低头不言。

“啥时候写的？”

我说：“反正不是上课写的。”

“还给我顶嘴！你说说你整天都想些什么乱七八糟，以后再写我敲断你的手。”

我就用目光扫描母亲以求援助，并且想知道父亲是不是真生气了。

母亲说：“你的想象力很好，但首先要学好功课，不能本末倒置。”

母亲真不够意思，她持中立态度，既不得罪爸，也不得罪我，全不像刚才那么欣赏中带着炫耀。还不能本末倒置呢，哼！

父亲说：“听见没有？”

我把头扭向一边。

父亲即刻就要把我的童话撕掉，是母亲手疾眼快才抢救下来。我悬起来的心方才放下。

三

在此后的一些日子里，《超人》在我们班悄悄传阅，后来又在全校掀起了高潮，凡是伟业集团的成员，一律随着“超人”骄傲起来。

牛牛对电子游戏的兴趣减弱，对微机软件却开始关注；海海对侦破更感兴趣；豆豆对宇航方面的电视节目、杂志之类从不放过；二旦每天望着高楼大厦发呆；希林开始注视马路上的各种汽车；唯有程超说他不想管生产种植，他更喜欢宇航。

我说：“那我给你改过来，让豆豆管生产。”谁知豆豆又不依，俩人为此争吵起来，甚至动了武力。老师追根究底搞清楚是因为我的童话挑起了战争，结果是《超人》被老师没收，这让我痛不欲生！我们伟业集团的全体成员为了安慰我破碎的心，悄悄潜入老师的办公室进行“营救”活动，经过紧张的搜索而《超人》却踪迹全无。

全体默哀。

但这也不影响我的威望在班里正如建设一幢高楼大厦一样日日筑高，“董事长”的称号已在全校不胫而走，无论上课、下课、走路、放学，谁见着我谁都要愉快且神秘地喊一声“董事长”，以示尊重，而我的神气也是随着“董事长”的称谓渐渐飞扬起来的。那时候董事长这个新名词在我们中国大地刚刚兴起，谁拥有这样的称号谁就代表着实力，统领着时尚，而我们学校我是第一个。虽然有关董事长的一切实力难以兑现，但神气是董事长的神气，头发梢、脚步里、眉宇间，举手投足一并带有“董事长”的派头。

后来我们伟业集团的人下学不按时回家了，我们跑到新华书店科技书籍区找我们想看的书，先是根据各自的分工找各自的行业书籍进行阅读，我找的是经济管理方面的书，结果是看得很乏味，其他人的下场和我一样。

后来我们的阅读兴趣一并从科技转移到科幻，个个看得津津乐道，《星球大战》看得我们神魂颠倒，看迷了星辰，看醉了天空，看得书店店员一见我们进去就闹心，因为我们光看不买。后来点点和二旦为抢看一本书把封面撕破了，我们被这个巨大的意外惊下了一片。白茫茫的眼睛一并僵死在被损的书面上不知所措，书店把我们扣住非要我们买下不可，说每天来看书，不收磨损费就已经是最大的宽容，损坏了书不买定要把我们交给学校处理，我们被吓坏了。那时我们统统恐惧于老师的惩罚，最后集体AA制，把书购置下来，才算了事。

研究宇航的豆豆看了《星球大战》后，某一天早晨醒来，发现有迟到的迹象，并且失去了拾级而下的耐心，突发奇想，为节约时间决定乘降落伞飞楼直下，于是把太阳伞撑开，站在阳台上眼睛一闭，在初升的阳光照耀下，一个小小的身躯随红色“降落伞”骄傲地飘然而下，落地后脚踝骨折。此壮举不仅把全家人吓得半死，而且豆豆付出了沉痛的代价，不能再和我们一起到科幻世界里享受欢乐，上学时还足足坐了三个月的轮椅。

豆豆虽然倒下去了，但更多的人加入进来。后来《时光列车》夺取了我们整整一个周日的时间，以致我们忘记了写作业，第二天我们一并被老师挡在门外，拒绝我们进入教室听他讲课。老师把我们热衷于科幻的热情称之为“妖风”，说非要把这股“妖风”压下去不可。擒贼先擒王，当老师把目光停留在我的脸上的时候，我的肌肉就突突地跳起来，就像有无数根芒刺扎进了肌肉里，吓得满头大汗。在老师把目光固定了的时候，我感觉到其它同学的神经松弛了下来，按常规来说，法不责众，有人替罪了。可是我看到他们的目光也斜着朝我扫过来，替我担惊受怕，如此，我反而有了一些承担责任的勇气。

老师说：“好事也是你，坏事也是你，叶雨枫是不是你带的头？”

我不置可否。

老师把手里的一个本子晃动着说：“这一出，我还没来得及收拾你，你倒又变本加厉地出错，说吧，你打算怎么样？”

我们的目光全都被那个本子纠集过去了：《超人》。

我们忘记了所处的困境轻呼起来，声音是不约而同的。因为我们为此搞过“营救”活动都没有获取，此刻出现在我们眼前就像久违了的朋友。

可老师眯眯着眼睛笑了，她把《超人》部分哧啦一声撕下来，就像一个人被掰成两瓣一样，接着是把它无情地撕成碎片摔在地下。老师说：“以后谁再搞这乱七八糟，这就是下场。回去，写二十遍作业，把你们的家长叫来，叶雨枫你写五十遍。”

随着这样的命令我全身出现了发冷、发硬的状况，五十遍的惩罚数字老师的声音不打一点弯，可对于一个生命来说是何等残酷的欺压？

我们看着那一堆白色碎片，如同一个白色的坟墓，把我们的梦幻埋藏了，就都纷纷流下眼泪，悄悄地哭了……

我们的欢乐也随那一缕青烟飘向不可知的地方。

此后我们把家长叫来。

老师就像经历了十七级地震一样的惊慌和家长进行了一次促膝谈心，大意是严格控制我们的课外活动和课外阅读，勒令家长每夜监视我们的作业情况，名曰“收心”。

“收心”活动搞得紧锣密鼓。

我的同学们无一例外遭到了一次武力袭击，并把他们所有的科幻故事一并化为灰烬，想象的翅膀就这样血肉横飞地被砍成了碎片。从此我们腹背受敌，到处藏满了间谍。我们没有了理想，大人们严格执行老师的精辟诱导，除课本以外的一切兴趣全部挖苗断根，我们必须成为一群盯着功课两眼发直的孩子。

创造仅仅来自于书本吗？我觉得更大程度是想象。

事实上，从那一次训话之后，许多同学不再出现欢蹦乱跳的局面，每一个人的面孔都爬上了无奈的线索，我们不再有梦幻、不再有向往，情绪总像泰山压顶一般。对教科书产生了敌意，学习成绩飞流直下，这好像是对老师和家长的一种惩罚，因为小孩子获得一点自由是何等珍贵，当“自由”过度，犯下了错误，我们一样有负疚感，如果老师和父母提出警告并不剥夺我们的自由，我们为这点自由一样有回报心理。

可惜没有人愿意尊重小孩的心啊！

而我的母亲并没有像其他家长那样听从老师的话，做完作业并不反对我继续驰骋自己的想象，并且有很多时候与我同乐。这是我一度尊重母亲，爱戴母亲的根本原因，因为母亲尊重了我的心灵。

可我的父亲对此认为我的母亲不称职，夫妻关系出现了紧张局面。很多家长也讥笑我母亲的宽容是教子无方，因为我并不是个“成功”的孩子。我很怕有一天母亲突然变卦，也板起面孔学别人的母亲。事实上母亲一直很宽容，然而这也未能使我如先前一样欢乐起来，孤独一天天向我逼近，失去欢乐的原因是心灵的无形囚禁。

四

在阳光下，我只看到自己的影子，只有影子是我的朋伴，我不断地转换角度，看着自己的影子拉长变短，不时挤出一丝儿悲伤孤独的痴笑，否则我再也找不到可乐的事情。到同学家，我恐惧于大人们那像驱逐一条狗一样的目光，设若学习好一点的同学到家里玩，大人们的目光还客气一点，恨不得让这些优秀人种的灵气发射给他们的孩子一样，设若像我这样成绩平平的学生到人家家里玩，那目光无情得就像秋风扫落树叶一样的残酷，好像我们都属于道德败坏的人，不入上等人之流一样。我的很多同学都受着这样的歧视，虽然同学之间没有多少等级观念，可在大人们的视线里有着难以想象的等级森严，同学间的关系都不同程度地受着这样的离间。因此，我们各家的母亲们都自觉地监控着我们的行动，禁止到别人家打扰。

我们不安全，我们在惶惶不可终日的气氛中生活，到处有监控。我们小孩子没有尊严，到处受着大人们的残酷蹂躏。有一次我被伟伟的父亲毫无顾忌地支出来，说：“伟伟复习功课，你到外面玩去吧。”不等我迈步就被伟伟的父亲用手推出来，伟伟留恋地望着我，我也留恋地望着他，我们彼此无奈。可这个情节，正好被父亲撞上，父亲就好像受到天大的侮辱，他拽住我回到家里对我说："你不好好学习，也不让别人学习，谁让你随便到别人家去的，现在人家不让你进家门，将来到社会上人家比你强了，连话都懒得跟你说，你懂不懂，懂不懂呀？"

我当然不懂，我怎么会懂这样的混帐道理呢？我很委屈，委屈地哇哇大哭，我说："我和伟伟都做完作业为什么不让我们玩，我们是人又不是你们大人使用的机器，你们大人还有娱乐的时候，我们整天上学下学都没有自己的空间，你们大人都是我们小孩子的恶霸。"

父亲的表情骤然间出现了惊涛骇浪，父亲肯定恨铁不成钢，因为我看到他一片哑然之后，又听到脸上有毕毕剥剥的声响传过来，眼神里的惊愕如鹅卵石一样砸在我的头上脸上脚上，我直僵僵地站着一动不动，决心要反抗到底。

可我怎么也没有想到父亲的一句话，就像日头在我头顶上炸裂一样，自尊从此遍体鳞伤。他说："看看你那站相，一看就是在学校站惯了的奴才，我算看透了你，这辈子就是当奴才的命。"

我咬紧了牙关，胸腔里如夏日滚动的雷声轰鸣不止，我感觉到云遮日暗，天地一片浑浊，内心憋足了一股含冰带霜的气息，于是，我便对父亲大声疾呼："我恨你，我恨你，我恨你一辈子！"

我并不知道我是找到了什么样的勇气喊出了这样大逆不道的话来，喊这话时，我感到天地都在倾斜，高楼一并塌陷，脑壳里一片空白，分不清今是何年，我攥紧了拳头，牙嘚嘚地碰撞着，因为我觉得我在父亲面前迅速变小，甚至无地可容。是谁摧毁了我的存在，我就恨谁，我的仇恨从来没有界线。

父亲听到我的喊声后，脸色匆匆更换，由白变红，又由红变白，甚至全身发抖，显然面对我如此这般的态度始料不及，他拿出父亲的威严一把掌就把我扇得不出气了。

母亲反对父亲给我灌输这样的观点，并且阻止父亲的语言暴力。母亲说："语言的暴力是对人心毁灭性的摧残。"可父亲坚持着，现实就是这样的残酷，当不了人才便是奴才，有本事你去改变。

他们的争辩虽然激烈，但也以无奈告终。

五

在这次语言暴力发生之后，父亲出现了长久的沉默，家庭出现了少有的僵持。

我的精神在孤独中萎靡，我当然不再企图到谁家去玩，我们孩子与孩子之间只能透过楼群隔窗相望，我们从小就被大人们训导把关系扯直扯硬，心态在教化中呈凸凹形，并且在早期不同程度地世故起来，很难找到孩童的特征。我们只能日日看着自己的影子发痴发愣。没有日光的时候影子都找不见，孤独原来是一种很深很深的黑暗……

静下来时，我常常望着母亲发呆，我想假如我的母亲能变成孙悟空，揪一根毫毛可以给我变出无数兄弟姐妹，不出门就可以有很多玩伴，那该是多么好的事啊！

父亲在后来的一天养起了信鸽，大约是看我无药可救了。我们的对立情绪越来越强，他硬，我比他还硬，他让我稍息，我给他立正，他让我朝东，我给他向西，他难以把我“修剪”成形，因此信鸽成了他唯一的寄托。

信鸽雌雄各一，是父亲捂着眼睛请回来的，据说此信鸽很神，神到可以从魏城飞到遥远的西安，又从西安飞回魏城。主人在转送父亲的时候流着眼泪，因与父亲友情深厚故而忍疼割爱。父亲如获至宝只怕信鸽离心离德，背信弃义回归故里，因此独断专行地把信鸽囚禁在一间屋里表示珍爱，羽毛在空中飞舞，鸽粪肆无忌惮地满地坠落。

母亲开始烦恼，但也难以提出更合理的建议，母亲一向尊重每个人的生活乐趣，不好横加干涉。

而我倒暗自庆幸父亲唯一的情趣给我带来的某种快乐。我乐于饲养鸽子，为它寻找各种喜欢吃的食物，可是鸽子并不因此感动，它与我总是处于对立状态，它不吃也不喝，情绪显得暴躁而愤怒，在愤怒中日渐削瘦，我开始不满意它了，因为我不知道拿它怎么办好。

可是有一天我在它身上发现了它与我有着相同的心情，它飞起来的时候四处碰壁，碰得过重就跌落到地下扑腾几下，力气蓄足便有更深重的轮回。它似乎在寻找出口企图奔逃，后来它趴到玻璃上望着窗外的蓝天发怔，出现了孤独忧伤的神情，我看到了它眼睛里流淌着清粼粼的泪，如一条惆怅忧郁的小河……

难道鸽子也在渴望自由吗？

是啊，小屋虽然温暖，主人虽然好吃好喝悉心饲养，可它失去广阔的蓝天就失去了自由，也就失去了展翅飞翔的才能。因此，再温暖的小屋也便成了地狱。就是在这一刻它触动了我的心，我从门缝里闪进去，将鸽子捧在手里，我们彼此默默相视，心灵好像在一瞬间沟通，泪水爬出了我的眼睑，汩汩地流淌下来，我说：“鸽子，你也渴望自由吗？你也渴望有很多玩伴吗？你也很孤独吗？”

鸽子居然奇迹般地点了一下头。难道人、鸟之间也心有相通？一个念头迅雷不及掩耳地闯进了我的心里，帮助信鸽越狱的决定在此诞生。

我警觉地朝卧室望了一眼熟睡的父亲，回头望着窗外，正午的阳光从天际上静悄悄地洒下来，寂静并无出处，比寂静更恐怖的同样没有，屋外刮着细风，有几片树叶在天空中纷纷扬扬地飘动，鼓励着我这一刻与父亲对立的行动，我如一个偷儿一般，将鸽子带出屋外企图“越狱”。

我站在院里侧耳细听，各家关门闭户，好像都在防范着什么。我听到我的心跳一阵阵加速，当你立志背叛一个人，原来也是如此困难。一只飞鸟从我头顶上飞过，我吓了一跳，我回头张望，四下依然寂静，我于是趁着一缕儿细风跑上了魏城最高的楼顶，我和鸽子望着广阔的蓝天，胸腔里的憋闷才有所释放。我把鸽子放在手心上，高高地托起，我对鸽子说：“如果你要自由，你就飞走吧，不要忘记我和你一样孤独，如果你够朋友，每天在这个时候一定到这里看我。”

鸽子并没有马上飞走，它回头看看我，好像有很重的心事。

我突然生出了一种依恋的情绪，我将鸽子贴在我的脸上，泪水就浸湿了它的羽翼……

我说：“鸽子，虽然你解除了我的孤独，可我不能剥夺你自由的理想，理想的翅膀一旦折断，你就永远循规蹈矩，没有想象、没有创造，只是觅主人为你准备好的食物维系生命再也飞不起来了……要飞就飞吧。也许我还给你飞翔的权利，你还会飞到更远的地方，成为全世界飞翔最远的信鸽。人心最是霸道，他可以把属于大自然的走兽飞禽都囚禁起来按照他框定的规则取悦于自己，限制你的自由，我理解你的苦楚。所以我即便恐惧于父亲的责骂也要替你解囚，可是有谁能解除我们小孩子的困苦呢？谁能还给我自由的空间呢？？如果你是个有心的鸽子一定常回来看我好吗？”

鸽子犹豫了很久很久，但最终还是起飞了。鸽的哨音划出了很深长的忧伤，我静静地站立，望着远去的鸽子，它带走了我的依恋，带走了我深藏在心里对人类的拷问，带走了这个城市里面一个孩子心灵的秘密。

我不知因何心里难过得要死，这许是我有生以来第一次品尝到别离的滋味，坐在高高的楼顶上望着瓦灰色的天际，孤独如电话里的盲音一样从四面八方聚集而来，我的心随之仓皇起来，恐怖就如天罗地网围猎了我，我的眼泪默默地流淌着，我想念我的鸽子。

当我装出一副若无其事的样子回到家里，我看到父亲白茫茫的眼睛望着空荡荡的屋子发怔，心里就开始发紧，父亲并没有问我鸽子的去向，因为他知道比之他我更爱那鸽子。自然，鸽子的去向与我无关，他只是怀疑精明的鸽子一定是找到机会回归了故里，父亲当然不可能再次让友人忍疼割爱。我庆幸父亲的愚蠢赦免了我的背叛。

在此后的日子里，我常常看到父亲长久地坐在那间屋子里长吁短叹，他对鸽子的怀念令我感动，我甚至希望鸽子以它的精明回来看望一下父亲。可是当我一次次跑到那幢高高的楼顶上等待鸽子的时候，鸽子却再无踪影……

人与自然产成了沟壑，难道它恐惧于人心的霸道，同时也对我失去信任了吗？我望着蓝瓦瓦的天空久久地发怔……

B章

一

室外响起了叩门声。

我知道这是又一个早晨，天的一角有光在往下渗，我慢慢将旧事推开，侧耳倾听外面的动静，有谁会大清早光临“暗舍”？我每夜都在追忆往事，所以在很多时候不经过早晨就直接进入了正午，这样可以省去一顿饭钱。

门继续有人在敲，我不得不翻身给光顾者一个面子。

打开门，妇人直勾勾的眼盯住我，她说：“你为什么总是躲我？”

我说：“我没有躲你呀。”

她说：“你到底想要什么？”

我说：“工作。”

她说：“你要工作干什么？”

“赚钱呀！”

“会赚钱的男人都学坏，你要钱干什么？”

“给我妈买一件粉红色的睡衣，给我爸买一个高级公文包。”

妇人笑了，第一次笑得很祥和，好像有一点母亲的感觉，我顿然产生了一些亲切感。她把几根火腿肠送给我吃，我瞥了一眼她脚下的哈巴狗，毛色顺顺的，侍养得很肉润，它懂事地向我点点头，好像同意我与它分食。我很快意识到我与狗划上了一个最贴切的等号，我本想拒绝，可是肚子不允许。自尊是个什么东西？是一闪而过的蠢物。处优才可能会养尊呢！而我生活到劣等的极限，自尊还管用吗？我来不及等妇人离开就急不可耐地开始吞食。

妇人摸摸我的头笑了："只是给你妈你爸买这两样东西，我现在就给你一笔钱去实现这个愿望。"

我猛然停住吃，困惑地盯住妇人，我说："为什么要你给我钱呢？我要拿自己挣来的钱买，我要让我爸我妈骄傲。"

妇人对我的想法好像觉得很可笑，说："那好吧，从今天开始我给你一份工作。"

"洗车？"

"当然不是，为狗洗澡；陪我散步；听我讲心事。"

"这也是工作？"

"这叫家政服务。"

"报酬呢？"

"陪着我吃饭，每天 5 块钱，比洗车工优惠多了。"

"不！我不想做这种工作。"

妇人表示很意外，说："哦，那好吧，今天你把房租交清走吧，不然我叫警察替我讨债。"

妇人的恶毒之处就在于不动神色，可是欠债难道可以不还吗？可我又拿什么来还人家呢？现实世界里的状况让我陷入就范和逃避的两难境地，在生活这个大背景之下，我还得使用"情非得已"这个词。生活如同一顶巨大的帽子，压在我头上，载负简直太重了，但我暂时还想要活命，因此我对妇人的"帮助"无可奈何。可是我真的潜意识中有坚决的抗拒。因为我害怕她时不时对我坏坏地笑，还有那些不可思议的举动，但抗拒也最终会失败，因为"活命"是个最硬的家伙。在趋于就范的意向中我仔细地观察妇人，她表情中并无恶意，或许妇人把我当作"卖火柴的小女孩"？可我连火柴都没得卖。好的倾向诱惑着我，我想，如果妇人是这种想法，我就跟她去，同情怜悯我都要。我说："你看过《卖火柴的小女孩》吗？"

妇人好像早就料到我要问这个，她点点头说："当然。"

我说："你是不是把我当作那个'小女孩'了？"

她说："你是小男孩。"

"可我们的处境一样。"

"所以我不能让你饿死在街头。"

我愣怔了好一阵，然后就泪流满面了，我们在这一瞬间找到人类的共同点，有多久找不到同情这个感觉了？好像隔了一个世纪。我忘却了妇人往日给我留下的印象，因了这一点点同情心，她完全成了另一种形象。我甚至认真观察了妇人的模样，原来美若天仙。妇人光洁的脸上施了淡淡的一层粉，黑黑的眼圈，睫毛长长的，眼神里藏着一丝儿暗淡的忧伤才最是动人，嘴唇也特别美，经过精心勾勒棱角分明，微微向外翻翻着，像一朵微闭的花，鲜不可触，身上的香味也异常醉人……

于是，我所有的防线全都被妇人的好心摧毁了……

二

窗外下着细细的雨丝，眩目的路面在一盏盏凄迷的灯下发出诡异的光，赤、橙、黄、蓝、绿、紫，相间有致的雨伞在灯光下拥挤。湿漉漉的斑马线上交叉着无数条颀长的腿，无声而且匆忙。一条长裙闪过，裙子摆动出线条凄凉的剪影。裙的主人仿佛载满了心事，走走停停，东张西望，茫无头绪。灯光下的她，湿漉漉的头发垂挂在脸上，异常失魂的情态，让我怦然心动。

母亲？

是母亲的身影！

我将目光收回来不敢进一步确认。可我怔怔地盯着那秋黄色的窗幔，呼吸不知不觉粗糙起来，心跳的频率顿然加快，一种远于肉体那种尖锐的疼痛如同锯齿拉扯一样……

我的心音在无声地哀鸣："妈妈……如果是你，回去吧，快回去吧！妈……雨下的这么大，天又这么凉，当心着凉呀妈妈……你给我一点时间好不好，等我挣了钱有了一点出息再回去看你好不好？妈……妈……"

我失声哭了，可我知道压低声音，我怕惊动了妇人，以免不必要的口舌。妇人妒忌于我对任何人、任何事物的兴趣和眷恋，她恨不能给我吞一味丧失记忆的良药，让我独对着她，独想着她。我没有驰骋思想的自由，我必须服从于她，否则我就挣不到一分钱。她没完没了地讲她的爱情故事，我必须表现出不厌其烦的耐心。魏城，其实就是个土城，虽然各种建筑如雨后的青草日日疯长，可环境的污染异常严重，即便青天白日，空气中也罩着一层灰蒙蒙的薄雾。可她早看日出，晚看暮色，她的眼睛似乎整天都在追寻太阳。那些匆匆赶路忙于奔命的人，稍不小心对她有一点冒犯，她就动了阔人的脾气，骂人家畜生，说人家瞎了眼睛，这还不够，她怂恿我也同她一起骂人。

我不骂，我母亲不让我开口骂人，她总是让我与人为善，尤其是对那些可怜的人。

可是妇人却说我没用，还说带我出来就为了维护她的尊严。我想，难道人的尊严就是在这个时候体现的吗？

让我纳闷的是社会上怎么会出现这样一份奇怪的工作，一个金钱滋养着的女人，居然专门供人听她喋喋不休地讲爱情经历，好像这是她一生中最为丰厚的财富，似乎她生下来就是玩味爱情的，就像玩味珠宝一样心不在焉。

有时候从健身房出来，路遇一个男人，她就要显出不应有的亲密，那算不算爱呢？有时候她显出一副很悲伤的样子，用很忧伤的姿势凭窗远望，睫毛翘翘着，很神往的样子，手里捻着脖子上的一条金项链，让那个硕大的蓝宝石在她的双乳间闪闪发光。有时候到户外活动她征求我的意见，穿哪件衣服合适？我就以自己的审美指给她一件。她就作了最后的决定。她说："只要你看着好就行。"我仿佛觉得这话里不怀好意，但我故意装作听不出来。

三

出神的时候，我总在想外面的一些事，我想谁能帮我找一份比这更合适的工作呢？

她就问我："想谁呢？你到底在想什么？"

我说："难道我不可以想一些事吗？"

她武断地回说："不可以，坚决不可以！你只能看着我，只能想着我！"她任性得像个小女孩。

我说："为什么？"

她说："因为我供你钱！"

是的，她供我钱。我当然需要钱，因为钱，我只得装出专注于她的样子。"忍辱负重"这个成语的发明者究竟是谁？它极深刻极明了地告诉我没有负重是决不会忍辱的。

我惊异于我突然的成熟，正因为我出现了这样的情况——我变成了一个不能完全按自己心灵说话的人，我真的想我的父亲母亲，从前在父亲母亲面前总觉得没有自由，没有意志，整天都盼着长大了就自由了。可是真正长大了，为了一天五块钱，我得不停地赔笑脸，永远以主人的意志为主，小心做事，其现状是真正失去了自由。由此，我突然懊悔，我怎么可以看不起父亲呢？想到十七年前每一天的神气活现是谁给的？想到父亲整天小心翼翼地走路，小心翼翼地出入，小心翼翼地和路人点头。难道那是天生的吗？那一定是情非得已的处境吧。因此他希望我有出息，出息的人一定有自己的一点自由吧？想起可怜的父亲只有在我身上才可以找到一点欢乐，可我却很少让他如愿以偿。天下的人只有在父母亲面前才是真正的孩子，想笑就笑，想哭就哭，毫不掩饰自己的情绪，无需包装、无需面具。可惜这样的时光竟然在不经意中匆匆而去……

一团雾一般的粉红翩然地飘落在我眼前，有淡淡的清香味儿传进我的鼻孔……

“雨，睡觉吧！”

我猛然间听到是母亲的声音，脱口喊道：“妈！”

啪！一个巴掌迎头痛击，我惊呆了，我看到了一双怪异的眼睛……

C章

一

我似乎天生比别人更恐惧孤独和寂寞。可有时候一个意外的动向可使人骤然间欢乐起来，你相信老师的一次称赞可让你的心灵起死回生吗？可我们的老师似乎都特别吝惜于对人的表扬，却惯于板着面孔训人以示威严不倒。

在期末考试的鉴定表上老师写道：

优点：该同学思想品德好，爱劳动，爱集体荣誉。

缺点：上课爱走神。

要求：学习方面要挖掘出自己的潜力来。

我的天地于是又充满了阳光，原来我并非一无是处。我不厌其烦地看着老师的赞语，却并不看老师提出的缺点和要求。我原来是那么渴望得到老师的赞扬，我不知道别人是不是也有同样的心理。

在一个偶然的机会，我被选为班里的劳动委员，我才发现心灵的焦渴仿佛一段旧梦重现，心海里飘荡起来的首先是一面面小红旗，星星点点暗示着我每时每刻接近那个目标。

“劳动委员”的就职得益于我发现了园丁爷爷的一个重大秘密，那天我和我的同学程超冲进厕所里蹲便，我们方便完之后朝气蓬勃地站起来，另一个茅坑却有粗重的吭哧声接连不断地传出来，听起来很是骇人，我和程超一并将目光投去，却让我们目瞪口呆。我们发现园丁爷爷蹲在茅坑上死活站不起来，最后就跌坐下去，他神色好像很紧张，拼命挣扎也起不来，我和程超一并跑过去援助，园丁爷爷好像还不服气，努力想独立站起来最终还是失败了。我们帮园丁爷爷站起来的时候说："爷爷你是不是病了，要不要我们送你到医院？"

园丁爷爷嘘的一声示意我们小声，他艰难地四处看看无人，说："我腰腿疼，你们可要为我保密，可不敢告诉校领导我有腰腿疼病。"

我们被这种神秘吓住了，心里顿然飘起了一朵小黑云，我说："为什么呢？你应该得到照顾的。"

园丁爷爷的脸上就出现了山高海深般的愁苦，说："如果校领导知道爷爷有腰腿疼病，下学期就会把我辞退掉，我还有一个孙女，我得供她上学，我自己也得生活呀！"

我们从来不知道世界上还有这么苦的人，我和程超对望一眼，不约而同地点点头，决定给园丁爷爷保密，我们向他保证绝不告诉任何人。

园丁爷爷就感激地蹒跚着走了。

二

园丁爷爷那张愁苦的脸不时出现在我的视线里干扰着我，没有人注意到他蹲下去干活的时候，站起来是多么艰难，可我每看到他的艰辛，心里就很难过，卖火柴的小女孩在寒冷的冬天点燃了最后一把火柴取暖，假如有一个人帮助小女孩，她还会冻死在街头吗？于是在星期天我早早做完作业，就和程超联系到学校帮助园丁爷爷劳动，可是程超苦着脸说："我很想和你一起去帮助园丁爷爷，可我一天的时间全部排满，我妈妈要我练钢琴、学英语，做完作业还要提前温学功课……"

他还说他想死，他活得真累，真没意思。

我就低下头与他同哀，死的概念我不完全理解，但在我们同学之间谈论有关死的话题屡见不鲜，他们很多时候都用死来威胁他们的父母，他们的父母就以此信以为真，但这多半是他们的欲望达不到使然，才导致任意放纵。

而程超的"死因"是他烦恼于家里各课专职老师如蜂如云，他连睡觉都恐惧于无数双眼睛的监视。他的父亲母亲下海经商，已在这座城市小有名望，但他们悲哀自身文化的浅薄，所以把一腔热望寄托在程超身上，他们没有过多的时间关照程超的起居生活和学习状况，但他们并不吝啬用金钱雇用各式高人到家里教诲。程超每时每刻就被这些先导们驾驭着、掠夺着，他成了待遇极高的囚犯，他的家庭成了装置极豪华的囚牢。因此他要死的意念每时每刻渗透着他的心灵。他说他有一天晚上梦见他变成了一缕轻风，无拘无束，四处飘荡，他飘到了丘陵、高原、海洋、沙滩、荒原……他独讨厌喧嚣的城市。他快乐极了，他看到他父亲领了很多人追捕他，撒下天罗地网，可他庆幸自己是风，他们有天大的本事也难以擒获他，于是他找到了自己的出路……

可他醒来的时候哭了，他说他是从那一刻开始憎恨这个世界的，他憎恨这个世界为什么有那么多的压力，有那么多的人有权力压迫他，压迫的原因明明是满足大人的虚荣，还说这是为他好。他还说他想杀死他的父母，杀死那些监管他的老师。他说完这些后望着窗外的天发怔……

我并不惊异他的一切想法，我也不感到程超企图杀人有什么可怕，他不过想想而已，因为他连看见一个毛毛虫都吓得吱天哇地，只要他举起刀来就会先把自己吓死，何况杀人要流好多血，他断不敢妄为。在我们那个年龄什么不敢想啊，逼急眼了真敢拿头往墙上碰，碰疼了当然是我们的感觉，可比我们感觉更疼痛的大有人在，我们可以用这种自虐的方式折磨别人。设若我们的父母说一声“你滚”，那我们当然不惧怕“滚”，难道我们还怕没有人在后面急着追来哄劝我们？服软的当然是让我们“滚”的人，你让我们“滚”，难道我们“滚”错了吗？

任性是谁培养起来的？是父亲？是母亲？还是我们自己？

大人们怨声载道，叫苦连天，说父母难当，可我们认为我们这些小孩更难当。因此我同情程超的处境，比起程超我似乎宽松多了，我的母亲认为一切专长性的技能多半来自于天赋，所以她并不强迫我学那些赶鸭子上架的事。我是孤独了一些，可比起程超，又算什么呢？

我救不了程超，我只好一个人提着水桶去帮助园丁爷爷劳动。

三

这一天我帮园丁爷爷浇花、剪枝，我还替他把男厕所便池里的尿锈全都洗得干干净净，做这一切的时候我非常快乐，园丁爷爷也十分的喜欢。我看到蜜蜂与蝴蝶在花丛中嬉戏，这一刻的阳光很温和，有细微的风拂面而过，我的心情很舒畅。就在这一刻我看到一个极美的少女掠过花丛去追赶那翩翩起舞的彩蝶，她跑得轻盈、飘逸，淡粉色的连衣裙随风缓缓飘动，像电影里放慢的镜头。一抹粉红掠过红绿相间的花丛，如一缕彩云飘荡在蓝天碧空之间一样的亮丽，我的视线倏忽丰富起来，我疑惑是从天而降的一个美丽的天使。我的心开始动荡起来，我的身体有某种微微的颤栗，从而让我获得了非常新鲜的美妙感受，那一刹间激烈无比的欢乐出现时，我的面孔有一种不期然的烧灼，这是我第一次面对女孩出现了莫名其妙的状况。当然我并不了解这种感觉的来历，它不过如一道闪电稍纵即逝。

女孩扑蝶的动作十分可爱，但她灵巧的小手却难以准确地捕捉翻飞的彩蝶，我如一个拔地而起的勇士，脱下衣服一家伙蒙住了三只彩蝶，那女孩惊奇地望着我，眼神里闪烁着赞许，我很喜欢这样的目光。如此的目光让我至高无上，让我产生骄傲感。这是我有生以来第一次被一个人的目光激励起来的高大形象。我们对视着，我把蝴蝶递给她，她欣喜地向我点点头。

我说："你是谁呀？"

她眼神荡满了笑意，不说她是谁，却指手划脚打着十分熟练的手势，我并不懂手势，从她咿咿呀呀的呢喃中我惊奇地发现她是个哑女，可我不愿意相信这个事实，因为这个女孩太美了，比我们班里所有的女生都美。她使我想到安徒生童话里的美人鱼，我盯着她那柔顺的黑头发，大眼睛和那两条颀长美丽双腿，仿佛幻化出了蔚蓝的大海波涛起伏，一个美人鱼，把舌头割下来交给了老巫婆，鱼尾在慢慢分叉的情景……

我惊奇地望着她。她打完手势看我的反应，可我就像面对一个外星人。她那打满问号的眼波，显然渴望与我交流。我于是在地下写了字，问她："你是什么人？你从哪里来？"

她以同样的方式告诉我："我是山里人，我从山里来。"

"你为什么不说话？"

"因为我是哑女。"

我说："你真漂亮！"

她撇撇嘴不言。

我说："你爸爸呢？"

她说："汽车撞死了。"

“你妈妈呢？”

“跟别人不知跑到哪里去了。”

我说：“你真可怜。”

女孩就哭了。

我说：“谁管你呢？”

她说：“我爷爷。”

我这才恍然大悟，原来她就是园丁爷爷的孙女。

感谢上帝的馈赠，她成了我那个时段最好、最神秘的朋友，她使我的孤独从此烟消云散。在她面前我一次次重复着那种激动不安的快乐的震颤，我为这种震颤恐慌，同时也无比渴望它的亲切到来，我难以解开这种生理之谜。我心里藏了这样一个秘密，渴望着每个星期的到来。帮助园丁爷爷劳动，成了我的善行，并且，我学会了向母亲撒谎要钱，我要的书本钱常常用来照顾哑女，每一次哑女接受我的援助，她和园丁爷爷都要哭。

他们哭什么呢？我可不太清楚。

爷爷说：“以后再不准这样了，爷爷只要保住这份工作生活还是过得去的。”可是我的执拗使他们难以拒绝，每到刮风下雨我都把哑女和卖火柴的小女孩联系在一起。我希望我的劳动可以帮助园丁爷爷把这份工作延续下去。

可是有一个星期日的上午我、哑女、园丁爷爷劳动的正起劲，一阵尖厉的皮鞋声嘎嘎地从大门外一溜传过来，我看见我们的老师朝办公室走来，心一慌，吓坏了。我知道我们的老师和父母亲并不需要我们劳动，更反对我们管闲事，只需要我们大把大把的知识往脑子里塞才是最理想的孩子。何况我必须为园丁爷爷保守秘密！

在老师走近的同时，我一闪身趴在花丛下，可是花下的泥水溅了我满头满脸，我像一个参加军事演习的战士静静地趴在战位一动不动，生怕暴露了目标。我庆幸我的机敏不会被老师目击，可我不知道这样欺骗老师对还是不对，但起码对园丁爷爷这份工作安全进行是有利的，因为我常常恐惧园丁爷爷被解聘后会冻死饿死在街头，我这样想着就心安理得了。

皮鞋触地的声音由远而近后突然停止了声息，我疑惑老师这么快就消失了？时间一分一秒地走过，我的衣服全被泥水湿透，花儿诡异地望着我，阳光透过斑斓的花丛不无取笑地抚摸着我的身体，云朵不断地飘过，日光神秘地忽明忽暗，满院静得让人想哭。我放松了警惕，我决定站起来，可我并不知道这当儿正有一双目光严厉地盯着我，我听到了一个极熟悉的声音喝道："叶雨枫，你给我站起来！"

我的心一惊，犹如地球爆炸一般。我仓皇地跳起来，惊惶失措地望着老师，眼泪不期然而然地溢满了眼眶，我感到了某种老谋深算的作弄，这是一场心理战争的失败，男人对失败最是恼羞成怒。

老师骄傲地说："孙悟空本事再大也跳不出如来佛的手心！你给我出来！"

我不敢不出去。

园丁爷爷担忧地望着我。

但是我故意挺起胸显得很大无畏、很英武的样子，这是由于哑女和园丁爷爷处于弱势对我激起来的勇敢，我跟着老师走进办公室，大无畏就一并扫地。老师说："说吧，星期天不在家里写作业在这里干什么？"

"我做完作业了。"

"你并不是个出色的学生，你应该抓住别人休息的时间迎头赶上去。"

"可是有人更需要我帮助。"

"谁？"

我惊愕地咬住下唇，显然觉得走嘴了。

"你的行为不像是帮助人，不然你见了老师为什么躲？难道老师对你行侠仗义有意见？你是怎么衡量老师的？"

我渐渐地抬起头望着老师，我说："老师你真的不反对我帮助人？"

老师说："帮助人是一种善行，老师怎么可能反对？"

那我告诉你一个秘密你不可以说出去。

老师脸上爬上了意外的线索，显然对这个秘密非常感兴趣。

她说："老师遵守诺言。"

我说："你对天起誓。"

老师就举起手来表示对天起誓的样子。

我感到万无一失了，朝门外扫视了一下再无其它人，就把园丁爷爷生活窘困的状况告诉了老师。我说："园丁爷爷不能蹲下干活，不然他就会跌倒在地，可是校长知道了，就会把他辞掉。园丁爷爷生活不下去，哑女也就要失学。老师，我常常恐惧园丁爷爷失业后会饿死在街头，哑女也会如卖火柴的小女孩那样可怜。老师，请你允许我帮助园丁爷爷保住这份工作好吗？"说这话的时候我已是泪流满面，我仰着头盯住老师近乎央求，仿佛园丁爷爷已经流落街头……

老师似乎被我所感动，眼睛也因此湿湿的，她望着我的眼神非常慈和、新奇和意外，这一刻空气很清新。阳光紧张地帮我探视着老师此时的心理变化，我好像从来没有机会认真地观察过老师，原来她是这么样的温和……

老师伸出手来摸摸我的头，说：“老师不仅允许你帮助园丁爷爷，而且还要帮助实现你的美好心愿，周末咱们全班抽出半个小时帮助园丁爷爷劳动，你看如何？”

完全是商量的口气，我和老师之间立即显示了一种平等的气氛，这使我感觉到自己迅速变大，平等和尊重对我们小孩来说是何等的珍贵，而这样的情况却让我始料不及，我非常非常感激我的老师，这是我长到十七岁记忆最深的一件事情。我不由自主地向老师鞠了一躬，乐不可支地飞奔了出去……

跑进花丛中，阳光也在欢乐地舞蹈，天空晴朗得无一丝儿云烟，连细风儿也和我的欢乐一点一点融汇进来。当我把这个消息告诉哑女和园丁爷爷，他们的笑容如花瓣般一片一片慢慢绽开……

看着园丁爷爷的笑容我非常感动，能让一个人快乐是多么好的一件事情啊，于是我的心里又有新的设想和抱负。我望着辽阔的天空，我想我长大要学医，我要赚很多的钱，办一个世界级聋哑医院，把世界上所有的聋哑人治好，让他们像正常人一样说话听声。后来我到书店看了若干有关治聋治哑的医书，也没有找出一个可行的办法，唯一的办法是在聋哑人耳朵里配置仪器。现在看来当时的想法显然天真，可那一对苦人儿却信以为真。园丁爷爷说：“爷爷相信你是个有出息的人，爷爷要活二百岁等你成事。”园丁爷爷还说：“你不像城里的孩子，城市的孩子都娇气，不太愿意管别人的事。你也不像山里的孩子，山里的孩子野，可没你这教养。”我得到了园丁爷爷的赞赏欣喜若狂。

四

那个夏天，我经常像鸟一样飞过我居住的城市，一次又一次俯瞰世界的模样，她的新奇摧毁我平日对她的印象，她的明媚好像是由于我而存在的春天。有一些时候我觉得我自己本身就是天空，广阔、深邃、不可捉摸……更有一些时候，我抬头发现马群在天空中飞奔，老牛在树上唱歌，鱼儿在森林里游过，老鼠在猫背上跳舞，蝴蝶长起了两条修长的双腿……梦想和欲望如鸟翅一样翔动，荒诞的法则竟成了童年里最美的一首歌谣。

就在那个白云飘动在蓝天上默默微笑的一个安详的日子里，老师当堂表扬了我帮助园丁爷爷劳动，还宣布我荣升为劳动委员。我在这一刻看到了太阳开花，白云长起了翅膀，千万只蝴蝶赶来向我祝贺。荣誉，好像对我天生就有一种奇异的诱惑，火热的电流水样地流遍全身，我情不自禁地朝天蹦上去，落地后向宇宙大吼几声，心里装了一个火球滚滚荡荡，也许我天生不甘寂寞，在平淡的生活中，对外物一向敏感。我的心情昂扬起来了，神气一定很潇洒。我看到很多同学看我的目光都发生了变化，甚至一些学习好的同学也向我行注目礼。我的姿态当然伟大，难道有谁不愿意享受众目所归的感受吗？我不掩饰我的自豪。下课铃响过之后，我飞奔着告诉了园丁爷爷我得到的殊荣。

园丁爷爷脸上出现了那种意外且惊喜的笑容，他的下巴高兴得一翘一翘的。后来他和哑女共同赠送我一支自动笔以示奖励，这对园丁爷爷来说也许是一笔很大的开销，可是他们并不吝啬。

我沿着校园路，如一缕儿细风迅速向家里刮去，阳光滑过我的身体暖洋洋的，未来的梦想一点一点浮上来，我一个人忍不住嘿儿嘿儿地笑，把所有的路人都笑得莫名其妙。回到家里我不无骄傲地向父母亲宣告我的光荣升迁，我满以为会皆大欢喜，可父亲怎么不高兴呢？

母亲与我有过一点同乐之后，又给我剪了一面飘逸的小红旗，挂在我的墙头上表示祝贺。

父亲的脸却灰遢遢的，不见一丝笑意，他觉得母亲的行为很可笑，他对母亲说："你知道什么叫单纯吗？单纯就是傻。"

母亲对父亲的"中伤"表示吃惊，但莞尔一笑就过去了。单纯虽然对母亲不合适，然而却可爱。

"要不你就是个极其虚伪的女人！"这句话是从牙缝里挤出来的，而且有一点深恶痛绝的意思在其中。

母亲这一刻脸上出现了意外，愚蠢地问道："你这话是送给我的吗？"

父亲说："难道这个家还有第二个女人吗？你有没有想过，这时代，用不着你用会劳动来装点自己，这是高科技时代，没有文化你就必将淘汰。我爷爷是劳动者，我父亲是劳动者，我如果不是上学依然脱不掉劳动这个称号，难道你真甘心你的儿子是块会受苦的料子？"

"可是热爱劳动有什么不对吗？"

父亲嘴角上掠过一丝嘲讽，说：“劳动当然没有什么不对，对你这样具有崇高思想的人，劳动当然光荣。可是，穿着白大褂在实验室的科学家和在农田里受苦的人一样不一样？坐在办公大楼喝茶看报挣大钱和烈日下搬砖和泥的人一样不一样？人往高处走，水往低处流，人该活得有点创意，对不对？”

父亲就如老于世故的哲人从容不迫地教育着我和母亲，但我能感觉到父亲对于我，内心囤积了难以预测的怨气，他总是对我不满意，他说：“过去人两耳不闻窗外事，一心只读圣贤书。你一个十来岁的毛小子能把天下有困难的人全都解救出来？如今农民进城被称之为‘盲流’，干部下乡被称为‘扶贫’。这人格的落差你们不感到悲哀？一个受苦人意味着加入盲流！”

父亲用手点着我的头：“一个劳动委员把你高兴得屁颤屁颤的，有耿气（骨气）你怎么不当学习委员呢？难道你真要汇入盲流队列不成？”

我听到父亲说这话的时候，用眼睛去寻找母亲，“盲流”是个间接的词语，比起“奴才”的直接性对我的伤害迟钝了一些，但给我的直觉，绝不比“奴才”的杀伤力差。为什么人与人之间会有这么严重的等级呢？

母亲手里端了一杯水嵌在沙发的一角显得无精打采，我知道母亲出现这个状况通常是不屑于和父亲争辩，同时也不得不认同其中的一些道理。

后来我问母亲：“为什么你们的观点总不一致？”

母亲说：“你爸爸对普通劳动者在社会上所受到的不公平待遇有更深的体验，所以他希望你好好学习，脱离这个群体。他的想法也没有什么不对，只是怕你分心而已。”

“可是，园丁爷爷怎么办？我一直担心他和哑女流落在街头多可怜呀！”

“当然，妈妈也欣赏你的热情和善良啊！但你对园丁爷爷的帮助解决了暂时，解决不了永远。”

“那你们大人们为什么不去解决这个问题？”

“这不是某个人或者是一代人能解决了的。”

“那需要几代人？”

“不知道，或许好几代吧。”

“假如我有钱，或者我有权我就可以解决这个问题。”

“但愿吧，你父亲就是让你做这个努力的。”

“那么说我帮助园丁爷爷并没有什么错？”

“当然没有什么不对。”

我得到母亲的认同，心里飞起来的那朵小黑云还是风吹云散了。

五

在一个夕阳西下的周末，老师笑盈盈地宣布了一个消息：下周一由劳动委员叶雨枫同学负责升旗仪式。

我听到这个命令，体内噼啪一声电击般地响了一下，眼睛里跳跃了一个亮点，就像等待已久的一个征兆。教室里非常安静，穆穆的秋色，有着旺收的喜悦，如同我心灵的收获。我如醉意沉重的歌者，盼来了第一个黎明的早晨，我不知道这是虚荣还是信念，我只知道这是我渴望已久的一个夙愿。因此我用眼睛的余光扫视旁人的表情，却并没有发现有羡慕的意思，我疑惑他们可能是没有听清楚？抑或这个事实来的不真实？我惊怔了半天。

老师复又强调了一下：“叶雨枫同学，听清楚没有，周一你升旗。”

我这才认定是千真万确，好似有一股强劲的春风吹绿了我的心田，也好似一轮红日照遍了我的全身，我觉得我真辉煌、真自豪，也真光荣！可为什么同学们都不在意呢？在他们心里升旗好像是喝水吃饭，跑茅厕拉屎，走平路一样并不觉得有什么新奇，许是他们都觉得自己没有指望吧？

走在校园的路上，我在同学们之间觉得格外高大。我凑近我最好的朋友程超，希望他为我表示些什么，可程超依然是一副宠辱不惊的漠然，好像见了驴上树也不奇怪一样。

我说：“程超，周一我升旗。”

程超说：“我听见了。”

我使劲强调说：“是我呀！是我升旗呀，程超。”

程超迷惑地望着我：“你和别人升旗有什么两样吗？”

“咦？你怎么这样呢？”我好像是想从他那里找到些同乐才是，可程超并没一星半点同乐的意思，这让我尤为扫兴。

我又对刘希说：“星期一我升旗。”

刘希说：“升呗，祝贺你了，劳‘苦’委员。”表情十分的怪异。

我哐咚停住脚步，不由自主地咧咧嘴倒吸了口凉气，我怎么从这口气里听出了一种嘲讽的意味呢？

我不甘心，我又对欧阳白雪文说：“星期一我升旗。”

欧阳白雪文说："我听见老师说了，用不着劳驾你重复。"话音未落就飞奔而去……

我怔怔地站着不动了，一种惘然悄悄地弥漫了我的心，校园路两边的夜来香垂头丧气，浸染着我这一刻的心灵。我有些气恼，我扫兴极了，我找不到共鸣的对象。哼！还是好朋友呢，有乐不同享，有难不同当算什么好朋友呀。我在"伟业集团"里可都给他们委以重任，如此不够意思，算了，我统统把他们取掉，可让谁来取代呢？好！就让园丁爷爷管生态，哑女管宇航，不，哑女听不见，就让她接替微机软件吧，那不需要说话，微机可以代替她说话。我决定了这个，突然想起了园丁爷爷，是啊，我为什么不去告诉园丁爷爷这个大好消息呢？

园丁爷爷果然被我这个消息惊怔得合不上嘴了，他说："这是荣誉呀，这是一个人的光荣呀，小雨！"他还说，他年轻的时候中华人民共和国成立的第一个国庆，他举着小红旗满城街喊呀跑呀，心里那个高兴，那个光荣可是说不尽，后来，你知道怎么着，他们村委会成立时那面红旗是他亲自插上去的，那时候他是民兵连长……

我托着腮望着园丁爷爷神气的样子，就像在听一个古老而贴近的故事。他眼里闪着激动不已的光芒。我说："爷爷，我升旗也光荣吧？"

"当然光荣了，听说是好学生才有资格升旗呢。爷爷为你高兴，升旗时爷爷一定参加！"

我得到园丁爷爷的祝贺之后，心灵起飞了，我说："爷爷谢谢您！"就跳起来拔腿跑了……

晚风像是醉了，吹散了晚霞，露出了弯弯的月牙儿，街两边的垂柳轻摆着细软的枝条，对面的卡拉０Ｋ唱着恋歌，五星级酒店的饭香飘散着夜晚的温暖，我踏着轻风的舞步，高唱着精神的赞歌，飞奔在理想的梦幻中……

六

这个星期天，我根本不需要母亲催我写作业，自己写起来格外的有劲，做得也相当顺利，头脑又十分的清醒，但凡有一个字写得不顺眼我都不厌烦撕掉重来。精神是人体内的一剂良药，精神也如照亮心灵的阳光，精神能让人获得更精彩的生命意义，精神使你每一天都活得有新意。因此，我神清气爽，破天荒地做完作业还自觉地提前预习了功课。

母亲说："照这样的学习态度，用不了多久就能赶在前面。"我向母亲友好地一笑，好像我突然长大一样，做事很有条理。是的，我不能让他们总以看"劳苦委员"的眼光来看我，我要让他们看到我学习也是出色的。

父亲看到我不惊不乍的变化，其实比母亲都高兴好几成，但他不露神色，他从来不轻易表扬我，他的支持和爱是默默的。我知道只要我学习态度积极，全家人都会欢乐起来。素日生活节俭的父亲有了不惜"挥霍"的气势，说："我去买只白条鸡，你用脑过度，营养得赶上去。"这足以证明父亲内心的喜悦，但我知道这只鸡，买回来要分几顿吃，但父亲不会轻易动筷，他习惯于不停地往我和母亲的碗里放，然后默默地欣赏我们的吃相，很多时候母亲都会被欣赏出一些愧疚来，催促父亲吃，父亲就象征性地吃一口。可我是没有愧疚上心的，这点小习惯在我心里的感觉就好像一切都如没波没浪的河流一样顺路而行，所以我不足为奇。

我完成好作业之后，照例去帮助园丁爷爷劳动。人是该有信誉的。

可是在回家的路上，我被一群横眉愣眼的半大小子拦住，说："要钱还是要命？"

我被这突如其来的意外下了一跳，活得好端端的什么叫要钱还是要命？钱与命对我来说有什么关系呢？这个问题我从来没有思考过，但那些人的样子让我产生了些恐惧感，我不理他们，伺机躲开要走。可是一个歪戴着太阳帽的小子冲我的脸啪叽就是一个耳光，说："爷爷我犯烟瘾，给钱。"

我更觉毫无道理，你犯烟瘾跟我有什么关系呢？我说："我没钱，想要钱问你爸你妈要去。"我以为这是天经地义的忠告。

可是他们的头——"歪帽子"却蛮横无理地说："爷爷我的老子妈下岗了，傻瓜，不向你要向谁要？算你今天倒霉。"又一挥手说，"给我搜！"

我说："凭什么搜我呀，凭什么？"

他们好像管不了凭什么，反正一拥而上就搜，我拼命反抗也敌不过众力。由于我态度强硬，没搜出钱来却把我狠揍了一顿，我的牙被打活了一颗，鼻孔流了血……末了他们揪着我的耳朵说："明天一早，在这个地方给爷爷我拿钱来，不准告诉任何人，否则你爸你妈你的小命统统别想逃脱！"临走时还没有忘了补上一脚。

我如一根无力顶风的小树，咔嚓一声就被突然袭来的风雨连根折倒在地，睁着白茫茫的眼睛，惊怔地望着静静默默的蓝天白云，觉得这世界突然的不对劲儿了，生活中恶的一面开始显露真实的本质，这使我阳光明媚的心灵始料不及，它像一个不速之客突然而至，让我猝不及防。蒙胧的生命前程刹那间出现了阴影，整个辽天阔地的气象都罩上了一层阴气，这阴气波波涛涛淹没了前面的高楼，后面的大厦，两边的树林和大街小巷……

下岗？他们说他们的老子妈下岗了？下岗是最近流行的一个新名词，下岗就是失业的代名词，失业就是没地儿挣钱养家糊口，可他们下岗为什么跟我要钱呢？难道他们的父母下岗是由于我的存在而出现的吗？下岗为什么威胁在我头上了呢？

我觉得好恐怖呀，更恐怖的是心理阴影，明天拿不拿钱给他们呢？我惊异于我这么小就面临着对自己生命的安危进行艰难的抉择。若给了，我会不会是一个向邪恶妥协的软蛋？可有谁能助我强硬起来吗？明天是什么日子啊，是我盼望已久走上旗台的日子，一面猎猎的红旗经我之手，迎风升上蓝天碧空之间，上千人的目光注视着我，享受着别样的殊荣，那该是怎样的滋味啊！

生命的意义又重新清晰起来，我决定用金钱购置下明天的安全。为了那一刻的使命，我并不知道我交出去的远远不是金钱，而是人格和尊严。可我清晰地记得当时我不无骄傲地想，他们不过是一群街头赖小子，他们有谁升过国旗呢？若他们站在红旗下，烈士的鲜血也会把他们淹死。

我就是带着这样的优越抵消了被打的事件。我慢慢地站起来摸摸鼻孔淌出的血，慌了一下，心里一阵难过，似乎特别的想哭，想到母亲常训导我的话，好男儿流血不流泪，眼泪涌在半路上就又拦腰砍断压回去了，可是，腿打出了青块，额头上也碰起了血包，毕竟还是个孩子呢，泪水还是不受拘束地光临了，反正也没人看见。望着遥远的天边，想到在《超人》里虚拟的叶雨枫处处赢，而现实生活中实在的叶雨枫却处处输，一种沮丧遍布了我的心灵。

生活中原来最难战胜的是无奈。

我一个人面对我内心潜藏着的软弱怔痴了一阵。在水管里把脸洗干净，为了男子汉的尊严，回到家里，故作轻松，细心的母亲追根究底都没有得到伤处的真实来历。我只说是踢足球碰的，但我的语气明明带着恍惚带着不坚定性。母亲问不出究竟，自然信以为真，我以装出来的从容埋下一场危机。

七

这是一个特别漫长的夜晚，有恐惧也有兴奋，我几乎是在一分一秒地煎熬着度过时间。也是在一分一秒抗拒着时间。

我要母亲给我洗了红领巾，拿出最白的衬衣叠得方方正正压在枕头底下。听着秒针不慌不忙地转动，心里有安慰也有焦虑。我听到昆虫的鸣叫在催我入眠，可我的睡意却非常遥远。这一夜我是躺在起伏摆荡的红色中度过的，其间起来看表三次，最后一次是六点，破天荒没有让父亲叫床，饭吃得也非常匆忙、非常不安。

升旗的时间步步逼近。

忧虑的云团也层层缠绕。

我穿上笔挺的蓝裤子，白衬衣，庄严地带上红领巾。

我当然没有忘记向母亲替那些混蛋讨要一笔“资料费”为自己的生命威胁去做第一次交易。十元钱对我来说也足以称得上巨款了，我并不知道索钱的人，胃口到底有多大，手里攥着钱，心里却敲着鼓，我幻想着这次交易是一场游戏一场梦。

然而在通往学校的必经路，那群混蛋准时等在那里不动神色地等待我，他们没有耻辱感，可我并不觉得我有什么错，只想迅速地进行“成交”之后买通过路的安全，但并不代表我胸腔里没有愤怒，我把钱照歪帽子的脸上扔过去，“见钱眼开”的俗话在这一幕表现得淋漓尽致。他们不生气，脸上溢满了友好气氛，他们的眼睛发出蓝蓝绿绿的光，就如饿狼扑食一般拣起了钱，拍拍我的肩膀说：“小子，听你们学校的人说你是个扶贫济困的主儿，听说你经常救济哑女，其实我们他妈的比哑女都更需要救济，常记着点哥们儿，以后遇到麻烦尽管找哥们儿替你做主，现在这个时代你这样的小乖乖可不多见了。”

我“呸”地朝他脚下唾了一口，“见钱眼开”的心态壮了我的胆，算是对他们的回答。也算是微弱的一点点反抗，诈骗了别人的钱还要找个理由，无耻。

可他们显示出出奇的宽容，并不因此生气，却是嘻皮笑脸地甩了一个响就离我而去了。

他们说他们连哑女都不如，可他们却值不得别人同情，他们学坏，呸！

我又表示了愤慨，出了一口恶气。一块石头总算落地了，我似乎感到格外的轻松。

可是我这一刻发现了吴桐桐和欧阳白雪文惊愕的目光在注视着我，然后像遇见一个魔鬼一样，慌慌张张地躲开了。我当然用不着向他们解释，也顾不上想这目光的含义，更顾不了研究他们所出现的状态，就飞快地往校园里跑，因为我今天身负使命。

我的心又被幸福感所填补，我好像觉得满院的人都在向我行注目礼，谁都在替我骄傲，因为并不是所有的同学都能享有升旗的资格。我不住地和同学们打招呼，我也不住地感谢阳光为我而如期而至，我也不住地向我颔首的花木虫草投去微笑，我对人与物都特别的有礼貌，我的快乐增加了我的气度，我的精神筑起了我的高度，我显得格外热情、矫健、有朝气。我走进熟悉透了教室，朝晖如一条条彩带柔柔地飘洒在我的桌面上，我把书包安置好，坐在凳子上双手托着腮，尽量掩饰着内心的喜悦和渴盼。虽然大家按部就班的表情如往日毫无区别，但我好像觉得他们比往日亲切、可爱、友好。

人活着多有意思啊!

可是就在这当儿有人传我：“老师有请。”

我想老师许是安排升旗的事宜，我满面春风地跑进办公室，热情未减却“嘭”地站下，惊恐得一动不敢动了。

八

我看见老师黑沉沉的面孔如天上厚起来的乌云，一经风吹就会电闪雷鸣，暴雨就会劈头盖脑瓢泼下来。

我惊愕且纳闷，我带着无比感恩的心情，好像自己人一样提醒着老师，小心地问：“老师找我有事吗？”

老师并没有正面回答我的问题，却说：“你刚才干什么去了？”

我说：“我没有干什么呀。”

老师拍案而起，说：“你果然不诚实，才这么一点点就搞阴谋、玩手段，欺骗同学、欺骗老师，获取荣誉……”

老师的暴力性语言把我整个人都打击得摇摇欲坠，心如重锤擂着的鼓面轰鸣不止，我全身冷风飕飕，我被搞懵懂了。房顶被震得哗哗落土，就连太阳也好像叽哇一声钻进云里吓呆了，屋里顿时暗淡下来。

什么是手段？

什么是阴谋？

我又怎样欺骗老师？欺骗同学了呢？

白呆呆的空气有着同样紧张的诘问。

这世界怎么了？这世界到底出了什么问题？

原来我在与歪帽子他们“成交”的事被目击者通报了老师。老师就断定我不学好，帮园丁爷爷劳动完全是虚晃。她主观臆断那次在校园里她遇见我鬼鬼祟祟地躲藏在花丛下一定是与外界勾结有关，却以“帮助”的谎言为由，里应外合搅乱学校的秩序。因为最近老有形形色色的人在校园里出没，很多家长都反映有人袭击过他们的孩子。

她说：“真没想到原来罪魁祸首是你。”

她对她最初判断的失误恼羞成怒。

我想，我是受害者呀，我被人敲诈、被人欺负，我只不过今天不便和他们纠缠才进行了一次交易，保全了自己的安全呀，怎么一时间我竟成了坏人呢？何况我这个年龄什么阴谋、手段、欺骗、获取？如此复杂的思路就算成人恐怕也得费些力气才能达到最终的圆满吧？

原来语言的暴力远比武力侵袭更可怕。

据说这是我们先人的遗风，那个时候老师却在我身上得以使用。如果使用者不曾在生活中获得成就，怎么可能把我想的如此精明？而且缜密得浑身是嘴也难以辩清？

我说：“是他们问我要钱的呀！”

老师说：“他怎么不问我要，不问吴桐桐要，不问欧阳白雪文要，不问程超他们要，你有钱？”

是啊！为什么问我要呢？

我又怎么知道他们为什么问我要？

难道我还希望有人往我要钱闹着玩吗？难道我不知道拿钱自己挥霍一下过过瘾吗？知不知道我受了多么大的精神折磨呀？难道我不需保护吗？

老师列举的自然都是些成绩优良的“品种”，意思很明了，优良“品种”概不会出现这类问题，就是出了问题也是受害者，像我这等货色只有害人而无被害的可能，好像他们是鲜花，我是毒刺。

人心是不公的。

人心的不公，导致语言的不公，行为的不公。

权力可以宽恕一个人的罪责，但不公的人心绝不会放过一个人的弱点。伟大的造化经过无数年的孕育，把冰冷的石头化为人类，造物主最伟大的成就就是形成了人心。可仁慈的上帝为什么不把人心造就的公平一点呢？

我做了通盘的解释，我尽可能说得通俗一点，让老师对我的苦难遭遇多一些同情和理解。

可老师铁了心认为我是在愚弄她、欺骗她，我在编造，我在自圆其说，包括以前吴桐桐的“图钉事件”都是我想获取荣誉的花招。

她像一个会占卜的预言家，预感到中国境内即将要天塌地陷一样地告诫我，“聪明过头就流于心术和心机，这种人是最可恶的，我最讨厌的就是这种人。”

她说这话也相当的语重心长，似乎在竭尽全力地教导着我，好像再不拉我一把我就会滑入恐怖分子的阵容里。瞧我卑鄙得多伟大，好像上苍特别关照了我一颗复杂的头脑，好像我天生就有能力成为一个高级骗子一样。

我是喜欢荣誉！

可谁不喜欢呢？

没有荣誉感就没有精神渴望！我就是这么认为的。

老师说她要把我交待给我的父母亲，不然出了事，我的安危学校概不负责。

我想，交就交呗，现如今学校除讲课之外，什么不都是交给父母去解决。一个孩子的荣辱兴衰都搁在父母的肩上，于是，我们在父母心里常常如同一道判断失误的分解式，越肢解好像问题就越多。

上课铃响了，就像震响天国的号角，伟大神圣的时刻终于来临。我听到一校师生都集中到院中央，可是他们一定看不到升旗手，没有升旗手，仪式怎么开始呢？

我为全校师生着急，我更为自己着急。我于是紧张而殷切地望着老师，近乎央求：“老师今天我升旗，你放我出去，不然大家会着急的。”

老师哼哼地笑了，笑得很阴沉，说：“没有你学校无人能勾结赖小子，可没有你学校照样升旗。”

又说：“给我转过身去，面壁思过，没有我的指令你不许踏出这里半步。至于说升旗，你永远也没有这个可能了。”

老师说完带上门走了。

随着门“哐咚”一声关上，我的泪水夺眶而出……

屋里静如墓地，连尘埃飞落都震天动地，桌椅书柜都像长出了无可奈何的眼睛怪怪地盯着我，我听到我体内的血液和心灵在悲凉中一同低泣。随着雄壮的国歌响起，我泪眼朦胧地顺着窗外，心情无比惆怅地望去，吴桐桐骄傲地翘起朝天鼻孔，红旗随歌声冉冉升起。

没有人关心今天突然出现的变故。好像压根就不记得我本应该站在旗台上一样。

可我看到远处园丁爷爷踮着脚尖翘首眺望，努力辨认旗台上的升旗手，脸上一再出现难以置信的神色，他好像不甘心，低头揉揉他浑浊的老眼，再一次翘首确认，最终是一脸的费解、一脸的纳闷、一脸的失望、一脸的意外……

我知道园丁爷爷在找谁，渴望在旗台上看见谁，他在等待着为我骄傲，为我助兴，可我却让他空等了一场……

我眼泪汪汪地默言道：“园丁爷爷对不起……”

九

生活就是这样阴错阳差，我以为这一切都是人为的、习惯性的愚蠢判断所造成的悲剧。这出悲剧是否一再上演，不知道。

可我的美好愿望破灭了，精神随之坍塌，现实和理想老不一致，好像现实不许人有理想。“勾结”事件定性后，老师把我交给了父亲。

父亲对此事大惊失色，并对老师的慧眼能及时发现表示了千秋万代要感恩戴德。

我觉得这世界真是滑稽，他们惯于把成人愚蠢的思维强加在一个稚嫩的孩子头上，还自以为是。我似乎是在那一刻把一切都看得无所谓的。

没有是非的世界是个浑浊的世界，颠倒的世界。难道谁有力量能反过来吗？

老师极为痛心地指点着我的头说：“像你这样的脑袋瓜，要用在正路上，不是全校第一也肯定是第二。可惜呀，可惜好钢用不在刀刃上。”

我的脑袋就像悬挂在空域里的木爪，在被她毫无人道的敲击下内心发出呼号：“有没有想过，用手这样指点别人的脑袋，是对人最大的侮辱。”

可我到底没有像他们把我想的那么坏，我终究还为师道尊严尽一点孝道，我以表层的麻木掩盖着内心的激愤。我只是低着头，两脚并拢，规矩地站着。

父亲听了老师的话心如刀绞，他老人家与老师的看法毫无二致，若他生出一个傻子也认了，可他不甘心的就是我还聪明却没有做出了应有的成绩。然而此时他已顾不上这个，他对“勾结”充满焦虑，好像我已经是个无恶不作的坏蛋，或者我的一条腿已伸进了“局子”里一样。

父亲对此事没有手软，甚至连一向睿智的母亲也开天辟地第一次显出了她狰狞的面孔与父亲“同谋”，参与了为我准备的这场酷刑。

但他们却没有得到任何意义上的“承招”！哪怕是辩解，哪怕是否认对他们都是一种安慰。

可是我保持了沉默。

冤枉深重的人从不屑于辩解，他们怎么认为都可以，一张洁白的纸被人乱七八糟地任意涂抹你能企图揩干净吗？当一个人失去了生命存活的向往，好与坏还很重要吗？他们信奉一个伟人的话：“世界上没有无缘无故的爱，也没有无缘无故的恨！”当然更不可能无缘无故就拦路要钱。

因此“勾结”就再一次成立。

是的，也许我的父亲母亲确实没有体验过无缘无故的事发生过，可只有上苍知道无缘无故的事确是让我遇上了，这与经验毫无关系。也许这种无缘无故的事就要从此开始了，甚至就要从我这一代人开始。比如说“哥们儿”的异称，他们以前有过吗？听说人与人之间只有一个称呼——同志，而“哥们儿”不代表亲切，而是代表着蛮横和霸道，并且是具有集团性质的。没有政权的人绑上“哥们”也可以在社会上扬眉吐气横行一阵。“哥们儿”是可恶的象征，异类的象征。

难道这种事情出现也是我的过错吗？

父亲说过他小时候家里大开着门都没有小偷光顾，何况平白无故拦路要钱，告鬼说都不相信。

我想，告鬼说当然不相信，鬼怎么知道人间世俗的事？

如今各家各户的门都上了重重保险，小偷不辞辛苦潜入其中进行偷窃。难道那是他们闲得无聊，在演习他们的职业技术使然？那不是平白无故，难道是缘于失窃者跟小偷有着亲密的联系？

父亲用蘸过水的绳索朝我的身体一下连着一下地抽过来，好像这样抽就能把“勾结”抽去，岂不知抽急眼了适得其反，我还果真有去“勾结”一下的意思不虚此“打”。所幸，我对“勾结”不感兴趣，还没有那么大的胆子。可自以为挽救革命后代的父亲，越打越来气，我只感到我体内的血液在混乱中不辞辛苦地应付着。

面对父亲的暴力，我笑了，笑的一定很怪异，因为把他们吓了一跳，是神经出了问题还是没有打疼？

父亲就更卖力地抽。

我就更直白地笑。

谁说我们这一代人缺乏坚强性，我们没有错就是没有错，想屈打成招门儿都没有。我想，对待汉奸、卖国贼也不过如此吧！假如第三次世界大战中国被侵略，我绝不可能投敌叛国了，因为我已历经了如此惨烈的酷刑应该说也经历过考验了吧？

施刑者的最终目的是让受刑者痛苦。

可我的笑，让他们恼羞成怒。

精明的二老到底深谙了我是在嘲笑他们的无知。

母亲因此就在这一刻加入了暴力行为。她心平气和惯了，可能在投身暴力之前不够习惯，于是她先是拿起一个精巧的玻璃烟灰缸砸在地下，那七彩的碎片立即哗然而起，落地后一幅粉身碎骨的图景壮烈地点缀了一地。母亲的怒火也随之而生，可我不太愿意损害母亲一向沉静温和的形象。

她想打屁股我就给他屁股，她想打脑袋我也决不吝啬，只要她愿意打，有力气下毒手，我一并给予方便和鼓励。反正我不是我个人的，许多时候我的存在与他们休戚相关，我表现的优劣是他们的荣辱。他们愿意相信我有“勾结”的行为，我也没有办法，生死我也已经置之度外。我的生命是他们制造出来的，随便你怎么处置都行。反正我要的东西他们从不慷慨，我已是五年级学生了既不被信任，也没有尊严，更不配有人格，灵魂的主权不在我手里，要一具任其宰割的肉体有什么用呢？我并不在乎当什么好孩子、好学生。“图钉事件”我认错是因为我心里难受，获得荣誉又不是我预期的；帮助园丁爷爷是因为我的同情心使然，劳动委员又不是我要的；至于升旗我当然梦寐以求，难道热爱红旗不对吗？

母亲在抽我的时候，表示了最大程度的愤怒，她似乎替她的暴力寻找到足够的理由，她抽一下，骂一句：“笑，笑，笑，我让你笑！”

是的，我只能笑，我怎能不笑呢？因为我已经流不出眼泪了，如果一定要我表示痛苦的话恐怕流出来的只有血了……

父亲怎么不打了？一副疲惫的惨相。

母亲没打几下，怎么哭了？一副比我还痛苦的样子。

奇怪，受刑者不哭，施刑者倒是哭了。

十

家里出现了少有的沉闷，我不吃不喝，不说不笑，但这个自由也不准有。母亲跟前追后，似乎在找机会和我谈心。这是她探视我内心惯用的手段，她无非是冤枉了人还要人理解而已，就像那一群混蛋要了我的钱还要找一个理由让人同情有着同样的特征。我的冤屈埋深了，恐怕再无接受母亲谈心的气度了。我的沉默寡言表示着最彻底的拒绝，我再不会把母亲当朋友了，没有信任算什么朋友。

为了杜绝继续“勾结”，家庭不仅私设公堂，而且私设“囚笼”，星期天我被软禁在“囚笼”里，严格监视，没有了自由。我连鸡、猫、猪、狗那点点权利也没有了。我不知道，有没有一条法律制裁有关家庭囚禁给小孩子造成伤害的行为呢？到处是眼睛，大的小的，横的竖的，天上有多少星星，我身边就有多少只眼睛。每一束目光就如同无数个飞镖日日向我直射过来，以致我遍体鳞伤。眼睛，我感到是五官最厉害的一部分。

我失去了说话的热情，我也不热衷于求得谁来理解。我的最大收获是眼睛变直、变硬，心底变狠、变冷。假若谁想和我打架那就来吧，我现在的面目在别人眼里一定是狰狞的。

人格扫荡的狂风不仅把人的头颅压下去，更主要的是把人的肝胆和心灵一同蒙上污垢。

在一段时期内，很多目光投注在我身上时，不再从容、坦然、友好了，而是恐怖、胆怯、设防。

难道我也被人视为“哥们儿”？

下学的时候我看到有人在我的背后向他们的父母亲指指点点，他们的父母亲脸上顿然就像拉响了警报一样，拉着他们的好孩子一溜烟地逃开了，而且看出了千叮咛万嘱咐的情景，就好像我是个青面獠牙的怪物，一不小心就会把他们吞掉。我为此也有过一点快感，看谁不顺眼就龇龇牙、咧咧嘴、瞪瞪眼、挥挥拳头故意吓唬他们闹着玩。但这毕竟是自我作践。

心灵的隔离远比肉体的囚禁更可怕。

我心里丝丝缕缕、星星点点萌发着一种驱赶不了的恨意。

恨谁呢？父亲？母亲？老师？歪帽子？告发我的奸细？还要那些别有用心的目光？

不知道。

天气和心情总是很一致，沙尘暴刮得昏天黑地，如同我灰尘满面的心。城街上的人仓皇地戴上帽子，遮上面罩，围上各色的纱巾只露出一双恐慌的眼睛，把自己包得像个病人。砍伐者的残酷是消灭绿洲，于是我眼前出现了很多很多不动神色却貌似功臣的砍伐者，因为他们最大的功效是制造病态……

风，似乎真的像疯了，它把各色塑料袋涨得鼓鼓囊囊，在空中肆虐尖叫。沙尘暴，像一个精神失控了的疯子，不惜余力地摧残着校园的面貌，由于力气过猛，以致那一面飘扬在空域里的红旗被拦腰砍断！血红的旗面已被风力咬噬成丝丝缕缕的残骸，当它壮烈倒下的时候，我的心轰隆一声巨响，心灵立即呈一片白茫茫的废墟。于是我的心无数次投下了这一幕的片断，无数次地鸣响着轰隆不止的声音。很多人惊愕地望着倒下的旗帜，又有很多人无关痛痒地折回身离去……

站在旗台下我心里突然地想哭，难道倒下的旗帜与我相关？我这才知道我心灵的旗帜依然未倒，不懈的心灵依然未死，我为这不死的心灵感到气恼。我不知道以什么样的方式击毙我未死的心，我努力挣扎着不哭，但谁能管得住自己的眼泪呢？心底里的酸楚还是在不期中翻了上来……

做一个令人仰慕的人总比做一个令人唾弃的人好吧？

可是，是谁把我推向了孤岛？

是谁？

不知道。

常听父亲感叹"好人难做！"我心一紧，这句话突兀出现，好像不知哪儿与我相关。好人难做，那一定是好人常常会受到冤枉吧？既然如此，父亲为什么不在他的经验中获取教训来解释我的遭遇呢？

好人难做，那谁还有勇气做好人呢？

我百结愁肠地望着天边那缓缓降临的黄昏，就像一个固定的痛点，我又该回去坐在桌前规规矩矩地做功课，然后面对一个没有欢乐气氛的家，去感受着寂寞和孤独带来的无限……就好像我千真万确成了一个罪不可赦的“勾结”者。不能离家半步，一刻也不行。带着如此监视的屈辱再去陷入那个黑暗的冷夜……

如此这般，活在人世还是件很快乐的事吗？

十一

园丁爷爷又在经营他的花草，他瘦削的背坚硬地凸起，头几乎要栽到地下，他在扶起一根被人踩倒的刺玫时，很费力地站起来，拍拍手上的土，反剪在背后。望着一拔一拔往外走的学生，脸上出现了若有所失的神情，似乎在用心寻找谁。

我的心“怦”地一动，站住了。

等到大批队伍走出去了，好似水落石出。

园丁爷爷看见了我，脸上出现了惊喜的神色，那神情像是寻找我已久等待我已久一样，园丁爷爷招招手急急地朝我走来。

我僵僵地站着不动。

等到园丁爷爷站定了。

我的泪倏然冒了上来……

园丁爷爷挑挑眉宇，显然吓了一跳：“怎么了这是？怎么了？这几个星期怎不来看哑女了？”

我抹了一把泪，倔强地将头扭向一边。

我说：“爷爷对不起，我不能帮助你了！”然后，泪就涌出来……

园丁爷爷捧起我的脸，像扶起一丫被霜打蔫了的青苗，说：“快告诉爷爷出了什么事？”

我说：“爷爷，我成了坏蛋，我成了别人眼里的臭狗屎。”

我的喊声地动山摇，喊得连天空也怦然暗淡了好几成。

爷爷僵下不动了。

“谁说的？日他奶奶谁说的？这一院的人，谁有小雨心善？谁这样说我找谁说理去。”

我终于哇一声哭出声来了……

这一哭，搅乱了黄昏的宁静，惊飞了栖息的鸟禽。

我终于找到释放委屈的地方，我向园丁爷爷诉说了我的遭遇。

我说：“园丁爷爷你相信我吗？”

“当然相信，小雨说的话爷爷我句句都相信，不升旗也不能证明小雨是个坏孩子，我看他们吃‘教育饭’的人没眼力，谁好谁坏都看不清。哼，爷爷我不信他们。”

园丁爷爷的胸腔一起一伏，好像他比我还要气愤。

我的心好像松快了一点。

没有受过委屈的人绝不会知道委屈对人的摧残，没有体会过被人理解的人怎能懂得理解的力量？

我黑洞洞的心，仿佛透进了一缕儿光亮，爱的温度又重新得到回升，因为有园丁爷爷的信任。

园丁爷爷的力量怎么会如此伟大呢？

我觉得是他透亮的心灵伟大。

我不愿离开园丁爷爷，我珍惜着这一刻给我带来的意义。

园丁爷爷说：“不要因为受一点委屈就放弃了上进心，路是由自己走出来的，好好学文化，长大当了大官就不受委屈了。到了爷爷这把年纪，坐在家里就有衣穿，有饭吃，有人管。可爷爷就是因为没文化，有病也得装没病，强打精神糊这张嘴。好在小雨心善，看得起爷爷，别的学生娃可不是这样，他们看我扫院还故意把土堆踢开。老师为啥看不到这个？爷爷在世上是个下等人，谁的白眼都挨过，心里敢情是不难过？谁不想当人上人，可咱没文化就得受委屈，时间久了，委屈受惯了，心就磨起茧来了……”

黄昏凄凄凉凉地降下来，我的心怅怅惘惘地思索着：

这就是人生的死理吗？

人，为什么会划分了如此严酷的等级呢？

是的，我似乎觉出了这个死理的硬性。

园丁爷爷的话我是愿意听的，我的心情虽然好了一些。可我更想知道，好人为什么难做呢？如果难做，以后还该不该继续做下去呢？我的心塞满了好多问题。

在此后的日子里，我像是夜里的萤火虫，自己照亮自己，光不强，影儿也不重。可我总还渴望自己浓墨重彩一些，但我一直没有找到自我升华的法子。

生活并不能如人所愿，虽然日子按照固有的轨道滑去，可我依然对未来充满困惑……

十二

那个夏日，风旋转着像是在舞蹈，它的狂舞乱蹿竟让我一时辨不清风向。父亲就是在这一刻踏着欢快的碎步兴匆匆地跑回来，他说我的毕业考试比预期要好千倍万倍。

母亲正在看书，听到这个消息，脸上泛着惊喜的光泽，马上就把目光投注在我的脸上，我察觉到这目光里的感动。

我似乎也心有所动。

父亲说："三个百分，其它都是九十分以上，体育全班最棒。鉴定表上说该同学思维敏捷，学习刻苦，若再努一把力挖掘潜力会有出人意料的结果。"

父亲就像一个基督信徒，朗朗上口地念着他渴望已久的经文，他情不由己地攥住拳头激动得微微发抖，他在乐不可支中忘记了在我面前保持应有的镇静和威严，以避免怂恿我的自满情绪发扬光大。看来再深沉的人也难免失态，这就注定生活中各不相同的人为各不相同的信念都有着最彻底的献身精神。

我尽量使自己安静，不去打扰这一刻给父亲带来的欢愉。

其实只有我知道此成绩并不真实，但不是我一个人而是所有的人。老师出现了少有的宽容，优差生坐位合理调配，并且对每一个人都关怀备之。老师背着手缓缓地走来走去，那目光就像观察熟透了的稻谷，即将开镰一样，她自然渴望有一个好的收成。按素常来说我们都把她绕来绕去的身影叫做"幽灵"。可在这次对我们至关重要的一次考试中，老师却对交头接耳都漠然视之，谁卷子上有误便不动神色地用手点画几下，虽然无言却警告有误，聪明者便心有灵犀，愚钝者就只能出现莫名其妙的状况活该倒霉。我是得到过点画的，自然属于聪明一族，作弊对我们来说早已深谙其道，并不为奇，可老师公开通融还是首次。

也许老师把所有的学生都当作小孩来判断，很多人都给老师记了一笔感激之情。岂不知毕业成绩的优劣，代表着一个老师的教学水平，暗示着今后的声誉和出路，以及奖金问题种种。至于成绩的虚实只能造成新学校对学生的判断失误，对老师而言有百利而无一弊，他们顺应了人性的弱点，给了各家大人一个满意的答卷，提高了自己的知名度，从而对某某老师流连忘返，广泛传颂。我想，没有一个同学包括我在内对此状况有什么不满意，没有一个同学有勇气去正视事情的本质，因为此事毕竟填充了每一个人所需要的虚荣和面子。

生活就像一个固定的程序，大家在这个程序中做着各不相同的游戏，其游戏做得圆满与否全在技术水准上。技术最高的是利人利己，次之是损人利已，再次之就是损人不利己。可我却常想，损人不利己者或许是个勇士，通常不能被世俗所接受，可对事物的本身是否有着一种正义和本质的揭示？大家习惯了你好我好大家都好。若有一个人说出其中内因，定会招来口诛笔伐：“此人良心大大地坏了。”

“良心”通常在什么时候才能表示最“良”呢？

不知道！

“优良”成绩如一团火焰，把一个家庭的清冷点燃，欢乐照亮了寂寞的面孔，可我却像一个为“劳苦大众”带来了空泛的福音的“上帝”一样，忐忑着自己的虚空，旁视着家人的欢乐。这些虚空的欢乐照亮了多少个家庭？无可计数。

我不知道我的同类是否有勇气和渴盼者们享受同乐，而我尚存的一点羞耻是不敢理直气壮去参与我所带给父母的“欢乐”。

成绩对我而言是预期的，但老师的评语却让我始料未及。我以为“勾结”会随着我的成长一直“勾”上去，却原来老师大发慈悲只字未提。

呸，难道我还要为此感激谁吗？“勾结”对我而言就如覆盖一切的天顶，压得我抬不起头，喘不过气，有谁如我一样刻骨铭心地体会到，假理说上一万次比真理还真的味道呢？“勾结”在我心里形成了一个巨大的阴影甚至是短处，因为无中生有没有悔过的理由和机会，无中生有的最大功效是让人对世界无望。我常常敏感那些独自垂泪的人，那些望着天边发怔的人，垂着眼帘面无生气的人，他们是否也是被无中生有所折磨？世上有多少这样杰出的编剧把他们具有喜剧效果的杰作轮番搬进心灵的舞台上演唱着？

矗立在我心中的那所小学即将隐在身后，回想起来，却是在匆匆的四季中一次次出其不意的峰回路转，发生过与我有关的和无关的事都将尘封。它对我最大的改变是性格上的寡欢，骨质里的倔强。

父亲注视我的时候有了讨好的意味，好像我给他拿回了好成绩，他却没有给我应有的回报一样，为此我心有余悸。他在为我张罗一顿营养丰富的午餐，希望能看到我愉快的笑脸，希望尽量都吃进我的肚里。可我疑惑我的天真早已不复存在，笑，这个功能似乎早已失调。我被生活中有意的或是无意的虚假成分干扰着，我不便向父亲交底，可我也无颜获取父亲的“回报”。我深深地同情着父亲，心灵总是安顿不下来。父亲虽然相信棍棒底下出英才的道理，同时也为我们彼此的隔膜长吁短叹。父亲好像渴望与我有一次交谈，这是他看到我有了好成绩通常的表现，可是他却很难进入状态，因为我不予以合作。

十三

有很长一段时间，我把自己一个人关在屋里足不出户，我不知道新的学校将给我带来什么样的图景，但旧的学校教会我消亡自己的热情。我百无聊赖地望着云朵在天上飘来飘去像是守着绝望的蓝天流泪，如同我的牙齿紧咬沉默，让时间消亡一切而流血。我想起了几年前我在巷道里跑来跑去无忧无虑，和几个同龄的小孩随便跑进一家院里嬉闹，主人们都会忙里偷闲拿我们逗乐，那些热情的笑脸构成了我记忆中最深刻的部分，如今我却被人世的冷漠安置在屋里，孤零零的一个人。我的心如一个黑洞，伸手不见五指，我曾无数次用手托起烛光寻求美好的梦想，果实却是被无情地干瘪在果壳里……

是谁用一块施了魔法的幕布，遮盖了我渴望的眼睛？是谁挥舞着刀斧砍断我梦想的翅膀，把心灵献给虚空？不知道。

暗淡，日复一日如风似雪的形象走近我，如手持血淋淋的钢刀的“黑客”侵犯我。我常常难以熬过漫长的白天，但也更不愿独自面对苦闷的长夜。四周都是寂寞，我像一个走上铁索桥的孤旅者正在独自闯过令人胆寒的深渊，我再也看不到马群在天空中飞奔，老牛在树上唱歌……我只看到日月在无精打采地不断更换，却日日更换得毫无新意。

父亲，依然为我的好成绩陶醉。

母亲目光里对我精神状态的敏感让我触目惊心。

好长一段时间，夜间的梦如一团白雾撕裂成无数模糊不清的片断，却没有具体的意向，我总是找不见归属的路，总是出现惊慌失措的心态。天，灰蒙蒙，无一点阳光的笑星儿……

每当我在这个时候睁开眼睛，总发现母亲在灯光下注视着我，坐在我的床边默默守护，她的脸上爬满了忧虑的线索。我即刻闭上眼睛拒绝与母亲对视，但是我并不能马上入睡，我想知道母亲能陪我多久，或者她肯陪我多久，我以此去折磨着母亲。有时候母亲陪几个时辰，有时候大半夜才姗姗离去，离去的时候母亲总要给我掖掖被子，摸摸我的额头，有时还俯下身吻吻我的眼睛。我似乎不被这一切动作所动心。可是又有一个夜晚，母亲整整一个长夜陪着我，我感觉到她一直在研究地望着我，好像也只有我闭住眼睛的时候她才有勇气注视我，母亲像守护一个病孩子一样端端地坐着。我时睡时醒。梦魇侵袭的时候我看到满世界挂满了问号的手杖，带着疑惑漫天飞行，继而分开了两条腿在我的眼前跑来跑去，企图穿越树林，捕获群星……风，如同两扇肺叶的翅膀，有时候刮断问号的腿，有时候砍下了问号的头，而我却坐在低谷里由此出现了难以预料的快感，快感过后又生出无端的伤怀……及至到了黎明，我感觉到一只柔滑的手在为我轻轻地揩泪，我睁开眼睛，我和母亲的目光不可避免地交汇在一起，我看到母亲的眼圈投下了黑影，脸上憔悴而且消瘦，眼里饱含了疑惑的泪……

母亲说："小雨，你醒了？"

我惊异于母亲的毅力，母亲在等待什么呢？

于是我说："妈妈你为什么不去睡觉？"

母亲说："我知道你害怕，知道你一个人孤独，知道你很可能在某一件事情中不被人理解。我也知道你的心扉已安上了两扇黑大门，对谁都不再敞开，包括妈妈在内！小雨，那次打过你，我真的很后悔，时间越久，妈妈就越觉得可能有误解在其中，妈妈为什么不该相信自己的孩子呢？为什么只凭成人的经验和感觉去判断事情的真伪呢？小雨，虽然一切都过去了，可我对自身的谴责和审视永远过不去，假如由于大人的判断失误把小雨逼上绝路，妈妈便是这天下罪不可赦的人，所以妈妈要给自己一些惩罚。如果小雨心里有委屈，如果父母和老师误会了小雨，小雨，你能接受妈妈的道歉吗？"

任意流动的空气嘭一下凝住了，有什么奇特的东西在我眼前跳过无数个光点，接着我听到我的心房轰隆一声，全部的防线像是被洪水冲塌一样，泪，就从四面八方聚集而来，从眼底深处奔涌而出……

理解的力量真是大。

我在这一刻投入到母亲的怀抱里重新与母亲贴近，并且重新建立了亲密友好的外交关系。

当蓝天上飘过的一片白云如同一张洁白的纸，突兀变成一帧照片，又变成一双目光时，哗啦作响的白杨树也就变成了一尊雕塑，一张油画中的风景。当一件事从这一面转到另一面穿透了真实的本质时，阳光便陡然从云层里脱颖而出，照亮了你曾经迷惑的一切。

于是，我又发现马群在天空中疯狂地奔跑，老牛在树上粗犷地歌唱……

我仿佛听见母亲血脉的跳动，传入我的体内驱除寂寞的恐怖，我如月光下的孩子正捧着失血的肝胆静听着母亲的呼唤。我发现母亲素雅的神态，如坐云端，慢慢形成了一幅奇妙的图腾……

我这才感觉到我的母亲是世上最美、最可爱的母亲，她从来不把所谓的威严，作为养育我的筹码来胁迫我，她从不把由于爱的失误造成的不良后果，作为原谅自己的理由，她总是会以出奇制胜的柔情征服我感动我，甚至无论我跑多远都跑不出她丰富的心灵空间。母亲的心灵是一座城市，母亲的心如金碧辉煌的宫殿，母亲的心如同包容人间一切苦难的宇宙！母亲善解人意的心、忏悔的泪水，洗尽了我心中的污垢，我的心灵又唱着天真的歌谣去向未知的路……

B章

我捂着被妇人打疼的脸，带着泪入睡了。

我在梦中发现自己长起了白胡子，拔也拔不掉。后来找到理发店求人帮我拔，也未能达到理想的效果。

我老了吗?

在这个早晨，我哗啦睁开眼睛，这个问题就突兀横在我的大脑中。

记得在三年前，也是在一个秋日的早晨，我哗啦一下睁开眼睛，就觉得我长大了。站在镜子面前我成了一个和大人一样的大人。

这种感觉是母亲馈赠给我的，因为在我被误解“勾结”之后，长久的心灵决战终于唤醒母亲重新的思考和判断，我最终取得了真理。从此我长大了，因为我敢于坚持，敢于拒绝，只是我还没有其他的能力，所以只能靠心灵发出警示。

然而“长大”和“老”是个何其不同的概念。这个过程的间隔距离，对我而言简直太仓促了，仓促到了如同一段音乐，前奏还未开始就匆匆进入了尾声。人生的童年正无情地缩短，人类的青少年也如同添加了“酵母菌”，在猝不及防中突然进入了“成熟”。“成熟”这个千年褒扬的词一向是世人心向往之的品种，却在我的人生中体验到了朽气和退化。

长大是一种何其美好的过程，它意味着勇气和革命，而老则是怯懦和隐忍。长大的概念并不代表童心的消亡，只能代表一个人对事物更准确的辨别，和对是非问题更有勇气去质问；而“老”却是让我觉得心灵有了难以抚平的皱褶，我有了惧怕的东西，比如金钱。我是以卑微去获取最终的目标，而金钱是得以生存最现实的家伙。我想母亲，妇人却不让。她居然挥手给了我一巴掌，她扼杀了一个人基本的情感，可为了最终那点“出息”，我以隐忍去慢慢消除肉体的疼痛，但心灵的疼痛却从此袭来……我找不到地方出卖我的力气，我必须依靠妇人所供给的这点点薪水生活，因此隐忍就成了升天得道的成熟。我曾经深恶痛绝过父亲的隐忍，因为父亲的隐忍使我不再为之骄傲，然而“隐忍”匆匆向我逼近，我才渐渐地理解了父亲。

一个学者说，“人类童心是不知权力的逻辑与功利的逻辑，它以天然的感情直逼真理，在权力与功利的门外笑着、跳着、歌吟着。所谓天使，就是人间的权力之手无法控制的自由飞翔的童心……”

可惜天使的心灵就这样极早逝去了……

岁月的面容眨眼间被我分解成了无数个片段，十七年的人生经历就如一条潺潺流淌的小河，弯弯曲曲，有波有浪。放眼回望，让我总觉得一个完整的躯体难以护卫一颗渴望完整的灵魂。生命的开端是玄妙的，生活中任何事件的开端也大致相同，猝不及防的状况，忽如不速之客一样突兀站在你面前，就由不得你进入了一种情况。一种情况引出另一种情况，并且顺理成章天衣无缝，如此一来二去便连接出一个对你而言有情的或者是无情、公平的或者不公平的现实世界。你只会不由分说地跟着这一系列的情况走下去，有的一闪即逝，有的成为不可更改的历史。要我真正去组合与复原它的真实面貌，仿佛还需要双倍的力量和勇气去完成……

C章

一

人生的际遇是可遇而不可求的，我发现了一个惊人的事实，对新生活的渴盼，可以把潜藏在心底里的秘密启动。

一个男生的自尊，总是需要在某一个领域得到承认来填充他的心灵，一个好的开端可能会照亮以后的路程。

在一个秋日的早晨，天气依然和暖，我穿着整洁的衣服，背着双肩包跟着父亲走进了一所叫作魏西的中学，成了一个“明媒正娶”的中学生。

六十个同学彼此不相识，只有少数几个相识也都被五个班级分得各奔东西，你可以完全把过去的一切抹掉开始新的生活。

而我的自信发展，来自于地理老师怪异的支持。

在一个阳光充裕的上午，地理老师如一个粉面桃花的小女人，温柔的目光如同在选梦中情人一样，从我们每张彼此还不太熟悉的面孔上路过，这目光如两叶飞翔的鸟翅，从容自如地飞旋，然后突然在我这儿奇迹般地停下来，好像还花费了一些功夫进行了一下特别的扫描。然后准确地叫出我的名字：“叶雨枫！名字蛮潇洒的，气质也不错，看上去心态也算健康，是个阳光男生，我读二十个人名字你能重复一遍吗？”

莫名其妙的气氛开始在教室里蔓延，我被突兀袭来的考验吓住了。这个粉面桃花般的老师到底在搞什么名堂呢？还没等我反应过来，“粉面老师”就哗哗哗吐出了二十个名字，全是班里的，完了之后让我复述一遍。

我还没来得及诅咒这个可恶的家伙，就开始在记忆中紧张地搜索，上帝保佑，连我都有些意外，我居然准确无误地重复了一遍。

她的眼睛就出现了惊喜的光泽。后来她又投彩球一般，分别叫了几个倒霉鬼，以同样的方式进行了一次考验，却均不理想。

此后她又说："能说出全国各省份和地区的同学请举手。"

教室里的目光开始叮叮咣咣地碰撞，有几个人犹犹豫豫地举起手来，似乎不那么肯定，我因为有了刚才的奇迹，举手的时候相当勇敢想再来一个奇迹，但粉面老师不再把这个机会首先给我，可是举手的人统统没有得到应有的效果。于是我又稀里哗啦说了出来，完全是情不由己，毫无卖弄之心，因为在这之前谁也不明白粉面老师的真实目的何在。

许多目光都僵下不动了。

地理老师轻拍一掌，指指我说："好，命该如此，地理课代表非你莫属了。你的记忆力不错，但我更喜欢你积极的心态。做我的助手吧，老师上完课，其它事情都由你来负责，你已经是个中学生了，在老师面前别老像一个听训的小学生，你有自主权，谁完成不好作业我就跟你算账。只要你的感觉和判断正确就大胆地工作，谁胆敢怎么样你就交到我这儿来。但是我给你的权力只有一学期，一学期之后同学们彼此熟悉就要民主选举，如果你被'民主'了就证明了我的眼光，可别让我丢面子哟。"

我听到教室里"哗"的一声，众目归一，投注在我身上，小小的自尊在这一刻壮大起来。这个粉面老师外形看上去并不给人足够的大度，但她却是众多老师中唯一敢于把"自主"交给助手的一个。如果说每一个人都有统治他人的欲望，就连乞丐群中的人都想充当丐帮头领的话，我对"自主"这个名词更感兴趣，"自主"就意味着"独立"！就代表着"长大"。

我想各科代表一定正在失落中痛苦着，就连班长也不能拥有此权，粉面老师却慷慨地给了我。我的笑唇翘着，透亮的眼睛一定如两弯清月。可我警觉地看到很多不服气的目光，于是我立即使自己严肃起来，我懂得收敛起外在的得意，并且显得极为谦虚。我不像过去在小学时那么天真单纯了，一听到老师宣布劳动委员时就毫不掩饰自己的情绪，而且还故意挑动别人注意自己的荣誉。我知道我长大了，我有了"自主权"，所以我要显得更为老练才是，或许这就是人们说的"虚伪"？

总之，在众人面前我显得好像班干部当得不待当了的无所谓状态，而内里却是乐不可支的灿烂。

二

秋风醉了，色彩斑斓的树叶笑死在枝头上，悠忽又如仙女下凡一样随着秋风的觉醒纷纷扬扬飘荡着各不相同的姿态，落地后布置了一个七彩的世界。蓝瓦瓦的天空上鸽的哨音，犹如谱乐的大师奏出和谐美妙的音符划入空域，回荡着意味深长的和声，配合着我这一刻的心情。我高兴我自豪，我从来没有像那个时候那样喜欢上学，我像一个快乐的陀螺滚荡在校园里。

上地理课的时候，我比谁都骄傲。一教室的人都静静地坐着，我抱着作业本依次发放，有时候还威严地让某个同学撕掉重写，某个同学也不敢违抗，每在这个时候老师都毫不犹豫地赞同我的决定。这是老师赋予我的权力，我可以统领人，可以支使任何人，这证明我比别人有能力。我靠得不是家庭的威势，靠得完全是自己的能力。我的作业本上容不得一点错误，我可以站在讲台上把老师任意提出的每一课题倒背如流。五大洲、四大洋在我的心里无限深化，这一刻我又有新的理想出现，我觉得南极是个非常神秘的地方，各个发达国家都在企图开发，我决定将来当一名地质专家开发南极。当我把这个想法告诉粉面老师的时候，她一直为此引以为豪。

然而让我更为着迷的还不是这个，而是足以表现男生力量的足球。中国男足屡战屡败，成为中国男人的耻辱，一场败球会把我看得哇哇大哭，那时候我很有激情，好像我对振兴中华责无旁贷。

一个“铁塔”一样的男人出现在我的视线里我才知道什么叫伟岸，他抱着胸斜着眼睛，看我的时候就像发现了一个两脚走兽，左看右看，远看近看，正看侧看，我都被他看得害了怕，甚至一看到他的目光我都生出一种随时有可能把我捉到某个稀有动物园里做标本的感觉。我开始回避他的目光是在一天下午上体育课时，他喊：“立正——向前看齐！”我听到他地动山摇的喊声时就已知他的目光又落在我身上。于是我就偏给他向左看，谁知在此他大喝一声：“叶雨枫，出列。”

我只好应声而出。

“绕操场跑二十五圈。”

我的妈呀，这是训人还是训野兽？

我真想唾他一脸，我知道这是我向左看的结果，但我没有拒绝他的胆量，只好在众目睽睽之下完成他所指定的目标。然而在我跑开的时候又有十几个人参与进来，我不知道这是在缓解我的情绪，还是这节体育的特修课，我的心理自然平和了许多，并且有争夺天下的野心。跑到第十五圈的时候开始有人倒下，跑到第二十圈的时候，仅存三个勇士，当然包括我在内。到了最后一圈只剩奄奄一息的我。可这一刻场外调动起所有的力量为我鼓气加油，终究把我蛊惑得跑完了最后一圈。我滚在操场上面，对着蓝天喊："我不活了，我真的不想活了！"若有一把刀我真恨不得把铁塔宰掉。

铁塔般的体育老师却终于像擒获了一头"壮驴"一样，厉声喝叱："站起来，不准倒下！"

我说："你让不让人活了？"

他却不管你活不活，挥手让两个男生把我架起来满地溜达。

铁塔说："这是没有硝烟的战场，坚持到胜利你得把红旗擎起来呀，是男儿就要做擎旗人！"

擎旗？我听到"擎旗"二字像是一道电光闪进我的脑海，全身抖擞了一下，红旗依然对我的精神有着难以预料的效果。

因为铁塔对我的忠告，我的目光渐渐坚定起来。他拍拍我的臂膀，跑到很远的地方喝道："叶雨枫接球！"就把一个足球射过来。我准确地用脚接过来踩在脚下，他又连着射过来两只，我又以同样的方式踩在脚下，然后他指着前方摆好了的三个啤酒瓶，说："你把那三个啤酒瓶给我消灭掉，我奖励你一瓶健力宝。"

全场的同学都笑了，这似乎像一场恶作剧，像逗一个无知的幼儿。但我是没有犹豫，我啪叽一下，啪叽一下，啪叽又一下，三个啤酒瓶粉身碎骨地爆炸得血肉横飞。

然后是静场。这件在我看来平常而不能再平常的事，在同学们眼里竟像出现了天大的奇观一样。一脚射中二十米开外的东西，原来是最难玩赢的游戏，可让我在愤怒中莫名其妙逮住了。在旁人看来好像我完全有了演习的经验，我看到许多男生的面孔爬上了惊诧的线索，许多女生脸上浮起了山高海深的敬意，心里就异常的舒服。然后我听到震天动地的鼓掌声，我还看到有人伸出两个指头跳起来耶的一声向我表示胜利的象征。后来有人积极仿效却未能达到百发百中的效果，我的自尊心如一本高潮迭起的书，再一次得到被人阅读时激动不已的满足。那天铁塔果真奖励了我一瓶健力宝，把所有的人都馋得稀里哗啦，虽然看起来有点好笑，但我们第一次觉得老师和学生有一种真正属于朋友的意味，可我刚才还想宰了铁塔呢。

“铁塔，对不起，以后给你道歉好吗？”我心里这么想。

三

事情过了不几天，我在下午课间活动时又遇见了铁塔，他和几个高年级的体育健将勾肩搭背站在我们班的门口说着什么，见我走出来，他招招手把我叫住说：“饿了吧？”

我说：“你怎么知道？”

他说：“通常的规律应该如此，走，我请客。”

“请我？”我指着自己的鼻子，完全是处于费解。一群大哥哥就像看着一个来自北极的大猩猩一样朝我发笑。我被笑得莫名其妙，说：“我要回家吃饭。”

他说：“免了，今天算你走运，跟我吃去。”

我对老师依然处于恐惧：“我一个人吗？”

他回头看看那群大哥哥说：“放心，这么多敲我的贼毛呢，哪天你也敢敲我一扛就出息了。”

我说：“我喝过你一瓶健力宝算不算敲呢？”

他说：“不算，那是我奖励你的。”

“你为什么要奖我？”

“因为你有永不服输的劲头呀！”

“这与你有关吗？”

“当然，什么是体育？体育就是意志的竞争，有了这种意志，无论你干什么都不会差劲。现代青年缺少的就是这种东西，可你有。”

我用手挠挠头掩饰着突如其来的窃喜嘿嘿地笑了。我随着铁塔随意的谈话，不知不觉就放松了情绪。我们到学校食堂一坐，每个人要了一碗面，他要我们十分钟完成吃饭程序，外带一瓶可乐放在桌中间，意思是，谁先吃完，可乐就归谁。我心想，这也算请客呀？可我能加入“校足队”的吃饭行列已觉光荣，要知道，这一群被铁塔统称为“贼毛”的帅哥可都是惹人耳目的角色。

饭，虽然“清贫”一些，可我们吃得非常有意思，铁塔说美国企业界聘用人才的首要条件就是看谁吃饭最快，这是一个人的时间观，时间就是生命，时间是日常生活一点一点积累起来的。中国人吃饭需要三个小时，他要给我们浓缩到十分钟，所以他要以一瓶可乐诱惑我们加快速度，要我们和国外的优良习惯接轨。我们这一群傻子为一瓶可乐吃得昏天黑地，竞赛的结果令人意外，除我之外，其它的几个人几乎是同时放下筷子，难以分出先后。我脸上倏然涌上了一层红晕，他们肯定是训练有素，故意来作弄我，我气得差点哭了。一群“贼毛”把杯子哗啦啦一摆，（看来这种情形绝非一次）每人一杯合情合理。几个人边喝边看着我笑，我一摔筷子不吃了。

铁塔说：“今天不算，可乐平均分配，如果这是一场球赛，你就输定了。”

我最讨厌就是“输”字，何况在这么多陌生人面前丢份，我说：“那我不喝，下次我喝自己挣下的。”

铁塔抿嘴笑笑说：“好，那我得及早攒一笔钱给你买可乐呢，你师母对我可不宽容。”

集体哄笑，大家并不计较铁塔为照顾我的情绪无原则地推翻原先的规定，只是友好地朝我发笑，好像我比他们小一万岁，他们都如老大爷一样地让着我。我发现这是一个非常健康、友好的群体。他们和铁塔亲如弟兄，虽不分你我，铁塔的威信却至高无上。我曾一度为能与他们共享过一次晚餐而自豪。

此后铁塔让我加入这支校足球队，我成了一个编外人，每天让我练颠球一个小时，开始我当然很高兴，觉得自己光荣无比。后来一直没有进一步发展，我就把球扔给铁塔说：“不玩了，不玩了，没有意思，每天颠球有啥意思呀。”

铁塔说：“要是有一步登天的办法，我一定首先把这个秘诀传授给你，莫非你有？”然后他向正在练习的球队说，“‘旋风’下来，叶雨枫接前锋，上。”

“我？”

铁塔说：“当然是你，一上场就是前锋，别人可没你这好运，去吧。”

我被突兀推上场吓出了一身汗，但也兴奋得乐不可支。我如一头满地撒欢儿的小鹿冲上去，面对足球，就像小鹿饿极了时捕捉猎物一样的情形，我的凶猛劲儿是不择手段，为一个球极具粉身碎骨的牺牲精神。我的灵敏劲儿是无孔不入地把球抢过来，可是一次又一次的犯规行为使我很快被黄牌赶下场。我突然觉得我被推上了孤岛，成了一个分文不值的孤儿，我噘着嘴，坐在一边望着天空发呆。我知道通过这次考试铁塔肯定不要我了，这样一想，泪就如不速之客探头探脑地光顾了，虽然不那么理直气壮，可毕竟是来了，来就来了有什么大不了的，我拥有来者不惧的精神，狠狠地擦了一把。

铁塔偏了头看看我：“呵，呵，面目可憎了啊，好歹也是个站着撒尿的人啊，怎么了这是？”

让他这么一说，我就像一只小船被强大的水流推进了漩涡里，死活爬不上岸边了。

铁塔拍拍我的后脑勺说：“不错，你真像一只小飞镖，迅速、准确、无孔不入，但比飞镖多的一个功能是横冲直撞，这也无可厚非，但不守球风，就算你有十八般武艺都会被扼杀在摇篮里。”

泪，倏然凝住，我意外地盯住铁塔，我说：“真的？我有这么多好处？那你还要我作编外，多没劲。”

铁塔说：“我在给你吃偏饭呢，小傻瓜。你知道吗，你很像一个人。”

“谁？”

“巴乔！罗伯特·巴乔。”

“真的？”

“当然，走路的样子，跑步的姿势大致相同。就是踢球的风格人家可是稳中有序，你很可能是乱中取胜，但现在还达不到这个水平。”

“你也喜欢巴乔？”

“当然，我恨不得在我手下出十个八个巴乔，给咱足坛上添块砖加片瓦呢，那怕一两个也行。”他炯炯的目光野心勃勃。

我说：“我真想成为中国巴乔。”

“是的，你天分很好，所以你得听我的，基本功熟练了，我让你上场。”

我被铁塔磁石一样吸引住了，别看他五大三粗，揣摩人的心，可是很有一套。刚才还觉得自己分文不值呢，这一刻我又觉得自己价值连城。在铁塔面前我有一种从天上掉下来都摔不死的感觉，身体的热量随着“我与巴乔相似”这个信息传入大脑而无限上升，比太阳的热度都强烈一百倍。

我像罗伯特·巴乔。

我举着拳头满操场乱跑，以释放我体内的热度。此后，罗伯特·巴乔就如我的影子，凡有巴乔的画像我砸锅卖铁也得买回来，无论多么昂贵。卧室里、餐桌前、客厅里一切空间全部垄断。凡有巴乔的球赛我场场不误，我成了不折不扣的巴乔迷，一个经典球可在我心屏上反复回放。铁塔对我的喜爱与日俱增，我对铁塔的敬佩也与日俱增，我们的默契达到了炉火纯青的地步，我们的思想也高度一致。有一次，亚洲足球联赛，中国队失败，我们在操场上出现过一场抱头痛哭的局面，在此后的日子里我们都不快乐，但我们暗下决心一定要踢出巴乔的水平。

半年后铁塔亮出底牌，他对我的额外训练，原来是给“校足”培养足球队长呢。初三的队长毕业后保送上了最好的高中，“旋风”一直是代队长，他为在低年级找个队长煞费苦心，他不仅在球技上严格训练，还在领人带队的策略上颇费了番苦心。他第一要领是让我保持永不服输的精神，第二是待人具有宽宏大度的气量，但在足球场上绝对丝丝入扣，毫不含糊。

铁塔把足球队交给我的那一刻，没有一个不服气的，那群好似长我一万岁的“老大爷”对铁塔的选择绝对服从。他对我布置第一场球、人员的分配问题、以及关键性的指挥环节都十分满意。他为自己成功的眼光设了一次真正的宴，那次他喝了一点酒，他说他不过只是体育老师，但他很想在他送出去的一支支球队中看到中国巴乔的出现，他希望能为足坛培养一个明星出来，他看着我说：“小雨，指不定这些老大哥都是你的陪练，大家对你都非常有信心，咱们这支队伍没有私心。你既要敢于指挥他们，但更要万分尊重他们……”

我有些受宠若惊，我不安地看看那些“老大爷”，他们对铁塔的说法毫无异议，那趋于雷同的表情，呈现出的让人吃惊的陌生真切地展示在我眼前。在他们中间我真正懂得了风格的意义，我感知了友情如铁的概念。

四

蓝天上飞过的大雁渐渐形成了一个人的形状，我的心浮上一层感动的湿润，什么时候我们真正有独立的人的感受呢？

铁塔却给了我这种强烈的感受。

虽然我们并不缺乏火炉一般烘烤的爱，可更多的时候想跑到清凉的地方自由自在换一口气。因为我们常觉得我们是爱的附庸，没有独立的自由确立自我的空间。

理想的翅膀在铁塔日日精心的培养下又渐渐地伸展开来，我就要飞翔了。

我对理想是热切的，经人这么一煽动，有时候如海潮般汹涌而来，有时候又如烈火般势不可挡。

夏天来了，所有的树木都在孕育果实，所有的风景都是浓墨重彩，谁在这个时候不放声歌唱谁就是哑巴，谁在这个时候看不见未来谁就是瞎子。我就是那么热衷于沿着铁塔的指引，准备朝那个目标冲刺的，而且会冲得很精彩，可是现实不允许。

我在这个时候出现了严重的偏科现象，班主任开始频繁地找父亲谈话，大意当然是让父亲对我除地理和体育之外一律进行一次清算。班主任说："体育和地理才是各门功课的几分之几？当然物理凑合，数学、语文都是致命的。"

本来父亲在一段时期内对我的精神状态很是满意，可经班主任如此"警令通报"，父亲脸上的肌肉又开始急速地抖动起来，出现了坐立不安的情况。后来得知我当了一个人人钦佩的足球队长，气就不打一处来，说我是头脑简单四肢发达。再后来我听到了一次极其尖锐的谈话，当然是父亲和铁塔。

父亲说："我希望你另选英才，小雨不是那种能在踢好球的前提下也可以学好其它功课的料子。"

铁塔说："我看小雨恰恰就是个不可忽视的英才，这要看各科老师如何开掘罢了。现在提倡素质教育，老师的任务不是说把有限的知识告诉他，而是要他有一个健康的心态对本科目提高兴趣的问题。"

"你是怀疑其它老师的能力？"

"请你不要把谈话的关键问题推向矛盾的边缘。小雨是你的儿子，可他终究是社会的一分子，或许奇迹就出现在他身上，指不定能成为中国的巴乔。"

"他就是成为世界的巴乔我都不光荣。我看这个殊荣还是留给你的儿子享用吧。"

"如果我儿子有相关的条件我会尊重你的提醒。"

"谢谢你的诚意，如果你不反对的话，我更希望我儿子是出现在中国的爱迪生，或是爱因斯坦。"

"假如他就是巴乔呢？"

"那你能给我签订一个合约吗？他要成不了巴乔我找谁去？"

"所以，我希望你对我儿子手下留情，不要把过多的时间花费在体育上，无论你的素质教育搞得如何凶，可最终是要看考分的，是不是？"

"我利用的只是他课下的时间，并不与其它课相冲突。我个人认为，你这样依着你的意愿乱砍乱伐只能让一个孩子的心理向病态发展，这样的事例还少吗？他是他自己的,他首先是一个个体生命,他不是谁的附属品你懂吗？”

“我不懂，我只知道没有相应的考分是上不了大学的，上不了大学他一生就没有出路，如果你一定坚持你的态度我惹不起，难道还躲不起吗？”

空气“嘭”的一声凝住了，谈话难以进一步发展。

我能想象得出铁塔难以言说的伤怀心情，在父亲看来铁塔俨然像一个扼杀人才的凶手，可只有我深切地体会到遇见铁塔这样的老师是多么幸运，我眼前常出现这样一个画面，在茫茫的大海中，有很多溺水的小孩，他们睁着茫然无神的眼睛无人救助，有一叶小舟浮在海面上，力量虽然不大，却能伴你获得新生。我看到了未成年人的希望，感知到一个小孩子的尊严和人格，在他那里妙趣横生，气氛和暖，人人都有积极的态度却从拼个不你死我活，你会在他面前有一种久旱逢甘霖的感觉。

可是学校有好多老师对他不满意，认为他爱出风头，甚至不守师长之尊，靠一种绿林汉子一样的粗蛮手段，获得学生的好奇心理，使大量的学生都与他关系甚好，老师们为他的人气经久不衰的旺盛而两眼发蓝。在投“最佳老师”票的时候他和“粉面挑花”一举获胜，不分彼此，引起了许多主课老师的诧异。

对于整个课程来说，体育和地理无非是个配角而已，抑或体育连配角都排不上，完全是个跑龙套的角色，好学生从不在乎体育课那点分数，就是考砸了也不丢人。在他们看来只有下三滥的学生才争取体育分来弥补智商的缺陷。只是不能摆在桌面上而已，可事实上那些学习优良分子多半不爱运动，并且常出现一副病态的样子，男的如菜窖里的豆芽，女的弱不禁风，许是在及早培养贵族形象？

很多学生出现偏科，主课老师纷纷告急，家长们就出来无礼干涉，而我的父亲恰恰是这个环节的先锋。

五

我要是铁塔就只得就此罢休，按素常来说合情合理。我担心这次谈话削弱了我与铁塔之间的友好关系，我感到胸闷、腹胀、全身酸软无力、魂不附体，一切来自生理上的反应都预示着某种梦幻的破灭。太阳忽明忽暗，就像一个不明真相的探子窥视着我的心，我在绝望中恍恍惚惚，有多长时间与此种久违了的感觉不曾相遇？我的心一度阳光明媚，成为众目之下的翩翩少年，然而那次“谈话”，成了一个潜在的痛点。夜晚我又出现了多梦的现象，当我昏昏入睡时，只要通过梦境，我就可以感知铁塔精神上所受到的曲解和压抑……

可是当我再见到他的时候他依然乐观有加，好像他和父亲根本不存在那次谈话一样，这让我减少了一些内疚和不安……

在我的心情有一些安顿了的时候，痛点渐渐隐去，我与铁塔依然如故了。那是一个和暖的下午，薄薄的云，让天空始终保持着一种薄明淡暗的气氛。铁塔一副很随意的样子问我：“巴乔先生，还想不想为国争光？”

我说：“当然，雷打不动！”

“是不是为此出现了偏科？”

我愣怔了一下，选择了沉默……

“问你呐，怎么不说话？”

这声音里的严厉如雷贯耳把我吓了一跳，我将目光投过去盯住他，第一次出现了紧张。我说：“老师，对不起，我知道我爸爸……”

“这和你爸爸没什么事，现在是我在跟你谈话，你要回答我的问题。凭你的脑袋瓜，学好数学、物理、化学没有问题，能写一手好文章，语文通常也不会差在那里，说吧，凭什么厚此薄彼？德、智、体、美、劳全面发展，你懂不懂？”

“我不想学那种课，乏味。我们班的同学都讨厌语文、数学。”

“我一直以为你与众不同，有上进心、有悟性、善解人意，有把握自我的能力，有一颗其它人难以企及的韧劲，我相信我的眼光。”

这是批评还是表扬？

我知道我有一种羞于启齿的弱点最是经不起别人的夸奖，有时候打不哭骂不哭，一听夸奖就有动用情感系统的功效，所以我的眼睛潮湿了……

“如果咱们还是无话不谈的好朋友，我希望你下学年给我一个好的成绩单，否则咱们的缘分就尽了……”

我睁大眼睛望着铁塔说：“缘分尽了？难道你会从足球队开除我？”

“你说呢？”

漫长的沉默过后，我哭了，一股细细的酸楚如一条小爬虫噬咬着我。我望着灰蒙蒙的天，心里好空旷，就像突然闯进了一片荒无人烟的沙漠……

铁塔盯住我，说：“你不想证明一下我的眼光？”

我说：“你认为我不笨吗？”

“当然不笨，一点都不！”

我向他点点头算是一点许诺，但我知道铁塔的随意并不代表结果的宽容。可是为了铁塔的“眼光”，我还是要决定努一把力的。

尊严感其实来自于成功。

然而现实却挫伤了我的决心。

六

父亲的“躲”，像是一个写书人埋下的伏笔。他的全部心思是把我调到后来的魏南中学，据说这是个贵族学校，除本区生源外，许多能够挤进去的都是有头面的人，贫民进去比登天都难，可是父亲是怎么登上“蓝天”的不得而知。总之，父亲是在无数个神出鬼没的夜晚中，经过疲惫不堪的进进出出才把事情搞定的。一段时期内他非常得意，他好像做了一个超男人的大事，也好像是跟谁叫劲一般。可惜这一切秘密活动我一无所知，及至到了一个学期完毕，父亲才开始郑重其事地亮出了底牌。

我几乎是被这一消息摧垮的，眼前出现了溺水的画面，我知道我可能再也爬不上岸边了，泪就轰轰隆隆地滚了下来，我说：“我不去，要去你去。”此后我就再也懒得说话了。总有一种感觉，岁月不许你有好的心情，只要出现好的势头，总有暴风骤雨劈头盖脑让你出现泥泞不堪的局面。

父亲与我一次次谈判，我都无情的沉默和拒绝。最后一次我终于在沉默中暴发了，我问他要自主权：“我是一个人，你决定与我有关的事为什么不提前给我商量？难道我是一头猪、一条狗，拎到那里都能正常存活？你自以为是、独断专行，你这是对人权粗暴的践踏！”

我在发表最后宣言的时候，唾沫星在空中快乐地飞溅，我忘记了顾及对方是谁，只觉得内心浓烟四起，哄的一声火焰燃起，噼啪有声，我清晰地看到父亲两眼发直，眼神里释放着无数陌生的光点，继而表情上出现了一波又一波的意外。我还听到父亲脸上抖动有声的哆嗦，父亲是不是感到很冷？

父亲好像在较长时间里找不到意识，“主权”对父亲打击深重，于是出现了很长一段时间的空白。房间里寂静得如同一无所有，这时，我听到正午的风簌簌地爬上窗口，风进不来，可是风的精灵使我感到吃惊。

我疯狂地跑着，就像一个人永远跑不出的某种怪圈一样。这个怪圈就如加固了的铁丝网牢不可破。我看到父亲的脸色在惨白中翻出血一样的殷红，他显示了出力不讨好的失望之后，就拍着自己的胸脯，说：“主权？你是一个受欺的政府？还是一个被压迫的奴隶？就你个人而言什么样的主权没有？吃的紧你，穿的紧你，用的全紧你，全家人围着你转，光这墙上的巴乔先生你消费了资金无数，而这一切丰厚资金的提供者是谁？是我！为了你的前程，我可以或者已经倾家荡产，把脸都蹭在了地板上，反过来你问我要主权，那我问谁要去？你知道我这点丰厚的供给赔进去多少尊严？你可不可以把你所谓的主权给我一点使用？让我也享受一下，没有能力哪有主权？”

主权，传递给父亲的感觉是石破天惊！只要我提到“自由、主权”一类的词汇父亲就大惑不解，好像人是一条狗，吃谁的饭就得为谁效忠一样。这里你不可有意志，不可有主张，不可有你喜欢的，供给者的愿望就是你最大的愿望。无论你是否有能力达到都不可违抗。文化祖先对伦理讲究“孝顺”二字，可他有没有想到“孝顺”如一把“魔剪”，无情地剪断人天性中自由的翅膀？有没有想到它如一块坚硬的盘石压住多少辉煌的创造？压得一个个小孩子都成了一本本弯腰曲背的标本？

那时我曾经罪恶地认为，这种爱，套上了悭吝的枷锁，可又有谁能说这不是很现实的问题呢？有能力才有主权，这是父亲的真理。

七

风总是不停地刮，就像饿极了的禽兽四处奔走，吞噬着大地上的热量，使寒冷彻骨地侵入肌肤，让我瑟瑟发抖。父亲说：“拿着你的‘主权’踢球去吧，饿了，可敬的‘主权’一定如丰盛的餐桌一样奉陪，困了，可敬的‘主权’也会如舒适的住处供你享用，吃饱喝足之后可以尽兴去追随你的偶像巴乔。我们可以完全切断关系，给你的‘主权’让步。”

顺着父亲的思路我不得不回到现实中来。“主权”自然不是餐桌，也不能提供住处，想长大成人还得靠父亲的供给，靠供给的人当然是不能有“自由”的。踢球成了我历史的耻辱，就像一个富翁怀揣百万却不慎进了一个不上档次的小吃店一样降低了身价，那个光荣的目标被父亲无休止地唾弃。在他心里，我穿着白大褂出入在实验室才是最本质的，可我的本质是对“圆”有着天性中特殊的敏感，只有奔跑在足球场上我才能发挥出全部的灵感。这点特长对父亲来说就好比长在我身上的一根多余的毒刺，因此他要不惜余力地把这一点最接近本质的东西拔掉，这是一种真正属于远离肉体的疼痛……

是的，我怎么可以与供给者抗衡呢？我是他的标签、工具，供给者填满你的肚子，维持着你的生命，这个生命就必须服从，并且努力为供给者的意愿有声有响地发光发亮。这里尊重谁的意志，其实无从谈起，无论合理与否这是铁的规则，无论你怎样争取自主的权利都是徒劳，就像没有等级就没有秩序一样，在这片土壤里不生长人权。

成人有选择工作的自由，有业余爱好的自由，寂寞了还要越出婚姻的界线去找情人，心灵缺失了还要去找“知己”，理由却异常的充足。可我们这些小孩子有吗？我们和女同学多说几句话，交换一张贺年卡就会被斥责为早恋。大人们永远是有理的，小孩子永远是服从的。

直到现在我才明白，有一些人生的痛点是不可医治的。有时候你觉得释放是一种治疗，而释放过后的内疚和不安又如同癌细胞一样在人体内无限扩张，甚至死缠烂打无比耐心地相伴着你。母亲目光里的担忧、研究、恳求，在双方间的调和让我顿然失去对抗的锐气，我从母亲的目光中、态度里感受到了与父亲相同的心理特征，在“运动场”和“实验室”之间母亲当然更喜欢实验室。只不过母亲较之为父亲更有一些商量的余地，从她的眼神里能看一些尊重的意思，就是这一点点可贵的“意思”使我的执拗柔软下来。

其实母亲比父亲更厉害一些，母亲让我的心，多了一些迂回，多了一些体谅对方的情结。单是以父亲的方法我时时都有义无反顾、破釜沉舟的决心，好像也不会出现后悔的局面。可是母亲的愿望我舍不得去违抗，因为在我最孤独的时候母亲肯整夜地陪我，她觉得自己有错从不遮掩，也从来不羞于认错，心灵的交流也是需要付出代价的。为了母亲，我生出了些报答心理，可是我的心明明在绝望中恸哭。如果生活中的选择只是这样或者那样，能用理智截然地分开就简单多了，可生活中往往是为着一种情感让你永远处于既不可这样也不忍那样的情形才是人生真正的痛点。

八

深秋的天气把许许多多的树叶聚集在操场上，瑟瑟地抖动着，就那样我和铁塔久久地对望，他的面部表情是那种犹如水土流失的山地一样，沟沟壑壑茫然无从，一副无法补救的惨景。他送给我最珍贵的礼物是组织的一场球赛，而且是全市实力最强的“体足队”，我并没有一定要得胜的野心，但我在莫名的驱策下居然与专业足球队以三比二获胜。

“嘭”的一声，风凝住了，云不动了，树也直僵僵伸向空域痴怔了，连体委的教练也不知今夕是何年了，可我无论创造了什么样的奇迹都于事无补了。

那是一场最伤怀的告别。

我和队里每一个“老大爷”进行了一次拥抱，感谢他们用这样的仪式与我告别，给我留下了永恒的记忆。这是我独立布局的一场球，每一个人都下了死力气，发挥了超乎异常的水平。他们给了我指挥有方最好的证明，他们用行动在挽留我，他们的眼里都掩藏着将要夺眶而出的泪……

我不哭，我坚决不哭，我想又不是生离死别？大老爷们儿的。我这样叮咛着自己。如果我要流泪我就是猪、是狗，是全世界的孙子！我这样诅咒着自己。可我面对铁塔的时候，并不像面对“老大爷”们那么随便的拥抱，我们只是对望着……

我说：“老师我不哭，我不哭，我真的不哭……”

然而，泪却如不邀之客不管你同意与否还是光顾下来了，我听到细碎的风在传递着我心灵的呜咽，我看见了模糊不清的天地在为我们的分别而惋惜……铁塔是确立我自尊的恩师、朋友、知已，甚至是一个合格的父亲。他把我无法承受的孤单的心一点一点温暖起来，他帮助我认识自己的能量，由此，那种流血不流泪的强壮的男性气质一天一天在萌芽中生成……

可是我就要离开他了，就要离开了，我想对他说很多感激的话，可什么话都是多余的，没有力量的，我能对我最爱的老师说什么呢？我什么都说不出来，真正的友情是无言的。我只得奉行“孝顺”的法则去了，我的喉咙堵得快要死去，我一步一步朝后退着，向所有的球友、老师表示着告别……风忽左忽右，如同伐木者的钢锯拉来扯去撕扯着我的心。我怕就要失声痛哭了，我只得恭敬地向铁塔鞠了一躬，在心里向他说一声：“再见了！”随着呜咽我只得转身跑去……

B章

一

这个早晨醒来的时候，窗外一片铅灰，雨似乎已经停下，楼顶上的水依然在寻找缺口，沥沥啦啦滴水有声，似乎还夹裹着一些风声……

通常这个时候肚子会饿的，可很久没有这种饿的感觉了，这是一个深刻的转折。肚子问题解决掉的时候，头脑里的东西就疯疯癫癫地长，比如尊严，比如意志，很多时候我就特别的想要，可是我并不能向父亲要人权、要自由那么理直气壮。

妇人在情绪正常的时候对我很宽松，我可以随便看动画片，有时候我忘记了我身在何处，与她争着看，她也放弃独霸的权力。

她从精品店里买了两套衣服给我，说："换上，以免让我看着你破坏情绪。"

我说："我不穿，我没有钱给你。"

她说："你不是每月挣着钱嘛，我从工资里扣。"

我说："不许你扣，我第一个月的工资要给我妈妈买你穿的那种睡衣，第二个月我要给我爸爸买你先生那种公文包。"

她莞尔笑了，显然我对商品价位的无知引起了她的嘲笑。

她说："你知道我的睡衣多少钱？"她自豪地撇开手表示八百。

"你知道我先生的公文包多少钱？"她又做了个手势说，"一千二。"

我随着她不断翻覆的手势惊怔着不动了，想着就这两样东西就需要二千块钱，我一年工资还差二百呢。可少年壮志不言愁，我坚定地说：“就算再贵，我也要给我爸我妈买。”

她对我突然生长出来的强硬吓了一跳。

她说：“你为什么总记得你爸你妈？”

我说：“我为什么不可以记得我爸我妈？就算你打死我，我也不会忘记他们，是他们给了我生命的，难道你能重新给我生命吗？”

“如果我把你赶出去，也许你早就饿死在街头了。”

“那不一定，也许我早就回去找我爸我妈了。”

“好好好，就算我送你的行了吧。”

“那也是你想看着我舒服呀，又不是我嫌弃自个儿。”

我明确地感觉到妇人的骄横在和我的谈话中垮下来，垮的毫无来由的干脆，就像一根木棒在风中咔嚓一声，断得又脆又响亮，完全出我所料。我心湖上的波光闪着无数的光点，我仿佛看到湖面上小小的蜻蜓轻盈地起起落落放纵地飞翔，阳光穿过它透明的长尾巴，贴着水面而来的微风吹拂着它的羽翅，轻盈得如湖面上的小王子。我轻松得几乎想唱一首歌，这是一个不小的胜利。我为父母亲讨回了公道，好像还有一点尊严感。于是，这天我过了一个有梦的晚上，格调也是轻松自由的。

二

每当早晨我睁开眼睛，总要莫名其妙地仔细打量我的“工作室”（这是妇人把我从地下室领进来时对我说的），也许是住惯了暗黑的空间，突然明亮舒适起来不够习惯？晚上没有“鼠兄鼠弟”扯咬的陪伴居然很难入睡，早晨一睁眼刺目的天光让我炫目，好像我一直都生活在水深火热之中一样。

我常常在打量中目光停留在某一处精致的小摆设上，连那只小钟都是镶金的，随便哪一样东西都是价值连城。奇怪，这家的主人是怎样发的财呢？我什么时候也能如此富有地站在父亲面前呢？

有一天我问妇人说：“你们为什么那么有钱？”

妇人一改往日的暗淡和忧伤，眼睛里第一次像点燃了一支蜡烛，那明亮而带些辉煌的眼神顿然自豪无比，她说：“谁不知道我先生是这座城市里的首富，洗车行不过是他随意抛出来的一颗米粒而已，可这也是这座城市最大的洗车行。”

我说：“那你们为什么给工人的薪水才二百块钱？”

“那是见习期的标准，最高工资能挣到八百。”

“可为什么见习期满后没一个人留下来挣那八百块钱的工资呢？”

她狡黠地笑了：“小傻瓜，这是经营者的策略。”

“策略？策略就是千方百计不让人挣到八百块钱吧？”

我想起了街头哭泣的女孩，以我的聪明马上就想通有关她的策略问题了，于是就说：“那你们没有诚信，你们在骗人吧？”

妇人听到我的话一愣怔，脸上霹雳一样哆嗦了一下，好像还认真看了我一小会，然后她好玩似的拧了一把我的脸。

我说：“我不喜欢你这样的动作。”

她就笑了，说：“好，不喜欢就不拧。看你是个小孩子，饶了你口不择言。告诉你，我先生无偿投资了不少公益事业，光投资希望小学就有四十所呢。”

哦，我被这个数目震惊了。是的，电视里常有企业家在希望小学楼前光荣地剪彩，很多小学生向他们鞠躬，泪流满面地叫他们育才叔叔。屋内豁然的明亮起来，我的心似乎也穿越了一个光点。

可是他的希望工程，为什么救不了街头哭泣的女孩呢？他们的“策略”使无数人流浪在街头，他们为什么不管呢？

三

贝克在挠我的门，通常这样的举动意味着妇人有事找我，我穿戴齐整站在妇人的卧室门前听命，贝克早已叽溜一下钻进了卧室。

据我观察这条毛色洁白的哈巴狗在妇人眼里远比一个有灵魂的人更为高贵，一日三次洗澡，用得全是上好的洗发精，洗完之后用干毛巾擦身，烘干机吹干，然后用很疏漏的大梳子把毛发疏通，最后还要喷上一点法国香水。在为它做这一切程序的时候，它像颐养天年的老人，慵懒地眯着眼睛，不时舒心地嗷嗷几声。它很乖，乖得夜夜盖着丝绸被子，卧在妇人的雕花床上睡觉。它与我们共同在桌上就餐，妇人不时用自己的餐具喂它，有时候她不喂，它就不主动吃，而是撒娇似的卧在妇人脸前，用多情的眼睛投注着她。她就仿佛吃不在心上了，她把狗爱怜地从餐桌上抱在怀里，然后狗就眯着眼睛用湿湿的凉凉的小嘴拱她突起的胸，她在这个时候对它的“施爱”从不拒绝，她同样眯着眼睛发出享受一样的呻吟。狗，随着她一声声的呻吟，疯狂地撕开她的胸扣，灵动地掀起她的胸罩，然后用舌尖温情脉脉地又拱又舔……

每每这时，我就突然被推进了一个荒诞的世界里，他们在餐桌前、沙发上、卧室里、地毯上，时不时出现这种状况，肆无忌惮、毫不避讳，就像大街上那些随便接吻的男女一样。

这种状况足可以用“淫荡”二字来形容。难道他们在做爱？这个淫秽的女人，每看到这个肮脏的场景我就惊慌失措，不知躲到哪里更好。

他们如同喝了酒，醉死了一般，每次“事”完之后都让我清扫战场，但每次清除下来的狗毛她都要用心存放到一个锦盒里小心珍藏。她对自己这怪异的行为并无羞耻之心，而且还朝我笑，好像故意暴露给我一样。我不明白这样一个人面兽心的人怎么会有同情心？我总觉得她是一堆包装精美的垃圾。

我站在她的卧室前，我说：“找我有事吗？”

她说：“进来给我找条内裤。”

我说：“这也算我的工作吗？”

“给你加薪！”

“多少？”

“二块。”

“我不进去。”

她又说：“三块”。

我依然不动。

沉默了良久，她说：“五块。”

我哼了一声，岿然不动，如此下作的事，五块，有没有搞错！

后来，她一直不断地往上加，加到十块的时候，我想到这个月的额外加薪，工资已经差不多够二百块了，我计算着，若每月能挣到二百块钱，一年就可以给母亲买到那套粉红色睡衣和父亲的高级公文包了。到那时候，我一回到家里，母亲就会像一朵盛开的康乃馨，满屋里就会弥散着温暖……而父亲提着高级公文包一出门，就神气起来再也不受人小瞧。

我接受了妇人的条件，推门进去了。妇人懒洋洋地躺在雕花床上，丝绸被下的身体不停地扭动，贝克乖巧地贴在她的胸上惬意地眯着眼睛，好像辛劳了一夜的样子。

我从抽屉里花花绿绿一大堆的内裤中随便给她扔过去一条。她说她不要这条，我就再换一条。她依然不满意。我就在不同款式和不同颜色中轮换着给她鱼贯扔去，她终于挑了一条拿过去。我停住了动作转身出门，妇人突然把我拉住，我惊愕地盯住她，她笑着我。她说："过来亲爱的，亲亲我……"

我的心轰隆一下，不知出了什么差错，脑海里一片混乱。亲爱的？什么意思？这个称呼对我简直太陌生了。"亲爱的"，我怎么从来不觉得呢？亲亲我？呸！

还没等我反映过来，贝克倏然窜起，双眼红得像要流血，挺胸昂头叫起来，叫得人毛骨悚然。那不是叫，分明是在嚎！后来我看到它眼里淌着泪，嚎得哀怨凄切，在妇人的胸前殷勤地乱滚乱舔……

眼前的荒诞令我震惊，我使劲挣脱妇人的手，妇人说："亲亲我，亲爱的，亲亲我，我可以把洗车行让给你，你可以给你妈和你爸买无数条睡裙和无数个款式不同的公文包，只要你永远忠于我……"她说着就把自己一半的身体裸露出来。

我拼命地挣脱，她拼命地纠缠，如此撕扯了一阵，被子跌到地下，床单揉成了一团，她的身体如同晾在沙滩上的一条鱼一丝不挂地进入了我的视线。一股愤怒与羞耻让我奋力将她推开，如同一头受惊的小鹿仓皇逃出卧室……

我将瑟瑟发抖的身体紧紧贴在墙上，按着怦怦狂跳的心脏，口渴得要死掉。我解开脖子上的衣扣，力求使体内的烈火有一个足以奔走的出口……

豪华的住宅里仿佛安装了无数的眼睛，满屋子弥漫着淫荡的气息。我听到卧室里传出摔东西的声音，妇人咬牙切齿地诅咒："猪，蠢驴，青柿子，连狗都不如的黑心肺，天下的男人没一个好东西！"接着我听到了哭声，似乎是伤及到骨髓里的那种哭。

我想："我怎么可以和狗相比呢？我是人，我的工作是洗狗、陪散步、听心事。我凭什么服从亲亲你的命令，难道你可亲吗？污浊的气息让我反胃。还要把洗车行让给我，我怎么可以要一个魔鬼一般的臭女人的东西呢？"

屋内砸东西的声音持续了很久，我能想象出屋内的狼藉不堪。贝克呜呜地呻吟着，好像它对妇人的行为也难以理解。声音终于弱了下来，好像再也找不到什么东西可砸了一样。贝克如妇人一样淫荡地嗷嗷着，声音从费解中趋于暧昧……

门突兀打开，我的心猛然提到嗓子眼上，屋内的桌椅都带了神性一般地旋转起来，我难以预料接下来要发生什么事。结果是妇人径直冲进浴室里，贝克随之而去。

我听到放水的声音，接下来屋内平静了很久。我的心也渐渐地安顿下来。可我的耳鼓里不停地敲击着那三个令我胆寒的字眼，亲爱的！呸，魔鬼，想到她邪恶污秽的举动，我恨不得宰了她。

可是浴室里发出了奇异的声音，先是急促的喘息，然后是嗷嗷地大叫，接着出现了如同灼伤肌肤一样的怪叫。

人道的感情让我本能地朝浴室望去，浴室的门竟是敞开着，噼啪一声我体内不知因何响了一声，差一点瘫在地下，黑色的气流在屋内匆匆奔走，一股凉气直入骨髓，我的心脏几乎停止了活动，眼前一片迷乱，恍惚中两条象牙般的大腿间滋生出一条雪白的狗，闭着眼睛伸出贪婪的舌头呜呜哇哇地取悦于妇人的身体，我听到妇人哼哼唧唧，就像对着一个男人撒娇一样，情景让我触目惊心。

我像在逃离怪魔一样，仓皇地冲出了出去……

C章

一

去，头发太长了，剪掉。

一束冷飕飕的目光在我身上，自上而下地打量，因为陌生，我第一次在老师面前产生毛骨悚然的感觉。比起铁塔，她的身子纤细的只能算做铁塔的一半。可是论“严厉”耸人得能让人尿急，评威望她可能连铁塔的指甲盖那么一丁点儿都不如。她对我说：“从今天开始你就要听我的课，你好好学，我求之不得，不好好学，对不起，你不能影响我的学生。有关你的‘历史状况’，从小学到中学我都作过认真的调查，所有教过你的老教师我没有一个不认识，所以你要规规矩矩，入乡随俗，学习是你的第一天职，懂吗？”

听这话，好像我是混进南中的一个歹徒一样，既要入乡还要随俗，最主要是规规矩矩，再加上“历史状况”就极具有“恐怖分子”的意味了。“从小学到中学”？我自觉地浏览了一下历史加上状况，我在浏览的过程中体内噼啪响了一下，难道小学凌辱于我的“勾结”重现？这个硬结又在殃及我的形象？而且是“你不学，对不起不要影响我的学生”，“我”字深长得如一口望不到底的黑井。

我听她的课，我该是谁的学生呢？难道我叫她老师却不能算她的学生？一种局外人的感觉，让我立即感到客居的身份，这种排他性让我伤感。

此后，我畏畏缩缩地探询了一个同学。那人叫司马柯，好像老师也不大喜欢他。我说：“我不是老师的学生吗？”

他毫不介意地说："我也不是她的学生。"

"为什么？"

"因为我们是借读生呀！懂借读的意思吧？就是我们的爸爸妈妈出高价让我们'借'这所优秀学校蹭人家的饭，然后让我们朝金字塔的顶端前进。"

我木木地盯住他，依然没有搞清楚我要问的问题。

他说："不懂？通俗一点，借读生在本校老师心里无足轻重，比后娘养的孩儿还可悲，转成'正读生'更难。若看你顺眼呢，全凭老师一句话。"

我说："要不顺眼呢？"

他笑着说："置之不理呗，或者随时有权力劝你回原校。"

"为什么？"

"因为咱们的学科分数率不在本校计算，学习好坏跟本班老师的实绩无关，唯一有关的大概就是每学期准时交钱，所以成也在你，败也在你。在老师的眼里借读生多半没一个好东西，如果好还会借读吗？原校是不放弃好学生的。"

"那她为什么还要调查历史状况呢？"

"抓你的短处呀，只要你有短处掌握在她手里，你就永远在她面前胆战心惊。你学习好坏无所谓，但她得管住你呀。当然也不是所有的借读生都是后娘养的，当金钱和权力到了一定程度的阔佬，'借读'比'正读'还牛，老师会给特别的抬举。"

"她会掌握咱们的优点吗？"

"瞧，一看你就缺乏认知，从家庭到社会再到学校，什么时候不是持'成绩不说没不了，错误不说不得了'的诚恳态度。中国人好像天生就是挨打的坯子，棍棒底下出英才的古训至今延用。俗话说'打是亲，骂是爱，不搭不理当狗待'，瞧，多么变态。教育上的严厉就在于惩大于奖好像才能时时进步；尽管口头上好像也懂得鼓励的力量，但鼓励这个宝贝就像老师兜里人民币，一分币恨不得摔成两半花一样的吝啬。所以，上帝给了人类同样高贵的头颅，在我们这块土地上，高贵的头颅常常需要谦虚地低头，谨慎地认罪。"

哦！我不能不佩服他的精辟性，他的历史性眼光让我对他很感兴趣。一个看上去沉默寡言的人，说出话来倒是刁钻苛刻。他让我戴了一顶沉重的帽子，使我整个人显得迟钝起来，老师的话如一层黑云，在我头上让我喘不过气来。

也许没有人会相信一个人类灵魂工程师会对一个初来乍到的学生说出上

述的话，但是在我身上确实出现了这种难以置信的情况。也许没有人相信此话会给我致命的打击，但我知道当时我的体温已降到零度。

在接受那次严厉训导时，因为情况的意外，我在忍不住打量老师的仪容时，发现了一个突出的肖像特征：她的牙齿呈现出地包天的严重现象。由于这个印象的深刻程度，促使我后来每叫她老师都会出现“龅牙”二字。虽然我并不忍心给老师起外号，但我实在难以遏制我形象思维的超度发达，所以在此后的日子里我一直都称她为“龅牙老师”。这是不是很不道德？这个念头一闪而过，但也并未动摇了这个称号。

秋天虽然是个收获的季节，可我却饱尝着这个年龄不该有的苍凉，我从每一个师生脸上看到了疲惫和冷漠、高傲和欲望相混合的神态，这种神态让我望而却步。我的心灵几乎不再歌唱，连夜间的梦也是荒凉的。我在阳光可以照射到的教室里听课，老师的声音遥远得就像隔山隔海，所幸老师很少叫我回答问题。据说能够得到老师的关注和提问是非到一定的“级别”才有的殊荣，老师抓重点，抓家长们“暗底”里的操作，这成了我懒惰的原因，也让我觉出自己如同一块抹桌布一样遗弃在角落里……倾家荡产的父亲一定正在为他成功的努力暗自陶醉吧？

二

在这个世界上到处有宠儿，到处有弃儿，可有谁愿意被遗弃呢？遗弃的感觉让我日日消沉。

在这样一个下午，我带着一心的思念，鬼使神差地站在铁塔的家门口，不知该不该推开门进去，自从分别之后，思念铁塔几乎成了一种病症，他的音容笑貌长时间地旋绕在我的脑子里。我总有一种奇怪的感觉，铁塔好像是哪本书上描写的一个品行高尚的神父，你会在他身上得到一种精神和灵性，他会让一个毫无希望的人获得希望；会让一个不快乐的人获得快乐；会让一个罪恶的人改邪归正；会让一截朽木顿然开窍附之于灵气。可是多久没有这种感觉了？我的眼前一片模糊，到处是高傲和漠视的客体，使我躲闪不及，这样的神态一天天驱策我对铁塔的渴念，有时候在路上故意逗留企图偶尔碰面，或者在夜中不能入睡时回顾我与铁塔的种种片段，入睡前我像教徒般地祈祷在梦中相见，可是种种的欲望却不能让我如愿以偿。只有在铁塔眼里，我才觉得自己完美，觉得自己有朝气。只有和铁塔交谈才达到心有灵犀的效果。所以我强烈地萌生了重访铁塔的愿望，也许用“重访”这个字眼显得太生硬，太不合小孩子的身份，或者我只是想看一眼铁塔以解想念。

远处传来幼稚的、扑朔迷离的歌声，我用记忆追踪那些声音和背影，好像那是我昨天的故事。这个下午有风，风从东南方向刮过来，那儿矗立着我住过的小学校，那高高飘扬的红旗触动了一下我的心。在那里的种种记忆，又让我的思想里添了一些内容，周围萦绕着时间的游丝，岁岁年年，日月星辰，有序地排列在我的记忆中，欲望的得失都会给一个人留下历史的痕迹。然而情绪失落的时候，时间的序列毫无意义。白天我昏昏欲睡，夜晚却睡意全无，我总是把窗帘拉开望着星星和月亮，它们相依为命，窃窃私语，永恒不变，从没有什么变迁使它们各奔东西，它们的固定让我羡慕。后来我发现任何一种别离对人都是一个重大伤害，甚至是一种灾难。我曾经为此在夜晚哭过，如果人生的每一个阶段都充满了分别的暗示，我真不想再活下去……

屋内的响动鼓励了我的勇气，我知道铁塔肯定就在屋内，我的心立即燃起了一束噼啪有声的火焰。然而我像一个判断失误的侦探，刚想举手叩门，一个老者应声而出，他看到我的时候愣怔了一下，接着神色警觉起来，看样子把我当成了小偷儿或者是歹徒一类。我说明了我的意图之后，他告诉我原先的住户早搬走了，听说调到乡镇一所学校去了……

我心里燃起来的火焰突然暗淡下来，我这才发现我孤独的原因来在此，铁塔就像我人生的标杆，抓着它我才有目标。可是他怎么可以在我生活中无声无息地消失呢？我僵僵地站着，泪水无悄无声息地淌下来……

老者用手在我眼前晃一晃，说：“你没有什么事吧？”我摇摇头转身走开了。我站在西中的操场上，记忆蜂拥而来，我望着灰蒙蒙的天，旷远而空泛，我感到了一种久违了的恐慌，如一只鸟，在迷雾中找不到可以栖身的巢穴……

三

陌生的环境让我恐惧，好像还该矮人一头。我在魏西中学的魅力难以一同带到魏南，倒是龅牙老师到底抓住了我什么样的短处始终让我提心吊胆，这一招果然是很灵。它使我经常产生探询的态度，“勾结”成了我人生的痛点。设若在原来的学校我还可以用冷漠的态度抗衡，可现在抗衡给谁看你？你无从解释。

一个人内心深处藏着自卑的时候，表面上一定装得异常强壮。

为了表示我绝不矮人一头，我从不正视某个人，看人的时候总是斜着眼，最多是用眼角的余光抬举他一下。衣领高高地竖起，几乎照顾到鼻子，帽沿低低地拉下，奔头和眉毛一同受益，形象最好是日本电影《追捕》里杜邱的冷面才最为理想。如此反而招来很多目光的追逐，有人居然不声不响当作流行时尚来积极仿效，还有人私下以“酷”来形容。出奇制胜让我的自信心有了一点点抬头的机会，但我很沉着，决不为一点小崇拜显出浮躁的样子，好像我从没有被人崇拜过似的。我要让自己攒足劲儿，得有一种不鸣则已一鸣惊人、不在沉默中灭亡便在沉默中爆发的大家气派。

趟过大河的人是不屑于小河的小波小浪的。

曾有一段时间，上课我下死劲听讲，晚上也不能闲着。我知道我得打开一个好局面让龅牙老师刮目相看，这是一个人在新居环境的必有的欲望。

可是老有人看我不顺眼，有一个横眉竖眼的家伙大家都叫他二狗子，整天衣衫不整，手指甲的细菌能养一个巨型南瓜，脖子上积压下的污垢差不多得动用推土机进行清理，他全部的气质可以用吊儿郎当、游手好闲来形容。就是这么一个人时不时蹭到我跟前：“喂，牛球哩，跟你说话怎不吭气？”

我心想：“这是说话吗？还不如放屁。”我不理他，连余光都值不得抬举他一下，如此，二狗子恼羞成怒，上课不失时机地扔一个纸球挑衅我。我本想装作没知觉，可纸球的干扰，令我忍不住回头横他一眼。让人奇怪的是，龅牙老师看不见纸球的飞越，竟是只看见我不停地回头。

她说：“叶雨枫你不好好听讲往哪里看？我给你说什么来着？”

一教室的目光都集中在我身上，真没面子。我本想揭开真相，可我不屑于告状，好像我的安危一定得由老师来负责一样，那是一年级学生的水平，我要表现出自己独立的态度。因此，我决定继续用冷漠抗衡，让他自觉没趣也是一种办法。可是二狗子从来没有没趣的时候，趁老师不注意敲我一下，装作不睬也不行，他会连连向我发出挑衅。可我只一回头，老师就准确无误地发现了，火候把握得真准：“叶雨枫，老师的话当作耳旁风？后面有花还是有草？”

我感觉到我的脸顿然殷红一片，我有些无可奈何了。我怎么会如此倒霉？

听得见二狗子在喉咙里哧哧地笑，他的行为只能导致我咬紧牙关，等待一个更好的解决办法。毕竟我需要一点风度来区分我与他的不同。

龅牙老师到底是没看见还是故意给我难堪？这成了我一段时期思索的问题。龅牙老师为什么会不喜欢我呢？除去归结于我不是她的学生以外，再无别的原因。

那天课间，可能是由于我的风度和姿态激怒了二狗子，他突然毫无来由地唾了我一口，说："你是聋子？哑子？上课老子给你递话你咋不吭气？"一派横行霸道的气焰，这种耻辱我好像不能再继续忍受下去了，周围的同学差不多都笑了，仿佛看一个人受欺是一件很过瘾的事。这更加重了我的气愤，我的两眼仿佛有火在燃烧，一股紫黑色的气焰在体内横冲直闯，现在回想起来我的打架生涯就是从那一刻开始的。一个有血气的人是不容受辱的！

他笑笑地盯着我。

我同样毫不畏惧地盯住他。

他说："要想友好给老子我点钱，不然没你的好果子吃。"

"勾结"事件立即重现，这次我不准备用金钱赎买安全，算你倒霉，新账旧账一起算，我决定武力解决。歪帽子还有些躲躲藏藏，面前这位"主"居然公开敲诈。我说："凭什么老子给你钱。"

他说："就凭老子需要钱。"话音未落就给了我一耳光。

一场恶战不可避免要发生了，这是常人大脑的习惯表现。时间好像红锅里的炒豆子噼啪而过，它警示我必须尽快雪耻，可这当儿一个叫做钟炜的同学横过身来挡在我们中间对二狗子说："人家没有惹你，干嘛这样不友好。"

这世界到底还留着些正义，可二狗子容不得正义之声，呱叽一巴掌就把这点点正义扇了回去。我更容不得让别人替我挨揍，我一个耳光"赏"过去就让他鼻孔挂彩。操，用力过猛。

可耻辱让我又怎能不猛呢？没等他反映过来我夹住他的双臂"哐哐哐"几个回合就让他倒下不动了。我的动作快如闪电，容不得他有回击的余地。几秒钟的静场，然后很多人拍手叫好。只有钟炜拉住我，说："何必跟这种人一般见识呢？"他竟比我还有涵养。

上课铃响过，同学们看过热闹就都跑回了教室，只我和钟炜不知是投案自首，还是坐以待毙呢？

二狗子躺在地下极其夸张地哇哇大叫，让校园里立即充满了毛骨悚然的气氛。嚎叫声砰砰叭叭打开了各个办公室的门，老师们鱼贯而出……

司马柯跑过来说：“当了战斗英雄还不开溜。”

可龅牙老师已经站下了，空气开始了空前的紧张。

龅牙老师说：“是谁干的？”

钟炜说：“我。”

我不知道钟炜为何替我顶罪，这让我生出敢作敢当的勇气，我把钟炜拉开挺身而出说：“不是他，是我。”

龅牙老师的目光就开始在我们俩中间轮换，说：“呵！什么时候勾结起来的？叶雨枫，看来你可不是一盏省油的灯。”

我心里有一种锥心泣血般的疼痛，“勾结”这个词对我而言简直他妈太敏感也太让我苦不堪言了。什么叫勾结，为什么一定要用勾结来质问我？

我说：“这不是勾结，钟炜同学是主持正义。”

“那么是你的功绩？好吧，请你把二狗子扶起来到水房洗干净。”龅牙老师下了这个命令就要走开。

我说：“应该让他自己站起来去洗掉。”

龅牙老师又站住说：“既然是你的功绩，你为什么不负责到底？”

我说：“是他挑衅起来的，是他上课非礼我的呀，是他公开敲诈我钱的，难道我不该给他点回击？”

“他为什么要非礼你？这么多人为什么无缘无故就挑衅你？”

我的情绪“咕咚”沉下去了，这话怎么如此熟悉，就如同是写好的台词，成人的经验真是可怕。是啊，为什么生活中总让我重复“无缘无故”这个成语？造词的祖先难道是在有意让我蒙受不白之冤？

龅牙老师说：“叶雨枫同学，你听不懂老师的话吗？杀人偿命，欠债还钱，你把他打倒你就应该把他扶起来收拾残局。”

我将头扭向一边，岿然不动，我难以解答“无缘无故”对我造成的伤害，但我有权利保持沉默。有风从我耳边掠过，几缕头发被风吹起，我相信我的大无畏气概一定很帅。

龅牙老师提高声音说：“你在违抗老师吗？”

我依然报以最倔强的沉默。

龅牙老师似乎有些下不了台的样子，二狗子的耐心有限，他的身子没那么高贵，非得需要别人来扶，他有多少次被人打倒不是自己爬起来的？他开始自动站起，并思考着如何用武力再讨回面子是真格的。但龅牙老师一定是处心积虑要压下我的气焰，于是说："让叶雨枫扶你起来。"二狗子就很听话地停住动作，毕竟这是给他一个足以证明他还是个人的机会吧。

这一刻，一个女生端了一盆水放在二狗子面前，然后不声不响去拉二狗子起来。

二狗子就用眼睛看龅牙老师。

龅牙老师说："欧阳白雪，没有你的事。我在和叶雨枫说话呢。"

欧阳白雪说："老师，这对叶雨枫不公平，他是新同学，二狗子无辜欺负他已经让人忍无可忍。上课大家是有目共睹的，下课他唾人家一脸，还公开要钱，二狗子他罪有应得。如果你让叶雨枫同学去对二狗子道歉，是对是非的颠倒，这是对叶雨枫最大的侮辱。人是有尊严的呀！"

我眼前一亮，此话真痛快。尊严，对，人是有尊严的！

然而，龅牙老师老脸上闪电般地现出了陌生和意外，师道尊严让她不习惯有人对她的意志有所反驳，因此她面有难色地说："欧阳白雪，你是班干部，你该懂得安定的意义。"

欧阳白雪说："老师，安定的前提应该是公道吧。"

虽是义正辞严的意味，但也完全是征求的口气。很多同学都意外地瞪着白花花的眼睛为欧阳白雪捏一把汗，也对欧阳白雪的态度产生意外和惊讶。

龅牙老师就又是一个愣怔，接着说："欧阳白雪，老师有老师的想法，难道还用你提醒吗？"

欧阳白雪就无话可说了，但我能看得出她欲罢不能，欲言又止的两难境地。她不属于那种蚊子落在手上也吓得哇哇大叫的女孩，她骨质里有一种勇敢和正义的东西，她的举动猛然间打开了我心灵的大门，让我在这样一个尴尬的局面中居然对一个女孩进行了全方位的审视。她算不上漂亮，但的确很美，美在她的坚持，她的毅然决然的态度。她使我的心灵出现了震惊和意外。

司马柯说："我为叶雨枫同学作证。"

钟炜说："我同意欧阳白雪的说法。"

所有的同学都在静悄悄地观察战局。

我望着天边，泪一点一点渗出来，可为了保持流血不流泪的英雄气概我拼命又把泪咽回去，尽管我并不喜欢眼泪，可有人肯替我澄清真相毕竟是件令我感动的事。假如小学的时候，我和歪帽子的"勾结"，遇到的是欧阳白雪而非是吴桐桐，也许就不会出现那场误会，它使我失去了升旗机会，成了灼伤我心灵的一个硬结……

我从来没有想到一个人的威信会来自于他的拳头。

打败二狗子，我成了班里的勇士，和平年代靠智力生存，而勇敢居然成了人体的稀有成分。同学们第一次认为二狗子原来是个纸老虎，是个大草包，他是个典型的欺软怕硬的主儿，我成了全班众望所归的角色。如此，一日日培养着我的勇敢和无畏，也许危机也就开始悄悄埋伏在我身后。然而，只有我这个年龄才义无反顾不管身后的事呢。

许多弱势同学为寻求安全，纷纷向我靠拢，看来受欺凌的绝非我一人。很多男同学对我产生敬佩，而女生的目光就完全可用崇拜来形容了，在这个时候别人的崇拜仿佛是我生命有了一个结束之后又有了一个新的开端一样。

曾经，离开魏西来到魏南好像有一种从自己家中来到他乡做客的感觉。我常常看到时光在两个校区间无声的涌动。心灵的怀恋弥漫在每一个昼夜。我的神经常常不经意间渴望在这所令人注目的学校发现铁塔一样的特征。可是铁塔日渐遥远，好像渐去渐远成了一段旧梦……

B章

一

生活就像飘荡在风中的一块破布，让我无论如何也难以缝补成形，在世界这个光怪陆离的背景之下，生活的遭际好像是一次又一次的重复，当你的感觉刚刚放松一些，或者你的生活在固定的轨道上刚刚有一些好的征兆，严酷就马上会来收拾你。这是我无数次的体验。恐怖一点一点弥散开来，我仿佛感到我身陷异处，灵魂被推进恶浊浊的污水里飘浮，我似乎不知该怎么游上岸边。我对世界一点一点地陌生起来，人为什么不能按正常的行动做事呢？无论我走到哪里，都会出现失常的事情，于是才一点一点把我推向生活的边缘。

我在湿漉漉的大街上疯狂地奔跑，企图想甩掉我眼里所看到的一切的污秽。天空飘撒着微细的雨丝，加重了我思家的心情，可是我不能回家，我一定得还给父亲一个完整的我，一个令他骄傲的我。

倏然，我慢下了脚步，我到哪里去呢？不知道！这座城市突然叫我感到荒诞和陌生，就像一个画艺不精道的油画师在画布上涂抹了各色厚积的颜料怪模怪样，色调的主次模糊不清，可每一种色调都像在张牙舞爪地抢夺主角一样，发出诡异的呐喊声，我难以把握自己对每一种色调的看法，可又好像每一种色彩都逼着我对它们产生兴趣。我不由地闭住眼睛，不知是往前走，还是该退回去，就好像世界上所有的未知都在等着我，心中黑色海洋一样，一波一波的浪波动着。黑色和心情接成一气，都渺茫、都恍惚、都起落。

我的头脑像一团乱麻，思想模糊不清，视线里穿越过的都是一些疲惫不堪的面孔，我难以从这些面孔中找到我的希望和已知的东西。身上湿漉漉的难过，头发有些刺痒，口又干又涩，无助的心无处投注。我又开始想我的父母亲，想我的同学，想我在校园的生活……

二

妇人远远地朝我走来，脸上依然笑笑的，好像什么事都没有发生过一样。贝克如同一个心满意足的奸夫，带着满身骚情向我扑来，好像在炫耀它多么能和妇人打成一片似的。妇人有直觉吗？她是怎么直冲我走来的？我想逃开，可是贝克已替妇人咬住了我的裤子，并且用眼睛不停地向妇人显示它的能耐。

妇人晃着两个结实高耸的奶子一耸一耸如同两只水袋东摇西晃，好像是专门用来招人眼目撞人心跳而存在的，它们高高地昂扬在胸部上虎视眈眈地招摇着。妇人脸上像打了一层油彩一样光滑，充满了一身淫荡的气息站在我面前，说："雨，回去吧。"

我说："不许你叫我雨，雨是我妈妈叫的。"

"那好吧，不叫雨，但是你跟我回去。"

"不！"

"你是我的雇员。"

"我不干了。"

"你欠我的店钱，穿了我的衣服，怎么可以想离开就离开呢？"

"我三个月的工资呢？"

"全算上，你还欠我一百六十多呢！"

"我挣下钱还你。"

"我怎么敢相信你走了还会回来，这样吧，跟我回去，店钱，吃住全免，三个月工资照发，以后每月再加五十元薪水，行吧？"

妇人的眼里有了央求的意味，可是浴室里的画面让我恐怖，我怎么可以和这种没有羞耻心的人在一起呢？我开始一点一点向后退，生怕她如狗皮膏药把我粘住。

妇人说："如果你不回去，你知道我老公在这座城市的厉害，我立即就可以叫保安把你抓起来送到局子里，欠债不还，法律不会饶了你。到那时候你就成了罪犯。"

听了妇人的话，我开始想象出现局子里的情况，局子里的状况一定如一眼肮脏的枯井，没有自由、没有光明。警棍的厉害我也早已尝试过，我的肌肤开始抽紧，心里的惧怕一点一点浮上来，她老公虽然冷落了她，但她提出一些要求还是会听从她的。我太知道法律是怎么一回事了，她的老公也一定有“脚”的父亲同样的本事，有钱人在这世界上简直太厉害了。生活，再一次逼迫我逃离或者就范，而我此刻只能按照本能决定。讨厌这个女人已占满了我全部的心情，于是我顺势抓了一把土，朝妇人的脸上扬过去，她显然处于意外当中，只听到妇人“哎哟”一声，我知道她一定是迷了眼睛。我开始没命地奔跑，想着，跑得越远越好……

可是我听到妇人说：“你跑不出这座城市，你等着……”

我立即觉得有无数的眼睛出现在我身前身后，有无数的脚步如马蹄一样响起，我的精神处于极度恐怖状态。我不知道谁能帮我谁能救我，我有些想哭，可是哭给谁看呢？我闭着眼睛一直地往前跑，我上气不接下气了，跑了多远我已难以计算，我回头望去，早不知把妇人甩到哪里去了……

可是妇人肯定会找到我的，找到我的时候我就成了罪犯……我藏到一个背人的地方喘息着。我如这座城市的许多垃圾一样时时有被别人清除的危险。可我是人啊，人怎么具有垃圾的感觉呢？是谁把我推进了垃圾堆里的？不知道，我真的不知道！没有人能判定世界的罪行，罪行永远是人本身的行为。

灰蒙蒙的天，持续着我的恐惧感，妇人的警告也一直驻留在我耳际。从我身边路过的人，目光里好像都充满了探究，我身不由己地退向路边让他们顺利过去，并向他们客气地点点头，好像我真的有罪要求他们放过我一样。他们也一并认账，随我的恳求远去了。我想我大概得离开这座城市了，可我身无分文又能到哪里去呢？在我的记忆中能够帮助我的大约只有程超了……

三

我藏在南中的暗处，望着久违了的学校，静静地，听任我曾经熟悉的声音响过耳际，在空域里萦绕，盘旋……

童年的时候，我知道遥远的地方有大海。爷爷说，“只有那不畏艰险的勇士，才能走进大海的世界，得到幸福和安宁——世上最宝贵的东西。”我望着美丽的星空，想那横跨苍穹的银河，定能通向奇妙的大海。哦，大海，多远多远，在天的那一边。我盼着长大的一天，骑着骏马，去寻找那迷人的大海。

我的眼睛湿润了，心是这样撕裂着疼，大海象征着幸福和安宁，可我的幸福在哪里，安宁在哪里呢？

曾经有那么多安然的日子匆匆流过，竟不曾留下珍惜的记忆。我听着老师的讲课，搅起了我内心的惆怅，我突然想变成一只鸟飞进课堂，重新拥有很多的同学，起码不像现在这么孤独。可是我知道我变不成鸟，就是真变成鸟也只能与鸟为伍了。我已经被认为是坏人，同学看见我一定会躲得飞快，所以我不决定暴露自己。一切梦想都已成泡沫，曾经向往的大海究竟在那里？

校园里匆匆奔走的人依如往日，并不曾因为我的出走有丝毫的变化，看来这世界多一个人少一个人并没有多大关系，由此我心生凄凉……我想知道，我的朋友钟炜、程超、司马柯也忘记我了吗？我出走之后他们会发生什么事呢？奇怪，二十八班的人流里为什么看不见程超、司马柯，甚至钟炜也踪迹全无？他们哪里去了呢？难道龅牙老师不要他们了？我的心开始抽紧，双腿有些微微地发抖，视线里找不见我的目标，我手里攥着的纸团，用来"投石击鸟"以期接通我和朋友的联系方式也已无效。我有些支撑不住了……

找不到援助怎么办呢？

我的身子不由自主地出溜在地下，心中一片茫然，头上苍白的太阳看着我，它的目光充满了无奈。校园里的花木、假山、操场、斑驳的墙壁无不搅起了我的记忆。司马柯课间的时候习惯到假山背后，钟炜和程超习惯到操场上去，可是几个月后他们怎么全改了习惯呢？这一刻我意识到我是多么地想念他们，但不能理直气壮，我这样偷偷摸摸本身就是坏人的面目，如此的处境让我难堪，可是谁又能让我正常地站在熟人的视线里呢？显然没有这样的人。

我看到一个个表情相似的老师夹着教案从教室里走出来，最主要是我看到了龅牙老师。我的心轰隆一声鸣响，我下意识地缩了缩身子，耳际间鸣响着类似电话里传来的盲音，就像突然袭来了白色恐怖，并不太遥远的紧张重新贴近，使我整个血液都产生了异常的反应，我站起来沿着校园的甬道撒腿就跑，路上的同学被我迅雷不及掩耳的奔跑纷纷退在路边，全都惊住不动了。我听到身后有人喊："巴乔？叶雨枫？"声音里带着惊讶。接着，我身后的喊声响成一片……

C章

一

我不喜欢龅牙老师，我们很多人都不喜欢她。她的厚此薄彼让我们的心失去平衡，她的心机让我们失去智慧。

龅牙老师专制的作风曾经风行，她是一个有心机的老师，每到周末她就手持一根历史悠久的木板，看上去很是精致，大约经过无数肉体的磨砺变得发光发亮，笑眯眯地坐在讲台上。值日班干部自动上台替她“执鞭”，然后就开始她不断翻新的骗术。

她说：“这个星期有的同学表现的不错，有的同学表现的不好，我给表现不好的同学留个面子，自动上台承认错误，不然让我提出来可就不是一两板子的事情了……”

她如一个善于施展魔法的巫婆，居然会使全班同学人人自危，并且在很短的时间内都找到自己的错误。犯错误的人怎么会有那么多呢？几乎三分之二的人都自动走上去准备挨板子，剩下的人也左顾右盼不知自己是不是也该找些“错误”上去挨几下子，否则就一直出现提心吊胆的情形。

而她的魔法是不断地表扬第一个上台挨揍的傻子，她说：“他敢于检讨自己错误的这种勇气应该抵消他的错误。”然后这个傻子般的带头人就相当自豪，好像马上就成了一个崇高的人。他自动说出错误，但无论错误有多重，结果都是一个——免揍，其他人就后悔自己不是第一。第二当然也不错，根据错误的轻重该打两板子的，可以减免一半，后来者依次类推。当然每次都有两三个，四五个重犯不等。

比如作业没有完成，这就好比过去犯了流氓罪一样应该重处。如果作业完了没有写整齐，次之。如果作业全是错误，与“流氓”同罪。

有一个女生上课走神，学习明显下降被人通告有早恋现象，被打得手掌发红，手指如一根一根的钢筋棍直僵僵坚硬了好几天不听指挥。家长找上来，和龅牙老师进行短时间交谈，对女孩的回敬是：“活该！”

不仅如此，为惩前毙后，治病救人，女孩回家之后，听说又重新得到一次肉体的惩罚。从此，女孩出现沉默寡言状，小小年纪就有“寡身”一辈子的决心，走路、上课一律目不斜视，但学习成绩却是出现了有减无增的状况，眼神里有一种属于忧郁的东西固执而坚决地蓄存进去了。而龅牙老师每周一次“自检”的绝招，居然得到广大家长的认同，好像只有人人自危才能集中精力一样，而且有些家长认为严师出高徒。因此龅牙老师并不惧怕有人给她扣上体罚学生的罪名，所以她变相的体罚一直以耻为荣，昌盛不衰。

我挨板子的原因是上课走神，这与早恋还不沾边，因为早恋需要一片熟悉的土壤才可繁殖，我的幸运是我对周围还很陌生。

但走神肯定已是我的历史问题，要想克服除非患上失忆症，否则挨了板子也白搭。

二

一直对我抱以漠视态度的龅牙老师，与我进行过一次单独的谈话，她告诉我，你新来乍到不了解情况，老师有必要提醒你不准和二狗子和司马柯之流混在一起。她说：“看在你父亲为你的事没完没了的跑，腿都快跑断了的份上，我必须准确把握你的交友的方向，跟好学好，跟坏学坏，这就是你们这个时段的毛病。这话我也只给你说，司马柯已是两年的‘留学生’了，老师希望你不要步他的后尘……”

此话确有语重心长的意味。按理说这也是老师给予我的一点儿“偏爱”的暗示，可惜我已经长出了自己的思想和爱憎，却偏偏没有长出一点儿世故来。

二狗子我当然不会放在眼里。据说他是魏南村一个农民子弟，他的父亲住过几次号子，出来后横行街头，无人敢惹，甚至连二狗子也和街头混混搅在一起。龅牙老师拿他没有办法，她惟一的办法就是置之不理，让同学与他隔离。据说二狗子的父亲还袭击过龅牙老师，晚上用刀逼住她，说谁敢欺负他儿子，他就给谁放血。

龅牙老师吓得哇哇大叫。

二狗子爹笑着说："看你是个母的，这次就饶了你。看了你还要给我儿子当老师的份上，我不破你的容，但你要好生对他。"

此后龅牙老师就对二狗子另眼相看。

听到这样的说法我当然认为二狗子确实是个坏人。

但司马柯怎么可以和二狗子相提并论呢？他是那么的聪明、那么有思想，他从来不主动上去挨板子，他第一个识破了龅牙老师的诈术，所以他每周都显出无错可认的态度，居然次次过关，错误重来与他不相干。

我说："你怎么重来不犯错误？"

他说："你为什么总是犯错误？我真不明白你怎么会加入这一群傻子中间去满足一种淫威。这不过是变态女人施行的骗术，时时维持她的威严。中国人从生下来就在威严中胆战心惊。家长的威严、老师的威严、将来还有上司的威严、金钱的威严、权力的威严，有形的威严、无形的威严，好像只有人治人才过瘾，在这憎恶的威严面前，人人泰山压顶，不到弯腰曲背的程度不会得道升天。"

他的话总让我别开生面，一种哲人般的深沉让我佩服不已，是他把我从荒诞的骗术中解救出来，我从此避开了承受连续性的淫威，除非被抓住或者被班长记了"血债"，否则我是决不主动上台挨板子的。可是司马柯把我营救出来不久，班里的傻瓜一批批不知怎么变得聪明起来，主动上台挨扳子的人很快衰败下来，但是只要被龅牙老师抓住一个，定是严惩不贷。

他后来还告诉我一个极神秘的现象，他说："你发现没有？龅牙老师在月中最易发火，这时候你要格外小心，只要有一点理由，她就大动干戈，找不到理由无名火也要发几顿，遇上这样的周末，你看吧，肯定大部分人倒霉。"

我说："为什么？"

他说："我发现她这个时候裤子上有过血渍。"

"什么意思。"

"白痴，女人周期性发作。"

我依然不懂。

"经期发作。"

“周期和经期为什么发作呢？”

他沮丧地闭口不言，好像不好进一步解释了。

后来我终于明白了他的意思，我说：“你怎么可以看老师的裤子呢？那是侵犯隐私。”

他说：“废话，隐私她为什么印出裤子外面，是她的仪表脏了我的眼睛。”

哦，我知道龅牙老师为什么叫孤立他了，原来他确有那么一点儿坏，但我不能忘记他敢于在是非面前挺身而出。这让我们命中注定会成为生死之交。

司马柯的外号叫“留学生”，这对他是致命的打击，有谁敢当他的面叫这个大名，他会与谁拼命。在我看来他有时候自信，有时候又自卑，有时候善辩，有时候寡言，有时候眸子明亮得让人吃惊，有时候暗淡得让人恐怖，但我对他很感兴趣。他的高深莫测、他的出语惊人、他的寡言神秘都让我忍不住对他有探询的心理，我甚至成了他的跟屁虫。他有时候不希望我总跟着他，尤其是下课他总是第一个跑进厕所里，可我紧随而去的时候，他的神色总是出现异常的失望和不安，甚至在这一瞬间他对我产生敌意……

我一直为此困惑，所幸过一会儿他就好了。

三

老师的阻碍，司马柯的智慧和神秘，驱策着我对司马柯的兴趣。

那是一个夜晚，下了晚自习，司马柯迫不急待地跑进厕所，同学们都已散去，我必须等他一同回家，可他漫长的“解便”过程让我丧失了等待的信心，我大喊大叫：“司马柯，司马柯。”可司柯马并不回应，当我冲进厕所里发现他全身出现痉挛状，面目可憎，并夹带着轻微的呻吟……

我跑过去问他：“你怎么了？你病了吗？”

司马柯不理我，好像一时难以阻止他行为的惯性。

我说：“你到底是怎么了？”

司马柯突然回头骂我：“滚，间谍，能不能让我有一个属于自己的空间？”

我僵硬地站下不动了，我说：“难道厕所是你的空间吗？”

他不理我，他一个人走出厕所，我倏忽发现他脸上有泪，他非常恼火地擦了一把泪，然后独自一人骑着自行车消失在夜色中……

在此后的一些日子里，我发现他常常一个人站在操场上发呆，要不就是疯狂地奔跑，直到汗流浃背为止；要不就是拼命踢球，有时候扛着一块石头转圈，他常常累得喘着粗气爬不起来，就如同一摊泥水一样，仰面朝天呈现出一个“大”字形，瘫在地下，两眼白茫茫地望着天空，不知在想什么。

后来，我又发现他老往校园假山背面去，神色诡异，超乎寻常的隐蔽行动，警惕得恨不得每一个毛孔都按上一个哨兵，好像在做什么伤天害理的事一样，当他发现我在看他，立即如一头暴怒的牛，两眼红血血地朝我吼：“滚，离我远一点，我不许你跟着我。”

我就果断服从他的命令，赶紧躲开，好像做了对不起他的事一样。但是他每一次从假山后走出来，神色都非常的颓废，眼神里充满了无奈和绝望……

他的一些神秘的举动让我更感兴趣，我常常不由自主地对他产生探究之心，可是他目光里的拒绝又使我不得不退下来。

司马柯与我突然的疏离，让我莫名其妙。我发现他有时候总是偷偷看我，当我的目光与他相会时，他倏忽就躲开了，但这个“躲”绝对与自卑有关。

司马柯又开始在操场上跑步了，那踢踢踏踏的脚步声有一种急于求成的愿望在其中，他的神色却是欲速则不达的颓废状态。他究竟想达到什么目的呢？他心里到底装了多少秘密？

我主动跑过去找他说话：“你为什么不理我？”

他不说话。

我说：“你到底为什么不理我？”

他说：“你走开，我不想理你。”

我说：“我想知道我到底怎么啦。”说这话的时候我的喉咙堵堵的，不大对劲儿。

这时，他才极其忧虑地说：“你太好、太完美了，你心里阳光、气质中的勇敢令我嫉妒。”

我愣了一下，暗自问：我有这么好吗？

可不管我有没有这么好，这总是别人的看法，我心里还是愉快的。于是我说：“这是我们成为好朋友的障碍吗？”

他就沉默不语了。

他说：“你可以给我保密吗？”

我说：“保什么密？”

他说：“那天在厕所里的事。”

“厕所里怎么了？”

他意外地盯住我观察了好一阵，紧张的神色就一下子放松下来了。

在一段时期内，我们又和好了。

一个下午他问我说：“你尿床吗？”

“尿床？”我摇摇头，“我妈妈说我生下五个月就不尿床了。”

他说：“我常常尿，尤其一到考试的时候，我就难以集中精力，一看到有人交卷，我就开始尿裤子……这几乎占去了我三分之一的时间。我他妈已经读了两个初二了，如果成绩再上不去，连胡子也长白了，一想到这个我就频繁尿床。”他眼里闪着泪说：“我成了班里的老大难，大家都叫我‘留学生’，我知道没有多少人能看得起我，真的。”

我听糊涂了，我很想给司马柯一些帮助，可是我完全没有办法让他快乐起来。

他说：“我恨我妈，可我不忍心，恨这人世，可没道理，我在这人世间活着并不理直气壮，因为我是计划生育不许出生的那类人，没有正当的公民身份，我的姐妹们都叫我是‘黑人’。父母、家，对我来说只不过是个概念而已，我没有真正的家……我很害怕，你知道吗？我就像一个寂寞旅人在空谷里过独木桥，时时有跌进万丈深渊的可能。我总是徘徊在十字路口不知道我究竟何去何从，真的。”他说这话的时候眼里涌着泪……

我吃惊地望着他。

然后他就给我讲了他的故事——

四

司马柯的生命始于他母亲的一个幻想。据说他的父母从始至终感情不和，他母亲眼睁睁看着他父亲不断地更换女人，心灵的灯塔一天天熄灭。后来有人分析说会不会是因为她生不出男孩的缘故？无知的母亲就好像溺水中抓住了救生圈。那一年她 39 岁，已生过五个女儿的她，为了挽回感情她决定最后一拼，她知道这一拼必须拼出一个男婴。但面对“计划生育”，全家人面临着被赶回农村的危险。感情和子女们的命运横在母亲的面前，她的困惑日积月累地等待着一个高人指点。在一天黄昏，听说一个会占卜的瞎子被许多人追捧，母亲通常不放过这样的机会。于是她问那瞎子说：“你看我有没有儿子？”

瞎子说：“现在没有。你命中应该是有的。”

母亲眼前一亮，为证实瞎子是否高明故意说：“你错了，我儿子都八、九岁了。”

瞎子说：“那是你的小女儿，要儿子是你刚刚才有的想法。”

母亲被瞎子的话吓了一跳，再不敢进一步试探了，以免对高人不尊。后来母亲把瞎子请到一家饭店精心招待了一番，瞎子拍了一把母亲的背惊异地说：“杨家将佘太君的骨架，虎背熊腰，不是一般的女人，将来若有一个男孩必成大器。”

母亲得了真传，感情上的不幸已微不足道，养一个成“大器”的男孩成了她伟大的信念，而这个“大器”者不是别人正是司马柯。在孕育胎儿的过程中为掩人耳目，母亲在一段时期内离家出走，在亲戚家里等待生育，而母亲的“阴谋”父亲一无所知，等到母亲大事告成的时候，司马柯成了一个最大的悲剧。她的母亲不仅没有因他的诞生而为她挽回感情，反而把她推上了离异的边缘。他的父亲是个自私贪婪的家伙，他除去荒淫无度之外，并不在乎有无儿子，母亲费尽心机还是于事无补。计划生育部门闻讯“紧令通知”。可他的母亲信念如铁，她一定要证明她的这块沃土完全可以生长出男儿，而且可成“大器”。

他的到来给全家人带来恐怖。他的父亲要他母亲立即处死他，说只要一生下来就立即离婚。母亲不听劝解，一意孤行，花了一笔钱，开了个“引产”的证明。等他一出生，母亲就宣布他死了，包括他的父亲也信以为真，实际上他被偷偷地寄养在一个山村。他认识的第一个人不是母亲，是号称母亲的奶妈。而他真正的母亲在他的记忆中只是个“阿姨”，他和奶妈感情虽深，但阿姨和奶妈之间随着他成长的费用争吵不休。他渐渐搞清楚奶妈是人情，阿姨是“钱”情，世上根本不存在爱。

他的母亲是个手艺不错的裁缝，生存手段超于常人。她的一切劳作都是为了司马柯暗地里的存在。结果当他需要安身立命，需要一个正常人的身份，突兀站在他的父亲面前时，他的父亲拒不承认他是他的儿子。也不允许他登堂入室、认祖归宗。母亲只好一个人费尽周折给他买了个城市户口，一个人出来租了个家，随了母亲的姓氏，在这座城市撑持他的生命。母亲没有多少文化，母亲全部的希望就是实现瞎子的“真传”，等待“大器”的到来……

母亲的愿望使他压力很大，母亲说只要他有了出息，她就会在世上至高无上，她就好回去交待他的父亲，他才能有了真正的家。司马柯说，他不是自己的，他是母亲的，他的生命只与母亲有关。母亲为了给他转到南中借读，给校长下过跪，给龅牙老师下过跪，送了数额不小的红包，才换了这块好土壤。有关“大器”的秘密母亲只对他说过一次，说天机不可泄漏，只让他朝这个方向发展，对任何人都闭口不谈。母亲出身贫寒，但她受尽苦难也要把他当富贵人家的孩子对待，因此他一生下来，母亲就把他当作“大器”者来培养，无论现实怎样的残酷，她的梦想从来不变。也许在母亲眼里，“大器”者是不能有常人的行为和感受吧？

他说他的“尿床”现象是在一天夜里，身体像是突然长起了羽翼腾然飞上天空，他说那一刻真的无比幸福，有着上天入地的新奇和刺激，犹如一个气球突然断线飞行在气层中，持续的时间越久，那幸福的感觉就越是心旷神怡……

可是他没有想到，就是这种美妙的时刻，造成了他与母亲之间深刻的对立情绪。他至今没有一张属于自己的床，他和母亲合睡一张单人加宽的床。他的一切私密都逃不过母亲的视线。母亲看到床上的污渍，断定他不学好，他母亲相信什么是遗传了，她说司马柯没有学到她的勤劳，却学了他父亲的花心。于是他承受着母亲最为伤人的谴责，还每次挨揍。

他说他母亲是他的间谍，他最恐惧的是母亲那一双监视犯人一样的目光。他必须时时刻刻把目光埋进书本里，只要一离开，母亲就立即有所察觉。母亲的神乎其神让他在家里彻底丧失了安全感，他仿佛觉得到处都长满了眼睛，甚至安有窃听的机关。他耳鼓里总有蜂鸣一样的声音由远而近地袭击他，每听到这个，他身上的汗毛就一根一根竖起来，在这样的时刻他看到天上的白云也匆匆行走得那么诡秘，阳光也充满了阴谋，连鸟禽也不怀好意地窥视他，甚至狗从他身边走过去都急急忙忙地逃离，他说：“狗绝对不会有什么要紧的事可做，可连狗都不与他要求友好的气氛。”他还看到路人对他都有躲避的意思……

司马柯眼里蓄满了泪水，他说因为“尿床”无时不再母亲的监视之中。母亲的陪读实质就是监视，她一步不离，搞得他一个字都输不进大脑里，由于压抑和紧张他发展到手淫。

那是一个夜晚，作业还没有完，他觉得非常烦乱，尿床的感觉膨胀无限，他必须立即解决掉。当时母亲给他去做夜宵，据经验应该有一点时间。他抓住这点点机会，快速解决。虽然经过一番细致的观察和防范工作，确信万无一失的时候才进行，可母亲破门而入，撞上了最为不堪的时刻，他无法立即收拾残局。母亲劈头盖脸就把他痛打了一顿，骂他下流无耻，这样的人怎么可以成“大器”。她母亲居然说了一句极富文化味儿的话，说：“富贵不能淫，威武不能屈，你才多大一点儿就淫乱无度……”

他不明白在母亲的心目中“大器”者到底是个什么样子，难道他不长属于人的器官吗?

母亲最后把根源找到社会上来，她说：“都是看电视看坏的，都是社会风气带坏的。”见电视上有男女拥抱接吻的镜头，如果发现了司马柯的目光，毫不留情就是一巴掌：“看什么看？什么不好看非看这个，怕学不会是怎么着？”

然后把电视关掉就开始骂：“都什么他妈不要脸的，在这里面干这缺德事，脏人的眼睛 !”

从此，电视机便完全封锁，他只能整天没完没了地啃课本。然而越是如此，“尿床”现象就越是频繁光临。被母亲痛打过几次之后，他做过很多的努力，听说营养过盛会导致早熟，他曾拒绝吃营养丰富的东西，但是无效。而最终结果是，每次完毕身心都出现下沉的感觉，就好像正沉下无底的深渊。一种罪恶、自责、自卑一起压迫着他的心，形成了深重的黑暗……

司马柯说过他那一刻连死的念头都有，他开始了惶恐不安的情绪。他的心里再也没有阳光，只要情绪一紧张马上就有“尿”的感觉。

后来他发现自己对表达非常感兴趣，于是就开始偷偷地写小说，只有漫游在艺术的天地里就完全可以转移一下尿湿的现象。他已经写了二十万字的文稿，被他的母亲发现后，认为他误入歧途。凡是属于课外读物一律被视为闲书，因此也一律被焚烧，包括他的稿子。

他说他母亲就如同暴君秦始皇，焚书坑儒，可惜秦始皇的焚烧是为了政权，而他母亲焚书是为了儿子成才。多么大的讽刺，为了成才把属于课本以外的一切知识烧掉，把名著当成闲书。他的母亲要的是红彤彤的成绩单，希望他能拿到清华、北大的录取通知书，所以达不到重点高中分数线他就无限期地留级，他的母亲对此近乎颠狂和变态。他母亲不怕花钱，贷款都要达到目的。

在一段时期内司马柯和他母亲闹对立，他母亲见一本闲书烧一本。司马柯就烧一本再买一本，看完之后就扔给他母亲让她烧。他说：“天下的书是烧不尽的，如果你的人民币充裕就尽情烧吧。”他母亲就抱着书呜呜哇哇地哭了……

他的眼里蒙上了一层灰暗，他距离母亲的要求越来越遥远，他连最后一点希望也抓不住了。望着被母亲焚烧的书稿，他感觉到生命在速朽……

他本来是可以高尚起来的，他找到了足以分散他“下流无耻”的方法，可是他的母亲把他的希望毁掉了，以致他的“无耻”更加不可收拾。客观上不允许他做一个有道德的好青年，所以他常常自惭形秽……

尘世让他厌烦，他甚至想过出家。

他说：“你会歧视我吗？”

我很茫然，我对他表示不理解。他的身世就像电影里的故事一样新奇，但他通过“泄密”情绪好像有了一些舒缓。我看到他眼神里蒙起了一层又一层的困惑，我又能怎样去解救他？他也许渴望一个高人的指点？可是，我对他产生的困惑好像比他的还多，我在诸多同学面前觉出了我比他们幸福，但并不代表我能替他们解决很多问题。

五

我对司马柯“尿床”的困惑一直找琢磨不透。

可是不久的一个夜晚，一个面目朦胧的女体，光滑细腻地从我的两腿间生长出来，我开始有些害怕，我的身体上怎么可以如田间里的玉米一样滋生出穗儿来呢？可是肌肤的相亲送给了我有生以来从未有过的快感，强烈的刺激让我喘不过气来，一种颤栗不止的状况使我哇哇大叫。醒来的时候一摊莫名其妙，光滑透明的“异物”瘫在床上，我吓坏了。这会不会就是司马柯说的‘尿床’？难道我也有了可耻下流的行径？想到这些，我恐惧极了，母亲叫我起床的时候，我命令她出去，不许靠近我。可怜的母亲随着我的喝叱不知所云地退出去。后来我穿好衣服用被子捂住床上的“异物”走出去。我神思不定，精神恍惚引起了母亲的关注。

母亲说：“雨，怎么不吃饭？”

我知道我瞒不住母亲，我说：“我可能是病了。”

“哪儿不舒服吗？”

我说：“我尿床了……”

“也许是太累了，不要紧，妈妈给你换一下子就可以了。”母亲一向能把我感到最难堪的局面化解，我很感激母亲。母亲走进我的卧室，我心里很不安，我很怕出现司马柯的状况。可是，母亲出来的时候脸上出现了极温和的微笑，一点没有辱骂的意思。她抚摸着我的头望着我说：“雨，祝贺你已经长大成人了。”

我茫然地盯住母亲，有些费解。

母亲说：“那不是尿床，那是人体里的分泌物，医学上叫遗精。生物学慢慢会让你了解精子的作用。不要害怕，这是一个人成长过程中必有的经历。春潮来了，可能精力出现分散现象，但我相信雨会努力克服掉的。”

我当时并不理解母亲的话。可是母亲让我放松了，没有形成罪恶感，倒是母亲比先前更进一步的关爱我了，她不让我穿过紧的裤子，她说这样不利于发育。

我一直想问问司马柯的尿床会不会是遗精，如果是遗精就不能称之为可耻下流，可是我一直难以启齿。

后来那些漂亮的女孩常让我心猿意马，上课走神的内容又多了一个项目。当然目标是不定向的，这一段是这个，过一段就可能是另一个。总之和漂亮女孩在一起是愉快的，你可以不由自主地生出一些大无畏精神，可以不失时机地表现自己，还要努力使自己优秀，这种现象被老师统称为早恋。社会上都在呼吁遏制“早恋”现象，家长发现信件或是纸条纷纷告急，就像造币车间失了火一样，搞得我们个个惶惶不安。可这样的队伍就是在无比紧张的气氛中一天天增大。有一天，老师像一个占卜家一样说：“谁有早恋现象，我心里都一清二楚，要把他们家长找来亮相……”

我们都被吓呆了，我特别相信老师的眼睛无处不在。我以为我也早恋了。所有的人以为对异性有好感都是早恋，并且都不敢认为是理直气壮正大光明的好事情，然而遭到父母和老师的反对又都不服气，个个显出誓不甘休的样子。

后来有人提议集体“私奔”。于是就都纷纷回家找理由要钱，各自准备着南逃北躲。我记得我找了一百个理由都没有张开要钱的口，却让母亲看破了我的心思，我在母亲面前显得胆战心惊。我想我怎么可以早恋呢？我并不怕母亲揍我，我只觉得羞耻。可是母亲并不认为这是早恋。她说，这是春潮带来的现象，这是很美好的一种感觉，只要坦然对待用不着大惊小怪。

母亲的坦诚态度让我放松，老师那严肃审判的声音开始离我远去。可是一件神秘事的却需要有人指导。于是我交给了母亲欧阳白雪写给我的一封信。信的大意是她喜欢我的阳光和勇敢，喜欢看我矫健的身影。她还说许多男生软绵绵的像一个病夫提不起精神等等。

我自豪地告诉母亲她是我们班的学习委员。

母亲看后笑了，像什么都没有看出来一样。母亲说："我和你一样高兴，你的优点得到了别人的欣赏。应该引以为豪保持这种美好形象。"

我说："我不想伤害她。"

"为什么要伤害呢？你应该感谢她对你的欣赏，成为互相鼓励的好朋友啊。"

"我可以请她来咱们家吗？"

母亲说："我不反对。"

就这样母亲好像替我揭开了一层神秘的天盖，接到纸条也不再提心吊胆，和女同学来往也不再鬼鬼祟祟。

可是有关"尿床"的遭遇，终究不能安定下来，夜晚是个难熬的时段，一到这个时候我就得找一个形象来援助，当然目标是欧阳白雪无疑。等到第二天我见到"夜中形象"时就面红耳赤，惶恐不安，以致发展到想写信给她。当然更深入的词汇不敢写，只写一些赞扬的话。写好了又没有更适当的办法及时递出去，于是就出现混乱不堪的情绪。

后来母亲送给我一个带锁的笔记本，她说："雨，把你想说而不愿公开的话，写在这个本子上，舒缓一下情绪，可能会帮助你顺利度过青春期。这个本子里你可以任意说你想说的话，谁都不要让看，连妈妈也不许可，等你真正长大了再看，可能是最美好的记忆。"

我困惑地望着母亲，她是怎么知道我有话不敢公开说呢？难道我未送出去的纸条被母亲发现？我脸红了。母亲安慰我说："不要紧，试试妈妈告你的办法或许有效。"好像是心有灵犀，这一招果然很灵。我与"夜中形象"假想了无数次美妙的谈话，她的眼神、她可爱的脸、她裸露在阳光下的胳臂，都让我作过全面的观察和描写。我还写到我长大要娶谁为妻，还假想她挽着我的胳膊缠绵在林荫道，引来很多羡慕的目光。我还假想她躺在我的床上，但我绝不敢动她的肉体，因为母亲说精子和卵子结合起来就产生了生命。我不要小孩，所以我不敢动她的肉体。我只能把我的好多想法写出来，我的情绪渐渐安定了一些，然而心猿意马却始终未能远去……

六

那个时段每个被斥为“早恋”者都不同程度受到家长的惩罚。

司马柯眼睛里的灰暗日复一日的变厚，我知道他在拼命克服他的“下流”，他一有时间就要大量消耗体力，以致于他上课呼呼大睡。后来我对他复述了我的情况，他突然睁大眼睛好像找到了作案的同僚一样，终于有一个人和他一同扛起“可耻”二字了。他觉得“可耻”已不是唯一。当我把母亲的说法告诉他，他又意外得像看到老虎在天空上飞翔一样，他说他非常想见见我的母亲。

我当然不会拒绝他的要求。

我把他领进我们家的时候，他一直低着头，像一个害羞的小媳妇。母亲温和地把他领进书房里，书房里的光线从淡蓝色的窗幔的缝隙钻进来，我发现他仿佛不习惯被光线照耀一样，好像失去了隐蔽的感觉是一件很危险的事情，他显得异常的慌乱。

但母亲不会给人压力的，他们很快就进入了谈话状态，把我搁置在一边。后来我发现他如幼童渴望指点迷津一样，他特别想知道他是不是一个低级下流的人。于是他战战兢兢地向我的母亲复述了他的心事，母亲以安慰我一样的方式安慰了他，还说他很有思想，很有艺术天分，但是心理上的障碍要靠自己克服，这对一个人一生都很重要。母亲：“所谓的‘大器’也许不只你母亲所想的是升官发财，比如托尔斯泰就是文坛上的‘大器’嘛。一代帝王只是一段历史，可一个文学大师是千秋万代的精神指引。你母亲没有文化，很多事不明白，每一个人的光点是不同的，那你就得一点一点同化她……”

我发现司马柯在与母亲谈话的过程中，眼睛不断地闪着亮点，忧虑一点一点退去，仿佛有一脉火苗在他脸上飘荡，他心中的问题靠母亲的耐心一点一点消解。从此我的母亲成了他最好的谈话对象，他说他最喜欢母亲对人平和的态度，从母亲的眼神里看不出和他谈话时有丝毫的敷衍。他还说他母亲只让他读书、读书，可她却从来没有阅读习惯，他的母亲最无私、也是最自私，她的一切努力都是让他“成器”，可她从来不关心他内心的感受。即便他能成“大器”也会被她的无知毁掉。

他又说我的母亲让他感觉到他是一个真正的人，一个有尊严的人。而且从母亲的谈话中看到了他自己的希望……

从此我与司马柯形影不离。我忘记了龅牙老师好心的提醒，龅牙老师后来对父亲也有过同样的提醒，父亲完全同意龅牙老师的建议。可母亲认为一个孩子需要关爱而不是孤立，母亲认为老师这种做法比下毒药杀伤力还大。为此我的父母亲又进行了一次激烈的争执。他们这种争执只能加速繁殖我的个人意志，我当然要以我的感觉而定，如此，龅牙老师把我与司马柯视为不可救药的同类。

在司马柯面前，我是个小男孩的形象，好像他和母亲是同龄人一样。他常常借母亲的书看，有时候被他母亲烧掉后就再也拿不回来了，母亲照顾他的自尊也不好进一步追索。他对母亲就表示十分的感激，但他最大的进步是不再认为自己“下流”。

他说我生活在童话中。他说你知道什么叫快乐吗？快乐就是能够拥有正常人的感情方式。可他的母亲对他事无巨细，一年四季水果轮换上桌，什么新鲜吃什么。市场上各种健脑营养品没完没了地拥进他的肚子里却起不到任何功效。鸡蛋剥了皮，水果切成块，为不耽误学习，母亲守在他身边一块一块喂进嘴里。他的母亲说，皇帝也不过如此了。可他觉得自己像是母亲的什么工具。高兴的时候是皇帝，不高兴的时候比奴才还奴才，谁也顶不住上天入地的折腾。在黄爽爽的灯光下他感觉到母亲目光中所施给他的压力。他说他就是被这种压力压垮的，像一个没有行为能力的白痴，而这一切都是他的母亲希望他能成“大器”所致。但付出和获得不成正比。

关于我同学司马柯的心理我似乎非常了解，可有关他的生理我一直不能理解，他一到关键时刻就出问题。

期末考试决定他能否升级的定向，司马柯神色又忧郁起来，他站在厕所门前惶惶不安，解便的人一直川流不息，难以充分关照他的“困难”。他抬头凝视着透明的天空，脸上出现了焦虑。他的“困难”不需要阳光，他担心目光的窥视，可他在人群中无法随心所欲。距离考试开始已经十分钟，他突然叫住我，为了避免考试出问题，他需要提前“轻松”一下，他要求我给他做守卫，我当然不能拒绝。他跑到一个角落里很快搞定，看我的时候一脸是难堪。

可是他的努力失败了，当第一个人交卷的时候，他又出现了异常，他面孔狰狞不堪的样子被龅牙老师当场目击，他已无法及时恢复正常神态。虽然他拼命压抑自己的喘息和失态，但还是让一个成熟女人的目光击穿了。

“司马柯，滚出去！这是育人的教室，容不下你这种卑劣污秽的行为……”

所有的学生都莫名其妙，但可怜的司马柯已凝固如石，伸进裤兜里进行“污秽”行为的手已接近尾声，经龅牙老师这样一吆喝，全身冒着冷汗。所有的目光都聚集在他脸上，他已是无地自容……

走出考场，连风都带着凄凉。别的同学嘻嘻哈哈，不管怎么样又过了一关。可他一直沉默不语，后来我发现他眼里有泪，再后来他操起一块砖头就朝自己的头上砸去，让自己的脑袋满面开花……

我们全都被惊呆了。

太阳在云里穿进穿出，全班同学围着他束手无策，后来有人把校医找来做了一番包扎交给龅牙老师。龅牙老师勃然大怒：“怎么啦？你行为不正，老师不能说你几句？说你几句就要寻死觅活？我告诉你，想死，回你家对着你妈死，别在学校装疯卖傻。”

我扶着司马柯，他身体的重心都靠在我身上，我知道司马柯受了这样的刺激有多么难受。

我说：“老师，司马柯已经伤成这样了，你还这样说……”

龅牙老师的火气就立即转移到我的身上，她说：“你以为你是谁？你以为你比他强？我看你们都是一丘之貉。”

我两眼发直，再也无话可说，但内心的怨气却一波胜过一波。

龅牙老师显出了极其不耐烦的态度，指指我们几个说：“你、你、你送他回家，交给他妈妈，你们再回家吃饭。如果出了什么事我找你们算账。”

走出校园，司马柯要我们各自回家别再管他，他说他要一个人想想以后怎么办。可我们怎么好放下他一个走呢？我们都知道司马柯的母亲不会轻易放过他，他肯定会遭受一次毒打。

程超想了一个办法，他说：“咱们请愿吧，我在我们家一请愿，我爸就服输。”然后他一个人跑到对面的布庄扯了三条红布，上面用碳素笔写到“别再打司马柯”然后给我们每人裹在头上，要我们共同跪在司马柯母亲面前真诚地请求。

然而，当我们按程超的指导，跪在司马柯母亲面前的时候，他母亲被吓“死”了……

B章

一

我仓惶地离开南中，来到人迹荒疏的南萧桥，下面是交错的铁道，桥面上偶有几个小商贩为生计奔波。阳光一点都不强，一层薄薄的雾就把阳光全部隔离开来。我沿桥走过的时候，意外地发现一个姐姐趴在桥栏上抽泣，我听到她用手机在和谁一边哭一边说话，她压抑的声音快要窒息一样，就停住了脚步作了全面的观察，哭泣的女子让人心生怜悯。

她说："我做梦也没有想到我考了六十分，生活为什么对我这样的不公平，老天为什么就不给我一个公平的机会。我去年应聘考了八十分，被人顶了。可是我今年怎么可能考六十分，那个政法委的人居然考了八十分，哼！我知道了，我知道什么叫暗箱操纵了，我怎么会这样倒霉，这样倒霉……"

那位姐姐说完话就把手机扔掉，然后她站在桥上一动不动，细风儿吹拂着她的头发，眼里一个劲儿地流泪。她不住地用袖子拭泪，我很想看到眼睛里的内容，可是看不到。我只看到她脖子上的红纱巾如血，她哭得很伤心。我把手机拣起来给她："姐姐，你怎么把手机扔掉了？"

姐姐木桩一样地不吭气。

我又说："姐姐收起你的手机。"

那位姐姐像是疯了，她突然回过头来向我大吼大叫："走开，手机费都交不起要什么手机。走开、走开、你给我走开！"

我没有及时走开，然后我就听到我的胸脯"嘭、嘭、嘭"地响，仔细辨别才知道是这位姐姐的“花拳秀腿”在我的胸脯上用功。我知道我暂时充当了她的拳击袋，可我并不感到有多么的疼，我知道姐姐肯定是不痛快才想打人的，我说：“你想打就打吧，我是男人我不哭。”

姐姐就停住不打了，但是她哭得更厉害了……

我说：“姐姐你需要帮助吗？”

她突然盯住我，从上而下地打量了一番，那样子凶残得好像立即要把我千刀万剐一样，只是找不到下刀的地方。

她说：“你到底烦我干什么，你以为你是谁？你能给我公平的机会吗？哼，看你一副比我还倒霉的样子，你能帮我干什么？霉球，滚！”

我低头不言了。是的，我总是忘记了自己是谁，希望自己能帮助人，这几乎成了我非常奢侈的愿望。可是谁又能帮助我呢？我这样想着就渐次地往前走，心里还不免有些扫兴。可是没过多久我身后传来类似水泥袋掉下去的沉重的声音，我回头一看，桥上没有了姐姐，我再低头向桥下看去，那位姐姐已如一个馅饼一样瘫在桥下，七窍流血。

我喊了一声：“姐姐！”就愣在桥上不动了。有几个围观的人抬头望着我，他们向我投来探究的目光，可是我怎么知道她与我擦肩而过就去死了呢？而且她还无辜地打了我。她向我要公平的机会，可我到哪里去给她搞这个呢？这天下到底谁在掌管公平？公平长着血口吗？它重要得居然可以要人的命！

一个生命的完结是多么的迅速，既然她看到我比她还倒霉，为什么她要去死呢？看热闹的人多起来，表情是那种千篇一律的漠然，死人的事件经常发生，好像人们对死，已没有太大的骇然，从他们的神色中看，好像活着和死去无非是一个界限而已，人们的心理素质好得惊人。除去询问死因之外并无太多的兴趣。一小时之后，一辆警车把那位姐姐拉走，我觉得我的心是那样的空旷……

是啊，我不是大官，不是富翁，身无分文，有家难归连自己都救不了的穷光蛋我能救谁呢？我出溜在桥墩下两眼望着不知前面的哪儿，满世界都是血的颜色，蒙住了我的视线，我似乎看到很多很多的尸体倒在了世界的沟壑里……

二

有两个小朋友腕上裹着白纱布，还有一把小刀插在腕上，纱布上印有血渍，但他们好像并不痛苦，他们见人就端着“受伤”的胳膊跪下表示乞讨，但很多人都厌恶地绕开他们扬长而去了。他们是不是也很饿？他们的兴致并不因为别人的白眼和不屑的态度有丝毫的不快。得不到施舍也不要紧，他们自得其乐，看上去像年龄相差不大的哥哥和弟弟。弟弟站在桥墩上趴在哥哥的背上，哥哥就把弟弟背到桥的另一边。然后哥哥站在桥墩上趴在弟弟的背上，又把哥哥背到桥这边。他们不断地重复这个游戏，看上去快乐无比。设若谁把谁压倒之后败者就再背两次。

他们进入了我的视线，让我看到成年人把自己想要取得别人同情的把戏付诸在孩童身上去上演的嘴脸，暴露的淋漓尽致。童年再苦也是欢乐的，设若他们懂了自尊还会那么欢乐吗？他们在受到人世的压迫之后，会不会也像那位姐姐一样呢？我心生忧虑。

一个拣破烂的老妪提着一个编织袋在我面前蹒跚而过，那枯槁般的头发昂扬在那颗荒芜的脑袋上示威一样地摇曳着，那双善于发现的眼睛看上去恨不得让全世界都变成废品。老妪看我的时候，仿佛觉得我也如废品一样，我打了个哆嗦，觉得老妪的目光里好像藏了凶光，她看我的时候是那么不怀好意。我很想告诉她我是人我不是废品。可就在这当儿一辆摩托车从远处驶来，老妪混浊的眼睛有了几分机警，好像摩托车要把她吃掉一样。就在摩托车接近的时候她突然倒下了，摩托车车主带着惊异停下来，说：“怎么回事？”话音未落老妪就突然哼哼哈哈地呻吟起来，哭着喊着说摩托车把她撞倒了。

据我的判断骑摩托的人是个送水工，因为车上带着五桶纯净水。

送水工对倒在他车下的老妪表示莫名其妙：“明明是你倒下的怎么怪我呢？”

老妪就野起来：“你欺负老人，撞了人还不承认。”然后就呜呜哇哇哭起来。

就在这时候从桥下跑上了两个男人，说：“怎回事？”

老妪就说她被车撞了。

两个男人非让送水工领着去医院检查。送水工说：“不，我又没有撞着她，我为什么带她检查。”

两个男人就和他争吵起来。

“你没撞她，她怎么会倒在地下？”

送水工说：“我怎么知道没撞她就倒下了呢？”

“你没撞拿出证据来。”

那个送水工就把目光移向我和两个小乞丐请求援助。两个小孩像有先见之明，看有目光投过来叽溜一下就逃走了，而我却呆呆地站着不知所措。

送水工说：“小弟弟，你说一句公道话，到底是我撞倒的，还是她倒下的？”

我当然如实奉告，可没等我话音落下来，两个男人冲过来劈头盖脑就打我，这让我始料不及。

我说：“本来就是嘛，明明是她倒下的嘛。”

两个男人就扇我的嘴。

“要你多嘴，要你多嘴，再多嘴撕了你的皮！”

就在我被乒乒乓乓殴打的过程中，送水工见把矛盾转给我，他却企图想溜，打我的人一把将他擒住说：“老子防的就是你这一手。”

然后我被他们拎起来甩在桥面上，脑袋嗡地炸响了，天地间顿然混沌一片……

C章

一

我看到钟炜的眼睛了，不知道他在看什么。他坐在校园的花池边上，脸上的表情僵僵的，是这个年龄不该出现的一种状态。

我说："钟炜你怎么了？"

钟炜不说话。

我又问钟炜："你到底怎么了？"

钟炜依然保持沉默。

上课铃响了，钟炜仍就没有动身的意思。

我说："上课铃响了你还要坐下去吗？"

他将脸扭向一边，积蓄多时的泪，终于悄悄涌到眼角，轰隆一声滚落下来……

他说："我的书费没有凑齐，老师说这是最后一天。"

他说这话的时候，就像一个厨师炒菜时没有买到盐一样焦虑不安不知所措，只有这个时候我才发现了钟炜的软弱和无所适从。"交不够费用坐在教室里就不那么理直气壮。"他说。

我说："你为什么不问你爸爸要呢？"

他说："我爸没钱给我。"

"他不愿意养你吗？"

"他没有能力养我……"

生活真实的一面像幕布一样徐徐打开，让我窥视了我的同学不该有的无奈。我看到他抬起手臂去擦眼泪时，我的心也随之发酸。他是那么想读书，可是他总为费用犯难。走进南中我才发现有那么多人需要我的帮助，我原以为我的问题已经够多了，可我没有料到很多人的问题比我更多。他们的烦恼、他们的孤僻、他们的软弱……好像都在向我求助，我似乎只能用责无旁贷这个成语来描述我当时的心情了。钟炜在最关键的时候帮助过我，我当然更懂得责无旁贷的意义了。

为让钟炜顺利就读，我开始走向撒谎的生涯。

我的父母在负担我昂贵的借读费用的同时，还或多或少负担着一部分钟炜的费用。可他们却一无所知。为了避免给我增加思想负担，我的父母无论囊中多么的羞涩，也从来不在我面前埋怨费用昂贵的事。因为“借读”这件事曾是他们心甘情愿的。

我就这样欺占着他们望子成龙的心理来支持我的朋友，错与对已没有明确的疆界。由此，我说谎的本领越来越纯熟，骗人真不用怎么进行训练，只要有一点头脑一想就成。开始还有那么一点不自在，老怕母亲看透。骗出钱之后总要乖得超常，甚至懂得体贴大人，替父亲端饭，给母亲夹菜，还自觉地洗自己的脏袜子。母亲的钱就出的更是甘心情愿了，她怎么会想到这么乖的孩子会撒谎呢?

后来，我撒谎的伎俩老辣得就像一块老姜了，也从来没有感觉到撒谎有什么不对。难怪我们的父母、师长时时强调诚实的意义。原来撒谎是人脑中的基本因素。无论你怎么样去努力诚实，都难以避免这种不良倾向，想达到目的又不那么理所当然，就会产生撒谎，而且常常受益匪浅。

当然，这是我一厢情愿的事。并不是我家多么阔，有时候家里添一件东西，父母也会出现捉襟见肘的局面。可我觉得他们总会有办法的，窘困对我好像还很遥远。可钟炜有什么办法呢?他在昂贵的费用面前只会发呆。我可是不想失去钟炜这个好朋友，只要情况许可我就要他永远与我相伴着读书，他就像我的一个兄弟，他解决了我的孤立无援的困境，这种现实意义非常强烈。钟炜很自立，他不愿意接受我过多的支持。可我故意显出很阔的样子，从不计较给他的任何援助，无论是物质还是精神。

二

一些并不遥远的记忆带着我的思绪穿过这座城市的上空去拜访我想念的人，我看到了擎天的高楼，也看到了伏地的小屋，我窥视了几家欢乐几家愁的状况，我在栉比鳞次的小屋中间找到了钟炜，他依然在努力吗？还是已经退了学？可我不能推门进去找钟炜，钟炜没有钱，他给不了我任何的帮助。

可我又是多么想钟炜啊，他是那么富有生存能力。

生活教给了他所有同龄人不曾具备的精明，他是真正的无产阶级子弟。他的父母亲随着纺织行业的关、停、并、转都下岗。面对生活，可怜得就像失群的羊羔，离开机房就失去了所圈养他们的羊圈，他们只能望着丧心病狂发展的城市呻吟。他们难以找到一个可以放逐生命的绿色草地，寻找生存的手段成了他们家唯一的目标。

钟炜没有许多同学因学习的压力导致心理上的疾症，他宽厚的品质就像穿行在校园里滚滚荡荡的红太阳。全校高低年级的同学他认识三分之二，这三分之二的人都是家庭营业中的“货主”。谁谁家长叫什么、门牌号数、街道、胡同他都记得一清二楚。尤其是对每个同学的出身、父母的职业身份都分门类别记载下来进行精密分析。比如老板类、经理阶层、工厂业务员这类人交际广，通常喝啤酒、饮料居多，每隔一个月他要登门收购一次，这属于大户主。公务员、厅局级干部、知识分子又一类，通常书报，各种用具的淘汰率飞快，因无地存放，又懒得亲自跑收购站，须得有人定期收购，我的朋友钟炜就成了穿行在大街小巷的收购员。他根据门户的消费档次划出时间，并建立友好关系，这就是他每学期学费的来源，可是学校收费暴涨，他常常入不敷出。

我对他所设计的这种赚钱方法佩服死了。可他却咧咧嘴苦笑，那意思很明了，如果感兴趣你来试试。我有了一种站着说话不腰疼的可耻感。

如果有人能为钟炜解决经济上的困难，他一定是一个非常快乐的人，他是烦恼的克星。烦恼是富贵病，他可是染不上。许多同学为过重的学习负担寻死觅活，终日多愁善感，口口声声喊累！累！累！他曾声明这很好笑，他说只有衣食无忧的人才可能累。他没有累的时候，他争取的只是读书，读一天书就可能对他的将来增添一些亮光。他不敢考虑他的学到底能上多久，因为他的父母不足以能给他这个保证。有些同学也曾因他脸上没顾得上洗去的污黑，手指纹里常常藏污纳垢而耻笑他。可他不怕别人的耻笑，怕人耻笑就读不成书，别人比吃比穿比花钱比浪费。他和别人比朋友、比交情，朋友多了好办事。他凭什么活呢？凭得就是同学们无形的同情资源。别人都可以趾高气扬地宣称不要同情和怜悯，可他得要。别人不要的破衣烂衫、旧鞋底、饮料灌、啤酒瓶、破纸箱……他统统要，好像他天生就是靠寻找别人不感兴趣的东西来维持他的存在。他不能和同学闹翻，闹翻就会成为一笔愚蠢的损失。

有同学一到周末就对他说：“钟炜明天到我家。”

钟炜就给同学一个真挚的感激。

有的同学用手甩一个响，他就完全会意了。

他的精明之处在于不停地修炼自己的“涵养”，他懂得人际关系就是一个生存的链条，他对谁都温和，对谁都表示关爱。有时候遭一个白眼，挨一句骂他都装作听不见。有人叫他“破大王”，虽然不雅，可为了营业的繁盛，他得笑纳此号。

有一次我替他抱不平，我说：“‘破大王’是对同学的不尊重，不许你叫我的朋友这个绰号。”那同学说：“连钟炜自己都不反对你急什么，狗拿耗子多管闲事。”于是我和同学争执得面红耳赤，差点动手。他遏制住了我愤怒的情绪，此时我发现他眼角上有泪。

他惆怅地望着我：“难道我不是破烂大王吗？”

人活着大概是都需要一些虚荣的，潜意识中他也有，可他得要实的，虚的救不了他的命。别人叫他“破大王”，他笑，可心里的泪往外涌。别人可以大笑、微笑、讥笑、狞笑，可他对苦笑体验的最深。那是从苦难里头挤出来的笑。我多么想帮助他懂得畅快地大笑啊，可他总是大笑不起来。

他没有资格讥笑——难道周围的人还有比他更糟糕的吗？

他没有机会狞笑——因为他骨子里不坏。

他更没有闲心微笑——那是衣食无忧的人才可能出现的优雅。

他也没有什么事值得大笑——因为生活已向他露出了残酷的本质。

他不愿向他父亲伸手要钱，因为父亲怕听到钱。自从父亲下岗后，他不记得父亲有一时一刻昂头活过一天。父亲在烈日下和严寒里拉烧土卖煤球也快失业了，城市的发展，煤炉飞速淘汰。跟着工程队建设高楼大厦，那只不过是愉悦别人的事，住新楼房的主人们孩子都出生了，拖欠的工程款还未到手。一年下来拿不到钱怎么活？挣不下钱又染上了喝酒的毛病，非喝到稀泥烂醉才罢休，他母亲为此有抹不尽的泪……

父亲没有了父亲的尊严。摔酒瓶是他最威风的事，他摔一个瓶，嘴里就啪的一声颇有兴趣地模仿得非常过瘾。他骂自己是孬种，废品！之后便低头不语，有时候能望着天空呆坐大半夜。他想什么呢？肯定是在想钱！他的神色是怯懦的，卑微的。

好像钱是男人的力量，钱是男人的尊严。钱是硬头货，钱和他不客气。没有钱，孩子上不了学，没有钱，一家人吃不上饭……

每遇到这样的情况，我看见钟炜总是伤心地低下头，不言不语地收拾父亲搞下的满地残局。

三

我去找钟炜的时候总看到他的母亲在潮湿的小屋里穿针引线，如同一只不知疲倦的蜘蛛一刻不停地编织，揽一些毛线活也挣不了几块钱，遇刁钻的顾主稍不合适就得返工。钟炜母亲的食指已被磨得硬如竹皮，编一天，手都伸不顺溜了。钟炜常常望着天边满怀憧憬地说，他若能攒一笔钱先给母亲买一台编织机。

在一段时期内实现这个愿望成了我和钟炜共同的目标。钟炜的母亲温和而诚恳，从她的态度中我看出了她很满意我和钟炜的友谊，好像家里能有我这样的人光临，是件很值得庆幸很光荣的事，她总让我有一种至高无上的感觉。我想，是人都喜欢这种感觉吧。这种感觉滋生人的骄傲，同时也滋生帮助别人的心情。

我先是逼母亲把家里的废品进行一次彻底的清理，后来我抽了母亲书架上的几本很有分量的书充当了废品，以至母亲在查找这部分书时所表现出来的绝望神色让我愧疚万分。后来母亲说会不会是司马柯借走又让他母亲烧掉了呢。我庆幸母亲记忆的混乱，我到底有了一个避免她追根究底的借口，于是我的同学司马柯又被我无情地出卖了。

我说："大有可能，不过司马柯是你愿意帮助的啊。"

母亲就认真看着我说："我看过的书一般最怕丢失。"

我说："是的，这是一件很不幸的事。不过你可千万不要问司马柯，免得他难堪。"

母亲笑了说："这点面子我当然要给，不过我肯定还得再买一套，不知有没有这种版本了。”

我说：“有，前段时间我在书店还看见过呢。”为了稳住母亲的情绪我又在撒谎。可是尽管我把家里的正品精品都当作废品卖掉，还是没有帮助钟炜给他母亲买到编织机。当我们兴冲冲拿着八十元巨款前去购买编织机的时候，这个怪物的价码居然在一千二百块钱以上。我和钟炜大张着死鱼一样的嘴，站在商场门口僵住了，觉得愿望离我们如同远在北京天安门。

但是钟炜不妥协，他说：“我总要实现愿望的。”

我说：“那好吧，你的愿望就是我的愿望。”从此，我看什么都觉得应该变成废品，因为废品可以列入拯救钟炜的范畴。

我常常渴望在一个早晨或一个夜晚突然发一笔横财，我会不留任何余额，全部交给钟炜实现他美好的憧憬。偷盗？抢劫？想想而已！但是每到父亲月底向母亲面呈薪水的时候我就蠢蠢欲动。我无数次想方设法归为己有，可我到底没有找到合适的法子，更无“建功立业”的胆量。我为我的朋友愁从中来，我很怕有一天他离我而去，使我的心归回孤独的巢穴。

我常常望着天边发呆，连夜晚也不能顺利入睡。金钱不是靠想象得来的，它最现实也最残酷。钟炜说，金钱虽然没有言语，可它从来都是硬货。在他的身上我体会到人生的艰难。但我无能力进一步领会生活的真相。我的百结愁肠被母亲敏锐的眼睛发现之后说：“雨，为什么不高兴呢？”

我说：“设若你又有一个儿子，你愿意养他吗？”

母亲说：“当然愿意。”

我说：“那你把我的朋友钟炜养起来吧。”

母亲就笑了。我觉得母亲的笑，一定是为我提出的问题感到荒诞。但我怎么可以让母亲认为荒诞呢？我当然要穷追不舍。

我说：“你到底养不养啊？”

母亲说：“世界为什么分成每个国家，国家为什么又分成每个家庭，这里面就有一个分工问题。每一个孩子应由他的父母承担抚养义务。”

哼！大人的狡猾就在于他们能永远找到恰当的理由来回绝小孩子的要求，可他们永远无视于人间的不公。他的父母承担不起抚养子女的义务为什么没人管？所有的同学都无忧无虑，为什么钟炜为生存就得强作笑颜？很多问题想累了的时候催我入眠，后来我在梦中发现了一个硕大无朋的钱包，啊！钱多极了，解救钟炜的困难不容我探究钱的主人到底是谁，既然抢劫的念头都曾经有过，凭空得来的援助为什么不要，钱包掀起了我欣喜若狂的情绪，可不容我实现愿望，钱竟不翼而飞，它变成了一个巨大的鸟匆匆飞去……

醒来的时候我哭了……

四

有一天我要司马柯也回他们家进行了一下清理，不然我就与他绝交。

司马柯当然不会拒绝我，他还指望我给他保守“尿床”的秘密呢，而且他需要我胜过我需要钟炜。不过司马柯说这纯属小孩子思维，帮助钟炜当然没有错，可是有多少个钟炜需要我们帮助呀！我们应该作社会的头脑，监督和启示我们的父辈尽快改变社会，可现状是，权力就像一块巨大的海绵，金钱就像流水，无论水流出多少，海绵就像被巫婆施了魔法一样都能吸得一干二净，靠破烂能拯救一个民族吗?

我们都被司马柯的精辟论断震惊了！每在这个时候我们都惊奇地发现，司马柯很有成“大器”的趋势，因为他有太多的忧国忧民的心情了，我们不得不服司马柯的心比我们大。可钟炜是我们的朋友，我们当然得先拯救钟炜了。民族对我们来说简直太大了，大得让我想都够想一阵子的。

我说：“司马柯，你对也太不乐观了？”

司马柯说：“你发现没有，咱们的老师发得是什么财？”

我们都屏住呼吸，好像听一个宇宙爆炸的消息。

后来他却颇不以为然地说：“发得就是模拟题的财！”

我们马上想到废纸的功效。如果能把模拟题的废纸收起来给钟炜定是一笔惊人的收入。可我们都想错了，还因我们太天真，只知道废纸可以变卖钱。不知除此之外还有更高的赚钱手段，司马柯就毫不掩饰地把我们当作一群傻瓜来看。

他说：“模拟题，从印刷厂出来两毛钱，可到我们每个人手里就变本加厉地要五毛钱，一门主科一天两三张，六门主科争先强调它们的重要性。一个星期下来沉甸甸这么一摞，一个月下来又是多少？别说钟炜承受不了，就是你们这些旱涝保收的家庭也会压成穷光蛋。可我们的爸爸妈妈最愿意出这部分钱。我们的老师从中赚取不义之财心安理得。”

我们都被司马柯抑扬顿挫的言词惊住了，每在这样的时刻我就觉得司马柯肯定会成“大器”的，因为他的思想太出人意料了，他总能找到事情的实质。我没有想到有关钟炜的事，会搞出如此触目惊心的大问题。

我们搞清楚情报的真实性之后，就都觉得钟炜的困难与之有关。在我的记忆中，龅牙老师的形象在那一刻迅速变小，我甚至再也懒得听她的课。

此后，听说上边要来检查工作，主要是有关减轻学生负担的问题。我们高兴极了，对我们来说就像一头负重的骆驼得以释放一样。

可是老师让除去书本，其他课外练习题一律不准带到学校，所有的同学都听从了老师的建议。可司马对我们说：“这又是欺骗上级的行为。难道我们就甘心充当骗人的工具吗？”

工具？这个叫法太刺激人了，一个人怎么可以充当工具呢？我们明明是祖国花朵嘛！花朵怎么可以成为工具呢？不知是什么东西所驱使，我是不愿意做工具的。为了帮助解除我的朋友钟炜的困难，我和司马柯拒绝唱和。龅牙老师肯定是没有想到竟敢有人抗拒她的提议，因此掉以轻心。于是检查团进来，我们把一周的练习题码在桌上。

检查团先是问了前面的几个同学，学习负担重不重。同学异口同声都说：“不重。”

检查团又问：“平时老师除去课本之外，有无额外负担？”

同学谨慎地看看龅牙老师，机械地摇摇头。

检查团又朝后面看，司马柯率先举起手来表示有话要说。

检查团那光芒四射的眼睛立即发现了情况，朝他走来，说：“这位同学有话要说吗？”

司马柯就将尺把厚的练习题交上，他说：“刚才那些同学说的都不是真话，除课本之外，额外负担太多了。我们被这些练习题常常搞得深夜十二点都睡不了。”

检查团就询问这练习题的来历，司马柯当然实话实说。

我立即举手接过司马柯的话：“学校给贫困学生造成经济负担，甚至有辍学的危险……”我说这话的时候，突然发现龅牙老师脸上的肌肉抽搐得噼啪有声，目光是极不平静的。我有些紧张，我们提供的情报引起检查团的重视，还表扬我们勇敢，说我们敢于说真话，非常难得。我的心才一下子放松了，很多同学向我们投来羡慕的目光。因为我们代表了他们的意见，然而这些意见肯定不敢从他们的嘴里顺利说出来。

龅牙老师轻轻咳了一声，就把目光收了回去。这一刻龅牙老师的脸呈现出青紫的颜色。我能感觉到她内心的气急败坏，可我们不怕，因为检查团认为我们做的对。

在一段时期内，我们如同勇士一样骄傲，练习题也不像雪花一样向我们飘来了。我觉得司马柯的勇气也朝“大器”的方向迈进了一步，因为他比我更敢说真话，钟炜也少了些负担，这很让我得意了一阵子。

然而，负担减轻了一段时期，不久负担又莫名其妙地死灰复燃，好像不给学生负担，老师就会失去权力一样。有人说负担是普遍问题，校方为保住名誉，到萃香楼宴请了检查团，一切就都风平浪静了。我们这才发现，原来校方和龅牙老师并不怕上级。怕也是一时半会儿的事。她让我们遵守学校的规章制度，听父母的话，听老师的话，可她为什么不听上级领导的话呢？为此我们感到很是茫然……

此后，司马柯气不过就写一篇题为《虚伪上岗》的日记。

“有人说天堂与地狱只差一步，我却说，当真诚和虚伪并列时它们也只差一步！当真诚和虚伪变成选择时，虚伪便匆匆上岗。人类灵魂工程师啊，你还活着吗？”

我们的“反负担”失败，龅牙老师当然火冒三丈。至此，我们就被打入了“宗仁府”，龅牙老师对我们的学习再无过问的兴趣。

五

欧阳白雪闪进我们的视线里的时候，轻快得像一只美丽的鸽子，她远远地向我们招手，神态落落大方，她朝我们走来的时候，阳光猛然亮丽无比，无数的光点穿梭过来点燃了我，她的黑发在脑后起伏摆荡，我的心也为之一同起落。那·刻我懂得了什么叫做赏心悦目，以至我快速滑入心猿意马的程度。我的全部精力曾被她无情分散，及至她进入我的梦中成为拯救我援助我的梦中形象……

她说：“我也在家中进行了一次彻底的清理，我可以加盟‘收旧利废’的创收工程。钟炜，下午到我家去。”

我自作多情地想，她是因我而投其所好吗？还是通过钟炜取悦于我？“取悦”这个词真是绝妙，它让我顿然高大无比。

钟炜表示了最真诚的谢意之后，诡计多端地扫描了我一眼，表明这王八蛋心里也不老实。

当我的目光拐弯抹角地探向欧阳白雪的时候，我发现欧阳白雪的目光一样不那么坦然地看着我，我的心居然产生触电的情况，心房轰隆一声坍塌了……

那一瞬间我们的心灵快速达到默契时，另一双目光火辣辣地盯住了我，此目光之中的深仇大恨让我的身体打了个响亮的霹雳，那目光青紫恨恨地飘荡在我的头顶上如一缕讳莫如深的幽灵，时时让我产生莫名其妙无以应对的态度。那目光里坏的成分太多了，多的搞不清原因。他的坏在我的体会中是绝无仅有的，他既不像歪帽子的玩世不恭，也不像二狗子那样游手好闲，他的坏是暗藏的，他的出现让我常常感到危机四伏。

此目光来自“脚”。“脚”的出现，我才知道什么是霸道，什么叫阔。

他可以甩给钟炜十元钱，让钟炜替他做完一天各门功课的作业。做这笔交易的时候钟炜常常会面红耳赤，可“脚”却骄傲得像一个王子交待仆人去做一件微不足道的小事一样，钟炜因此常常熬到深夜。有时候我们想请钟炜踢球，但谁也不便得罪这位“财主”，为给钟炜挣到这笔酬金，几个人共同分开帮他做，而“脚”在这一刻自豪得就像个国王。为了钟炜的创收，我们只能忍气吞声。

“脚”不叫脚，他有一个非常俗气的名字叫金宝。我相信造物主让人的肢体上长出了脚，绝大部分目的肯定是用来走路的。可他的脚，最大的功效是用来侵略别人的，他的脚对人的伤害无以复加。因此大家为他的名字做了一次分解，去“金”除“宝”最后定为“脚”。

我与他本不该有矛盾，因为我想不起我们之间有过什么矛盾的结合点，但是在他的眼神里我常常看到敌意。这种敌意就像扎进我肌肤里的一根针，好像永远没有拔出来的那一天，这就叫我异常费解。后来我终于发现，当欧阳白雪和我谈笑风生的时候，他的目光就立即变阴，牙齿就开始如同磨刀一样霍霍作响，眼神里一点一点积蓄着某种琢磨不透的东西。

只不知欧阳白雪是否有所察觉？

可是我又有什么办法使欧阳白雪不和我谈笑吗？

我想没有！

因为我特别盼望欧阳白雪的出现，她的出现会让我有个好心情，我并且暗暗使劲想超过她的成绩，在她面前永远处于优势。我希望欧阳白雪面对我，笑脸永远灿烂。有时候我也想回避一下，可欧阳白雪的勇敢鼓励了我，好像她越是摆脱不了“脚”的目光就越是富有挑战的味道。如果我判断准确，就说明欧阳白雪的态度非常明朗，“脚”的仇恨就在我身上犹如不断添柴的火一样与日旺盛，然而我并不知道“脚”的两个痛处都被我在无形中灼伤……

六

那个下午上体育课，老师进行了基本训练后自由活动，男生分队踢球。人人都好像在我面前想露一手，但他们愚蠢的头脑并没有想到我是深藏不露的高手。我站在一旁斜着眼睛看他们，抿嘴笑笑地表示着谦虚，心的高度不知超出了他们有多少倍。他们一定以为我是个“球盲”，个个派头实足，好像马上就要超过马拉多纳一样。球局拉开，开始都还守规矩，后来钟炜连连进球，而司马柯又是个标准的守门高手。对方一急，脚力不够完全靠手来援助，我心一动，这岂不是亵渎我神圣的“爱情”吗？我冲出去喊：“放下！不可用手！犯规！红牌！下去！”

被喝叱的人直僵僵地站住了，他的表情显示了最彻底的意外，好像有人对他如此干涉如同见了驴上树一样难以置信，他似乎不清楚这世界上还有人敢这样给他说话。他的目光有被触犯的愤怒更有探究之心。

他说：“你以为你是谁？国家级教练？叫谁下去呢？你行你上去踢踢给我看？”他啪叽就把球冲我的头上砸过来，但他运气不好，并没有准确地砸在我头上，我敏捷地一偏头，厄运就让过去了。

情绪安顿下来的时候，我才看清被勒令下场的不是别人正是“脚”！他怎么在这个时候脚力反而不够了呢？为了挽救我崇高的“爱情”，我冲上场进行示范性动作，全场立即涌动起来，刚发球，大家警惕性极高，我带着球从容地晃过四个人，这真是一次富有诗意的行动，我在这个时候容光焕发，拥有许久没有的灵感和激情。许多人的目光具有探究的意味，我把球分给驼爷，驼爷十分默契地把球带到边路传中，我高高跃起，一翻身来了个经典动作“倒挂金钩”，球相应入网。接着我又踢出一个“脚背抽射”“曲线射门”，无情地破坏了司马柯守门的高大形象。

这一刻，全场人的下巴都毫无保留地砸在了脚面上。

钟炜和司马柯疯了一般抬着我满操场奔跑，接着驼爷、小非洲、飞毛腿显出相识恨晚的神情，然后嗷嗷大叫。

只有“脚”的目光如同水土流失的山地一样，表示出了难以填充的沟壑……

我从许多同学的眼里看到了我在魏西中学相似的特征，我曾经无限熟悉的事物，都重新以另一种形式出现在我面前，这样的发现令我激动！

然而我并不知道“脚”的目光里那些不应有的仇恨，添置了因果确凿的内容之后，悄然地集中到一次预谋中来……

B章

一

我抹了一把嘴角上的血，头颅仿佛像倒了瓤的西瓜，很长一段时间神志出现了混乱。

虽然我替送水工人说了一句公道话，但也没有起到应有的作用。那个送水工因为想逃，又被两个男人打翻在地，说要么给钱，要么到派出所。送水工一听派出所就完全失去了坚持，两个男人从送水工身上翻出了五百元钱，然后拽起老妪扬长而去。

送水工泪流满面了，他无助地望着天空一言不发。

我说："你为什么不去派出所？"

他说："他们敢去派出所说明里面有内线，有理说不清，进去可就不是五百了。"

我说："那你为什么不去医院？"

"去医院？他们要做ＣＴ，做Ｂ超，乱七八糟查一顿下来，那数额吓不死你。"

我对送水工困惑不解了。我说："那你何必还让我陪你挨一顿打呢？"

送水工十分抱歉地说："小弟弟，世事难测呀。唉，我们碰上了讹人'专业户'，我让你受苦了。你不知道，我送水一个月才挣六百块钱，遇上这种倒霉的事一下就讹了我五百，天地良心呀，老天爷不照顾苦命的人呀！"接着抹了下眼泪说，"小兄弟，连累你了，让你受苦了。你没事吧？要不我送你回家？”

我一听送我回家，站起来拔腿就跑。我跑进了一个没人的地方，突然有狗汪汪地叫起来，我心一惊，全身的毛孔都嗖嗖地往外冒凉气！

妇人和狗？

一种错乱和恐惧扼住了我，我一动也不敢动，我闭住眼睛好一阵，狗莫名其妙从我身边匆匆走过，我才发现是一种错觉。

我想我须得离开这座城市了，不然我被妇人抓回去怎么办，可是我身无分文到哪里去呢？生活的难题再一次横在我面前。一个粉红色的塑料袋被风吹得抖动有声，这种色彩让我想起了康乃馨，想起了母亲……我愣荡荡地望着这座光怪陆离的城市，不知如何安置自己。回家去？我怎么可以就这样回家去呢？本想挣了钱就可以给母亲买睡衣，给父亲买公文包。可是妇人的假意骗了我。一切愿望都成了遥远的记忆，但我还是忍不住拐进一家商场睡衣专柜。我惊讶地发现三百二十块就可以买到我喜欢的那种睡衣，目标更接近又有一些安慰。当我指着我所喜欢的式样试图近距离看一下的时候，售货员连看都懒得看我一眼，好像她一眼就看穿了我囊中的窘困，我有些气愤，设若我有钱，我连价都不搞会豪迈地甩给她，可是我暂时难以实现豪迈！于是我知道什么叫人穷志短……

父亲的公文包也用不着一千二百块，卖公文包的阿姨倒是还温和，她告诉我全皮的只用二百六十块就可以买到，而且她还可以适当优惠。

我说：“提着这样的公文包看上去会非常高贵吗？”

她说：“当然！”

我心里就像燃起了火苗一跳一跳的。两样东西合起来一算五百八十块就可以完成我的心愿。是的，就算我累死也要挣钱给父亲母亲买到这两样东西。这个愿望是我唯一活下去的理由。我不能像桥上的姐姐那样轻率地去死。这样想着，就从商店里走出来，是的，我不能决定回去，我怎么可以就这样回去呢？尽管我是这么样地想家……

我不再把那些店面简陋的餐馆视为我所不齿的工作，我开始对那些店小二产生羡慕。我一个店一个店地问，要人吗？好像这句话很让人生厌一样，人家想理睬就看你一眼，随后冷冰冰扔过来一句话，不要！不想理睬连看都不看，好像他们的身体没有安装耳朵这个器官一样。很多人看我就像看一条没人搭理的狗。我很是扫兴。从各个店面走出来之后我不知以后的去向。我饿了，渴了，可我手中没有钱，假如有钱我也想一点一点攒上去好完成我对父亲母亲的心愿。可是，肚子与愿望又抗衡不得。就在这当儿我看到一直蹲在店门口的两三个乞丐看着刚吃完饭的客人起身要走，哗啦围上去非常自如地“风扫残云”，他们的吃相虽然不雅，但自我满足的态度让我惊羡并且触动了我的灵感，我从来没有像敬佩乞丐一样地敬佩过一个人。

生存下去就是英雄！

我振足了精神，决定等待同样的机会打点肚子，可是勇气是多么可贵的东西，我蠢蠢欲动了无数次却没有乞丐那样的勇气，不是没有机会而是缺少勇气。望着店小二把半盘半盘的菜扔掉，我的心，疼得吱吱地响。做一个有钱人不易，做一个乞丐同样难！

二

站在大街上，我一直认为这世界如同无数女人裸露于天下的大腿交叉行走处于无序状态，却原来，只要你深入到社会里，各个阶层都是有序的。我成为日工市场的一员，还得益于老万的帮助。老万六十多岁，身体不十分的强壮，那天建筑小区需要七八个搬水泥的钟点工，几个壮小伙动作极为利索，如同雀儿一样，哗一下“飞”上汽车，老万也在“飞”，可是他被一个壮年人拉下来，人家抢先随车去了。老万摔在地下起不来，很多人看着他笑，好像这是个极好的娱乐节目。我看不到有人使用同情这个情感系统，老万一定很痛苦。我跑过去扶起老万，我说老大爷你摔坏了吗？老万借着我的力气站起来，回到可以坐的地方，然后，向汽车远去的方向骂：“你妈的，我操你八辈儿的祖宗……”

好多人因为他的骂，哄哄地笑，我为他的话有些脸红。老万骂完人之后才注意到我。

他说：“小子，这里都是些‘野货’，咋跑这儿仁义来了，细皮嫩肉的？”

我如实告诉他我需要工作。

他说：“我连我儿子我都舍不得让他受这人不见的鬼罪，你爹妈揭不开锅了？”

我的复杂背景当然不能说，我只得低下头不言。老万解开提兜掏出一个馍自顾自地吃，我突然觉得肚子随着他的引诱叽叽哇哇地叫嚣起来。老万啃一口馍还要品一口酒，在品酒的过程中他一定是发现了我饥饿的眼睛。

他说：“没有吃饭？”

我脸就又红了。他异常慷慨地丢给我他的包说：“吃吧，一起吃。”

我不好意思吃。

他说：“刚才你还帮了我呢，吃喝不分家，吃吧。我还是不好亲自拿起来吃，这和乞丐也没什么两样。”后来老万就掏出一个馍塞给我“一个人吃不香，陪爷我吃吧。”我看他很有诚意，就打着陪吃的旗号和他同吃。

老万说：“急着娶媳妇？”

我摇摇头。

他说：“那你怎不找个体面的工作呢？你别看这讨吃鬼营生，来这里你得摸清门头脚道，得有帮有伙，打零散的除非你有技术，不然有活也找不到挣钱的机会。”

我说：“你是让我交朋友，是吗？”

他说：“到底是年轻人一点就通。”

“可我不认识他们呀。”

“去买一盒烟，该叫大叔叫大叔，该叫大哥叫大哥，一人一根，就说有活大家干，多关照。算是给大伙报个到。”

可我手中没钱。再说一根烟，怎么可能买通朋友呢？我在犹豫期间，老万显然看穿了我的心事，大约是为了证明他的说法有力，就把自己的烟扔给我，说：“去吧，万事开头难，谁都有个开头，暂时找不到吃饭处，这也是个办法。”我就按照老万的吩咐一一进行相认。那些大叔大哥接到烟果然眉开眼笑，我看得出他们的欲望很小，我这样对他们尊重，他们好像比吃一个蜜饯都甜的样子。他们说：“放心吧小兄弟，都是受苦的，有活大家干，有钱大家挣。”

我得到了满意的效果，觉得有钱可挣了。才认定老万真是有经验。然后我对老万说：“等我挣了钱还你烟。”老万就笑了。

三

这个下午有风，我们坐在街头就像等待别人采伐的芦苇，每一个人的头发都坚硬地竖立着，骚情的风一会儿把它吹到这边，一会儿又吹到那边。每一个人的面容都蒙了一层这座城市的灰尘。我以为加入了这支队伍的行列果然是有钱就大家挣了，其结果是，你得有揽活的经验，还得有敏锐的眼光，谁能从远处走来的人身上判断出对方是雇主谁就有可能是工头。

工头的意义是可以随便点将，只要彼此相识都有可能被点到，当然在相识之中还有相好的范畴。这一刻你可以享受暂时的光荣和威望。

我发现老万的眼睛特别具有这方面的能力，他判断的失误很少。所以才混在这支队伍里得以赚钱，否则年老体弱别人点将绝不可能有他的份。这里是苦力的市场，谁有力气谁就是王！当然我的条件也不被看好，站在镜子面前异常的单薄，但在干活面前我不示弱，尽管如此我还是不被重视，只有万不得已的时候我才被利用。

但是仰仗老万的经验，两个人以下的零星活，基本不会逃过他的眼睛，而他点将当然首先是我。

至此，我和老万就成了一对搭档，虽然是一老一少，只要两个人的活，都是我们的，队伍虽小却精干。第一次老万揽到的活是家政服务擦玻璃，全包五十块钱，我在十四层楼上如一只猴子跳上跳下，老万身子不灵便，除去时时提醒我的安全问题以外只能给我打下手，我这样就暂时骄傲了一下。和老万分钱的时候每人二十五块。老万不要那么多，只要二十块。他说多劳多得。我觉得也公平。身上有了三十块钱，高兴得嗷嗷直叫，我望着天边，心里向世人庄严宣告：

——我有钱了！

——我有钱了！

之后开始没时没晌地抿着口水整点钱，为了享受到点钱的愉悦感，我把三张十元票面换成六张五元，无以记数地点成软沓沓一堆。然后我豪迈地甩出五块钱说：“老万我请客！”

老万瞥了一眼五块钱友善地笑着说：“把你的小钱攒起来娶媳妇吧。我老了，一人吃饱全家不饿。”然后老万就把一天挣下的钱拿出来要酒要菜。吃饭的时候老万从不敛钱，挣多少吃多少，他说吃一天赚一天了。每在老万解开衣扣大吃大喝的时候，我都发现他不像穷人，他好像特别的有钱一样，或者他曾经有过钱。因为他吃饭很有气魄。他故意把杯子碰得乒乓直响，嘴啪啧啪啧地故意吸引着别人的目光，好像才是他的自豪。他对我也从不吝啬。“小子，吃！肚子饱了才有力气干活。”我就随他的命令吃得津津有味。

老万也很智慧，一辆卡车驶过来他拎着我就往前跑，他要我踩着轮胎扒着马槽，容不得我换个动作他就一肩膀把我扛到车上去了，他也不管我是人还是一个麻袋，反正扔上去就是胜利，而我每在这种情况下都要身不由己地进行一个驴打滚，半边脸肯定是发灰或是发黑。老万把我搞定之后，自己也占据有利位置攀上来，更多的时候是我在上面“帮忙”。帮忙的技巧是不动神色地用身子拒绝别人上来，留着机会接应老万。上车的时候就好比是打仗占领至高点，退一步就会人财两丢，损失惨重。而我们俩的配合简直天衣无缝！有时候会因为上车的先后争执起来，甚至动武，在车上打起来不管死活，鼻孔、嘴巴血流不止是家常便饭。把人扔下去后果自负。

这天我们扛了二百六十根架板，我被压倒了好几次，都是老万帮的忙。后来我被压倒之后，喉咙里窜出一股铁腥味道，我咳嗽了几下吐出了一口带血的痰。

老万说：“坏了，努着了。算了，快到一边歇息去。”

我喘了口气说：“不，我得扛够五十根，要挣够整的。”

老万心疼我，他说：“像你这样挣钱不要命的人活着还有什么意思。”

我说：“怎么没有意思，我很快就可以给我爸我妈买到我想要的东西，我也很快就可以回家去了。”

但是我确实已被累垮。完成了我的目标之后，我仰面朝天躺在工地上，疲惫不堪已不能完全形容这一刻的状态。地球真是不错，用不着床就可以躺下睡一觉。这里的人肯定没有闲心耻笑谁，大可不必顾及风度和仪表。这一切都是他们最奢侈、最讲究不起的。

老万把二十五块钱给了我的时候。我朝钱亲了一下，又亲了一下，然后我像啄米鸡一样一直地亲……

C章

一

叶雨枫加油！叶雨枫加油！加油！加油！加油……

轰鸣的喊声，如滚过天空的雷声。路过树木的阳光，射下斑斓的花纹如一道闪电，从我身上迅速掠过。

我不要命了！因为我经不起热烈注目的考验。

在声浪滚滚的喝彩下我成了一校师生目光的焦点。我像一把穿梭在跑道上的飞镖，那样迅雷不及掩耳。火红的运动衫鼓成了一个可爱的圆，如同一团火焰，滚荡不止。急速后退的跑道在我的脚下发出呻吟，树木的影子夸张而变形，耳朵里盛满了的全是音乐和风……

当我穿过终点线，男女同学几乎把我抬起来，我神奇地把班集体凝聚在一起，我成了他们中间足以满足骄傲的领袖。连龅牙老师都笑得满面开花为我擦了一把汗，并且慈和得就像我是她的孩子。许多女同学争先送上饮料。而欧阳白雪却是别出心裁递给我一沓清香的纸巾，并且塞进我嘴里一块口香糖……当我的目光特别送过去的时候，她眼神里散发出来的完全是对英雄的崇拜，并且接住我的目光出现了难以言表的激动……

可“脚”那双目光不失时机地盯着我，除去敌视，失去了一切属于他的锐气。虽然我一直不能确定他敌视的来龙去脉，但我仿佛预感到这种模糊不清的敌意如一颗不知安置在哪里的定时炸弹，随时都有可能在我身上爆炸……

庄严的国歌奏响之后，一个深藏在我心里的旧梦又重新贴近，猛然间寻找到我曾经热望过的一切！飘扬的红旗火一样撩动着我的心，从小学到中学我一步步地靠近的目标就要实现了。

不期的际遇，堪称命运！

二十八班的全体师生，都因我而在全校师生面前容光焕发。扩音喇叭开始公布名次的时候，二十八班的师生脖子挺直，高举骄傲的头颅，耳朵一律灵敏地支楞起来，迫不及待的焦虑和我的心情大致相同。而我的焦虑是更想知道一个人站在红旗下，心情应当呈现怎样的状态，我会像许多走向国际奖台的中国运动员那样热泪盈眶连国歌都唱不连贯吗？这是一次小小的搏击，只不过是通向国际奖台的前奏！如此安顿自己也并没有使心情平静……

南中的空域传出的消息震响天国：

男子100米田径赛第一名：二十八班叶雨枫！

男子200米田径赛第一名：二十八班叶雨枫！

男子400米田径赛第一名：二十八班叶雨枫！

男子110米栏田径赛第一名：二十八班叶雨枫！

男子跳高田径赛第一名：二十八班叶雨枫！请上台领奖。

噢——

这种欢呼如同大海勃起的巨大浪潮，我似乎是被这高潮迭起的欢呼声掀起来一样，那么多的目光投注我，是意外的，惊奇的！喝彩声和国歌如同谱乐大师奏出的一曲奇特的和声。我仰望着五星红旗，似乎跋涉了很远很远的路程才有机会贴近，心里竟有说不出的自豪，童年的梦想，少年的失落及至到了青年我似乎有了整整一生的期盼！

我的心咚咚跳个不停，阳光如一盆菊花汁黄爽爽泼了一地，浅淡的金黄在一校师生的头顶上闪着星星点点的光。欧阳白雪、司马柯、钟炜、驼爷、飞毛腿、小非洲，不知从哪里搞到七彩的纸片，在我匆匆路过的时候他们一致朝我纷纷扬扬天女散花般地撒过来，表示他们与我共享欢乐的心意。我向他们频频点头，就像一个元首一样，虽然瘦而峭立，但是神采奕奕，走起路来异常潇洒，虽然开始走得乱而无序，可是经过短时间的调整不仅潇洒而且矫健。近了，更近了，我眼前只剩下了一片艳红……

可我并不知道这一刻有一只“脚”正在行动！

异样的空气旋风般流动，一校师生的目光把我一截一截拥上领奖台，我就要上去了，只差上几个台阶了，校长在向我微笑，龅牙老师在引以为豪。前来观光的体委教练眼里一并放出惊奇的光泽。我如一本“典籍”被人饶有兴致地翻阅着，如同书中身经百战的英雄，被人品评，被人欣赏，这种滋味让我迅速高大起来。可天塌地陷的事情发生了，一只神不知鬼不觉正草木皆兵行动着的“脚”，无情地往外一伸，“啪叽”一声我就倒下了！有一点像西瓜摔破了的声音，我的脑海轰隆一声，一条血红的缝隙不知在身体的哪一部分裂开了，我发出了一声惊天动地的惨叫之后无声无息了……

一校人“哗”地站起来，惊下了一片！梧桐树的叶子哗哗啦啦震落了一地，一群麻雀“哗”地飞向空中哆嗦了几下躲开了。空气中布满了惊震！阳光“嘭”地凝住不动了。我听到很多人涌过来，我有几秒钟的麻木和不清醒，大脑一片空白，兴奋中的脑细胞全军覆没！接着是浸心透骨的疼痛，并有一股血腥味儿咸咸涩涩传进我的嗅觉把我熏得清醒了。我的眼镜碎了，玻璃片刺进了肌肤里，鼻孔如同长江黄河一样源源不绝地流着血，门牙不偏不倚碰在坚硬的台阶上白生生地形成粉碎性“牙折”。膝盖似乎也很痛……

有很多的人在扶我，可我的身体非常沉重。我站起来的时候，每一个面孔都呈现出了一片呆白！我的形象大约是很糟糕。我看到舞动的红旗凝固在天空中好像在与我一同惋惜！我这才知道发生的事故有多么严重。我的意识不容我半途而废，可坚持又不容意志来决定。我看看脚下并没有足以让我倒下的障碍物，可我看到一双红血血充满敌意的目光，心的深处打了个血红的哆嗦！但我并不能够确定这双具有敌意的目光有什么理由让我血肉模糊。想不通的事情暂时不想，这是我的习惯。难道又出现了无缘无故？是的，在我短短的生命河流里无缘无故的事件简直他妈的太多了……

我仰望着领奖台，天空中那一片艳红重新让我的心灵燃烧起来，我希望能接近目标的高潮期，完成这一刻的全部过程，享受这一刻带来的至高无上的意义。有谁在这辉煌的时刻舍得放弃吗？那我敢说他绝对失真！我学着电影里的英雄人物，只要望着红旗，心中装着红旗，浑身是胆雄赳赳，身负重伤千疮百孔也可以坚持战斗及至胜利而亡。而我不过是坚持上几个台阶而已，我咬紧牙关把台阶当作堡垒，当作必须攻克的山头一样，爬上去就是胜利！

多么可惜，我往前挣了一步，完全丧失掉了行动的可能性，鞋窝里的血已积成了一个血库，一抬脚叽哇叽哇叫嚣不止。膝盖上的血如同怒不可遏的海潮，势如破竹地汹涌下来……我不仅难以前行，而且已经站立不住。

一种来自灵魂深处的疼痛，远比来自肉体更强烈！一种渴望已久的光环如同一只鸟一样在我眼前匆匆掠过……

校方出火速把我抬进了去往医院的汽车里，我似乎还有一点硬拼硬挣的气概，留恋着心中的向往，可我得到身不由已的报应之后，心中的灯塔完全熄灭！

一世界的人都在为我惋惜，日光黯然失色了，连风声也悲鸣哀哀了！我的泪轰隆一声滚落下来，把车都砸得有些东倒西歪差点抛锚，把一个世界的秋色都汪洋得无声无息……

二

一双特别的眼睛刻在我的心里，我断定我的“意外事故”是“脚”的用心。“脚”有一万个理由认为自己在这世界上拥有充分的优越感。他家里不缺钱，他的消费水平比一般同学多出十万八千倍。他家也不缺权，他父亲是一个拥有 8 万人口大村的村官。占这座城市的五分之一，官听起来不大，据悉，他的父亲可以把这座城市玩于股掌之中。

总之，“脚”的父亲权大无比。在他的地盘上高楼大厦蓬勃兴起，这座城市的建筑文化在这里充分体现，这里的村民住宅比市民先进好几倍！这个村是这座城市的风景，没有一个人不点头称是的。这个村的利税率可达这个城市的五分之二，任何大型活动都离不开他的援助。

因此，魏西中学，“脚”就完全具有王子的身份了。因为他生活在“阳光”下，天生就该事事放光，他就是准则，他就是旗帜。所以他容不得他头顶上有一片小黑云，谁遮住了他的光芒他就跟谁急，给谁理直气壮地使坏！

谁让他比别人体面呢？

在记忆的幼年里，他永远是老师保护的物件，他永远是胜利者；他若打哭谁，错处永远是对方；他的玩具总是最先进；他的文具证明着他的阔绰。他从小在班里总有一个头衔，完全是身份上的分配与成绩无关。所以他总有那么些霸道的，蛮横的。没有人敢惹他生气。谁敢和他过不去，他就摔谁的东西，撕谁的书以示他高人一头。上了初中他才更知道钱和权在这个世界上的重要性，他从父亲的身上学会了荣耀和骄傲。

只要知道他身世的人，没有不惧他三分，没有人不向他赔笑脸，而这笑脸多半是经验丰富的成人。其实他对笑脸早已厌烦，因那笑充满了假意，不值得几个钢镚儿去换。他也讨厌学习，因为他天性中不想受拘束。他说他完全值不得劳神费眼，他说有钱就能生活，有权还怕找不到一席存活之地？他扬言说他才不下那死牛劲呢！可他的父母好像很在意这个，他们说有可能的话要送他出国，到洋人堆里给他镀一层金，这代表着时尚和实力。可他不太看重这个意义。洋人谁认他是谁呢？在熟人面前能确保自己天性中的骄横。他对学习不感兴趣，但他喜欢运动。运动使人强健，使他能引来女生爱恋的目光。这个信息来自于欧阳白雪的观点，她说她喜欢男孩子的勇敢，喜欢野野的，满不在乎，稳中有力的，又不失优雅的气质，还有些英雄气概的味道，在运动场上有一种力量的美！他曾一度用此标准对照自己，他说他可以是欧阳白雪的偶像。

他最近有一些明显的变化，他喜欢打理自己了，他开始讲究别致的发型，喜欢变换不同的流行服装，尤其是对鞋就相当投注，什么样的服装配什么样的鞋，那是顶顶重要的，鞋，可以说是一个人的门面。他醉心于搜寻自己身上所包含的美的力量与可爱。他要把自己的优点无限张扬。他喜欢炫耀他的家境了，他晓得怎样用父亲的威力震慑人光照自己。他除去对自己身体上发展的一些精微的东西而自豪，就是知道利用身后的背景做倚仗。

他喜欢哪个女生，哪个女生就得服从他，若不服从他就使坏，诸如，唾沫洗脸、半路袭击是家常便饭。无人敢指责他的行为，因为他有使坏的资本！谁都有些怕他，甚至怕他胜过二狗子之流。每一个女生看他都不敢理直气壮，这让他索然无味。

但欧阳白雪对他不是不敢看，而是不屑于看，这就令他恼火。他故意侵犯她，她居然敢跟他发脾气，敢把他的书劈脸扔回来。她敢公然拒绝他赐予她的礼物！敢叫他是土著。“土著”是什么怪物？他可是不知道。这让他接触了一些新鲜的气氛。他从小到大没有被谁冷落过，更没有被谁拒绝过。可他面对欧阳白雪虽有习惯性的恼火但又生不起气来……

他公开承认他喜欢欧阳白雪，他说他有的是办法征服她……

大家并不为奇。可如此明目张胆，真想看看龅牙老师敢不敢在周末也抽他的板子。不用看，龅牙老师惧怕所有的人走上邪路，唯独“脚”，怎么走怎么都是正路……

都说欧阳白雪快倒霉了，她成了“脚”的猎物。

然而“脚”意外地发现欧阳白雪的目光所投注的不是他，而是我！就异常的恼火！难道有人敢充当欧阳白雪的偶像吗？那就给他点颜色看！

三

我住了半个月医院，膝盖上翻开的肌肉缝了十七针，牙磕了半块，带动了三颗“意志薄弱者”一起松动。说起话来走风漏气。母亲为此叫苦不迭，她认为这与毁容没有两样。父亲为我对体育热情依然旺盛而心存忧虑，满以为把我搞到南中会把我的热情压下去，没想到我的热情如同割掉的青草久旱逢甘霖，死而后生。

我的心一直处于灰遢遢的状态，好像烧红的铁块一下子跌到水里去一样。在静寂中感受着久违了的孤独。一种得而复失的感觉始终困扰着我……

可是另一种料想不到的满足填补了我的失落感。校长、龅牙老师以及班里的绝大多数同学都来看我。尤其是送我的鲜花、水果一律贴着“永葆英雄气概”“你为我们二十八班争光”“我们为你喝彩助阵”一类的溢美之词，让我心花怒放。

司马柯、程超、小非洲、飞毛腿、驼爷送来了一匹卡通毛驴，驴背上贴着一个字条：毛驴加油！把我笑得东倒西歪。

我的床前车水马龙，热闹非常。这种气氛让我吃惊的喜悦！因为我明确地感觉到我像一个身负重伤的功臣，这种抬举满足了我小小的虚荣。

然而，我似乎又有一种隐隐的缺失，进入了一段漫长的等待……

一拨一拨的同学来又一拨一拨地去，可是我没有发现欧阳白雪和钟炜，这对我的良好心情是个重大损伤。他们出了什么问题？为什么最重要的两个同学不出面呢？因了这一点焦虑，不快乐的情绪一点一点浮上来……

那个下午似乎有一股轻风吹来，鸟雀在窗外噪舌，洁静的明空，温暖的阳光给生命以雀跃的欢快，一缕清香的气息让我的意识猛然清醒！我睁开眼睛，我看到站在我床前的是我等待已久的欧阳白雪，那一刻的情景在我的记忆中一次又一次的重现，她穿了一条雪白的裤子，浅绿色的小褂，白白的牙齿净洁得如同天使！

我的身体在暗中蠢蠢欲动，代表着我对欧阳白雪进入了实质性的渴念。但我绝非敢有打她肉体的主意。但梦中形象已是不折不扣。她手托一个用日历纸折成的花篮，里面盛了一千个纸鹤欢快地朝我走来。我心里的忧丝匆匆抽去，我竟有一种来自肺腑的感动！搞得我居然不知道应该怎样说话。

欧阳白雪快乐地望着我，如同一只欢快的小鸽子。

她说：“一千只纸鹤祝你早日出院，这是我一个星期的默默祝福！叶雨枫同学请你笑纳！”她调皮地鞠了一个躬，病友们全都笑了。

然后她把串起来的纸鹤沿着我的病床绕了一圈，绕出了一个彩色的世界！这种富有旋律的美感一直鼓励我发扬自己的优点，并且催我上进。从母亲的眼神里我看不出反对的意味。相反母亲却惋惜她没有这样的年华。

可我并不知道迟来的钟炜，并不是如同欧阳白雪一样想搞一个别出心裁，而是因为生活的窘困深深地伤害了他。

此后我才知道，那个夜晚他第一次盯着院里的破烂掉泪了。穷多么可怕啊，“人穷志不穷”，这是谁放出来的狗臭屁？体面没有他的份，轻松没有他的份，朋友间，应该有的礼仪他不能履行。

我的朋友钟炜眼看着同学们体体面面来医院，他却因拿不出一份满意的礼物给我而痛心疾首。他们家的钱，总是匆匆赚来匆匆花去。有一次我帮钟炜从铁路旁拣了一截铁轨，偷偷摸摸避开重重耳目，赚了一笔可观的收入。他说要给我一分为二，我颇君子地说，朋友不言钱。

有时候我帮钟炜一同收购旧货，他在敲门的时候声音里带着自卑，我就替他敲出一种彬彬有礼又不失理直气壮的声音，门就会很慷慨地敞开。钟炜为此很研究了一些日子。

他说：“为什么你能敲开，我就敲得很费劲呢？”

我对他说：“你声音太轻，缺乏应有的自信。我们实际上在搞一种利国利民的公益事业，并非求他们恩施。”

钟炜对此死活翻不过扣来。

他说：“你怎么好像把它看成一项伟大的事业一样。”

我说：“为什么是好像，谈不上伟大吧，起码不能说可耻。应该说从事这种职业的人是净化世界的使者。”

钟炜眼神里闪了一抹亮光。好像特别需要这样的精神鼓励。但在他的神色中看出世人对这种职业的轻视与我的鼓励在他的头脑中作最残酷的斗争！

我说：“若废品堆积如山，满世界狼藉不堪。人类如何生存？如此一想你不就是净化世界的使者？”我说这话的时候果真搞出了一点伟大的感觉。

就像一个伟人在向一种生存形式作导言一样。

司马柯点头称是。然后恶狠狠地说："真希望你一生以这种形式去维持你的生命。"

但是说实话，理论和实践常常冲突……

可钟炜受益匪浅。他每当自卑情绪产生的时候就用我的理论作基础。以"使者"自居来武装自己，果然可以缓解一下世俗给他带来的压力。由此他对我产生了顶礼膜拜的崇高敬意。报酬通常是隔三差五共享一些新食物。有时候他兜里装着一截尚未上市的甜玉米或是新鲜的桃子什么的跑到我面前进行一顿有趣的小餐，他说那是他的父亲从野地里搞回来的。喷香的玉米在满嘴里吱吱呀呀地开花，这是童年也找不到的乐趣。

可是我的同学钟炜，为不能给我买到更好的礼物流过眼泪。听说，当他的母亲向他走来的时候，他把眼泪擦掉了，他对母亲表现出勉强的笑、勉强的愉快，他不敢向父亲提任何要求，他怕有一天父亲让他停学……他想发脾气，可他向谁发呢？母亲窥视他的时候他装作什么事都没有，他知道贫困不是靠几滴泪可以解决掉的。他的母亲用可口可乐塑料瓶做成了一个彩色花篮，花篮中间托起两颗红心。看上去非常别致。

这是一个最普通的母亲为穷所困的创意。

可是钟炜手捧着花篮，站在我床前的时候依然自卑地低着头，一心的愧疚。因为他看到各种昂贵的礼物堆积如山，脸上的表情倏然变暗，越是饱尝贫困之苦的心灵，物质的价码就是情谊的标杆。虚荣对钟炜一样具有深重的压迫。

我的母亲表示了最大的热情，而且把这个篮子特别地挂起来，对制作者心灵手巧的创意进行了篇幅不短的品评。她说什么东西能够比得上两颗相印的心呢？世界上能买到各种物品，谁能买得到心呢？你到市场上有卖"心"的吗？肯定没有！

我相信母亲的话是真诚的，我的母亲用最贴切的语言抚慰钟炜受到伤害的心！

可是钟炜最终并没有因此快乐起来……

四

那个上午我从医院里出来，如同重新走上战场的英雄！

天高云淡，阳光好像专门为我而明媚，轻风拂面而过，这座城市的一草一木都在向我点头致意！我看到穿过楼群的鸟群带着我的精神一同起飞！校园里千篇一律的笑脸让我应接不暇。而给我印象最深的是，“脚”一反青紫恨恨的常态，变成得意洋洋。这种表情一直在我眼前重现，此表情如同一片遮住太阳的小黑云，飘来飘去，好像让我明白什么，却又表示心照不宣。但他的神态告诉我他是“老子天下第一”没有谁可以超过他！

可我的勇气，面对人，意识里只有爱与憎，没有高与低。虽然我们的老师一再强调人人平等。可我却被这个提倡一点一点引向无形的圈套里……

翩翩少年都有着无穷的幻想。心高气傲好像天下无敌。

在我的倡导下，我们很快组成一个实力充分的足球队，我光荣地成了名副其实的教练。

这对“脚”的触犯真如石破天惊！但是没有办法，我的魅力就是这么强大。很多同学庆幸他们一点一点摆脱“脚”的指挥和命令。他们一个一个投奔到我的队伍中。

从此，意识里向往的公平竞赛如同梦一般地开始了……

B章

一

我认定老万是个好人。因为他给了我一段时期不曾有的欢乐。

我们住在一间快要拆除的破房里，老万说这是他们以前的工棚，这个学校欠他的工程款给不了，所以就允许他在这里久住。我和老万共同用着他脏兮兮的铺盖卷。晚上我们用各自的手电照明。没有电视，蚊子的哼叫是我们夜晚伴奏的最美妙的音乐。天上的星星是我们最精彩的画面。

老万会玩很多魔术，他的神奇手段把我搞得神魂颠倒。往往一项魔术玩完之后，我会兴趣大发，我说再来一遍，再来一遍。老万就不厌其烦地重复，但我还是看不透其中奥妙，我就央求说教我几招教我几招。老万为保留我的兴趣，说我们俩都会玩就没有意思了。我就咯吱老万的腋窝，他居然一点感觉都没有，他麻木得居然不知疼痒。我无法取得魔术的技术，因此老万神秘的魅力在我心目中如同洪水般猛涨。

这天夜晚我依然带着我对魔术产生的神秘感入睡，我的肩膀火辣辣的疼，蹭破的皮肤已有感染的趋势。可老万总能让我忘记疼痛。躺在老万的身边酸臭的汗味也成了夜晚的重要内容，我们的钱是在每一个毛孔中渗出来的汗渍做出的贡献，所以无论它在夜晚怎样地骄横，怎样地熏染我们，我们也要笑纳。我们不能反对它释放自己的力量和存在。因为我们没一丁点儿条件使自身的气味暂时息怒。我想起在汽车上、火车站，人群中那些穿着汗水浸染成地图般衣服的人，身体带来的酸臭味令人发指，很多人躲之不及，甚至向他们翻白眼！人们都叫他们盲流。想起了父亲的忠告，我终于顺着他的担忧一溜走下来……

二

繁星在天上眨着眼如宝石般，仿佛成了我每晚的催眠曲。睡梦中我仿佛听到黑暗中响起了贝克的叫声和妇人的骂声。我看到了自己睁着惊恐的眼睛在黑暗中瑟瑟发抖。身体在一条闪电般的红线困扰下迅速变小，变成一根干柴般的残骸。妇人的骂声持续了很久，声音仿佛是从很深的山谷里传出来的，那么的凄厉和怨恨。我想只要我自动把自己交出去就一定会平息她的骂声，可是我不肯就势投降。我是那么害怕另一种场面出现，可是这个令人发怵的场面不可避免地出现了！很多持枪的人向我逼近，我倾着干柴般的身体决定飞快地逃窜，可是持枪的人用一只巨大的魔爪把我擒住了，接着就要把我抓走。我使劲地喊老万老万救我呀——

我从老万的床铺上跳起来就往外跑，却被老万一把将我拽了回来。

他说："做了什么好梦？不告别一声就跑。"

我揉揉眼睛才有了意识。我从衣袋里掏出钱认真清点了一下，然后我抱住老万的胳膊缩了缩身子，恐怖依然未消。

我说："老万我恐怕会被人抓走的。"

"谁？老万吓了一跳！"

我就把妇人的情况说了一下。

老万就笑了，说："一个女人有什么好怕的，他会把你吃掉？"

我说："我欠她一百六十多块钱呢！"

老万说："一个阔太太一百六十块钱算个球，对她来说还不如一张擦屁眼纸呢！她会为这几个钱劳神抓你？放心睡吧，她要果真敢来，我替你收拾她。"

我说："老万我应该把钱还给她是不是？如果她果真带人来把我抓到局子里去是有理由的。"

老万说："一百多块钱局子里犯得着管你？你也把他们看得太敬业了。我在全国搞工程，机关、学校、工厂的工程款欠我不下一百万，有谁管过？"

我惊讶地盯住老万说："你有一百万？"

老万说："不止！"

"比一百万还多？"

"那当然。"

"哇噻！那你是百万富翁了还住这种地方？难怪我看你一点不像穷人。"

"可我是乞丐富翁，每年出来要不下一分钱，一回到村里，房前屋后都是拉孩带崽要钱的人。工人跟我要我顶不住，可我向工厂、学校要，人家有的是办法应付我，就像这所学校，欠我们二十八万元钱都十多年了，校长都换了三任，要钱的路费都快上万了也无人理睬。一家人为躲债妻离子散。我这不也成了孤魂野鬼，有家难回。"

我说："你为什么不去告他们？"

老万说："告？打官司得要钱，我到哪里去搞钱？"

我们沉默了好一阵，我对老万多了一份敬意。我望着窗外的天穹，星星也在嘲笑我的好奇心，老万说："这座城市好几幢大楼都是他领人盖起来的。可是他为什么会是空望着百万的穷光蛋呢？

我说："可是我的情况和你不一样。"

老万说："咋不一样？政府能一年一年赖账，你就不能学政府的办法？这样吧，如果她往你要你就说现在没有，有了再还。她要几次就没耐心再要了。如果她果然动真，你就假装往我借，我替你摆平。"

"可是我确实有钱呀。"

"你傻呀，你知道他们挣的是什么钱，你挣的是什么钱，你这是血汗钱，轻易给她，没那么便宜！他妈的，一个女人别说是个阔太太，就是一个有几分姿色的女人朝天一躺，银行就开。她说不定就是开'朝天银行'的主儿呢！"

我不完全听懂老万的话，但听到老万的声音愤愤的，我这时发现老万眼里倏忽闪出了两束凶光，心里不觉一震！觉得他有一点可怕。可我仔细想了想，老万的办法可以暂时舒缓一下我的担心，有了一种依托感。

可是这一夜我被恐惧的梦惊醒之后再无睡意。我说："老万你也曾经辉煌过吧？"

"什么叫辉煌？"

"辉煌就是牛呗。"

"那可不，揽下工程有钱可挣的时候，那些急于想挣钱的人让他叫一声爹都干，可如今要不到钱我连孙子也不如。"

我说："总归你能建起高楼大厦，你比住在楼里面的人伟大得多。"

老万笑了，说："只有你这样的孩子才会说这话。"

"难道我说的不对吗？"

"如果你认为对，你就那样认为吧，我当然高兴。还没人说过我伟大呢。可我一看到城市的高楼，就像是一个一个吃人肉的血口，有时我真想背着炸药包走进去一幢一幢全给它炸毁！看一看楼毁人亡的场面，让杂种们知道一下能建设的人也能毁灭……"

我惊住了。

我说："老万有时候我觉得你真可怕！你这是恐怖分子的想法。"

老万哼哼地冷笑了一声说："我可怕什么，是社会让我可怕。生活也会慢慢地把你教育透。小孩子家不给你说了，以后说不定你比我的心理还可怕呢！"

我们就都谁也不说话了，我不敢想以后，我并没有想过我以后的事，但我常常想我十七岁以前的经历。

我说："老万你信不信我也有过辉煌。"

"噢？你辉煌过什么？"

"我是全校的体育健将，我的足球踢得可以与罗伯特·巴乔媲美。很多女生都快要把我崇拜死了呢。我们班有一个同学外号叫'脚'，他们家很有钱谁也不敢惹他，但是我把他打败了……"

老万哼哼地应着。

我说："老万你别睡，你听我给讲，你一定会为我骄傲的。"

老万哼啊哈的，但我已知他进入了梦乡……

C章

一

精神振奋的时候，会做美梦。

那是个很平常的夜晚，我到了一个烟雾蒙蒙的世界，那里古木丛生，园林花木争奇斗艳，鸟禽在清新的空气中啁啾，彩虹在天上画出漂亮的弧度，我以世界首富的身份被美国总统邀请前去商讨联盟政策。因为我的企业散布在世界各地。年收入是全世界利润的百分之八十。美国中统布什希望我帮助他们称霸世界。我说我不同意称霸，我的理想是世界一体化，谁都不能称霸。布什同意全球化，但是他要求当首领。我说我们中国历史悠久，矿藏丰富，文化深厚，我们最早有过四大发明，又是世界大国，首领应由我们国家出任。双方未能达成协议。最后决定由足球竞技赛决定胜负。布什同意。

因此，我投资五百亿美元在南中造了一个超级足球场，占地面积160万平方米，场内一律是超现代设备，天棚是自动感应式，遇雨则闭，逢阳便开。天棚装有280万个日光灯。场上绿草如茵，喷水器一律覆盖于草下，自动浇灌。场内观众可容纳三亿人。座椅是檀香木制作，每一个座位都安有微型电视机和超级望远镜。可供餐饮。场内环境昼夜不分。世界友人前来参观，叹为观止。因此，联合国决定世界杯足球赛在中国魏南中学举行。

我和钟炜、司马柯、程超、飞毛腿、驼爷、小非洲全都选入国家级足球队，为能夺得第一届世界杯冠军，我又拿出三亿元美金招聘世界精英球星到中国当教练。可是我耐心等了三个月，无人反应。我就火了。我亲自登上月球请天兵天将准备到巴西捉拿贝利，到阿根廷捉拿马拉多纳，到意大利捉拿罗伯特·巴乔。我穿着宇航服，坐着宇宙飞船穿行在云里雾里，我听到风声从我耳边穿过。我看到太阳辐射下的七彩云霞异常壮观。我还看到小鸟和大雁都穿上七彩的云衣飞来飞去。天上挂满了白色的银花，密密麻麻，乱而有序，好像和冬天玻璃上的冰花一样。我好像回到了似曾相识的故里。我看到亚历克斯国王毕恭毕敬地前来迎候。身后是各路天兵天将全副武装，接踵而来。我又忽想了一下亚历克斯人还活着吗？而且在天上领兵？一个遥远的故事重新贴近，我记起来了，在《超人》的地下宫殿里我把亚历克斯人的后代全部带上月球，他们如今可以为我效忠了。我被亚历克斯人以“始祖”的身份进行了隆重招待后。我布局了战术，命令他们各奔目的地。

行至中途，人类遭到灾难，南极的臭氧层空洞，连续高温100度，南极冰层融化，已把大半个世界淹没。据说，在世界防洪组织发出警告时，罗伯特·巴乔、贝利、马拉多纳为了逃生，从各国出行，途中轮船沉没，他们全部沉在大海里。我立即派人把三个人全被打捞上来，医治无效，不幸去世……

我把三个球星带回中国进行了隆重的追悼会，之后我命人提取死者大脑皮层的DNA基因分别移植到我和足球队全体成员体内，经过一周的交汇，我们个个成了足球场上的强将。我们不仅成功地夺得了世界杯外围赛的选票。而且中国足球队被称为世界之最！我终于圆了一生的梦，在世界杯夺得了射门冠军！而且使命重大，我们中国就要出任世界首领。

我站在国际奖台上，听着庄严的国歌，五星红旗冉冉升起，一种神圣感油然而生，我积蓄在眼角的泪轰隆一声滚落下来……

醒来的时候我难以找到现实感。我在哪里？在南极？在月球？还是在世界杯运动会的奖台上？当夜的宁静告诉我梦也可以帮助一个人暂时满足一下心愿的时候，我想把我这个美丽的梦记录下来，或许它就像我走向国际奖台的前奏。身体中的幻觉又开始启动，每一个渴望表述的细胞都虎视眈眈等着我去开发……

于是那天夜里，我写出第二部童话《狂想曲》！

二

《狂想曲》一出世，争先传看。

那些移植了基因的人个个精神抖擞，均觉得能在我心目中占一席之地是一件很荣幸的事。于是，移植了贝利基因的人均学贝利的形容举止；移植了马拉多纳基因的人凡是他的细节都学得惟妙惟肖；移植了罗伯特·巴乔基因的主要学他潇洒的风度、踢球的姿态。我是罗伯特·巴乔的翻版，谁也超不过。我对巴乔的研究已是历史悠久。所有的“罗伯特·巴乔”都叹为观止。也有的人看了《狂想曲》哇哇大哭，他们提出抗议决不允许这世界三大球星遇难，他们难以接收提取人家的基因补充自己。这个世界杯冠军他们坚决不要！然后我们分成两股势力，在争执不休的时候动了武力。他们身临其境，就好像已成现实一样。他们还声明要把我的脑袋砸碎。可我的“势军”把我严格地保护起来。驼爷、小非洲、飞毛腿成了我的贴身保镖，谁胆敢侵犯我，他英勇上阵绝不轻饶。由此两股势力势均力敌地交战起来……

老实的钟炜出面反复告诉他们，不要打了，这不是真的，这不过是一个寓言而已，才渐渐平息了一场从心灵深处刮起的风波。

一到课间《狂想》就成了热门话题。飞毛腿学贝利的姿势把全班同学笑得东倒西歪。

驼爷说：“我最崇拜罗伯特·巴乔，能不能给我更改一下基因。”

我说：“不行，基因这东西一但移植进去无可挽回。你就老老实实当贝利吧。”

驼爷说：“开一个小后门都不行？”

我说：“‘基因移植所’一律不搞歪风邪气。”

驼爷说：“给你一笔巨款行不行？”

我说：“时下正在反腐倡廉，你这不是害我吗？”

欧阳白雪说：“毛驴，你的基因库上锁了没有，防止有人偷盗，干脆聘用我当你们的基因库保管员怎样？”

我说：“欧阳白雪小姐，准啦！一年聘金五十万美金！我就立即给她造了一份合同表，欧阳白雪认真填写后贴在了黑扳上。”

一室的人笑倒一片，气氛和谐而有趣。

这一刻不知谁的文具盒突然炸响在地下，一屋子的人都静谧下来，循声望去我重新看到我曾经熟悉的那双眼睛，又添置了青紫恨恨的内容，而且此内容一定与我有关！那眼睛里的杀气疯长疯窜。接着他的连锁反应是啪叽啪叽把所有桌上的文具盒一律炸响在地下，以示淫威。他对自己的行为持一副满不在乎的态度，还斜睨着眼睛观察动静。他又在发脾气，他又想让别人知道他的存在。可所有的人好像有了约定，谁也不屑于理他。

冷漠对一个人是最大的惩罚！

他的发作就像癫痫病一样说来就来，容不得人给他一些理由。经验告诉我，只要欧阳白雪和我说话他就立即发怒，百试百灵。难道我们为迎合他的心理可以不说话吗？当然不能！迎合对我们是一种侮辱。那时候我们充满了对抗情绪。我们活得非常有个性。欧阳白雪故意毛驴、毛驴地叫我，亲切得肆无忌惮。“脚”的身上一定是不知哪儿起了火，他用尽全力把教室里的桌子哗啦啦推倒一片，破坏了整个教室的肃穆。

上课铃响了，没有人收拾残局。龅牙老师进来的时候显然很吃惊，她说：“怎么回事这是？”

没有人回答龅牙老师的问题。

“脚”傲慢地回说：“桌子是我碰倒的，可谁让它不是固定的呢？”

“脚”虽然具有敢作敢当的气势，但还是把“推”换成“碰”，这就巧妙地给了龅牙老师一个台阶让她下。

我们真希望看到我们尊敬的老师能为这种异常行为做一点什么严肃性的表示，以保存师道上的尊严。可龅牙老师见怪不怪的平静心态让我们失望，说把桌子扶起来上课。

让谁扶呢？我相信每一同学都在心里问龅牙老师，只是不言！

“脚”当然不会扶，他就是要摆出高高在上的威势给人看，他怎么肯屈尊呢？其它的同学均站着不动。这是一种无声的抗议。“脚”向二狗子摆了一下头，二狗子果然像狗一样的服从了“脚”的暗示，一张一张把桌子扶起来。“脚”就有些自鸣得意。他想发脾气，想厉害没人敢管他，他的残局也有人替他收拾。因他和二狗子签订过合约，是他雇用的贴身保镖，他可以理直气壮地支使二狗子。他要得就是这样的感觉，这样的效果。但是他的目光始终没有离开过我，凭感觉他是在给我施威，他要让我掂掂他的分量，只可惜这样的淫威我从不放在眼里！这就令他扫兴。

三

正午的阳光直射下来，我和钟炜、司马柯、驼爷、欧阳白雪一并骑着自行车一溜烟地疯跑，肚子疯狂地叫嚣，命令我们回家，但我们仍不放弃讨论球技问题，热烈得快要把天顶掀翻！然而，一组意外的图景出现在我们眼前：二狗子单膝跪在地下，给“脚”擦皮鞋，“脚”高高地翘起来的皮鞋几乎翘到二狗子的嘴上。二狗子工作得一丝不苟很卖力气。我们有片刻的惊异之后很快实应了现状。

我说：“二狗子果然变成一条狗了？”

司马柯说：“一看那样子就想到将来第三次世界大战爆发一定是个卖国求荣的家伙。”

我们这样议论着并不知道这姿态、这“阔”是给我们看的。

当我骑车路过的时候，“脚”突然一脚就将我的车子踢倒，我连人滚在地下，后面的人都相继倒下了一片，竟是哭爹叫娘，一副狼狈不堪的悲惨图景。

“脚”傲慢地观赏着他的胜利成果，然后说：“毛驴，你够牛的啊，欧阳白雪给了你这么好玩的名字占尽风流了吧？”

我说：“你这是什么意思？想打架？冲着我来的？那你不该连累别人呀，打击一大片对你不利的，伙计。”

“脚”说：“不错，明人不做暗事，在运动会上我要了你一颗门牙，差点把你的腿摔断还不接受教训，看你狂得没边没沿，给你点颜色看。”

他的提示显然使很多人感到吃惊，尤其是欧阳白雪。

而我终于证实了我的感觉。我说：“这也算你打架的理由吗？我狂，关你什么事？”

“脚”说：“关！谁狂我就看谁不顺眼，这是老子一贯的脾气。”

正气昂然的欧阳白雪一步冲上去说：“原来你是谋害叶雨枫的凶手？你不仅无聊而且卑鄙！”

“脚”说：“我只给你一个人骂我的权利，很荣幸我终于惹怒了你。告诉你欧阳白雪，你生是我的人，死是我的鬼，你最好做好一切准备。”

“无耻，下流！”

“脚”说：“对，在你面前我下流毫不可惜，不信试试看？”

我们谁都没有彻底理解了他的话。

司马柯、钟炜摩拳擦掌准备战斗。我把他们统统止于身后，我说：“既然是冲我来的，那就给我一个人说。我这个人第一不喜欢告状，第二不连累朋友，但是要打，你就把我打死，你打不死我，我就一定要打死你，来吧！”

要我意外的是，“脚”从兜里掏出十块钱，朝二狗子脚下扔过去，二狗子眸子一亮，叽溜一下弯腰捡起钱，站起来的时候发出令人恐怖的哇哇大叫，如同拳脚师即将上阵一样先让喊声压住对方，他张大的嘴显得空洞无物，眼睛却凶狠无比。但我明确地感觉到二狗子内心的怯懦，一个人内心的懦弱怎么可以用钱来支撑呢？

二狗子，果然已是一条狗了吗？

在我的视线中一个日益演进的人人瞩目的中学，平等已是最没有根据的概念，而宏观的贫富，微观的区分一点一点清晰起来。在二狗子身上我看到了有奶便是娘，有钱便是爷的性情。在他心里完全丧失掉是非观念，十块钱就可以收买他打一次架。真让人开眼。我真的不明白日新月异的时代怎么会在我的同学中间发生如此可悲的事情。我拒绝和二狗子打架。我对他说，如果先前我觉得你可恨可恶，现在我看你可怜！因为你不是人，是一条彻头彻尾的狗！你的生命难道才值十块钱吗？

二狗子说：“少你妈的废话，我是狗，我当然是狗，我妈一生下来就叫我二狗子，叫狗就是狗了吗？谁给我钱我就替谁打架，你给钱，老子也替你打。”

我说：“我不想和你理论，因为你已完全丧失掉做人的尊严。”

我觉得我说出此话真是绅士风度！我并且觉得占领了精神高度的自豪。

他“呸”地吐了一口唾沫：“去你妈的尊严，烧包。老子除了钱什么都不感兴趣。”

我说：“我跟你打架还怕脏了手，你不是人！你给我走开。”

但是这场恶战已是不可避免，“脚”再一次扔给二狗子十块钱以示鼓励。二狗子欣喜若狂地拣起人民的币，两个指头撑在嘴里，一声尖厉的口哨从四面八方招来街头赖小子，哗一下围上来，钟炜和司马柯以及驼爷，当然不会袖手旁观。然而我们寡不敌众，我们均吃了不少拳头，论打架显然不是来者的对手，在叮叮咣咣交战中，我发现指挥这场战争的不是别人，竟是二年前让我毁誉的歪帽子，我气就不打一处来，我与歪帽子的目光在一瞬间进行了一次短兵相接，歪帽子好像在记忆中搜索着什么。这一刻我早已不打算要命。可是就在我豁出去的当儿，一声同样尖厉的口哨就如同一声停战的命令，使前来助阵的人一并停下手望着歪帽子。

歪帽子说：“不打了，撤！”

助阵者一时不知就里，歪帽子说：“两年前这个小乖乖在我们最穷途末路的时候很信誉地支持过我们一笔钱，放他一马算是有恩必报吧。小乖乖，以后有麻烦尽管找我。”

只见他两个指头往嘴里一撑作了个示范动作，“咻”的一声口哨直穿云霄，说：“你这样就可以了。二狗子你他妈尽量不要动他，我答应过帮助他的！”

在烟雾尘灰中歪帽子如同绿林大侠一般带着一帮人消失得无踪无影……

我们全都僵僵地站下不动了，有一瞬间我不知世界发生了什么变故，我难以搞清歪帽子的来龙去脉，两年前，我十块钱购置了自己的安全，曾觉得是一种奇耻大辱，眼下他声称报恩而给了我一个安全，我仍然不觉得有什么光荣可言。我很害怕“勾结”的闹剧重新上演，但是对于歪帽子我该如何审定呢？

那一次战争我们胜利了，二狗子为了给雇主一个交待持之以恒，战斗到最后一刻。最终让我一石头在他的脑袋上打了一个血口，他先是倒在地下哇哇大叫，后来抓了一把土按在血流如注的伤口上，爬起来边跑边喊：“巴乔，狗日的你等着，你等着……”

“脚”为了表示身份的高贵一般不亲自动手打架。交待给打手的事他就坐山观景。可我已明确真正的敌人是“脚”，我脑际里产生了一句极富有诗意的话：去，别挡住我的阳光！

我的朋友也一并同我逼近大失所望的“脚”：“去，别挡住我们的阳光！”

“脚”见势不妙骑着自行车飞快地逃了……

我们在他身后连手高唱：

我的心中
是一把火！
有谁敢来
侵犯我……

歌声穿过城市的上空，振奋着我们崭新的生命……

四

“脚”的天塌了！

他充满阳光的世界有了阴惨，走路也不那么好好地走了，横冲直撞恨不得撞死十个八个人才痛快。这种横行霸道在我们学校还管用。街上就没人对他客气了。我们看到，那些仇视的眼睛像两孔火口，一碰即可燃烧，他若从中路过总听到有人说：

喝的是公家酒，
泡的是街上的妞。

也有人不断地向他宣传四项基本原则：

老婆基本不用；
吃喝基本靠送；
工资基本不动；
工作基本靠混！

每听到这样的宣传我们都替他羞愧。可对于“脚”来说，这种宣传起不到任何作用。他知道这是说他们家的。因为他的父亲很少回家，他好像还听说他父亲有别墅，还养着漂亮女人，还养了一个小妹妹。他的母亲经常替父亲接待满载而来的客人。这跟他有屁关系，他绝不可能为此当作一件不齿之事和他父亲郑重讨论。

他的氛围是宽松的，设有人能够管得了他。他发火，他生气，是常有的事。他的母亲说，他的儿子就该有脾气就该厉害。只有厉害，有脾气才不吃亏，才能显出他们与众不同的身份。他的母亲不会因为他考试不及格去找老师谈判，有了钱分数算个屁。只有“脚”受了气才会光临“寒校”关照“脚”的威风。老师、校长为了保持风度总会给她三分面子。

他的母亲不算很漂亮，但很时尚，浑身上下是名牌。他的母亲大部分时间都用在镜子面前，有时换衣服，换着换着就生了气，把香水瓶摔碎，把花花绿绿的衣服撒落一地。然后呆坐半天。高兴的时候，她的漂亮她的美都是向他父亲示威的。可他的父亲一副事不关己高高挂起的态度，很令他的母亲失望。然而无论他的父亲是否“用”他的母亲都不影响他的母亲荣做他父亲明媒正娶的夫人，这个殊荣谁来也得依次类推。别人对她逢迎献媚一样有重大受益。她的最大资本当然是“脚”!

至于“脚”的喜怒哀乐她可是没有闲心去管。只是“脚”把小保姆的肚子搞大后让她曾经大发雷霆了一场。她说他什么都没跟上父亲的,只有“这个”有过之而无不及。她说你才多大?

“脚”并不引以为耻。他说,你们大人常干的事我为什么不能干?

此言真是精辟!一句话把他的母亲噎得悄无声息。若她再表示一点做母亲的威严,指不定有更精辟的言辞回敬她。与其搞得大家都没面子,倒不如就事论事息事宁人的明智。之后“脚”的母亲帮助小保姆把肚子调整正常,提供了二百块钱抚恤金。一场惊天动地的事就平安过去了。

五

“脚”和我们大战而败后回到家中,把小保姆端来的三鲜汤,一脚就踢得满地开花,把小保姆的手腕烫得发红发亮。

十七岁的小保姆是乡下穷人家的孩子,上不起学,十六岁就被村里作为礼物送来做家政。因为“脚”的父亲帮助小保姆村里打了一眼井,救活了一村人。于是小保姆到这里光荣上岗。她是“脚”发泄情绪的工具,面对“脚”的飞扬跋扈她早已习以为常。烫伤了也不敢叫喊,只能忍气吞声。她常常承受“脚”的欺辱,可是她不敢反抗,因为每月有二百块钱薪水,还有村里的补贴诱惑着她,她为村里做事她们家在村里就有地位,不受人欺负。她还得为他的弟弟上学负责。

她最怕“脚”的眼睛发红,她记得暑假的一天夜晚,“脚”的母亲外出跳舞,脚在里面看电视,电视里发出奇奇怪怪的叫喊声,听起来毛骨悚然。她探进头去一看屏幕上的画面,一男一女赤身裸体呜呜哇哇触目惊心!她吓得哆哆嗦嗦,赶紧闭住眼睛退出来。“脚”突然两眼红血血地冲出来,全身发抖,猝不及防把小保姆按倒在地,然后小保姆就被无情地强暴了……

小保姆偷偷地哭了一夜也不敢对“脚”的母亲声明,因为“脚”的母亲不会认为“脚”有错,无论发生什么事,错处永远在别人身上,这是小保姆履试不爽的经验教训。因此她说:“阿姨你能不能晚上不出去?”

“脚”的母亲勃然大怒说:“你以为你是谁呀,管起我来了?”

小保姆说:“不是,我害怕……”

“怕什么怕，你是保姆还是我是保姆呀？”然后就自顾自走了。

小保姆难以防御“脚”一再发生重复的事件，后来她接到“脚”的母亲扔给她一盒避孕套，她先是莫名其妙，后来经过研究说明之后，她才意识到“脚”的母亲要她干什么了……

她曾想，“脚”会娶她吗？

有一次她的姨姨来看她，她就哭着把事情告诉姨姨，她的姨姨竟是出奇的高兴，说：“这么有钱的人家，有人想占还占不上呢，已经是这样了，他就是不娶你，也会养你的，这是有钱人的作派。家里穷成这样，像你这样的妞，能干甚，还不是像村里的闺女们出去千人骑万人爬的。妞，女人终究会有这一天，要姨说，你可交红运了。表现的好一些，你的目标是让他娶你。”

听了小保姆的心事之后，就像取到了一件法宝一样，心满意足地走了。

她多少次坐在夕阳西下的阳台上，望着血红的晚霞，思乡的心情一点一点浮上来，她常常以泪洗面，曾经想逃走，可是她又能到哪里挣二百块钱呢？她的负担太重了，她的父亲半身瘫痪；她的母亲要她给弟弟提供每月的学费，希望她的弟弟能冲进城市也能过上城里人的富裕生活。因此她还得以忍辱负重的胸怀生活下去。

“脚”的厉害在小保姆身上显示得淋漓尽致，为什么叫他“脚”呢？因为“脚”是他表示情绪的有力工具，小保姆端来洗脚水倘若有一点烫，“脚”就一撩盆子踢翻在地。许多时候他懒得洗脚，躺在炕上呼呼大睡，小保姆只得用毛巾帮助他清理污垢，打扰了他的睡眠，一脚就把小保姆踢翻在地。

“脚”没有错，“脚”永远占着上风。

可是那天中午回家，少有的沮丧情绪出现在他脸上，他说：“叶雨枫，你他妈算哪根葱哪根蒜呀！钟炜，你这穷小子我要把你搞过来，釜底抽薪！”

然后他就坐在沙发上出现沉思状，好像在谋划一个重大决策一样。

小保姆心一动！以为有什么惨案要发生。小保姆知道钟炜是谁，他们在旧货上做过交易，因为是同龄，两个人达到了相得益彰的程度。她也知道钟炜是“脚”的同学。“脚”有一点好，他从不干涉她和钟炜的这点小交易。钟炜会有危险吗？小保姆有一次在向钟炜叙述此事时，就像担心她的弟弟出事一样，钟炜为此感动过好一阵。

可是令小保姆费解的是，“脚”命令她从地下室搬来所有的饮料并告诉她，限她两天内把这十箱饮料喝下去，现在就开始！

小保姆大喜过望，说：“这都归我吗？她以为可找到机会带回去给她家里人享受一下城里的口福了。”

“脚”说：“空罐子给我留下！”

小保姆的神态出现了失望，她说：“这么多，两天？我怎么可能喝得下？”

“我不管，反正我要空的，一个都不能少，到星期天你必须给我喝完！喝不完我要你的命。”

一场灾难就这样降临到小保姆头上了，饮料喝得她两眼发直，肚子鼓胀。望着一座山一样的饮料箱她几乎死去，假如在他们村里每人一瓶就觉得是过大年一样了，可是如此好的机会却要错过了。饮料已使小保姆开始反胃，她一时间成了比阔人还要阔的人。她想，为什么一定要喝进肚里呢？难道让下水道喝下去就不算吗？做有钱家的保姆自然也该有阔人的派头，于是她喜不自胜地为饮料找到了一个合适的管道处理掉，自视高明。对付“脚”也得有一定水平的招数，此招一直让她引以为豪。她在倒饮料的时候有了阔人的享受。小保姆童妞妞成了我们的忠诚内线。

六

周末，“脚”对钟炜出奇的热情，竟让钟炜有些莫名其妙。

追溯历史，“脚”对钟炜永远提供的只是做作业的收入，有时五块，有时十块。如果作业受到老师的表扬一高兴也给过二十块。“脚”是他最大的财东。但他家的废品他从来不屑于搞交易，通常由小保姆童妞妞处理。

可那天下学后，“脚”向钟炜打了个响，钟炜有些意外，但会意了。净化世界不分阶级。界线划得太清对他的收入损失惨重。因此他在星期天如期而至。“脚”看上去也恭候已久，“脚”把钟炜引到地下室，哇噻！一屋子的铝制品易拉罐，堆成了一座大山，钟炜喜形于色蹲在地下开始认真清点。

“脚”得意地甚至是找到了一个绝好的居高临下的机会，望着乞丐一样趴在地下的钟炜说：“用不着数，我不要你的钱，算我对你的援助吧。”

钟炜说：“那怎么行？”

“脚”说：“几个饮料罐算什么呢？我们家不缺这几个小钱。”

钟炜就道了谢，装了一大编织袋，一笔可观的收入已是胸有成竹了。

“脚”说：“我再给你十块钱。”

钟炜说："为什么？"

"脚"说："很简单，只要你站在我这边，听我的指挥，当我的射门手，和姓叶的一刀两断，我每星期给你十块线。"

钟炜就僵下不动了，他盯着"施主"脸上难以琢磨的表情，思想的快马在不停地奔走，好像在判断一个重大问题。

"脚"眯眯着眼睛，胸有成竹地作出最耐心的等待。

生活的严酷使钟炜对钱，确有些钟爱有加，但是我的朋友钟炜经过了一定时间的思考，明白了"脚"慷慨的原因是离间我与他的关系。就把伸在他眼前的钱豪迈地挡开，把装好的饮料罐哗啦往地下一倒，转身就走。

"脚"说："给你二十。"

钟炜没有吭声。

"脚"说："妈的，我给你三十。"

钟炜头也没回就走了。

"脚"说："你不需要钱吗？"

钟炜说："我是人我不是狗！"

声音虽然不高却很有力气，如同一股穿越这座城市上空的劲风，把"脚"掀得一波三折。

"脚"完全不懂了。在他看来钱是最有收买力量的工具，很多人就是这样收买他的父亲的。钱能使一个哲人变混！钱能使一个将军失去意志，可为什么在这个穷光蛋面前失效了呢？他曾经无数次地用金钱雇用钟炜替他做作业，开始，他"啪叽"一下把作业本和钱交给钟炜的时候，钟炜还不敢接受，怕龅牙老师横加干涉。可是后来他发现龅牙老师明察秋毫也不拆穿，他自然就接受了这笔交易。钟炜一向在金钱面前服贴备之，可今天钱在他面前到底出了什么故障呢？

小保姆在向我们复述他的情况时，她说她从来没有见过"脚"流过泪，可是那天，整个上午显得非常寂静，他发了一顿脾气一个人哭了。

B章

一

我又开始数钱了，这是每晚的必修课，有谁知道数钱的快乐呢？刷刷刷，那声音胜过小提琴协奏曲，胜过管弦乐奏，胜过一切美妙的声音！数钱的时间持续得越久，美妙的声音就越长，你的心会随着唰唰声带着你到饭店胡吃海喝驱除饥饿；会带着你到商店占尽富人的风流；会让你在众多人面前豪迈万分。因此我喜欢数钱，数钱会让我消除疲劳，缓解对家人的思念；会让我的思绪袅袅地冲出现有的空间前去探望父亲母亲、同学朋友，还有我的恩师铁塔和“粉面”……

老万每看到我数钱就笑眯眯地看着我和我一同享受。他说：“快攒够了吧？多少就能买到你要的东西了？”

我说：“五百八，当然，如果可以挣到更多的，我要给我妈买到最好的丝质品，让我妈也像贵妇人一样优雅，给我爸买最高级的公文包，让我爸像一个风度翩翩的绅士，谁也不敢小看，让所有的人都向我爸爸点头哈腰，讨好献殷勤。”

我梦境般地望着天穹述说着我的心愿。好像这一天一点一点向我走来。

可是还差很多呢。但是我总觉得还有一百六多块不属于我。我就把一百六十块钱拿出来放在一边，立即觉得钱少了许多，心疼得吱吱尖叫。我又即刻把它摞回来心才安定了一点。

老万“哧”地笑了：“知道钱是什么东西了吧？钱是魔鬼，谁迷上都一样。

什么东西都是假的，只有钱可以和人相依为命。尤其他妈的血汗钱……”

我说：“老万你在批评我吧？我一直觉得我应该把钱还给那个妇人。”

老万说：“我批评你，谁又批评欠我钱的单位呢，我一直不主张你做那种傻事，她又没有来找你。就算她来了，有我你怕什么。”

“可是钱是我欠的又不是你欠，你当然不怕了。”

“统共一百多块钱，看把你煎熬的，像你这样还能在社会上混？在这社会上混你得把心尖磨得硬硬的，喜怒不能上脸，就是杀了人你也要平心静气。”

我愣住了，我说：“喜怒怎么可能不上脸呢？我不笑你知道我高兴吗？我不哭你知道我痛苦吗？杀了人你能平心静气吗？我想这不可能，这绝不可能，除非杀了人的人也死掉了才有可能。再说我也不想混，我妈妈从来不让我混，她说一个人违背了做人的行为总则，心灵就会失去自由，你会时时受到监控，随时有可能受到别人的惩罚。我就是这种感觉。老万，即便是夜深人静也找不到一点安全感，阳光明媚的时候更觉隐藏着许多眼睛盯着我……我再一次觉得我成了坏人……”

“你妈那是放屁！”

“不许你说我妈放屁”。

“不说她放屁也是她害的，一点生存策略都没有，站着说话不腰疼，让她到你这地步活几天试试？你想做人，可现实让不让你顺理成章地做！”

“老万，如果我有很多的钱我肯定就给她了……”

老万说：“那是你的事你看着办吧！按你妈的思想没钱也该给。”

老万终于没耐心和我讨论这件事了。他不让我给，我心里有一万种理由和念头觉得应该给。可老万真让我给，我又舍不得了。给与不给的思想，如同两个小鬼在我心里打架，面孔狰狞，力量相当。谁也打不过谁。

我希望老万继续用他的理由和我抗衡，延缓我去还钱的念头。可是老万已经懒得管我了，我的心，于是起风了……

二

这天天气不错，我和老万早早去日工市场等活干，可是我身后突然响起了狗的叫声，我心一惊！吓得屁滚尿流，一溜烟跑出了不知有多长的路程，却觉得狗并没有随我而来。我回过头观察，那条叫过的狗，早不知道跑到哪里去了。惊魂稍定之后又回到老万身边。

老万说："好好的跑什么？"

我说："我怕！"

老万无可奈何地笑着说："我看你非要自己把自己吓起病来不可。"

我的眼眶就有些发酸，在过去通常这样的问题我会咨询一下母亲，定有解决的办法，可是眼下我咨询谁呢？老万的想法我又不大完全接受。于是我的心开始黑暗起来，仿佛大祸马上就要降临一般，我看到了很多可疑的眼睛在窥视我，在热闹的街市里我孤立无助。所有的行人仿佛都成了背景，所有的笑脸都那么别有用心，所有的目光都那么生硬而不怀好意，一个眼神会让我胆战心惊！没有人可以救我了，我想我必得进行自救了。母亲的话是对的，做了违背自己意愿的事，心灵就会失去自由。老万的话才是放屁！我这样一想，心里又吓了一跳！偏过头看了一眼老万，老万对我不错，我不该这样说老万。可转念一想，我已被定为坏人了，派出所说我嫌疑犯，学校把我当坏人开除掉，即使我做一万件好事谁又认为我是好人呢？我决定按照坏人的方向进行。可这样确定之后我又不甘心，认为我不该往坏处走，我为什么要当坏人呢？难道他们说我坏，我就一定得坏下去吗？这样一想我就拔腿跑了，也没跟老万说一声，反正老万也懒得管我了，果真被妇人抓了去警棒袭击我的时候谁还救我呢？

我想当好人！我想当好人！我如教徒般地反复鼓励自己，如此就果然有了一些决心。然后我的决定就不折不扣了。腰杆好像硬了一些，暗藏的目光也好像顿然松弛了一些。在自由和金钱的天平上，我朝自由跑去。

看来妇人并没有要抓我的意思，我跑进那所熟悉的住宅之后，发现妇人静静地坐在窗前抱着她忠诚的随从贝克，不知为什么事情发呆。从神态上判断妇人好像等待什么，是一个人还是一件事我搞不大清楚。但她营造出来的氛围让人觉得她非常孤独。四周出奇的静谧，妇人坐在窗前就像关在笼子里的一只鸟。妇人污秽的行为隐去，其实是个并不难看的女人，这是我无数次的发现。可是这所宅院却让我害怕！好像四处都隐藏着怪异的眼睛。我的身上总有凉飕飕的感觉。我不想进她的屋子里，我怕那种淫秽的气息又让我恶心。我站在院子当中等她出来。大约我的形象很糟，因为我看到她见我的时候猛然间弹跳起来，面容非常吃惊，贝克被她扔在地下嗖一下就直奔我来。妇人随之站在我面前，眼里居然噙满了泪，这是怎么一回事我却搞不清楚，难道我会使她悲伤吗?

她从上到下地打量着我,她说:“雨,我到底把你等回来了,瞧,你怎么成了这个样子?头发脏的成了一块柿饼,这裤子还是条裤子吗,啧,肩膀也磨破了,呀,怎么流了黄水?快回家给你上点药,不然会感染的。”她拉起我的手又看见我手上到处是蹭破的血道子,现出了比我还疼的样子。

她说:“你干什么去了,这一段时间你到底干了些什么?”

我把她的手甩开说:“不要碰我,我干什么用不着你管。我是来还你钱的。还了你的钱我们就没有关系了,请你收起。”我把钱放在窗台上,我转身要走,可妇人紧紧地抱住我的胳膊,说:“雨,我不是要你的钱,我难道还在乎这几个钱吗?我想让你留下来陪我,我是真诚的!”

我说:“你真诚不真诚关我什么事,我凭什么留下来陪你?难道我是狗是猪?我连想我爸我妈的自由都没有,成天让我耐着性子听你讲那些倒霉的爱情故事,洗那只不知廉耻的狗,我还是个人吗?离开你我一样可以挣钱养活自己。”

妇人说:“以后这一切统统取消可以吗?雨,快回去换换衣服,洗洗澡,我给你要几样好吃的。”

“那又不是我家,我换什么衣服洗什么澡,我更不会吃你的臭饭。”

妇人说:“你以后完全可以把这儿当成你的家呀。”

“本来就不是我家,我为什么当成我家?”

妇人的眼里就再一次噙满了泪……

我说:“把我放开!”

妇人不放。

我又说:“放开!”

妇人依然不放。

我往前走,她死活不放。我使劲推了她一把,妇人就倒在了院里,贝克扑上来护驾,我一脚就把它踢出了丈把远。它“噢”地叫了一声,让人毛骨悚然,表示伤筋动骨。然后我就转身跑了……

三

回到日工市场,我又掏出来数钱,好像我的钱很多一样,其实除去一百六十块钱，还剩二百八。还去的钱虽然让我一阵阵心疼，可是心理上的轻松仿佛掀翻了一块压在心头上的盘石，自由比金钱更重要。我再不怕谁来抓我了。我把钱收起来，觉得天高远的很，白云在蓝天上安静得如同初生的婴儿。街市也宽阔了不少。可是怪了，我的视线里怎么出现了妇人和狗？她还要干什么？一个小时前设若我见到她，我定会吓得半死，可这一刻我很坦然，她就是把全世界的警察叫来我也不怕她。

老万说："跑哪儿去了？"

我说："我把钱还了，可是那妇人为什么还跟踪我呢？"

"烧香惹出鬼来了吧，不听老人言吃亏在眼前。"

我说："不过我不怕她了，我不该她什么了。是的老万，她并没有想要抓我，她说她不是想要钱，主要是让我留下来陪她。"

"那你咋不陪她呢，这么好的差事？"老万认真看了我一眼，"她八成是看上你了吧？"

"什么叫看上呀，瞎掰。"

"让你做她的小女婿呀。"

我脸即刻就红了。我说："老万，你再说我不理你了啊。"

"怎么？当和尚呀，你将来不当女婿呀？"

"不和你说，没劲。就算我当，谁给她当呀，坏女人一个。"

"她坏你了？"

我不说话。

"大老爷们的，她能坏了你。上赶的买卖不做，笨死你了。你那熊巴巴还有数呀，用了就没有了？"

"我听不懂你说啥，我不听。"

老万就坏坏地笑。他一直在跟我开着妇人的玩笑。后来我们揽到了工程队的五百袋水泥的活儿。扛一袋水泥五毛钱，人一见了钱全都疯了，有人可以连扛带夹一次三袋。场面如同抢劫一样。可我只能扛一袋。老万让我扛两袋，我被压倒了，我站起来的时候说："老万再上。"我就再一次被压倒，并且又咳出一口血痰。我突然听到一个女人在喊："他还是个孩子，你想把他压死呀！"我抬头一看是妇人。

我说："关你什么事？我什么都不欠你了，你跟我干什么？"

妇人说："雨，跟我走，你不能干这种活，我怎么可以让你干这种活呢？"

我说："这明明是我干活，怎么是你让我干呢？走开！我不想看到你。"

妇人说："我给你钱，你别干了，这会毁了你的！这么一点小，非压出毛病不可，你妈要知道会心疼死的。"

我说："毁了也不用你管，我又不是给你干活，凭什么让你给我钱呀？你又不是我妈。"我自顾自地扛着水泥走。后来妇人就不知到哪里去了。

我扛了五十袋水泥挣了二十五块钱，又有了一些收获，心里蛮舒服的。可是老万和小寒因为抢最后一袋水泥，也就是五毛钱打了起来，老万刚好拖最后一袋水泥，小寒同时也抓住了袋子的一角，两个人谁也不松手，拖过来拽过去争执不休。然后两个人的目光就开始刀光剑影，最后小寒一歪脑袋狠踢了一脚老万的腿，老万就"噗嗵"倒在地下，小寒仗着年轻乘机扛着水泥跑了，五毛钱肯定会领到的。可老万有些气急败坏，等小寒回来，接耳灌风就是一巴掌！小寒也不示弱说："日你妈的老万，想找死呀！"

老万说："是的，老子就是豁出命也要收拾了你个狗杂种。"

然后，俩个人就滚打在一起。工地上立即狼烟四起，战火滚滚，小寒把老万的耳朵撕破了，老万操起一块石头向小寒的头砸去，我看到空气里有了血色，尘埃中浑浊一片，我扑过去抱住老万。

我说："老万别打了，我给你五毛钱，我给你一块钱行不，老万，老万……"

可我的脸上挨了一巴掌，我惊愕地望着老万说："老万你怎么打我呀？"

老万并不因为打了我而内疚，相反，他两眼红血血地如同火柱一样盯住我，说我稀松软蛋，不和他一条心，反而帮倒忙。

他的意思一定是要我与他一同打小寒。可我怎么可以这样呢？

小寒被人拖走了，只剩下了我和老万。我俩许久没有话说……

四

暮色朦胧的时候我和老万简单吃了一点饭，就回了我们的住处。老万打过架，并不显得多么的伤感，好像肚子吃坏，拉了一泡屎一样，过后全忘。我不能不佩服老万的深沉。吃完饭我们通常不会很快睡觉。我又要求老万耍魔术，老万当然不拒绝。我们刚把摊子摆开，妇人和狗就意外地站在我们的门口。妇人大惊失色就像见了驴上树一样说："雨，你怎么可以住这种地方，这是人住的地方吗？"

老万说：“咋说话呢？看着两个活生生的人住着，怎么就不是人住的地方呢？我们不是人难道你是人？”妇人不理老万的话又说：“雨，你跟我回去，你不能住到这种地方。”

我说：“那又不是我的家，我凭什么跟你回去呀。”

她说：“雨，以后我会好好待你的好吗？”

“不好。”

“雨……”妇人又哭了。

老万被妇人的眼泪好像给流呆流傻了，他一动不动地盯住妇人，半张着死鱼一样的嘴，连哈喇子都流了一世界……妇人朝我走来，我朝老万的身后躲。我说：“老万你快救我呀，我不跟她走……”

妇人停住了，她把一包什么东西放下说：“雨，既然你不跟我回去，我也不强求了，这是你的衣服，另外你的一百六十块钱还你，还有三个月的工资，住店钱我不要了。如果你想回来我随时都在等你。”

妇人把钱放在地上。然后就转身走了，贝克看了我一眼汪地叫了一声，算是一种告别，随妇人一同去了。我躲在老万的身后惊呆了，我不敢相信眼前的事实，更不敢相信妇人的所作所为，她怎么会变成如此感人的形象呢？我想，这会不会是一个陷阱？然后我朝她喊：“拿走！我不要你的臭……”

老万用手捂住我的嘴，朝外面看看说：“你傻呀，不要白不要，给你为什么不要，又不是你抢她偷她的。”然后我就不喊了。老万总是在我摇摆不定的时候给我指明方向。我感觉到我的贪婪一点一点浮上来，我饿狼扑食一样地把钱抢起来，用拇指蘸了下口水，哗哗哗点了一遍，我的眼睛吱溜一下亮了，我乐不可支地把我的钱掏出来摞上去，竟是厚厚的一沓！心随着票面的厚度飞扬起来，愉快的点钱声又在我手指间响起，我兴奋的情绪冲出了阴暗肮脏的废墟，飞向整个天和地，在天地之间萦绕、盘旋、飘扬，像鸟儿一样莺莺歌唱……

我说：“老万，我有一千一百块钱了！我可以给我爸我妈买东西了，我终于可以回家看我爸我妈了。”

我像一头撒欢儿的小鹿满地乱窜，仿佛看到了父亲母亲等待我已久的脸。

我就安静下来泪流满面了。

“我明天就可以见到爸爸妈妈了，我有钱了，我阔了，我再也不怕谁欺负我了”我这样呢喃的时候，倏忽看到老万的脸阴沉沉的，眼睛蓝蓝绿绿地盯住我手中的钱，没一点儿与我同乐的意思。我的兴奋就减去了一半。

我说：“老万你不高兴吗？”

老万说：“你走了我连个伴儿也没有一个了，唉！你们都有出头之日，我可没有你的福气……”老万躺下什么也不说了，屋里静下来，我就又被老万的情绪影响过去了。

我说：“老万，你放心，等我有了钱，我一定要办一所全世界最大的律师事务所，我首先替你打赢这场官司，我给你把一百万块钱追回来，等着吧，你会有出头之日的。”

老万的脸上出现了异样的神色……

我说：“老万，我会回来看你的。”

老万把头扭向一边。

我说：“老万我给你背一首我初中时学过的一首词吧，词的名字叫《送别》，但是我背了咱们都不能伤心，听见了吗？”

然后我把目光缓缓地移向窗外的天穹，声音就飞飞扬扬地在空域里飘荡：

长亭外，古道边，芳草碧连天。晚风拂柳笛声残，夕阳山外山。天之涯，地之角，知交半零落。一觚浊洒尽余欢，今霄别梦寒。

余音在夜空中萦绕，仿佛是一曲凄美的长歌。吟完之后，我本想把意思解释给老万，可我听到了老万呼呼的鼾声响起来，黑洞洞的废墟充满了冷清的气息，而我却一个人被词语打动得哭了……

我叫了几声：“老万，老万。”

老万睡过去了，不和我答音。想到明天就要离开老万心里又难过起来，很想给老万做些什么，可老万有什么可让我做的呢？我想我应该送给老万一些钱，可送多少呢？想来想去把零头给老万，我就从兜里掏出钱，抽了十张十元钱放在老万的手里，也有厚厚的一沓了。然后我又打亮手电开始点钱，每一张票面都有父亲母亲的脸，我的心潮湿了，似乎有了依托，我一直点，不停地点，钱在我手指间翻动的时候泪花一滴滴打湿了票面，如同雨点打在秋季的枯叶上。在幻觉中父亲母亲满足了我的愿望，稀释了我的思念，直到我的眼皮沉重得再也抬不起来……

我睡了一夜的好觉，醒来的时候一缕阳光“啪叽”打在我的脸上，如同小猫的舌头麻酥酥地把我舔醒，我睁开眼睛，老万已不在我身边，我想他大概早就到日工市场等活去了。他知道我今天要离开他，一定是不愿意看到我们分别的场面吧。我看见我馈赠给老万的钱，他已自动接受，我会意地笑了。

我一骨碌爬起来就朝商店里跑，我明白今天给我带来的全部意义，我的身和心飘逸得如同一片羽毛。我感到我的灵魂飞离了我的躯体。我觉得脚下最小的石子也能使我滚倒在地。阳光把我照得通体生辉，我的脚步雄壮起来，觉得自己比一切人都高大威武，因为我兜里有了钱，我可以完成自己伟大的愿望！我进了商店富翁一样的感觉，任何人我都不正眼看他们，我对售货员说话也不再战战兢兢，我命令一样地让她给我拿最好的丝织睡衣，售货员居然被我的气势吓得异常服贴和殷勤。我慢条斯理地享受了一切富人可以享受的荣耀，我给母亲选好睡衣，又给父亲选好公文包，我的情绪高涨得如同来自山洞里的劲风，心一劲儿地对父亲母亲说，我有出息了，我有钱了，父亲母亲你们就好好地乐吧！

可是当我站到收银台面前伸手掏钱的时候，我的血液顿时冷凝下来，眼前出现了白呆呆一片！脑袋“嗡”的一声炸响了，钱？我的钱呢？我又从另一个口袋里翻，还是没有，昨天夜里我明明好好地装在裤兜里的，怎么会没有了呢？我把所有的衣兜都翻出来，没有没有，一千个没有！收银小姐一再催我交钱交钱，我不予以回答，我得把我的钱找出来我必须找出来！可是一切努力都是徒劳。我已分文没有了！

收银小姐恼了，她说：“没钱在这里捣什么乱？走开走开！下一个。”

我被一个人毫不客气地推开，如同推一个赖皮狗一样，推出了一种深深的侮辱性！交钱的人长蛇一样把我吞没，我富翁一样的派头顿然消失了。我脸涨得通红，呼吸坎坎坷坷，心狂跳得快要死去！一个美好的愿望如同一片彩云倏然消失！我两腿发酸，眼前一片膝黑！我看不见了，我什么也看不见了，我踉踉跄跄朝我的住处跑，脚下好像有数不清的障碍物，老是不经意跌倒，跌倒的时候我听到汽车刹车吱扭扭尖叫，车轮便冒出一股青烟胶臭难嗅；自行车东倒西歪；我还听到有人在我身后破口大骂，小杂种活不起了，找人买棺材？

我不管活起活不起，我得活，我要活，我要去找到我的钱，我要回家看我母亲，我想我母亲……

可我回到废墟的时候，屋里的一切使我惊呆了！

废墟里一片狼藉，老万的铺盖卷已经没有了，我四处叫喊：“老万，老万，谁拿走我的钱了，告诉我老万，你怎么可以不告诉我就走了呀？老万……我要回家，我想我妈妈……”

五

我没命地奔跑，我想在人海中找到老万，老万一定能帮我找回我的钱。可是那么多和老万一样的人个个都不是老万。日工市场、火车站、汽在站，凡是民工密集的地方我都去过，没有，完全没有！我的心开始下沉的时候，一种并不久远的声音悬天绝地地震响：

岁月像不断增添的泥土，埋葬了我童年的梦；幻想的精灵早已垂下飞翔的双翅。人生是一条没有尽头的路，我走着，走着，不断地走着。当我疲惫懈怠、停步歇脚的时候，记忆的残骸像是长出丰满的血肉，敲开岁月之坟的大门，引我温习逝去的梦，激起向往大海的深情，催我鼓满生命之帆，继续向大海起程。

……

我泪流满面了，我差不多开始呜咽了，梦终归只是梦而不是现实，我有过多少梦啊，可它被现实一点一点击得粉身碎骨。梦使我更加的绝望，因为我无论怎样努力地鼓起生命之帆都找不到大海。大海啊你在哪里？《哦，大海》的作者告诉我，只有那不畏艰险的勇士，才能走进大海的世界，得到幸福和安宁！而幸福和安宁确是人世最宝贵的东西。难道我不是勇士吗？我靠自己的苦力挣钱，我唯一的愿望就是回家看看我的父亲母亲，此时此刻，我觉得只有回到父亲母亲的身边，才是找到了大海的世界。可是，究竟是谁阻碍我在实现自己的愿望呢？我又听到了母亲的哭泣，父亲充满绝望的呼唤……这声音足以把我的精神彻底击毙！

我站在城市的一角，望着这座灰色的城市，我饿，我渴，我焦虑，我思念我的父亲母亲，可是我不能就这样回家，我想让父亲母亲看到我的出息……

可是我已经没有钱，我的一切愿望都已亡失！站在高处我用目光找寻我们家的方向，我还清晰地望见我小时候偷偷放走父亲的和平鸽的那个楼顶，它让往事如烟一般拥挤而来，泪水模糊了我的视线，眼前的物体一律形成曲线……

我的头怎么这样的重？我咳嗽得厉害，喉咙里一股腥咸的味儿冲向鼻腔，一口猩红的血吐出来，我吓坏了，我是不是病了？如果老万在我身边，他一定会为我判断清楚我是不是病了，可是老万不在了，他到哪里去了呢？我看到站台口和老万一样的人拼命地往前挤，他们脏兮兮的铺盖卷侵犯着周围的人，周围的人无论是男是女均对他们不客气，各自捂着鼻子，好像他们的嗅觉正遭受着核武器的污染一样，凶狠地把“侵犯者”推得东倒西歪。他们虽然瞪着眼睛骂出最难听的话，但还是难以改善被人歧视的地位。他们在“文明人”面前确是显得很邋遢。可有谁探究一下他们的生活境遇呢？他们为世人盖起高楼大厦，自己住的是风雨难挡的废墟。他们没有浴室供他们清理卫生，他们没有餐桌从容地进食。他们甚至没有闲钱买一支牙膏牙刷。他们的身上当然不会有好的味道输送出来……没有谁比我更了解他们吃着最廉价的饭，挣着最微薄的薪水，干着最重最累的活。他们当然没有办法文明起来，那些文明人根本就不给他们这样的空间和机会。假使世人非常尊重他们，或者给他们一点点同情，让他们拥有人的尊严，他们还会破口骂人吗？假使他们的生活条件稍微改善一下，他们还会释放出汗臭味熏人吗？

我很想上前帮帮他们，我很想和那些推搡他们的人打一架给他们出出气。可我没有力气了，甚至连替他们去唾一口排挤他们的人的力气都没有了。他们家中一定是有了什么要紧的事情，不然他们不肯匆匆回家的。我望着那些被人推来搡去的民工又在想，假如我有了钱，一定请天下的民工到五星级酒店吃一顿最好的饭，让他们酒足饭饱地回家，然后去寻找他们最理想的大海的世界……

天地开始旋转的时候，我已经不知我身在何处，我只觉得我像“卖火柴的小女孩”躲在街的一角，望着对面饭店里有钱人的饭香袅袅地飘出来，传进我的嗅觉里，滋润着我贫寒的胃口。“小女孩”点燃一根火柴用来取暖，可我用老万遗留下的打火机照亮我黑暗的心房。“小女孩”最终让奶奶带着她上了天堂，可我将走向何处呢？未知如同黑暗的世界向我逼近！何时能回家看望父亲母亲已是遥遥无期……昏厥一阵一阵地来，又一阵一阵地去，但我并不知道这是可恶的病魔前来光顾……

大街上人来人往，本来还算平和的街市，突然风声鹤唳，我看到一个人丧心病狂地在人群中奔逃，他身后是两名警察穷追不舍。

我的心怦地一动！全身如同十二级地震，我拼命将视线清理了一下，二狗子？！

世界真是小，我居然看到了二狗子？我想喊一声二狗子，我想把二狗子叫住，如果可以的话我会救他，可是我没有力气。我就像看到了一个久别的亲人，在我此刻的心里二狗子也成了我最亲的人！我替二狗子着急，二狗子怎么了，又替人打架了吗？我的目光在模模糊糊中看到了二狗子最终的结果，他在难以逃脱的情况下将一个钱包朝警察抛去，以为可以受到宽恕，然而他还是被警察铐住了，铐住了还被拳打脚踢，二狗子嗅嗅地叫，惨绝人寰，我的眼睛蒙上了一层白雾，继而变成水淌着淌着……

C章

一

二狗子死了吗?

我曾记得,在校时,看着二狗子一直空着的坐位无人问津,我眼前出现了一片空荡……

二狗子替“脚”和我们打架时,被我一石头砸得脑袋开花,用一把土捂住血流如注的伤口奔逃的情景一直撕扯着我的心,我很怕他血流尽的时候突然死掉;或死里逃生突然找到家里去;或者找回学校来;或者他的父亲和母亲站在我面前……

然而任何情况都没有出现。这种担忧和等待让我渐渐地内疚起来!及至后来我才知道,我的同学二狗子,确是一条狗,是一条没人爱没人宠的野狗!也是生命力最旺盛的一条狗!

小的时候他不知道人还该有父亲,在他的世界里只有母亲一张面孔,有时候也有几个男人更换着出现,他们高兴的时候也给他几块钱要他去买冰棍吃。回来的时候他母亲总是哭……

母亲哭什么呢?难道他不该吃冰棍吗?

他父亲出现了的时候,总是不停地打母亲。父亲的样子凶神恶煞,脸上的几处刀痕跳上跳下让他恐怖。他的父亲在一段时期内出去找工作受到挫折,后来就抽开了白粉,抽得脸色苍白如纸,抽得典卖了家里的全部家当,抽迷了星辰,抽醉了天空。抽得去偷去抢……

他的母亲没了办法，只得离家出走，不知去向。偶尔回来给他搬几箱方便面，每学期准时到学校交学费，这就是他母亲的全部义务。二狗子的生活充满孤独，无助和渺茫。在他眼里没有固定的色彩，气质中形不成固定的人格，精神也不存在任何疆界。他全部的欲望就是活着！他不悲观也不厌世。没有什么事可以让他轻生。如果他不因失血过多而亡，我的担忧就是多余的。他逃学是常有的事，老师根本不管他，老师的心事放在重点学生上。二狗子对班里的最大“贡献”是上课捣乱，考试拉分。老师连诉怨都没地可诉。

有一次他对我说：“日你妈叶雨枫，你活得那么滋润为什么打起架来不要命呢？说实话‘脚’他妈才给我十块钱雇佣金，我考虑值不得给他破命，我替他打架也是为了活命，所以我被你们打败了。你说你很讲究气节、尊严。操！你要活到我这个样子，你就知道气节和尊严是个什么东西了，思想里想着这东西忒他妈影响活命了。这满世界的人谁讲究尊严谁就是吃饱撑的，你们的气节、尊严都是假的，是你们的爸爸妈妈们给你们撑着，你们才有力气大喊大叫出来给我听。说我不是人，给我打架吧还怕脏了手。难道你们就干净吗？但愿永远有人给你们撑着那个什么尊严的臭王八、狗东西。我不是人，我他妈不是人是甚？哪一个人的形状不是一点一竖，我少了‘点’还是少了‘竖’？不过叶雨枫你这王八羔子，两次都让我失手，你他妈为什么从来不输？你能把‘脚’搞倒，算你是个人物。只是以后老子替人打架还会一再重复，你们有这方面的业务也拜托给我提供一些方便，有钱人何必自己动手呢？这是我的一条活路。或者再遇到你们手下，你们可以打断我的腿，打折我的胳膊，但千万放过我的脑袋，脑袋最他妈容易死人，我他妈太想活了……”

二狗子说这话的时候非常轻松，轻松得让我们心酸！他笑得非常灿烂，灿烂得让我们自愧弗如。他打架完全是商业行为，与恩怨没有关系。生活会让人深沉，可惜我们谁也难以彻底理解二狗子的感受。

后来我对二狗子说：“我一直等你去找我的爸爸妈妈，或者找回学校来，可你一直没有出现。”

他说：“呸！你他妈把我看成什么样的人了，替人打架失手是常有的事，对得起钱就够了，我干嘛还找你们的麻烦呢？我要那样才他妈真是条狗呢！”

哦，我这才知道二狗子有自己的原则，是他自己给自己设立的最独特也是最个体的原则。二狗子的很多话让我心有所动，感情上很想同情他，但理智不允许。我一直把他搁置在坏人堆里来看。因为他总是那么坏坏的，新同学他个个都要给点颜色看。他有欺生的毛病。我厌恶二狗子，可是每看到他的空位子我又隐隐有些不安，是我把他打走的吗？

二

有一天，我看到二狗子坐在学校楼对面的大街上，睁着黑洞洞的眼睛，那么孤独，那么无助……

各色街景，如同色彩缤纷的水彩画，一定与他的心境形成巨大的反差，他的心里只有黑白两色。常常是内里恐怖，外表欢乐，其实这欢乐里有泪！只是他从不屑于哭。他说哭给谁看呢？没人疼没人爱你就不会有泪了。眼泪是给爱你的人看的，别人不会关心你的泪。何况眼泪不能当饭吃，眼泪不能喂饱肚！眼泪是他妈熊包蛋！

为了肚子，他学会了很多讹人的招数，每有一个重大收获他都炫耀不止。比如他手里拿着一副廉价的墨镜，冲着一个面善的人走过去，故意撞在对方身上，啪叽！墨镜摔在地下碎了，他便名正言顺成了受害者，他哭着喊着说他回家怕父亲母亲打他之类的言辞显示着他的弱小和无奈，一边观察着对方的动静，一边哭诉。对方吃软他就来软，对方吃硬他就来硬。总之，损坏东西要赔这是根本目的，东西不值几个钱，但可以十倍二十倍地索要，运气好的，遇上时间当紧又不缺钱的人就必会有一笔好收入。再比如，饿急了的时候，他完全可以不要面子，溜达到饭馆里，喜欢吃哪道菜，服务员一往桌上放，他“呸”地唾一口唾沫，“菜主”就没法吃了。他可以装疯卖傻，使“菜主”有苦难言。菜主多半是要面子的人，打不好出手，骂不好出口，最多生一肚子气，骂一句“有人养没人教”的丧气鬼就走了。如此他就可以美美地吃一顿。他不怕打也不怕骂，只要达到预期的目的就是一次不小的胜利。他的日子就是靠这点点小胜利，去激活他生存的种种灵感……

然而，二狗子失手了。

他的“胜利”日积月累，终于他受到了惩罚！

他以为饭桌上坐着的是一个款姐、贵妇、阔太太。据他的经验证明，这种人多半有一些涵养，摆阔，爱面子。玩赖容易得手。可他没有想到遇上一个“捉鸡婆”。这种人不靠下三滥的手段恐怕也难在世面上混下去。二狗子按素常的办法依样朝那盘菜吐了一口，各种佳肴还源源不断地往上端，二狗子的判断失灵，他没想到女人背后还有人。“捉鸡婆”哇哇大叫起来，身后马上围过几个横眉竖眼的男人，胳膊上均有纹身，一条黑龙，生气蓬勃地缠绕上去触目惊心！二狗子打了个寒战，知道小巫见了大巫，拔腿想逃，却被一把擒住，接着劈头盖脑，就是一顿痛打，猩红的血腥味儿弥漫了餐馆，许多人叫喊着往外跑，但没有人替二狗子的生命关照一下。在世人眼里这样的赖鬼揍死也活该！

二狗子的脑海里交替着黑白两色。恐怖如一块巨大的黑布包裹了他，这是他有生以来挨打最厉害的一次。他先还知道被人打，后来在砰啪声中神志就不那么清楚了，他似乎觉得被悬空托起，之后就跌进了万丈深渊。一世界都在地震，一个城市的高楼都向他砸落下来，瓦砾、尘埃……天下呈现出一片废墟的图景……父亲凶狠的面孔、母亲冷漠的神情浮光掠影般闪现，渐渐变成一团雾一缕烟去远去远……

他好像觉得眼睛湿漉漉的，那是泪吗？不！不是泪，流泪干什么呢？

许多目光雨点般淋湿了他的全身，透心的冷。疼痛吗？不！他已经不知道什么叫疼痛，什么叫悲情，所以他被打死骂死都不叫喊，叫喊是让人听让人同情的，可他叫给谁听呢？难道还会有人同情他吗？一道厚厚的人墙围住了他，那么多的腿，树桩一样地竖在他眼前……但他的心如同跌滚在荒芜的沙漠里，呼啸的风声卷起滚滚黄沙把他淹没得无声无息……

这是二狗子许多年之后的一次叙述。

三

干燥的初夏竟是出奇的热，日光射在柏油马路上吱吱地冒烟。我和钟炜、司马柯、驼爷们骑着自行车如同一缕细风席卷过来，发现“人墙”里躺着的竟是苟延残喘的二狗子！我们几个就钻进人群里惊怔着面面相觑。二狗子的鼻孔、嘴都淌着粘稠的血，一脸紫青的颜色。绿头苍蝇如一架架轰炸机嗡嗡营营地落下来，吱吱地吮着血，就像在这里设了宴席一样……

我忍不住走近二狗子，二狗子的身体一抽一抽的让人心惊胆战。

我说：“二狗子为什么会躺在这里呢？”

有人说：“嘴馋发赖，让人给打了。说他爹是大烟鬼，妈是‘捉鸡婆’，谁管呢？有人养没人教些东西……”

我回头看钟炜，觉得有一种恻隐之心浮上来。

驼爷说：“管他呢，臭混混。”

我说：“他是咱们的同学呀。”

钟炜说：“咱们怎么管呢？送医院又没有钱。”

驼爷继续瓦解我的意志说：“不记得他当初是怎么欺负你的。狗仗人势，他还是‘脚’的帮凶呢？”

一想到“脚”，我就决定不管他。就在我们转身要走的时候，二狗子在混浊中仿佛洪门初开般被一种隐隐的、好像来自天国的音籁唤醒了他的神志，求生的欲望又遍体鳞伤地爬回了他的脑中。他向人类向苍天发出的第一声呼唤就是——饿！

他说：“我饿！”

我的脚步被这梦呓般的呻吟拽住了，我对二狗子产生的不安情绪是隐约感到了一点人生的恐惧，一个人在途中受阻一定非常需要有人为他打通吧？他是那么想活，他的生命是那么旺盛，无人关爱也可以存活下来。我看到他头上被我砸伤的疤痕已和头发形成了肮脏的一个硬结，而这个硬结才仅值十块钱。一种属于同情的东西一点一点缠住了我。我回头央求我的同学说：“咱们救他吧？万一他死了呢？二狗子最有活的热情，咱们让他活了吧。”

驼爷、钟炜都低下了头。

司马柯说：“我同意你当一次天使，天使的心灵是善良的、宽容的。天使从来不记仇，我看到了你妈妈的良好教诲在此时充分体现。为此我愿意给你提供这个方便。”

司马柯的话坚定了我的信念，我说我很想“高尚”一下，希望大家成全我这个愿望。要不咱们共同高尚一下吧，应该没有什么坏处。

大家就一并帮助我实现“高尚”。

二狗子闭着眼睛，神志半昏半醒。日光穿过浓荫照亮了他空荡阴冷的心。他睁开眼睛的时候肚子已填进七个饼子两碗面。

我们面面相觑，惊异他多少年没吃饭了？大家一并摇头，谁都不清楚。我们已经倾囊相助再无分文，他要是还有食欲，我们就完全没有办法满足他了。

但我们对他肚子的海量佩服死了！这样的人真的不容易死，只要有饭吃就能活出力量来。他打了个饱嗝摸摸鼓起的肚子，精神就完全恢复正常。他有力气看我们的时候，脸上的伤情立即风吹云散如同晴朗的天空，刚刚发生的惨景，好像与他完全脱离关系。他表现出了很久没有见过笑脸了的特征，好像很感动，因为我们此刻的目光注视着的是一个人而不是一条狗！这个微妙的心理，他不无准确地把握在心的时候，伤痕累累的脸开始有了“瑟瑟毕毕”的响动，眼里的泪水使劲控制无效之后，最终轰隆一声滚落下来……

我们就一同为他心酸，我说：“二狗子回学校吧，别再替人打架了行不？”

二狗子的脸涨红如血，低着头，没有回答我的话，却猛然站起来逃避了我们的友情，飞快地跑得没了影儿……

B章

我在灰暗之中长久地躺着，身体好像不可阻止地向下沉，并且如陀螺一般地旋转着，速度越来越快，就像生命的疲惫接近终点一样。大火毕毕剥剥地燃烧着，摇曳的火光如同一个硕大无比的舌头忽闪忽闪地舔着我的脸，渐渐地我便置身于火海之中，我感觉到我的骨骼在体内噼噼啪啪地炸响，然后仿佛有烧焦的味道……

不知过了多久，我睁开眼睛很长时间不知是在天上还是人间，所有的东西都在我眼前旋转，变形，在空中张牙舞爪地飞奔……

我听到一个声音："雨，你醒了吗？"

声音非常的遥远，我辨不清声音发自何方。但这声音多好听啊。就像一个失踪人在此岸无路可走，彼岸的人用航标灯在吸引他的视线并发出呼号。我急切地想知道这是谁的声音，但是我的身体又在下沉。目光混乱不堪，眼前的情景杂乱无章地扭动起来，就像物体在水波里晃来晃去。我拼命想支撑起眼皮，想知道我在何处，可是我没有力气……

我依稀看到父亲在空中如一张剪纸般的空白人形状翩翩地朝我飘来，然后又翩翩地飘去，在很远的天空中变成一抹白雾渐渐消失……我使劲喊"爸爸……爸爸……"可是我喊不出声音。我的心在灼痛……后来我又看见了母亲，神态端庄，她穿着我喜欢的粉红色的睡衣如天仙一般在空中穿行，彩云在身后做背景，犹如人工做成的幕布渐渐地形成一帧标本定格在空中，然后去远去远……

我的泪招来满天的乌云，一个响雷惹哭了天空，雨哗哗地下着，大地被雨水冲涮得沉默无语。而我像一片树叶飘进了树林。眼睁睁地让时间带走了我周围的人和周围的景色……

后来一种声音让我恢复了记忆，传进我大脑中的首先是恐怖！嚎一般的“汪汪”声渐渐从遥远中贴近，越来越清晰，越来越凄厉，以致我头皮发麻，全身的鸡皮疙瘩纷纷竖起！我眼前的情景开始有了稳定的状态，好像水波慢慢平静下来。当我迷迷糊糊地睁开眼睛，有那么一刹那，难以确定我身在何处。首先映进我眼睑的是一个女人的身影，她素衣素面，她眼神里有很深的焦虑，她坐在我睡的床边，非常安静地注视着我，焦虑中透着期盼！我意识中悠忽觉得那是母亲，只有母亲才肯守在我床边，用心来安慰我。我心中无数的光点交织进来，我的身体向母亲倾过去，然后我用手去招唤，我希望母亲抱抱我，失去温暖太久了，我真想感受一下母亲的体温，哦！母亲的怀抱真温暖。我的喉咙堵堵的，咸涩的泪水溢了出来……

“妈……妈……”

我仿佛听到有人和我一同在哭，因有泪水不停地滴在我的脸上。我想肯定是母亲。可是某一种气息让我清醒起来，那是动物和人体交织在一起的气息。我听到狗呼呼呲呲的鼻息逼近我，我的记忆开始慢慢搜索。我意外地发现抱住我的不是母亲，原来是那妇人！我看到那只形影不离的狗用嘴嘶咬着她肥大的衣袖，企图把她从我床边拉开……

狗彻底唤醒了我旧的记忆！我本能地推开抱住我的妇人。可是我还没有足够的力气。一股属于愤恨的东西驱策我发出呼号，可是我胸膛里难以发出连贯性的声响，我的喊叫如同一个被砸碎的石头哐哐咚咚朝妇人投过去。

我说：“走开，不要靠近我！”

妇人就果然松开我说：“雨，你真的醒了吗？”

我说：“你没有权利叫我雨，只有我妈妈才可以这样叫。我姓叶叫雨枫！”

妇人改口说：“叶雨枫同志，你烧了三天三夜，人事不省，是贝克帮我把你找回来的。我请人给你打了针……”

“打针？在那里？”

妇人说：“当然是屁股上……”

屁股？屁股？她一定看见了我的屁股。我的脸有些发烧……

妇人说：“把药服下去，不然你会转成肺炎的，你在昏迷中不停地咳嗽。”

她倒了一杯水给我。我看都不看把水给她打翻在地。

狗的眼睛倏然扯紧盯住我叫个不停，替妇人鸣冤叫屈。听得出它声音里的愤怒！畜牲，你怎么能懂人心里的事呢?

妇人不生气，她又重新倒了一杯水，把药使劲往我嘴里塞，我“呸”一声吐出来，药片正好弹在她的眼皮上，她捂住眼睛好一阵。

狗就围着她转个不停，眼睛关切地望着妇人，它如一个忠实的勇士朝我伸长脖子叫几声，眼皮耷拉下来表示了最彻底的恼怒！然后力大无比地咬着她的裙裾拼命往外撕扯她。她没有表现出丝毫的动摇。狗就理直气壮地叫起来，叫得凄厉、恐怖、惨绝人寰……

她的手松开眼睛之后，眼皮上有一片明显的红印子，但她仍没有生气。她把水和药都放在床头柜上，用眼睛示意我自己动手，然后随同狗出去了。狗停下狂叫，在地下炫耀地撒着欢儿，回头胜利地看了我一眼溜走了。

妇人的温情让我吃惊，我心里好像出现隐隐的不安，我惊异于她居然允许我的态度在她面前显示出至高无上。可是我的一切无礼都是因为我对她记忆中的肮脏……

我拼命回忆我是怎么躺到这张床上的?我记得我曾拼命地奔跑，想逃到很远的地方，可是后来我怎么又回到了这里的?在这之前我好像躺在一个门洞里数星星。再后来我就身临其境地融入到旷远的宇宙去漫游……

我好像没有能力进一步追索，我的眼皮依然很沉重，我想站起来，可是我的肢体好像已经被分解，听不懂大脑的指挥。这样努力了几次均没有成功，我躺下去的时候又脱离了正常的意识。有那么一瞬间，我的灵魂脱离了肢体，仿佛远征去了……

窗外的夕阳“叽哇”一声抽下山的时候，我动了动身子依旧沉重如铅。我的咳嗽好像恶化了，我吭吭地咳嗽不止，我听到妇人急切地跑过来，用卫生纸接住我的嘴，我的心紧缩起来产生了一种不愉快，我拼命拒绝和她配合。我恼火地想，我和你有什么关系，你凭什么把我搞到这个可恶的地方来，我饿死都不用你这坏女人管。我用手无力地推她，打她，我拼命地挣扎，说：“你走开，不允你靠近我！”结果咳出来的血痰就吐到了被子上，妇人并未出现恼怒的情绪。她说：“乖，听话啊，好好躺下，等我给你熬一点参汤喝。”我没有办法不躺。我直挺挺地躺下了。难道我会死吗?有人告诉我，脚直挺挺就意味着死亡。我想知道我的脚是不是直挺挺的，可就是身不由已。我曾经拥有那么强壮的身体，可现在手无缚鸡之力，我还要活下去吗?

我听到妇人说：“雨，小便吗？”

我不予以回答。只想知道我会不会死掉。

在我的记忆中好像有一个人特别的喜欢研究死，后来他宣布不死了，是因为他拥有我们的友谊。他还说没有了友谊他简直活不下去，他太孤独了……

我怦然心动！我仿佛又回到了校园，回到足球场上。是的，我看到了我的同学程超，他从遥远的地方走来——

C章

一

程超的出现让我心动！我好像从他身上找到了故人的特征。可是他未老先衰的样子令我吃惊！他白茫茫的眼睛空洞无物。

人到底为什么活着？人到底为谁活着？为重点？为三好？为学士？为博士活着？还是为父亲，为母亲，为亲朋好友的面子活着？都不是，人活一天就离归宿靠近一天，人的最终归宿是幸福地死亡！

他说人既然一生下来就朝死亡走去，为什么还要做种种的奋斗不让人轻松地走向终极呢？真累！累透了！程超不停地问这个问题，问苍天，问大地，累透了的时候死亡两个字咣咚一下跳在他眼前张牙舞爪……

他说死亡能不能在他这里迅速生效？

我被他问得心惊胆战，他就像死过无数次的人决定重新品尝死亡的滋味一样。这个话题离我简直太远了。

可是他的出语惊世骇俗！让我纳闷这几年他到底都想了些什么。他上小学时候就想杀死他的母亲，可至今他母亲还好好地活着。他弑母未遂难道又转移到自己身上了？

他的载负太重了！世界上凡是能称得上“家”的，他的父母一并都想在他身上成为最高理想。他是实现他们理想的化身。他在重重压迫之下什么“家”都看不见，倒是对死亡的认知快超过世界级哲学大师了。他认定人活着是虚无的，没有意义的，与其在这世界上你死我活地竞争还不如直接奔向死亡！

各种死法他都做过探索，他说投河自杀吧如今环境污染太厉害，臭。他说跳楼自杀吧万一死不了他惧怕血。上吊吧，死的丑态百出太没尊严。如此探索来探索去，死亡的念头就无限期地拖延下来……

他的父亲不看书，但他为了搞出些书香味儿，购了四壁的书，一律是精装本，新崭崭的，恐怕这一生什么都不干，只看书都看不完的。他的父亲习惯在书房里会客，身后的书可以装点他的面子，让人觉得他是个有学问的企业家。其实他枕头边放着的书全是用来催眠的，他不断地催程超读书、读书，只要看到程超手里老捧着书他就欣慰。他虽然有钱但他从不乱搞女人，从不轻易进歌厅舞厅，从不挥霍无度。他全部的希望都寄托在程超身上，做功课、弹钢琴、拉小提琴、学画画，还要强迫他读四壁的书。

程超有数不清的家庭教师，全是退下来的教授级别，每个人的面孔都各不相同地板结着，就如同失去水分的旱地。他讨厌老师催他学这学那；他讨厌保姆催他吃这喝那；他也讨厌司机催他上学！

程超活得暗无天日，父亲是他的头脑，他是父亲的附庸。既然是一个头脑为什么还要用两个身体来支撑呢？他就不得而知了。为了给父亲减轻负担，他的确想无数次地想过死，可他身边的眼睛太多了，天上有多少星星，他身边就有多少眼睛，他忙得连放屁的功夫都没有哪有时间去死。

有一次他看到马路上一个人活蹦乱跳的小朋友转瞬间就让汽车碰死了，除了鲜血让他打了个哆嗦外他觉得那人真幸运！

一个同学看见后，吓得哇哇大喊：“程超，快跑啊，你想什么呢？难道你不怕死吗？”

他说：“我为什么不能像那个小孩一样，来不及思索就死掉呢？”

那同学为此话很长一段时间回不过味来。

程超，活得暗无天日这还不够，为了更上一层楼，他的父亲不惜重金把他搞到南中，汇入了借读群里。他的父亲到底要把他培养成什么样的怪物呢？谁也搞不清。

程超带着一心的疲惫和满满当当的问题出现在南中，老师对他格外的热情，他居然无动于衷，把他放在第一排，他毫不在意。同学们为他一进门就坐在第一排刮目相看。单纯点的同学认为又来了一个学习的强将。要让司马柯看，此“主”定是重金堆积起来的货色。

可无论老师怎么热情，同学怎么个说法，他一律报以沉默。他少年老态，发怔的时候顶喜欢看天。看得让我们一同对天空产生兴趣，结果一无所获。对他来说陌生的和熟悉的环境没有两样，在他眼里空无一物。他生活中什么都有独没有自由。在他眼里同学就是摆设，朋友是个陌生的词。他整个人是口字下面一个木字——呆！

没有人对这个呆子感兴趣。可我不忘当年旧情，我鲜活鲜活地站在他面前“嗨！”的一声也没把他惊醒！

程超的目光是僵硬的、忧郁的、沉重的、哀怨的。当他将目光一针一线移到我的脸上时并没有出现应有的惊喜。

我用手在他眼前晃晃，说：“老程咱们又在一起了。”

“老程”淡然无味地回说：“我早就看见你了。”

我说：“那你怎不叫我呢？”

他说：“我又没事叫你干啥呢？”

咦？我倒吸了一口凉气：“你怎么这样？”

钟炜和司马柯就面面相觑，小声说：“怎么像老年痴呆症呢？”

我说：“不！他也许是个思想者，思想者是不需要嘴巴和眼睛的。只需要大脑就够了。”

程超显然是听到了，但他表示不关痛痒。冷漠一如既往……

倒是有一篇题为《任逍遥》的佳作出自他手，后来在班里广为流传，引起了广泛共鸣：

让我悲也好，让我悔也好，
恨父母老师不明了。
让我愧也好，让我累也好，
随风飘飘，试卷任逍遥。
唉！
狗熊考试也不敢骄傲，
只为学分愁断肠。
一生一世为“证”考到老，
心中有苦，天都看不到。
唉！
父母师长天天还唠叨，

拼死拼活考不好。
叫我怎能活得了？
不如悄悄去死掉。

曾经有人为此掉了眼泪，我也因此对程超更多了一份同情！

二

程超的热情是因为一架墨镜开始激活的。

程超的父亲为让程超与众不同，将他给程超带来的优越得以充分体现，能让程超感受到财富足以让一个人在世上自信。可这一切对程超毫无意义，他只感到优越使他与世隔绝，让他成为孤独者。为争取一点自由，要求上学时由坐汽车改骑自行车。他的理由是同学们并不因为他坐汽车而高看他，反而让人恶心。

他父亲先是不同意，后来经过各科家庭教师的合议，为使程超孤僻的性格加以改善便同意他的要求。

程超争取了一点自由的空间，脸上有了一些感情运动的征兆。就在一个风和日丽的午后，程超骑着自行车很独立地往学校飞快地行进，细风儿拂面而过，心情只有在这时候可以畅通一些，始料不及的是，一个人迎面骑车向他驶来，情况好像有些失控，歪歪斜斜与他侧身而过，结果俩个人同时倒在地下。程超完全没有处理突发状况的能力，他并不知道倒下去还该搞清谁是谁非，本想扶起车独自离开，结果对方反扑过来说："我的墨镜摔坏了，赔！二百块钱，一分钱都不多要。"

程超说："我从不带钱。"

"物主"啪叽就是一个耳光。

程超被打呆打愣了，说："你怎么打人？"

物主说："损坏东西要赔，我不打你打谁呀！"

程超说："是你撞我的呀。"

物主说："你在家里呆着我能撞上你吗？"

程超说："你怎么不讲理呀？"

物主说："啥叫理呀？损坏东西要赔这不是理吗？你要钱还是要命？要

命赶紧回家拿钱。要钱，我立即要了你的命！”

程超僵下不动了，好像在钱与命之间做着选择。在他看来钱和命似乎都不值得选择，于是出现了茫然不知所云的状态。好像是要钱没有，要命你就拿去的从容态度。竟是出现了一种大无畏的精神。

在物主的经验中没一个人不惜命的，对程超这种漫不经心的态度失去了应有的耐心。命他不要，他要的是钱，钱可以养命，这是总目的。于是他就以千篇一律的方式进行第一步骤，“啪叽”再一次给了程超一巴掌以引起他的强烈反应,可程超没反应！他的眼睛白茫茫一片,始终望着不知正前的哪儿。

“啪叽、啪叽”又是几巴掌过去，程超依然没有反应，物主就没招了。

使他奇怪的是，程超就像一桩朽木，打不还手，骂不还口，这真是千载难逢的一个怪物！

物主说：“你他妈到底要怎么样？”

程超说：“钱是我爸的，命是我的，我只有权利把命给你。”

物主真是大失所望，他要命干什么呢？一头猪，可以用来煮肉吃，一只鸡可以用来下蛋吃，一个大活人好干什么呢？杀了他吃人肉吧还不到那份上。可放弃这个阔少显然太可惜。物主气急了，说我他妈倒要看看你到底要不要命！就又一刮一刮地打，但终看不出程超要命的征兆。却是响亮的巴掌吸引了大量的人，眼睁睁看着一个手无缚鸡之力的人挨打却没一个人上前劝架。

世界像是静止了，人的面孔个个冷漠见怪不怪。南中的学生鱼贯而过，纷纷停下来观看，发现物主不是别人，正是多时不露面的二狗子。许多人兴趣全无，脸上平静得如一望无际的荒漠……

有人戏说：“是不是二狗子又在讹人？他的墨镜可真多，打了几副了？”

有人回说：“此阔少什么都缺，就是不缺钱！让二狗子捞点油水吧。”

“这也未免太不人道了吧？”

“哈，谁知道他的父亲赚钱的手段是不是人道？”

“要不要通告校方一声？”

“又不是讹你，管得宽。”

没有人反驳这句话。这样的事件一天不知要出多少次，谁管谁遭殃，二狗子背后有人，不定什么时候你就得被洗劫一下，谁愿意引火上身呢？当然谁都不愿意。如此就走了一大片。

当我和钟炜、司马柯、驼爷得知程超遇难迅速赶到时，程超已被二狗子和前来助阵的小混混准备带走，我大喝一声：“二狗子，程超是我的朋友，你竟敢欺负他，放手！”

二狗子脸上涌起了一层红晕，但马上就落潮了，肚子饿，容不得他讲羞耻。只见他两个指头撑在嘴里，发出尖厉的响声，几个小混混就返过来和我们战斗，他在混乱中劫持着程超奔逃。我冲上前去一脚把二狗子绊倒，拽住程超交给钟炜，说：“快跑！”然后我就冲上前线和“敌方”进行肉搏，小混混一并上来对付我，我吃了不少拳头，并且被打倒在地下。驼爷胆小如鼠。司马柯不参与打架，习惯斗智。眼看寡不敌众，就大吼一声：“警察来了，快跑——”

小混混果然很敏感，一听喊声“哗”一下雀儿似地飞了……

狼烟滚滚的城街上顿然一片静寂，所有的目光都在找警察却终不见一人半影，方知是司马柯的策略。

驼爷说：“司马柯你这狗头军师，我佩服死你了，在敌人的枪口对准你的时候，你还能想出调虎离山计。”

司马柯自豪地说：“当然，四肢发育全不全不要紧，要紧的是大脑一定健全。”

集体哄笑后，钟炜提出一个让我们最为伤感的话题，他说：“二狗子永远改变不了吃屎的本性，那次要不是咱们救了他，说不定他早就死在街头上了，他讹程超算了，咱们前去救人他不放，还指使他的同僚打我们，以后他就是死了烂了都不管他。”

驼爷说：“这是毛驴的错误。”

司马柯说：“据我预测此种错误毛驴会一犯再犯，不信你们看。”

我有一瞬间丧失了快乐的感觉，有些事情真不能以自己的想象去发展，二狗子等于以实际行动毁掉了我们的“高尚”，他让我对人世产生了一些渺茫和困惑。我猛然间觉得岁月密密麻麻，日积月累带给我的思路是多么大的错觉。可是面对二狗子难道我们可以不让他活吗？

午后的秋阳照着我们这群意气奋发的“英雄”，只要是胜利，才不在乎头上有个包，脸上有片紫，身上有几道血痕呢。我们愉快地发现在这个时候我们聚集了女生大量崇拜加温柔的目光，这使我们迅速高大。连胆小如鼠的驼爷也趁机辉煌一把。她们争先为我们拍打身上的土，打水为我们擦洗脸上的伤，就好像一群战后护理包扎的小护士。更多的女生面对我们如同羊羔一般，好像时时有可能出现狼群袭击她们一样。我们向她们点点头，说有麻烦尽管说话。

她们就表现出了受宠若惊状。我们享受了这种殊荣，对今后的遇难者肯定就只能是责无旁贷了。

三

程超被救后脸上出现了睡梦初醒般的颜色，事情不由分说地坏下去，又不由分说地好起来。经历了大起大落的他，好像经历了一次生死抉择，那一刻他对人世的认知不是险恶，而是温暖！他仿佛在浑浊中洪门初开一样，猛然间从空幻中回到了现实。

在他的生活中，没有跳动的火焰，没有人气的感染。他素日吃饭有人端，穿衣有人拿，上学有车坐，他几乎不知道除去两眼盯着书本以外还该做些什么。他木讷、呆板、缺乏活力、营养过盛的现状破坏了他良好的形象。有关补充智力的营养品没有他不吃的。然而他个子越高，能力越差，导致了他在同学们中间的自卑感！优裕使他没有机会锻造自己。

叫他难过的是他慢慢开始恨钱了！钱让他孤独，钱让他与人相隔，钱让许多人恨他，钱让他显得目标很大。当我们如同保护一个“弱能儿”一样簇拥着他的时候，他的热情像滚沸了的开水沸腾不息，我感觉到他内心渴望奔腾的激情！他很少动用感情系统，在他眼里万物皆空。可他被我们救出来的时候，眼里滚动着亮晶晶的泪，他瓷着眼睛盯着我，就像看一个外星人一样。我被他看得浑身发毛！

我说：“程超，你不会把我关在笼里来观赏吧？我没什么特别之处吧？”

他说：“有，你的血，永远那么热，永远那么有活力，我佩服死了。”

我说：“没有什么啦，谁让你是我的朋友呢，我可没你那定力，你可真是打不还手骂不还口的好孩子，你怎么不知道保护自己呢？我还以为你要准备与世长辞去了呢！”

他说：“开始我也只好如此了，可是被你们救出来之后我突然觉得活着也不错，有朋友真是好，我不想死了。巴乔你会像对钟炜和司马柯他们那样对待我吗？”

我说：“废话，咱们的友情历史悠久，我怎么能厚此薄彼呢。”

程超当时取得友情之后激动的程度难以言说。

他说：“我不死了，我真的不想死了。我要和你在一起。”

我奇怪，我有那么大的回天之力吗？我居然能把一个人从死亡的边缘上拉回来？

他说：“任何一个人都需要爱而不需要孤独。”

程超的目光开始有了灵气，话也多起来。激动的时候喜欢嗷嗷地叫，须得有人安慰几句才能平静下来。他不惜钱，他的钱必须由我们来帮助他消费，朋友们有难他从来都是倾囊相助。我们都叫他“财神”，他也当仁不让地走上了“神坛”。若我们集体聚餐他总是积极分子，并是出钱大户。自从和我们相处他才知道钱对大部分人的用处。

他说：“他是我们的热情和勇敢拯救了他。”

我们自觉伟大无比。

其实程超和我们真正融为一体是在足球场上我发现了他的天赋，他是一个中场控制，稳中有序的最佳人选！我们班的足球实力日渐充实。程超的出现使我们组成了班足球队的“四大天王”。就在这当儿我们听说了一个令人振奋的消息：全区青年足球赛在秋季举行，此次大赛要选省“青足”尖子。我们都跃跃欲试。听说“校足队”要重新整编，很多人都推荐我当队长，体育老师正中下怀。就在我们私下开始了紧张训练的时候，钟炜出事了……

B章

一

妇人出现了母亲般的温柔，这让我始料不及，她遭受了我的痛恨、诅咒、谩骂，依然像一个做错事的小媳妇，在我的病床前姗姗而来又姗姗而去。一段时期内我老被她搞成一种错觉，她很多地方像我的母亲。我在高烧中转为肺感染，出气都有些困难，全身酸软无力，连给自己进水的能力都丧失掉了。我无能力反抗她对我的援助。她把我送到医院，她把她最钟爱的贝克锁在家里，日日夜夜守了我两个星期，她给我喂水、喂饭、擦脸、洗脚、买各种水果。并且切成小块用牙签一块一块地喂进我的嘴里，尽管我并不愿意接受这一切，可现实毫不客气地替我接受了。使病友们都误解为她是我的某一个亲人。

病中，她给我讲她看过的童话《海的女儿》，当她讲到美人鱼为了爱王子，她牺牲了自己，她什么苦都肯吃，包括割掉自己的舌头……

我被美人鱼善良的心底感动得掉下了眼泪，妇人也因此哭了……

如此孤傲的妇人，出现了如此令人不安的壮举让我感动！她的眼圈黑了，由于睡眠不足面容失去了光泽。我的心好像隐隐有些难过……我忘记了她以前的形象，对她一点一点进入了亲切的态度。

那天晚上我醒来的时候，各床病友都和他们的家属挤在一张床上睡觉，在静夜里发出肆无忌惮的鼾声，惟有妇人坐了一只小凳子伏在我的床边睡，让我心动！我感到非常的奇怪，我不敢相信这就是我以前认识的妇人。

我坐起来凑近她的脸，认真观察了一阵，觉得她身上淫荡的气息已经荡然无存，我情不由己地叫了一声姐，脸就突然地红了，我真的不知道我怎么会想叫她一声姐，之后我有些难堪。我很希望妇人不要醒来，更不要听到我的称呼。可是妇人睁开睡意朦胧的眼睛惊异地望着我，她显然是听见了我的叫声，她的目光让我措手不及！

她说："雨，你叫我什么？"

我无地自容。好像也不好反对她叫我雨。

她说："你叫我姐姐？"

她马上用手摸摸自己的脸说："我还像个姐姐吗？不！这几天一定被你折腾的像个奶奶了。"

我说："对不起……"

她说："怎么好给姐姐说对不起呢？再叫一声姐姐好吗？"

我低头不言。

她说："感觉多好啊，雨，叫一声姐姐要我听嘛！"

我不好意思拒绝就低低地叫了一声："姐——"

妇人居然被我叫得泪容满面，她突然把我抱在怀里，当时的情景一定该用肆无忌惮来形容。她说："你肯叫姐了，我的好弟弟，你再不会拒绝我了是吗？"

我并不怎么理解她"拒绝"的意思，我向她胡乱点点头。我希望从她的怀中挣出来，可是她不松手，她的松软的乳房随着她的哭泣弹性地一耸一耸。把我搞得心惊肉跳，眼花缭乱。我说："你可以睡一会了。"我把她推开，效仿着其它病友腾出了一半床位，她惊异地瞥了一眼床，有一阵她神色出现了一种扑朔迷离的陌生，脸上泛起了幸福的颜色，她发现我在看她的时候，她居然有些小女孩一般的羞涩！然后她顺从地躺下了，可是她一直一直地流泪，我真的不明白为什么我叫她一声姐她会如此激动，她躺在我身边热切地望着我。我的心就又如一只小兔一样扑通，扑通地跳！

她说："雨，你渴吗？喝不喝水？姐给你去倒一杯？"

我说："不。"

她给我拉拉被子说："闭住眼睛睡，把手交给姐，如果你需要什么，动一动手姐就知道了。”我正犹豫着该不该把手交给她，但她已经把我的手抓住了。激动过后，她很快就睡过去了，她太累了。可我反而紧张得不能入睡，但我也不敢动，一动她就很敏感地醒了。她的脸离我很近，鼻息如轻微的小风凉酥酥地吹着我，这是我第一次跟一个与我不相干的女人睡在一张床上，夜深的时候容易让人胡思乱想，望着她疲惫的脸，我很不道德地想到了一向成为我夜中形象的欧阳白雪……

二

我说：“你为什么喜欢我叫你姐姐？”

“因为姐姐年轻呀。”

“仅此而已吗？”

“当然。我有一个弟弟要活着的话比你大两岁。”她眼神悠忽掠过了一缕儿忧伤。

我说：“他死了吗？”

“是的，我24岁那年，我弟弟患肝癌，为了给他治病我退出了大学，拒绝了所有的求爱者，直奔现在这个‘款公’而来，结果弟弟没有救活，母亲也气死了。我九岁的时候父亲因公死亡，母亲攒了那笔抚恤金让我上了大学，其结果就是现在这个样子……所以你叫我姐姐的时候我想起了我弟弟……”

接着她如同患了失语症一样说：“我怎么可以眼睁睁看着弟弟从我手里死去呢？不！我得救活！”

我不知道她指的是我还是她的弟弟。

她的一对黑眼睛如同两孔不息的泉水又流了下来，她突然用手捧着我的脸说：“雨，你怎么可以死呢，你怎么可以离开姐姐呢？姐姐赔了血本也得把你救回来。你昏迷不醒的那几天，姐姐天天都在为你祈祷，姐姐的祈祷是不是很灵？”

我说：“是。”

“以后你就叫我姐姐好吗？”

我叫了一声“姐——”很顺溜的，是发自肺腑的，再没什么难堪和不安的情绪了。因为感觉中她确实具备了姐姐的亲切。

我把她的手从我脸上拿下来。

她不依地说："再让姐端详端详。"

我就只好让她端详。

她端详够了说："吃饭。"就准备喂我。

我说："让我自己来。"

她说："不行，有姐姐在，怎么可以让你来呢？"

她的执拗让我只能服从。我在住院期间一直过着这种宠爱有加的日子，一场大病让我们奇迹般成了姐弟，让我忘记了她过去的一切，她让我感受到了寂寞旅人被人关照的感动。

三

我的身体恢复了常态的时候，我看到姐姐往收银口交进很厚的一沓百元票面，收银员口罩后面的嘴喊出了两千八百七十五元，姐姐非常从容地办理一切手续，好像这是她理所当然出的一笔钱！可我的心却突突地跳起来，两千八百七十五这个天文数字反复在我头脑里活蹦乱跳，我几乎被这个数字击败。给父亲买公文包，给母亲买睡衣被这个数字推向了遥远的北冰洋。日头顿然暗了几成，世界在我眼前东倒西歪，我的头顶好像压上了一座泰山！

想起我丢失的钱，我哭了……

姐姐大惊失色说："怎么了？"

我说："姐姐你给我的钱全丢了，我本来是可以帮你交一点钱的。"

姐姐说："丢就丢了，不哭啊！姐姐能养得起你。"

我哭得更厉害了，我怎么可以让姐姐养呢？我偷偷瞥了姐姐一眼，她并没因赔本而有什么变化，脸上却洋溢着生动的欢乐。姐姐拉着我的手，好像我还在病中一样，我怕人笑话，我想挣开她，又不好意思。

回到病房，她麻利地收拾好东西。我有一种回家的感觉，可又有一种强烈的排斥。姐姐笑眯眯地盯住我，我则慌乱地扭过脸去，我的重生完全是她的再创。我觉得心里有一股酸楚往上顶。

我说：“姐，让我回日工市场去吧。”

她说：“你成了我弟了还去日工市场干什么，累了一身病我还能让你再去那种地方呀。”

我说：“你已经为我花了那么多钱，我得出去挣钱还你。”

“好啦，这个话题以后再讨论，暂时不行，你的身体还需要调养。你的事由姐姐来安排好吗？”

我又被她人道的柔情征服了。

我们并排坐在车上，窗外的景致鱼贯而过。“姐姐”一直抓住我的手，我感觉到她的手有一点欣喜若狂，我被她的手温传递过来的信息搞得心慌意乱，离“家”越近，某一种久远的气息就越是贴近。旧的记忆接踵而来，狗的叫声由远而近，叫声里好像不是因为饥饿，而是一种来自荒漠一般的孤独和渴念，让我身上的每一个毛孔都飕飕地冒着凉气……但表面的平静掩盖着我内心对未来不可预知的恐惧……

可我无法拒绝姐姐的要求，我怎么可以拒绝一个援助于自己的人的请求呢？

汽车穿过繁华杂乱的城街，我沉浸在自己的思维中，一点都感受不到它的速度。我一直望着窗外，大街上骑自行车的人千篇一律，引不起我的任何兴趣。民工进入了我的视线，我意外地觉得他们亲切得好像是自己的家人一样。他们虽然对一扫而过的车辆显得都很漠视，但我的目光却对他们充满了热切。

一辆大板车拉着煤球沿路而行，我看到车夫被拉绳勒着的脖子上的肌肉青筋凸暴，他吃力得如同踢踏而行的老牛一样，让我顿生怜悯。我的心好像被谁揪了一下！他让我想起了我的朋友钟炜的父亲，我的思想就突然出现了一个巨大的转折。

C章

一

世界在那一刻，奇静无比，月光流动的声音，以及尘埃飘落的音响都清晰可辨。谁也想不到钟炜的父亲，正在做着谁也料想不到的准备。霓虹灯在诡秘地变换着不同的色调透过窗口照进昏暗的小屋，好像是以不同的姿态耻笑他。钟炜和他的母亲正在屋外咕噜咕噜毫无怨言地喝着碗里的汤。好像这种声音对他也不无嘲讽。我站在门口颇为耐心地等待钟炜，并且不时窥视着屋内的背影。

远处鸣响着迪斯科舞曲，我看到钟炜的父亲不时侧耳细听，然后悲苦地埋下头，好像这一切都是在欺辱他此刻的心情。他那夜好像特别的阔，我发现他破天荒给自己买了一盒阿诗玛烟，从那烟中抽出一支，点烟的时候手有些抖，他深深吸了一口，咽进了五脏六腑。他给自己买了两瓶白酒一口一口地喝下去，然后他一个人躺在那张咯吱吱作响的破床上，谁也想不到他是做"一劳永逸"的美梦去了……

当我的同学钟炜和他的母亲早晨起来的时候，床上横着的是一具口吐白沫、一脸紫青色的尸体！钟炜的头顶上如同一块重石"哐咚"一下砸下来，砸得他头脑血浆一片，现实，血淋淋地流进他的眼里。他失控了，他呐喊着，奔跑着，我们谁都追不上他。那一天的风真是猛，沙尘暴昏天黑地蒙住了这座城市，迷了很多人的眼睛，风把钟炜单薄的身体掀得东倒西歪，他的生活天平严重倾斜了，天和地分不清彼此，一座城市的人心里都产生了混乱。

钟炜在这样一个天气失去了支撑家庭的父亲!

他的父亲临死前给他买了一套运动衣，但不是意大利足球服，给全家买了一袋大米，然后服毒而去。

之前钟炜听父亲说,他的长期主顾都搬到楼上去了,从此煤糕生路也断了。

他被飞速发展的现代化淘汰了，惟有苦力的他无处投注了。

二

我的同学钟炜在追究他父亲死因的时候，他记得他在一天夜晚醒来，看到父亲灯下的背影产生了一种悲凉，看到父亲脸色阴沉得没一点笑星儿，产生了一种恐怖。他突然觉得危机四伏，好像有一种幽灵般的东西攫住了他，马上就要波及到他的安宁。

他觉得父亲就要给他说一句他害怕听的话了，他看到父亲总有欲言又止的意思。一直不愿出口的话马上就要说出来了。

所以他更加卖力地学习，卖力地赚钱，近乎讨好他的父亲。每天的作业都让父亲进行一下视察，表示他多么的努力，学习又多么的优秀。可是父亲好像对他这些并不感兴趣，这证明了一切！他的心就更是提在嗓子眼上了。为了避免与父亲碰面，我请他到我家吃过几次饭。我要求母亲让钟炜住下来，让他永远碰不到他的父亲，他的父亲就永远说不出钟炜害怕听到的那句话。

但是母亲另有高见，要我们放心学习，只要条件许可，钟炜的父亲绝不会说出那句话。她说她可以向上帝保证!

钟炜顺应了母亲的话就完全放弃了警惕性，又回到他过去的生活。虽然贫困，却过得自尊而快乐。

可是就在一天中午钟炜父亲汗流浃背，慌慌张张扛回一袋面，随之追来一对男女。女的进门就唾了他的父亲一脸然后说：“你活不起了？买面不交钱就扛走了？看你也是人模人样怎这么不要脸？”

钟炜的父亲低头不言。脸是人第一保护的对象,看来钟炜的父亲也不例外。

女人看对方一言不发，就上前撕扯。却被一同来的男人止住了。他说：“是长是短你总该说句话吧？”

钟炜的父亲就说：“你们容我过几天给钱行不行？我们俩口子下了岗暂时找不到营生……”

那女人不依不饶地说："你下岗关我们屁事，瞧瞧，这年月能活得揭不开锅去偷人家的面？笑话。你没钱可挣不去找政府，糟害我们你何苦来呀。一个站着撒尿的人不能养家糊口还不如称二斤棉花碰死呢。"

女人说出了最为伤人的话，看客已闻声赶来了若干，钟炜的父亲就把头低到裤裆里去，再也抬不起来了。

那男人看看满院的破烂，好像感情系统在强烈运动，于是说："算了算了，没有钱这袋面就算送给他了，下岗工人，都有过难处嘛。"

男人的大度使钟炜的父亲脸上打了个惊天动地的霹雳！

男人又安抚说："希望在吃这袋面的过程中你能找到工作。"

钟炜的父亲就像做错事的孩子，因受到同情和包容，泪水夺眶而出，等他抬头想感谢一下男人，那男人已拽住极不情愿的女人走远了，隐隐听到女人在数落男人吃里扒外之类的话。

我能想象得到钟炜的父亲当时的眼睛一定如同黑夜来临般的灰暗，命运对他的歧视使他无比窘迫。他对自己的行为一定给予了自虐！因为在一段时期内我去找钟炜，他的目光总是灰灰的，脸上的愁苦如同煤渣儿一样哗哗撒落，走路沉重得如同腿上绑了沙袋。他对我们表现出慌张而躲避的意思，而且他的身体仿佛在我们眼里迅速变小。

钟炜也不那么快乐了。自从发生了那件事之后他对父亲只说过一句话。他说："爸，你怎么可以去偷……传出去让我怎么做人呀！"

三

我想也许我的同学钟炜的父亲就是在那一刻心如死灰的吧！

有一天钟炜对我说："巴乔，我不能买运动服了，尽管我知道运动服的钱我无权轻易动用，可我得尽快把那袋面粉钱还上，这样我父亲就可以抬头做人了。"说这话的时候钟炜声音有些哽咽，显出了这个年龄不该有的忧虑。

我对他这个美好愿望表示赞同！

可是我们"四大天王"约好的，为表示对罗伯特·巴乔的敬意，一定要每人买一套意大利足球服。我们为此已经帮助钟炜进行第二次"废品"清理。我的母亲书架上的书肯定又少了几套。如此一番努力，钟炜还差十七块钱就够了。我们决定继续从"破烂"中赚取应有的缺额。可恰恰在这关口上钟炜的家庭出了毁誉事件，钟炜想急于补救回来使他的父亲足以有安身立命的资格，他只能忍疼割爱。

我们都不甘心，我们绝不能把钟炜落下。后来我们集体降低衣服的质量为钟炜省钱，结果还差一半。于是我们决定回去向各家大人骗钱，争取钟炜的服装。我们的理由大致相同，用途肯定是学习数据一类。谁知我们的父母对我们频繁要钱早已疑心重重，凡有电话者一律拨给龅牙老师，对证事实的真相，结果肯定很糟糕。

本来我是可以对母亲明说的，可我害怕暴露了为我重操旧业带来阻碍，只得背上撒谎的罪名。不过我的母亲不会说太难堪的话，最多说一句不必要的费用是不是可以免掉？我相信你不会要钱做坏事的，商量和信任的口气我当然无话可说。

可司马柯靠他母亲的裁缝手艺生活，能够赚一些利润也不容易，对他不明真相的挥霍进行了一次武力解决！

她要司马柯脱掉衣服，否则，她说为给司马柯赚钱累得已没有力气了，打了也白打。他的母亲因对司马柯“尿床”始终深恶痛绝，只怕他有一天学的比这更坏。发现司马柯身边有个女孩，显得亲热不亲热都要进行一下严格审判。

于是在进行武力时问：“要钱到底干什么？”

“……”

“喝酒？”

“不是！”

“抽烟？”

“不是！”

“去嫖去赌？你还要不要脸？”

也许他的母亲永远也想不到司马柯会骗钱去帮助别人，在她看来这纯属脑袋进水。

司马柯的尊严被摧毁了，他憎恨他的母亲从来不把他当好人看，他说他有时真想去嫖一次，赌一把，也不冤枉母亲眼里他的坏人形象。但他还是想保住自己的形象，才终于忍不住说出了真相。

司马柯的母亲表示了前所未有的惊骇，说：“我正常供给已经是超载，你还要额外负担一个人出来，你以为钱是天上掉下来的呀？是能屙出来尿出来的呀？你以为你妈挣一个钱容易呀？”

然后就又开始哭诉她命苦，她一心一意想把他培养成才，可他就是不争气。

司马柯无言以对。

我们一并责怪司马柯不该把真相说明，如此，钱“骗”不出来，还断绝了钟炜的财路。撒谎在我们这个年龄肯定会招来深恶痛绝的骂名，就如同成人患了艾滋病一样羞耻，可艾滋病人随着时代的进步也在慢慢得到关注和理解。我们的“撒谎”谁理解呢？我们不能创造财富，我们是家里的消费者，我们当然不好理直气壮。可我们的朋友需要援助不撒谎行吗？那个时候我体验到了什么叫无奈。

龅牙老师把我们几个撒谎者一同叫去，那目光就像在打量一群刚刚结伴抢劫银行的歹徒一样说：“说吧，为什么冒充学校的名义敲你们父母的钱？”

我们都不予回答。因此一致保持沉默。

她说：“叶雨枫，我知道你给咱们班，争回了不少荣誉，但是自从你来了，班里不稳定，据说你本事还挺不小，外面有人保护你，你好好攒着吧，攒够了我再收拾你。现在我要你回答的是要钱干什么。有些家长反映学校乱收费，都是你们捣的乱！说，要钱干什么？”

为不断钟炜的财源我们宁死不说。

龅牙老师就不许我们去教室听她的课，要我们在太阳底下曝晒三小时，认真自省。我们被太阳晒得两眼冒火，眼前红一阵黑一阵。

钟炜不忍了，他终于向龅牙老师“供认”了。

可是所有的人都觉得不可信，如此美好的原因怎么还要遮遮掩掩呢？龅牙老师认为钟炜在蓄意包庇。

钟炜说他敢以人格担保。但是龅牙老师并不信任他的人格，因为我们中间有司马柯。于是我们就成了彻头彻尾的骗子！司马柯就随口道：

天苍苍野茫茫，
今年的希望太渺茫，
水弯弯路长长，
没钱的日子太漫长，
今夜能否结伴抢银行？
接头暗号是新年好！

龅牙老师显然是听到了，但她不予以理睬。因我们和司马柯扎堆，在老师眼里早已与“好”字无关了。我们似乎也不太在乎这个看法，反正我们有我们的想法。可是，通过这次谈话，让我纳闷的是龅牙老师到底认为我做错了什么，还攒多了才收拾我。这让我心存不安。阴影一直停留在我心里，事实上我还是在乎自己在老师心目中的形象的，我心情并不愉快。

司马柯说：“别理她，说我们是骗子，她哪一天不在用骗术，说不定又在诈你呢，沉住气。《三国演义》中的故事哪个没有高明的骗术能达到目的。”

我的心方才舒缓了一些。

龅牙老师再一次进行了座位大调整，把我和钟炜调到了最后一排，与司马柯一排。谁都知道这是被打进“冷宫”的无声惩罚！老师不会再与你对话，更不会对你的学业有所关注。在我们的心里，学校就像皇宫，最后的座次就犹如“宗仁府”。凡座位在倒数第一二三排者统属于“宗仁府”的要犯。不仅老师不予以理睬，而且也时时提醒我们的前座对我们进行群体隔离。

奇怪的是，“四大天王”里的程超却岿然不动。这让程超异常愤怒，他要求龅牙老师一视同仁。可龅牙老师对程超的命运好像不属于她把玩的范畴一样，在她心里程超是可以犯错误的，犯了错误也是好学生。

程超为此颇为苦恼。他最大的恐惧是怕我们与他有隔离感。可现实却时时提醒他与我们的不同。究竟是什么东西在离间我们的友谊呢？不知道！

但程超是不允许我们彼此隔离的。他认为金钱能解决了的问题是最简单的问题。于是他领着我到他们家设计了一个欺世盗名的大骗局。

他的母亲虽然不漂亮，但看上去很“单纯”，是那种比较容易骗的女人，程超受了二狗子的启示，当着我的面向他母亲说：“妈妈，大事不好！我打了别人的眼镜需要一笔赔偿金，而且是防疲劳高级的。”

他的母亲出现了意外的神色。

他说：“我不是故意的。”

他的母亲问：“打了谁的眼镜？”

程超就把我陷害进去了，虽然我当时脸红了一下，但假如她要对证，我绝不会拒绝这个美妙的“陷害”。

程母看了我一眼说：“说多少？”

程超瞥了我一眼，本来一百八就够了，他勇敢地说出了三百！我吓得闭了一下眼睛。程超搞到了一笔冠冕堂皇的资金解决了我们的服装问题。我们跑在通往运动衣专店的路上疯了一样，全都欢喜欲狂。

我们惊奇地发现，程超一点都不呆！他常常得到别的启示，去其糟粕，取其精华，成为他撒谎的妙用。他成了我们的功臣，我们都为他祝贺！

四

那一天风是柔的，云是白的，我们的心情畅通无阻。就在这天夜晚，我们共同穿上了崭新的意大利足球服，整个城市一片肃静。人称“四大天王”的我、程超、钟炜、司马柯点燃了无数支蜡烛，做成四个心形，录音机放着《水浒传》的主题歌，刘欢唱着：

该出手呀就出手，
风风火火闯九州……

在这样的歌声中我们隆重举行了

“四球王结义”仪式。结拜的过程非常精细，我们在举头望星空的时候能听到彼此心的跳动，在四双手紧紧相握的时候，能感受到血管里的血在激情中迸溅！从来不服输的黄飞鸿是我们心目中的偶像，因此我们把黄飞鸿的画像作为“祖师爷”，取名“飞鸿帮”。“飞鸿”代表着力量，“帮”代表团结的意思。我们决定谁有困难我们就帮谁；抵制外来侵略；如同黄飞鸿一样永不服输！

我们四双手握在一起的时候，灵魂深处响起了一曲圣洁的歌，在寂静的夜晚萦绕，盘旋，使整个星空都欢乐起来。我们选择夜晚排除喧嚣以求肃穆。那一夜我们个个都非常陶醉，受了《水浒传》的启示，产生了这样这个伟大的设想。我们一下子从孤单的生活中获得了一个群体，感受了有兄有弟的温暖和满足。尤其是从小被父母逼着成为全才的程超，更是快乐得如活蹦乱跳的小鹿。性格完全从自闭、孤僻中解救出来，像一个关久了的小鸟飞向广阔的蓝天一样。他说他有了朋伴，有了弟兄，比过大年都兴奋一万倍。我们都知道孤单是很容易被人打败的！

我们的心灵有了依存，有了力量，再不怕有谁欺负我们。我们要创造一批具有战斗力的队伍，最远大的理想是夺取“青年杯”足球大奖赛的最高奖次。

最现实的问题是抵制外来侵略。我年岁最小，但“球技”第一。因此，排行老大。于是“飞鸿帮”在校园里不胫而走。我的威信也与日俱增。罗伯特·巴乔更让我光彩夺目。

程超高兴得哇哇大叫，他说：“星辰作证他再也不孤独了，他要活下去！他希望我们‘四大天王’永远是朋友，缺一不可！”

我们谁也没有意识到那是程超永恒的誓言。

而我包含了对于昨天的回顾和俯冲，又丝毫没有放弃对未来的全方位思索，深藏在内心的向往又重新出现，我望着天上的星星憧憬着我们在“青年足球赛”走上奖台的壮丽图景，好像这个比赛我们已是稳操胜券一样。我看到猎猎的红旗在我身后飘动，无数双眼睛注目着我，喝彩声此起彼伏……我被自己感动得热泪盈眶，我已经不知道怎样描述天空上翱翔的鸟群，它们轻捷地高高飞起，如同我想象的高度，因为虚幻而使我听到它们的声音来自天堂！我不明白它们在高空上追逐是一阵猎猎的雄风，还是对翅膀的练习？它们经受过风雨的打击，但它们从来不败，风过雨停之后，我隐约看到它们倾斜的身体，在喧嚣的云端颠狂，在稀薄的空气里激发青春的血气！我的生命并不宁静，我是那么渴望轰轰烈烈。

司马柯说他最大的愿望是消耗体力从此不“尿床”，希望他的母亲不再认为他可耻……他每天都在对自身作着最激烈的超越。

钟炜则面对程超的援助表现出不安的情绪，他说他最大的愿望是永远和我们一同上学。

然而，现实的残酷让我们猝不及防，正当我们欢天喜地的当儿，钟炜的父亲与世长辞了。

这使我们顿然对生活产生恐慌。

钟炜拥有了这一套我们费尽心机得来的意大利足球服，已是毫无意义，因为他不能再上学了，尽管此话不是他父亲说出来的，但父亲以更残酷的事实说出了这句话！想继续活下去他就必须和母亲一同打拼糊口的费用。

钟炜的天塌了！我们所有的人都为钟炜面对的严酷的生活低下了头！

钟炜趴在父亲的尸体上哭着说：“爸，我已经把面粉钱还上了，你为什么还要去死？为什么？你到底为了什么呀？”

B章

一

姐姐带我回到家里推开门，哦！屋里的整个景致全都焕然一新，一改以前秋叶般的黄色，全部是粉白相间，地毯、窗幔、沙发巾无一例外。我的心情在恍惚中顿然畅通起来，以前那种满屋里浑浑噩噩的不祥气氛没有了。取而代之的是最适宜我心情的一种颜色，我好像进入了一座梦中的理想宫殿，一段时间内我站着一动不动，贝克“呼”地扑上来，对我表示了最大意义上的愤慨和敌意，那凶狠的目光寒光闪闪，如同两把擦亮的剑直刺过来，好像它面对的是一个夺人所爱的强盗，几个月来我曾一直侍奉它，它在我面前摆足了谱，卖足了关，它是我的主人，是我的上帝，我是由于它的存在才可以赚一点薪水。狗仗人势是贝克一惯的秉性，它虎视眈眈地盯着我，准确地表达着它因我而受到多时的冷落和孤独，表示着最为坚决的抗拒。它一扑一扑地狂叫着示意我滚蛋。我知道贝克是姐姐的亲随，为了维护姐姐的脸面我不好对它怎么样。但是姐姐并没有注意到我对贝克的态度。她把贝克叫开，贝克转怒为喜以为争取了姐姐的所有权，姐姐却对它一反常态，如一个情窦初开的少女拉着我在各个摆设精美的房间里穿进穿出。

她不停地问：“雨，喜欢吗？你喜欢这一切吗？”

“雨”已成了她的专利，我难以替她修改过来。在她轻盈的操纵下，我动作极其被动，我木木地回答说我很喜欢！

姐姐的脸上就更是流光溢彩，好像一个工程师完成了一项重大设计完满交待主人一样，我总觉得哪儿有点不对劲儿，好像我是这所房子的主人一样。

贝克先前还在我们脚下跑进跑出，雪白飘逸的长毛一张一张的，好像对姐姐突然的快乐表示不解，但是为迎合姐姐的快乐很是乖顺了一阵，通常姐姐外出回来总是要优先给她表示一点亲切感然后再做别的事。而此次它做了最大努力的奉迎，却没有得到姐姐的青睐，就蹭着姐姐的脚踝拼命提醒着自己的存在，心急火燎地争宠卖乖，并且不时抖擞起精神表示它依旧有着青春的血气，过分的殷勤把姐姐搞烦了。姐姐今天的情绪不在它身上，她的全部精力都好像是希望我快乐，为扫除障碍她狠狠地踢了它一脚，贝克“嗷”的一声站在一边愣住了，很长一段时间回不过味儿，好像一个无错而受屈的孩子，那眼神里的内容完全是受到移情别恋打击后的伤情，贝克赌气地卧在一边，呜呜哇哇地嚎叫开了，好像天道人间都需要它重新理解和认知，它敏锐地感觉到它走向了主人心灵的边缘，它丧心病狂地嚎叫得让人毛骨悚然……我似乎有那么一些快感，我终于在这个家里争取到了人的资格，我瞥一眼贝克有那么一点扬眉吐气的感觉在头脑里游荡。

二

云朵不断地飘过，屋里的光线或明或暗。姐姐像一只快乐的蝴蝶在屋里飞来飞去，她把我安置在沙发上说：“姐姐给你买了各国最好的动画片光盘，乖，自己打开机子看，姐姐给你放水把身上带回来的来苏水味洗掉。”

我一听动画片，一切莫名其妙的感觉都丢到九霄云外去了，整个一个下午我都在沙发上度过，姐姐好几次催我洗澡我都不予以理睬，及至姐姐亲自过来给我脱衣服，我才向她投降。

桔子皮、香蕉皮，扔了一茶几，姐姐也不嫌乱。随着动画片剧情的高潮迭起，我一会儿高兴得哇哇大叫，一会儿笑得死去活来。一会儿又被惊险片段搞得屏声静气。阳光路过我的身体也对我的忘乎所以产生惊讶。

贝克陌生地望着我，显然对我这种喧宾夺主的态度及其反感，不时怪怪地叫几声以提示我自重。但她更多的时间是陪着姐姐不停地更换她新买的衣服，变换脸上的色彩与口红的搭配，每换一套，贝克就自告奋勇地举起前蹄舞蹈般欢叫着向姐姐表示祝贺。但是姐姐已经不屑于它的欣赏了，她每换一套都必须请示我的批准和认可，我的现成词汇是心不在焉的“好看”或是“漂亮”！姐姐就信以为真。穿了一个轮回，最后让我决定到底穿哪一套，我头也不回地说就穿你身上那一套吧。

姐姐说：“雨，你根本就没有看姐姐吧？”

“瞎说，我看了，姐姐穿什么都好看。”

“真的？”

“当然是真的。”

姐姐跑过来坐在我身边说：“姐姐不老吧？”

我说：“不老。”

“姐姐好看吗？”

“当然。”

“比起实际年龄呢？”

“年轻十岁。”

“真的？”

姐姐像一个天真的小姑娘，好像我信口说来都具有返老还童的功效，居然惊得哇哇大叫，之后在我脸上飞速亲了一口。

我警惕地坐起来，盯住姐姐说：“姐姐你怎么可以这样，我不喜欢你这个动作。”

姐姐就笑了，用手拧了下我的鼻子说：“小样儿，你是我弟弟怕什么。”

我又开始困惑不安了，我不知道弟弟到底该不该接受姐姐这个意外的举动。难道所有的姐姐都会这样对弟弟吗？可是她这样我觉得身上有不自在的反应。但是我又看不出她有特别的恶意。

然而贝克却突然蹿起来，“汪！”地朝姐姐叫了一声，双目突然变得血红。两只耳朵高高地竖起来表示了它在姐姐面前的绝对权威，并且用牙齿咬住她的真丝裙裾，拼命撕扯着把她拽开我身边。

姐姐喊了一声：“贝克你疯了？看把我的裙子闹的。”

贝克不管疯不疯，宁死不松口。姐姐打了它一巴掌，它不仅没有松开的意思而且紧紧地抱住姐姐的腿不放，表现出一种锲而不舍缠绵悱恻的情绪，血红的眼睛哀求地望着姐姐居然流出了两行清泪……

可是姐姐好像并不注意它此刻的情绪，只心疼她的裙子，我知道只要我说什么好，姐姐就贵为珍宝。结果，贝克好像今天铁了心要讨回公道，它不允许姐姐厚此薄彼，它真心真意地围着姐姐欣赏了她一个下午，其结果不如我随便丢给她一个“好”字吃香。

贝克不依了，贝克拼命撕扯姐姐的裙子，它根本不考虑人与兽毕竟该是有差别的。优质的丝绸在贝克的牙齿下转眼间密密麻麻咬了无数个孔。姐姐大惊失色，气得操起笤帚就痛打一气，贝克，并不因此服输！它大发雷霆表示着它在姐姐面的绝对权威，但我发现姐姐已不认账。

姐姐朝一旁发呆的我说：“雨，快帮我把它搞开。”谁知贝克的矛头转瞬间对准了我，一场残酷的战争开始了，贝克的凶狠绝不亚于一个报复性很强的武士，它的敌视态度令我发怵，它的个性确有些阳刚之气。它把我的手腕咬破，把我的脚踝撕下了一块皮，我疼得哇哇大叫，我刚从病床上下来又受了伤。

姐姐大惊失色地喊：“贝克！贝克！你想气死我呀？你要再横，我不要你了。”

贝克好像是听懂了姐姐的话，停下战争静静地朝姐姐望去，姐姐蹲下身子装出一副柔情似水的样子把它诱骗过去，帮我摆脱了它的纠缠，然后姐姐就痛打了贝克一气，贝克只是呜呜哇哇地哀嚎却并不对姐姐下口，姐姐手软了。

贝克最终是被姐姐的柔情征服下来的，她拍了拍它的脑袋，贝克就败下阵来贴着姐姐的胸脯呜呜咽咽地哭了。

战争过后姐姐把贝克软禁在我住的房间，这天晚饭贝克破天荒没有与我们共同进餐，姐姐拿了一瓶威士忌要我陪她对饮，她说好久找不到与她对饮的人了，说男人是狼，男人是猪，男人都是一堆垃圾！男人连狗都不如。她说雨，给姐姐斟酒。

我就给她斟酒。

她还说：“雨，你知道你有多么好吗？你纯净得就像透明的水晶，我不能放你出去让社会污染了你，我能养得起你，我要给中国留存一个干净的男人。”

我不完全理解姐姐的话，我也并不了解我与其它的男人有什么不同。

姐姐说男人自古就有自私、贪婪的属性。皇帝拥有三千佳丽，六宫粉黛，还要拈花惹草，而女人必须服从、认可，才是豁达大度。你说女人还是人吗？直到现在也是如此，有钱的男人就可以随心所欲，他们对每一个女人都带着玩儿的心理，他们从来不懂得阅读女人的心灵之书，女人一经被他们得手，用不了多久就成了一块抹桌布。若女人有一点非分之想男人就像地球爆炸一样……

姐姐哭了，她说："雨，你可以永远做我的弟弟吗？"

我说："永远！"

姐姐就笑了。

姐姐说："你这傻小子，我说你欠我钱，你就果然回来还我，像你这样的人到社会上还不天天吃亏呀！"

我停住吃，望着姐姐想，难道我还得不对吗？

姐姐勾起食指刮了下我的鼻子说："傻样，看什么看，快吃，把这一段时间的身体亏损的都给我养回来。"

然后她逼我吃这吃那。好像我的身体是属于她的一样。

她对营养学有一套自己的理论，所以对她的调配很自信，我必须按照她的食谱全部吃掉她才高兴。

三

姐姐从浴室里走出来，穿了一件紫粉色的丝质睡衣，喝了威士忌的脸微微泛红，前所未见的漂亮，如同早晨出水的芙蓉。在黄爽爽的灯光下如同涂了一层朝晖，和在医院比起来年轻了好几倍。

我说："姐姐你今天好漂亮啊！"

她说："小傻瓜，姐姐以后天天都这样漂亮。"然后她拉着我走进她的卧室，他要我睡在她的床上。

我说："我不，我怎么可以睡在你的床上呢？"

她说："你是弟弟怕什么呢？在医院不是一直这样吗？你在昏迷不醒的时候都是姐姐给你擦澡，替你接尿。姐姐什么没有看见，小样。"

我的头嗡一声炸开了，仿佛被人扒光了一样羞愧难当。

我说："姐姐，你怎么可以这样？"

"我怎样啦？我不替你接尿，让你尿床上呀？不给你擦澡满身污垢臭汗能往床上躺呀？"

她又说："你看你的手破了，脚也伤了，身体还需要调养，晚上姐姐得叫你喝水，你怎么可以不在这里睡呢？"

我说："我可以自己照顾自己。"

她说："傻小子有姐姐呢！"

就搂过我来边为我解扣子边说："你不是答应不拒绝姐姐了吗？"

拒绝？我的心突然慌乱起来。原来姐姐所说的"拒绝"有如此深远的意义？一种感觉如同一只不祥的鸟匆匆飞过。

我说："我希望你永远是我姐姐。"

"是的，难道我会变成哥哥吗？我当然也不会变成妹妹。"

"我不是这个意思，我要姐姐，我不要女人。"

姐姐停住解扣子的手意兴阑珊地看着我说："姐姐就是女人，上帝也改变不了的，小傻瓜。"

我想逃出她的怀抱，可是又不好意思。我没有了从前的勇气，我不知道这是为什么。

姐姐解扣子好像很费力气，她像挑着千斤重担一样，呼吸很是粗糙而紧张。

我说："姐姐你怎么啦？"

她说："不怎么。"

"不怎么你喘这么粗的气？"

"不要说话，慢慢感受。"

"感受什么呢？"

姐姐并不说感受什么，她急迫地解开最后一个扣子，衣服就像哗啦打开的一扇大门，姐姐用手仔细地抚摸着我的胸肌，身体就软软地贴在我的胸脯上……恐怖就整个地挟裹了我，我的脑袋突然一片空白，我的脸烧得厉害，惊恐不安的情绪持续上升，好像我马上就要坠入火海一样，可是我的意志就像被巫婆施了魔术一样软弱无力，我推姐姐，姐姐不动，我只觉得她的手抖抖索索地解我的裤带。

我说："姐姐我不脱裤子，我不脱……"

我听到贝克在我的房间呜呜哇哇地哭……

C章

一

贝克的眼睛让我打了个哆嗦，它使我想起了一个人的眼睛——“脚”！他和贝克竟是有如此的相似，他每看到我和欧阳白雪谈笑风生，他的目光就发出如同贝克一样青紫恨恨的光……

欧阳白雪如同天上飘来的一片雪花凉凉地贴在我的脸上，我第一次接受女孩子的吻，其实就是欧阳白雪。她的嘴如同小狗的舌尖凉凉的，猝不及防。这个吻给我留下的感觉就如同装进瓶子里的一个保鲜的桃子一样，那样鲜美，那样清晰，那样令人颤栗，令人心猿意马……她占据了我全部的记忆。

我知道什么叫坚贞了，坚贞就是有一种记忆，拒绝同样的行动入侵！如果记忆不牢，同样的行为就会无数次地侵占。但记忆如同一段旧梦，我终无找到破解友情和爱情之间的密码，就像一首淡雅的诗，长久地徘徊在语词的边缘。

我不知道母亲是不是想错了，她一直认为我和欧阳白雪是友情，我也一直以为是友情，可为什么姐姐企图入侵时，欧阳白雪就会出现在我的思想里毫不迟疑地进行干涉，她是我身体的忠诚卫士，警惕着每一个毛孔的越轨现象，好像我身体的每一寸肌肤都该是欧阳白雪才有权利碰它。

欧阳白雪一出现我就恨姐姐，讨厌姐姐……我最近老是耳热心跳，欧阳白雪的一举一动、一言一行都因为姐姐而活跃在我头脑里，我使劲遏制某一种想象，不让它发扬光大，可是不行。夜晚我争取了独居后，开始对欧阳白雪有着无限的思念……

二

是该讲讲我和欧阳白雪的事情了。欧阳白雪是拯救我们“四大天王”的天使。

钟炜的父亲死去，我们都哭了……

世界突然变暗，万物都为此沉默无语！黑夜掩盖着我眼角间不时滚落出来的眼泪，一切的欲望似乎都标上了价格，欲望越高价格就越大，我惊奇地发现每一次的梦想背后都被金钱切割得支离破碎！没有了钟炜，我们的“青足”比赛很难成功。没有钟炜，我的生活枯燥无味。我有几天茶饭不思，想到钟炜在二狗子欺侮我的时候他敢挺身而出。又想到“脚”用金钱离间我们的友谊时他大义凛然的拒绝，奠定了我们牢固的友谊。可是分离让我尝到了类似双胞胎断脐一般的痛苦！

我们怎么可以让钟炜失学呢？

可我们又有什么办法留住钟炜吗？

我们没有更好的手段，只能决定轮流想办法回家诓我们的父母而取得援助，甚至不惜背上坏蛋的名声。可是过去只是学费，现在还有生活，我们的骗术再高恐怕也难以承担一个家庭的负担。何况钟炜也不会接受我们的帮助，他说这样生活他会在同学们之间自卑得死掉！

后来欧阳白雪向我们提供了一个绝妙的而且是非常阳光的办法，在全校倡导一次捐助活动，每个人一块钱，一千个人就一千元钱。哦！一千元对我们来说可不是个小数目。这个提议立即把我们的烦恼赶跑，并且得到认同！我看到我的朋友们对此眼睛个个发亮，对欧阳白雪的提议佩服得快要死过去了。

那真是一个激情磅礴的时刻，我们撰写了一份《一元钱的爱心捐助》倡导书，执笔者是司马柯，经过了多次修改，终审是我的母亲。此活动得到母亲的援助，竟慷慨解囊交给我一百元钱捐金，母亲给足了面子，倡导者毫无疑问得由我来承担。母亲说如果帮助钟炜能为我找回快乐，她是在所不惜的。

母亲很欣赏我的勇气。

那一刻我觉得我是世界上最为得意、最为幸福的人，母亲是世界上最美丽的母亲。我们在设计这项活动的时候，母亲完全成了我们的忘年朋友。她的脸上不时出现少女才会有的欢乐，把我们激动死了。经验告诉我，当我们的某一项活动和某一种思想得到成人的支持时我们的自主意识会迅速成长，如果得到他们的参与，我们的人格会非常健康。一切偷偷摸摸、撒谎欺骗都会销声匿迹。

我当然知道母亲不愿意让我失去钟炜这个朋友，是因为母亲在钟炜身上找到了她少年时代的特征。母亲很看重钟炜的节操。母亲认为钟炜需要的只是经济上的援助，而司马柯和程超却是心理上的治疗。为利于我更健康地成长，母亲更偏重于我和钟炜的友谊。

我说："妈妈你愿意参加我们的活动吗？"

母亲说："当然愿意，我要看着你演讲成功！"

站在一张高桌上我仿佛成了世界巨人，那一刻，神圣和高尚都不足以表达我的感受。进行"扶贫"演讲时，我开天辟地第一次有了成为主角的感觉，我并不知道其效果是让我泪流满面，使在场的人都情动于中，不仅聚了全校的学生，而且把所有的老师都惊震得不知出了何种意外，纷纷从各个办公室扶着眼镜，眯眯着眼睛应声而来。

我说："同学们，老师们，钟炜是我们的同学、我们的朋友、我们的兄弟，他的爸爸妈妈曾经都是纺织工人，为社会做过重大贡献，我们的裤子、衣服，还有空中飘扬的红旗……每一缕布丝儿都是他们的心血。可他们现已下岗，生无着落。父亲刚刚不幸去世！钟炜同学因交不起学费就要离开我们……同学们，为挽救一个失学的兄弟，伸出友谊的双手救救我们的同学！多一双友谊的双手，世界就会多一点关怀和爱！钟炜同学一直以收废旧物品维持学业，而现在学余时间的收入已不能维持他的全部生活，如果我们每一个人少吃一根冰棍，少进一次游戏厅，节约一元钱就能挽救钟炜同学的学业……难道在我们魏城的高楼群起之下、在色彩斑斓的霓虹灯下、在我们的街上还要出现丹麦街头'卖火柴的小女孩'吗？"

风静静地吹来，我抑扬顿挫的声音回荡在空中，动听得如同来自天国的音乐。喧嚣的世界由此静谧下来，我感到了一种放松、一种骄傲。我看到欧阳白雪哭了，司马柯哭了，程超也哭了，母亲在最不显眼的地方频频向我点头。所有的老师都低下了头，很多同学都流下了眼泪……他们一定是添加了个人的无穷想象和爱的情绪了吧？我看到同学们生动的热情，如同一片火焰找到了出路，照亮了寂寞的面孔……

我被自己营造出来的这种气氛感染得泣不成声，当我将一百块钱率先丢进捐款箱里时，所有的友爱之手都随之而来，甚至校长和老师都不例外，程超捐了一百块钱，司马柯由于刚刚受了母亲的责骂，捐款五元，可我看到了司马柯愧疚的表情始终低着头。有的同学没带钱，写在纸条上“十元，下午交”“五元，下午交”，于是条子上出现了大小不等的数码……

捐助高潮迭起，平时那些麻木不仁的面孔，都激起了热情的光泽，我和欧阳白雪每收到一份捐助就要深深地向“爱心”鞠一躬。我们始终被感动得泪流满面……

这一刻一股阴冷悄悄地弥漫过来，一双青紫恨恨的眼睛在我和欧阳白雪脸上扫描。就像天上突兀飞过来的一片黑云挡住了我们的阳光。“脚”，摆出“爷”的派头走了过来，他手里晃着一百块钱，立即引起我们的关注。他的嘴角嘲弄地向上微翘着，我们无心探究他的真实意图，为他的慷慨我们一并给予尊重，向他鞠躬致意，可是情况变得让我们猝不及防，如同晴天霹雳一样，一百元票子捏在他手里，让我们眼睁睁看着他一下一下非常有力地撕成碎片，然后他一半摔在我脸上，一半摔在欧阳白雪脸上。然后面目狰狞地笑了。

一校的师生都惊下不动了，所有的人都出示了探究之心。也许我和欧阳白雪的行为让许多同学感到不真实，那么“脚”的行为就更让人意外。

“脚”说：“烧包样儿，别以为你们高尚，你们让大家支助的是一个贼毛！钟炜的父亲是贼，是小偷！他偷了人家的面……”

事情的突然转折，顷刻间空域里布了一层厚厚的呆木，捐助的高潮开始跌落下来，我们的行为也顿然失色。校园肃穆得让人发怵！

可聪明的欧阳白雪力挽狂澜，她说：“谁证明钟炜的父亲偷过人家的面，就算是事实，可这跟我们的同学钟炜有什么关系？真实情况是钟炜的父亲无钱买面，粮行老板同情下岗工人送给了钟炜家一袋面，但钟炜同学为了心安，他用自己攒下的买运动服钱还上了面粉款，这说明钟炜同学良好的品格。应该说这是我们受到学校教育的良好结果。这样的同学遇到不幸我们为什么不可以捐助？”

她又对“脚”说：“你不愿意捐助完全可以，可你撕毁人民币是犯法！”

我和司马柯、程超以及更多的人为欧阳白雪鼓掌。情况就又出奇地转败为胜。

我觉得周围的一切已经沾染上了我们的情绪。校长一定是受了欧阳白雪的提醒，说钟炜的品格是受了学校的良好教育的结果，我看到校长的眼睛闪过了一个亮点，然后他为我们发起的这个倡导很是赞同，并且很快把我们这个举措巧妙地过渡成了学校的举措。校领导加入到我们的行列以学校的名誉为钟炜送去了三千元的捐资，我们亲自看见钟炜和他的母亲感动得痛哭流涕，跪在校长面前感恩戴德，电视台闻讯赶来，学校为此大做文章，校长上了报纸，无意中打造了南中的品牌……

司马柯咬牙切齿地说：“这叫‘剽夺’！”

我们一并都愣住了。

他说：“这是学校行为？这本来就是我们发起的，上电视的应该是我们！”

可我们当时对司马柯提出的问题不感兴趣，让我们最为乐不可支的是，我们战胜了“脚”，把钟炜救回来了。“四大天王”又可以在一起了！完满对“青足”大赛又恢复了信心。

程超高兴得像撒欢儿的马驹嗷嗷大叫。后来他又以考上清华为由给父亲做了一笔交易，逼迫父亲捐给钟炜一千元人民币，为此也上了电视。

三

我又有一个新的名字叫“阳光男孩”。这是欧阳白雪的馈赠。回想起来那时候是我有生以来最为阳光的时刻，程超说我演讲的风度绝不亚于“五四”时期的爱国志士。母亲说我给了她一个最为满意成绩单。因为她看到我有一个健康的心态她引以为豪。只有父亲对此保持沉默。

那一天的太阳是新的。蓝天像用水洗过一样干净。麻雀在天上翻飞，一片片羽毛都纷纷飘落，我极力抬起头来想看清鸟群飞翔的姿态。朗朗的天空让我觉得世界真美!

我一再重复着成功后的惊喜，我不停地阅读我演讲的过程，不停地回顾那些平时冷漠的脸被我唤起的热情。一种新奇的体验塑造了新的自己。随着时间的推移这件事竟一再在我内心掀起激动的高潮，就像一次富有诗意特征的行动。在周而复始的学习中产生着厌倦的我们，热情被刻板的生活日日消解，那一次行动仿佛是为我们的身体进行了新鲜血液的补充。我尝到了领袖的味道。那是我在南中走向被同学拥戴的巅峰。那个时期我大批量地收集了女生们慷慨地送来的甜蜜的崇拜。任何一个人都渴望体现自己的存在，这种欲望在我心里表现得尤为严重。我的自信一天天壮大，甚至连龅牙老师都有些嫉妒。她看到很多人愿意和我扎堆就无端地皱眉头。

有一天下午活动，我们踢足球迟到五分钟回到教室，龅牙老师如同一把硕大的铁锁把我们隔在门外。

她说："干什么去来？这儿是学校这儿不是自由市场，学习的一个也找不见，节外生枝的事一个比一个多。"

我们自知有错，一并不安地低头不言。

她说："叶雨枫，干什么去了。"

我说："踢球……"

"哼哼！踢球，又是踢球！你以为你是谁？巴乔？马拉多纳？我告诉你，学习是一个学生的天职，其它都是枝节，别以为自己有什么了不起，你是上帝？是救世主？学习赶不上一切都是零！不知道你一天姓甚名谁了。好好管理一下自己吧你。一个七十分的角色有什么好得意的。程超，跟上大牛犊拉屎哩是不是？像你这样的好学生一天和'他们'扎堆你丢不丢人呀？你看你现在变成了啥样？你爸的愿望是让你朝清华、北大发展，照你这种状态还要不要你的目标？钟炜，你也有资格混日子吗？你要知道你的学习机会是怎么搞来的，别说五分钟就是五秒钟你也混不起你知道吗？至于司马柯同学，你愿不愿意学那是你的问题。但你不能影响别人。"

我们被这话刺激坏了，当着全班同学的面，扫我们的威信是我们这个年龄不能接受的。本来很是内疚的心变得愤怒起来。龅牙老师的三言两语就把我们分成了三六九等。人格的损伤使我们的心顿然进入灰暗。

钟炜好像做了对不起天地良心的事，脑袋耷拉得如同挂在树上的一颗坏梨。因为接受了学校的馈赠，卑躬屈膝成了他的基本特征，好像只有这样才能对得起大家。

司马柯是一副破罐子破摔的无所谓样子。

程超就完全表示愤怒！

我们听训后回到教室，我首先接受了"脚"幸灾乐祸的刺激，然后在全体同学面前威信大扫。

可这也挡不住很多同学和我们走近。他们纷纷要求参加我们"小飞鸿"足球队。壮大力量我们当然不反对，"头领"的风光一天天让我占尽风流。后来我们很有些"社会"味儿，设计了一批名片，为了更加气派，采用了"飞鸿帮”！这就深深地殃及到了“脚”在班里的至高无上。他开始了他独特的表达方式……

四

在一段时期内，我们在回家的路上都不同程度地受到外来侵略，有钱的被抢走，没钱的痛打一顿，打者申明是受人之托。一说受人之托，我们立即明白是谁的勾当了，这是“脚”惯用的手段。我们每天都居无宁日，不得不花费些精力应付“入侵”者。虽然我们不服输，但还是吃亏居多。后来学校用了保安，结果保安只是聋子的耳朵——摆设，他们只管校园周边的安全。二百米以外的事与他们无关。最可气的是，欧阳白雪在一天夜晚受到“脚”的非礼，“脚”把欧阳白雪拽到下水沟里，说要和她“战斗”一次，成为“战友”。他说他对她已经够客气了，他真心真意对她，她居然公开不给他面子……

就像一种心灵的感应，我仿佛觉得有一个声音在呼唤我，那天夜里有风，风声挟裹着惨绝人寰的呼救，可是我难以辨别方向，声音好像很近也很远，我站下来仔细听，我听到了我的名字，再仔细听，辨清声音是欧阳白雪无疑，我不知道这是我的幸运，还是倒霉的征兆，当一个人在危难之中喊我的名字，我就觉得我是上帝，是救世主，我的英雄气概也便随之而来，何况是欧阳白雪！

声音时远时近，我努力随着声音去寻找目标，当目标突兀出现在我眼前时，我并不知道和她扭打在一起的那个男生就是我们班的“脚”，我照准他的头一书包砸过去他就松开了手，欧阳白雪如同一只受惊的小鹿脱出身来，唏唏嘘嘘哭着躲在我的身后，“脚”一跃而起，我又一书包砸过去，他再一次倒下，欧阳白雪拉住我示意快跑。可就在这当儿，“脚”“咻——”地吹了一声口哨，自己夺路而逃，四五个人即刻围了过来和我战斗，我一个人势单力薄，拼命想在欧阳白雪面前显出英雄本色，却是力不从心，打了几个回合。我找机会拉着欧阳白雪朝有路灯的地方直奔而去，打手把我绊倒之后当胸给了我几拳，沉闷的疼痛让我直想呕吐，我知道遇上了真正的打手，意志中不想服输。我伺机反扑，可是一只脚夯样地踏在我的肚子上，我贴在地上动弹不得。

欧阳白雪吓得哇哇大叫。

可我发现来者不是别人正是歪帽子，歪帽子一看是我好像愣怔了一下，然后就松开了脚。

他说："小雷锋，你他妈怎么老是搅我的局，放着好好的书不读，犯着打架的瘾是怎么着？不行到我手下干几天？"

"呸"！我唾了他一口，故意显得自己很坏好像才比较厉害。

我说："小雷锋早就是三年前的事情。你少给我拉近乎，要打就来吧！"

歪帽子说："打你不成问题，可我答应过要帮助你的呀？"

我说："我死了也不会接受你们的帮助，如果我没有猜错，你又是受人之托吧？"

"当然，我知道托我们'护架'的人比你坏一万倍，可是他能为我们提供票子，不用我们费力去抢，我们当然要为他服务。你得罪谁不好，非得罪一个谁都惹不起的人。今天晚上算你走运遇上了我，我再放你一马，希望你以后少管闲事，如果还有下一次可别怪我手下无情，事不过三你知道吗？"然后他们就走了。

只剩下了我和欧阳白雪，我们好一阵谁也不说话，欧阳白雪哭得很厉害，我好像也不大会哄人，但我觉得我有义务抱抱她，她受了惊吓，她寻求安慰，她需要一点温存，这是我的本能。也许男孩天生不敢面对哭泣的女孩，向上苍发誓，那样的拥抱比蓄势待发自然一百倍。欧阳白雪一头扎进我的怀里哭个不停，根本用不着我思考该不该抱他，但我抱着她了却有些不知所措，毕竟异性相吸，让我多少有些慌乱。

我说："我送你回家吧。"欧阳白雪并没有反对，她的身体一直哆哆嗦嗦，她抓着我的胳膊就像抓着一根救命草，好像腿也挪不开步子一样，平日那种英姿荡然无存。在思维正常的情况下我还是想避免一下路人的目光，可我的身体不好进一步拒绝，只好把欧阳白雪拖到站牌背后，稍作镇静。

在这样的情况下我绝非有情绪进行陶醉，更不可能捞便宜。我只觉得自己很没面子，欧阳白雪遇难不是我救出来的，而是歪帽子的宽恕。这让我尤其羞耻！我一直沉默着。遥远的"勾结"二字又重新撕扯着我的心。可我好像也不怎么恨歪帽子了，虽然他曾经让我"毁誉"，但毕竟让了我两次。我真想利用他们把"脚"砸扁！但我不想接受他们的帮助。他们的好与坏，始终在我心里模糊不清，越是长大为什么是非就越难以分清呢？以我的经验还不足以给他们进行一分为二的剖析。我不屑于他们的帮助，有了他们的帮助就仿佛有了一种"勾结"的意味。如果我与他们大战一场，似乎才顺理成章，救了欧阳白雪也光荣。

就在我这样深刻地检阅自己的状况下，我的脸上突然飞来一记耳光！声音嘹亮，如同一支发威的响鞭嗖嗖地蹿出去在夜空中横冲直撞！

我和欧阳白雪同时惊呆了！欧阳白雪的眼泪也叽哇一声吓回去了，但欧阳白雪突然把身体横在我面前说："妈，你怎么可以打我的同学呢？"

"你还要脸不要脸？你看看你这样子，你还要不要脸？"

"妈……"

欧阳白雪的眼泪重新夺眶而出。刚刚受到的惊吓重复开始释放。这次释放得更加理直气壮。

夜空中充满了紧张的气氛，我看到她的母亲心不在焉地听着欧阳白雪的复述，眼睛却在我身上像扫描一个流氓、强盗一模样，她逼视着我，说："你是谁？你叫什么名字，这么晚了你和我女儿干什么？"

"妈……"欧阳白雪泣不成声，说："你怎么可以冤枉我的同学。是他救我的……"

"编，编，你好好给我编！我看不到流氓，我明明看到的是他和你……不怪近来离不开镜子，今天买衣服，明天买裤子。你才多大一点，你想气死我呀！"

事情的突然转折让我吃惊，我称不上见义勇为吧，起码不该是流氓的角色吧？欧阳白雪的母亲不相信她女儿途中遇难，却一味相信我和她有染。那目光探究的程度让我受到了一次奇耻大辱。

欧阳白雪哭得更厉害了。我反而不知如何是好，她的母亲拽住我的胳膊说："走，找你的父母去，有人养没人教的东西，这样下去可怎么得了……"

我无法尊重这样的母亲，我更不允许她去找我的母亲，我猛一下把她推开，撒腿就跑了。可我这一跑更加重了嫌疑。我听到欧阳白雪的母亲在我身后喊："你等着，我明天找你的父母，我还要找你们的老师，你再要骚扰我们欧阳白雪我到公安局告你去……"

我突然停下来，我孤孤地站在路灯下，我看到欧阳白雪犯人一样地被母亲押着走，欧阳白雪走一步回一下头，神情无奈而绝望！我听到欧阳白雪在不停地向她母亲解释，她母亲好像一直只相信她自己的眼睛，对欧阳白雪的复述置之不理。欧阳白雪歇斯底里地哭，风声挟裹着她的无奈和凄凉如同锯齿一样撕扯着我，有好长一段时间我回不过味来，我成了流氓？事情的凑巧令人费解，为什么"脚"在侵害欧阳白雪时凑巧碰到的不是她的母亲而是我？

可偏偏欧阳白雪需要安慰时她的母亲却亲自目睹？难道这是上苍的安排？

我天真地相信欧阳白雪一定会把事情说清楚的，我并不认为这件事与我有多大的关联。可我还是心有余悸，我毕竟暗自喜欢欧阳白雪，我知道在我们这个年龄男女间“喜欢”永远不可以理直气壮。无论什么样的理由。我惧怕欧阳白雪的母亲会来找我的父母，会到学校找老师。甚至我们被迅速判定为早恋罪。

城市的夜晚浓墨重彩，楼群上的彩灯如同一条色彩斑斓的长蛇，神秘、夸张而且喧嚣，把整个夜晚的气氛烘托得极富戏剧性且极不真实，挑逗得我思绪变幻不定。

成长的疼痛是不愿轻易暴露自己的心事，要在三年前我一定要向母亲诉说原委以求母亲的帮助。可现在我每时每刻都表现出长大成人的独立姿态。

事实上是我害怕得很。我做了一夜的噩梦，暗夜中我好像一直听到欧阳白雪在哭……

五

第二天欧阳白雪没来上学，我心生疑虑。“脚”一直毫不羞耻地斜着眼睛看我，目光是富有挑衅性的，好像他对欧阳白雪非礼是对我的一次报复。我不看他，我觉得他恶心。可是这一天的太阳白得让人发怵，凉飕飕的感觉直入骨髓。从龅牙老师的表情中看不出什么端倪。我开始担心欧阳白雪，她为什么不来上学呢？

事情过了不到一天，欧阳白雪自杀未遂的消息传开，全校哗然。我只觉得眼前红一阵黑一阵，喉咙里像塞了一个青柿子，堵得慌，只想哭，可是无泪。我无心再听课，我一忽儿想找个机会揍扁“脚”给欧阳白雪一个交待。可一忽儿又想去看看欧阳白雪，我想知道她为什么要死掉。可是我不敢去看她，她的父母一定对我不客气！而且会导致她受到更深重的压迫。我多么希望能正常地表达我的感情，可我们的环境潜移默化，使我们学会了伪装自己的情感，无论是否正常。

一周之后我和“脚”被龅牙老师叫进办公室，里面还坐着欧阳白雪的母亲，还有一个男人，我想大概是欧阳白雪的父亲吧。龅牙老师先是问我那天夜晚发生了什么事？我就如实复述了一下事情的始末。后来龅牙老师又问“脚”：

“叶雨枫说的是真的吗？”

“脚”说：“当然是真的！”

龅牙老师说：“你为什么这样做？”

“我喜欢她呀！谁让她不识抬举，当众伤我的面子。我喜欢的人怎么可以让别人来爱？”

“脚”在说这话的时候，得意地斜着眼睛看我。从容得让我吃惊。

“你知不知道这样是犯罪？”

“犯什么罪？你们成人哪一天不在干这个？”

“脚”的坦率使在场的人都始料不及，也许龅牙老师并没有想到事情会如此顺利地搞清楚，甚至顺利得让她失望，让她下不了台。有意思的是欧阳白雪的父母一并惊得目瞪口呆！

那男人有些冲动地说：“你怎么一点羞耻之心都没有？”

“脚”说：“什么叫羞耻呀，我不懂！”

男人说：“把你的爹妈叫来。”

“脚”说：“把我爸叫来吓不死你。”

“你爸长着三头六臂呀？他能厉害过法律呀？看你这态度我起诉定了。”

“起诉吧，有什么了不起？”

“你这无赖！好，我管不了你，难道法律也管不了你？”

“那当然，不信你试试。”

欧阳白雪的母亲扯扯男人的衣服，男人把女人的手甩开，显示了不告就绝不甘心的气势。

我心里暗自叫好，等着吧，狗日的“脚”。我淋漓尽致说了句粗话，你也有被治住的这一天！我觉得欧阳白雪的伤害有了出处，我也庆幸“脚”不可一世的流氓习气把我的罪名洗清了。我大胆地盯着欧阳白雪的母亲，以期她给我道歉，可她毫无道歉的意思。她只悲悯欧阳白雪的下场，对冤枉了我一事好像从不介意。

龅牙老师令我出去，我心里松快了许多，“脚”受惩罚的图景在我想象中一一掠过脑际，如同太阳在云层中匆匆穿出光芒，照亮某个不可企及的死角。

前所未有的兴奋让我觉得希望就如雨后的春草疯长疯蹿！我摩拳擦掌努力想清楚事情的始末，决定为欧阳白雪提供有力的证词。我一直等待有人找我，而且是威风凛凛的警官或是公安。可是高潮迭起的兴奋后的沉寂，一日日消解着企盼的热情。

校园里出现了前所未有的寂静，“脚”平安无事，随着时间的推移，事情就大事化小，小事化了，什么事也没有了。庄严的学校依然庄严。平静得如同没波没浪的海面，一如既往。

“脚”并没有因此毁誉，反而更加的嚣张。

欧阳白雪从此再没有在南中出现，据说转到别的学校上学去了。

六

此后我常常不经意站下来发呆，欧阳白雪也常常幻觉般地出现在我眼前，我知道这大概就叫做想念吧！不过在我这个年龄想念很难持久，只是欧阳白雪的突然自杀让我难以理解。

在数月后的一个黄昏，我路过一家冷饮店，欧阳白雪“嗨”的一声跳在我眼前，从声音里我听出是欧阳白雪，可在面貌上我难以辨别出来。她满身的“社会”味儿，头发染成了一缕酒红，一缕金黄，看上去如早熟的西瓜。嘴唇涂得血红，眉毛是修过的，眼线纹得很有神，整个一个摩登女郎。她毫无忌讳地拉着我进了冷饮店，要了一个小单间，放着优雅的音乐，空调让我周身凉爽。她要我坐下来，说要为我设一次“冰宴”。我一直很不安地望着她。

她说：“看我干什么？不认识了，没想到你还是这么一个腼腆的小男孩。”

她很有阅历地说：“我是死过一次的人了，什么都看开了，什么学业、前途、名誉、地位去他妈的，谁给我提这个我跟谁急，快活是最重要的，何必过那种‘朝七晚九’的刻板日子委屈自己。这世界就是金钱的世界，有了钱就有了一切。‘脚’凭什么厉害，不就因为他有一个有钱的土著爸爸？”

我惊异于欧阳白雪的飞速转变，她的话把我惊得一愣一愣的，她的超脱挺让我羡慕。可我一直对她的自杀表示不解。

她说：“你没听过一句话吗？‘连活都不怕，难道还怕死吗？’死一点都不可怕，而活着的包袱沉重得简直可怕。生与死其实只是一步之遥，就像天堂与地狱只差一步一样。死的感觉真的很好，万物皆空，世界上的一切都与你截然分开，可我的父母却非让我好死不如劣活着。那我就给他们‘活’呗。当你把包袱放下了，一切随心所欲，‘活’有时候比‘死’又好一些。过去我学习多用功，我拼命按他们的要求做他们的好女儿，他们从没有满足的时候。

人活着信任是挺重要的一件事，可我的父母从不信任我，好像他们的经验就是真理。”

说到这里她的泪就潸然而下了……

此后我才知道，那天夜晚她被母亲拽回家里，进行了篇幅不短的审问，看她衣衫不整，想到我浑身是土，一连串的想象就变成了真理，她的母亲非要问她和我干了什么事。欧阳白雪做了不下二百遍的复述，她的母亲还是不予以肯定。她的母亲翻她所有的物品以期得到些什么启示，结果是把欧阳白雪藏起来的日用品搜查出来，砸了欧阳白雪常用的小镜子，砸坏了她的口红、眉笔，还有她的粉饼，烧了她新买的衣服。她的母亲认为这一切都是她走向无耻、下流、学坏的佐证。

欧阳白雪心力憔悴了，她说这世界真是黑暗无边了，连自己的母亲都不相信自己还会有谁相信呢？后来她的母亲说，为了保险起见明天带她到医院检查。还逼着她要我的名字。欧阳白雪宁死不说。她母亲就更断定她与我有染，说不给也可以，她到我们班一看就能认出来……

欧阳白雪说她死的念头就是从那一刻如闪电一样划过脑际，于是她跑进浴室把自己关起来，几乎没有机会思考，操起父亲刮脸的单面刀片，朝腕上一切，血就倏然喷出，她看到一根“红柱”愤怒地射出来就朝室外的母亲笑……开始没什么感觉，后来有些疼，再后来她就“死”了！

她说这话的时候，一直表现出很轻松很好玩的样子，好像这种经历是她最杰出的壮举。她点着根烟抽了一口，我又是一惊。看到她很“社会”的气派，我知道她彻底走向了社会。

她说：“我知道你其实很要面子，很渴望荣誉。我怎么可以让一个救我的人无辜毁誉呢？所以我只能选择死……”

欧阳白雪的话让我心生感动，我望着她，难道我的名誉比她的生命都重要吗？虽然我不能完全体会她的心情，可她不知哪儿非常吸引我。

她说：“傻样，没有见过我呀。”

我说：“你不是转到别的学校读书去了吗？”

她说：“那是哪年的黄历了，我知道我的爸妈为我转学花了不少钱。我活回来的时候以为他们要给我主持正义，我要看到‘脚’受到应有的惩罚。我也知道他们去过南中找过‘脚’，可他们了解到‘脚’的背景，吓得如同老鼠见了猫仓皇逃窜。还装出一副虚伪的面孔，说是为了我的名声不便张扬。

哼！我的妈妈是个有躯壳没良知的‘空心人’，我让她向你道歉，她道歉了吗？我父亲是个有技术没性情的‘机器人’！他仰仗‘脚’的父亲揽过几期大工程，只怕断了他的后路，就不顾我所受的侮辱。我在他们心目中算什么？她们关心过我的心情吗？到了二中，我以为躲过了是非之地，不料我的事很快成了议论的焦点。我整天都像被别人扒光了衣服在观赏一样。与其如此，还不如干脆流氓一把，名副其实。逼良为娼好像是专为我用。所以我早就离开学校了。我好好做人的时候哪儿都是问题，如今只要我不死，哪怕我成了叛徒、流氓、卖国贼，在我父母看来都不是问题。你说多可笑？成人们都是趋炎附势的胆小鬼，不论是非的伪君子。我要让他们的‘多疑症’和‘麻木症’付出代价！这世上有正义吗？有是非吗？我越来越不明白。真的！”

我的心突突地跳起来，欧阳白雪的话不知为什么很让我恐怖。

她叼住烟狠抽了几口，然后看看我，说：“你也试试？”

我摇摇头。她说：“好好做你的好孩子吧，我不反对。”

我说：“你在哪里做事？”

她说：“一家美容店，告诉你，我已经破包了。”

“破包？什么叫破包？”

她说：“看你嫩的，破包就是跟男人上床了。”

“哐”的一下，一样不知什么东西瓦片儿一样扣在我头上，闷闷的。我心里明显有刺疼的感觉，我说你怎么可以这样？

她说：“看不起我了是吧？哼，我是流氓我怕谁。感谢你的抢救没有让那畜生强暴了我，不然就不值钱了。一次给我二万我凭啥不要呢？磨不了皮，蹭不了肉的。需要钱吭气，钟炜还上学吧？那‘霉球’也够惨的。她从精致的包里抽出一沓钱扔给我，给钟炜上学用，我捐了。”

我不敢要那钱。我说：“要给你给，我不要。”

她说：“嫌不干净呀？公平交易啦。慢慢到了社会上，到处是卑鄙的勾当。有时候男人的钱比这钱还脏呢！我好在还付皮肉之苦。钱又不会叫人脏。傻瓜。”

我低着头，不知因何泪水流了出来，我不希望欧阳白雪是这个样子，好与坏在我心里还是有一些疆界的，她居然和男人……我的自尊好像受到了巨大的伤害。可我不愿让欧阳白雪看见我的泪。

欧阳白雪说：“巴乔，其实我挺喜欢你的热情和勇敢的，被老师称道的那些‘老夫子’哪一个爱管别人的事，别说挺身而出救人，就是天塌下来也与他们无关。他们是父母的乖孩子、老师的好学生、社会的好青年。如此自私的家伙就是上了北大、清华也扯蛋。真的，你是那么阳光。我那次到医院去看你，只怕你妈妈如同我妈妈一样用审视的眼光看我，结果你的妈妈是那么温和，她欣赏我的礼物时，表现出只有少女才会出现的新奇。所以你有那么多的朋友。我要有这样的妈妈，什么样的要求都不过分。我们需要理解。在校时只怕被扣上早恋的帽，想接近又必须努力遏制，装出一副假眉三道的样子，其实怕个屁，喜欢就是喜欢呗。”

我一直低头不言，优雅的音乐始终不紧不慢地培养着人的性情，可我的呼吸有些坎坎坷坷，我想骂她可是找不到言辞。她也沉默了良久，之后我脸颊上突然飞来一个吻，大概是刚吃过冰淇淋的嘴，凉凉的感觉，就像一只小鸟突然飞到我的肩上，猝不及防地啄了我一下。由于突兀，等我回过神来时，欧阳白雪已不知去向了……

无论如何这是我平生第一次尝到女孩子吻我的滋味，而且是我久已隐藏的“夜中形象”，我在复杂无比的情绪下开始慢慢地沉浸，力求延续更长时间的陶醉，漫漫地浸入内心深处……

捐给钟炜的钱，静静地躺在桌子上，在空调的吹拂下微微翕动。我认真做了清点是一千元，惊异过分的我抓起钱来追出去，欧阳白雪已经消失在夏日的黄昏中……

这个吻，让我维护着我的坚贞。可欧阳白雪在哪里呢？她是不是无数次地和男人上床。她说那种话的时候居然像淙淙流淌顺路而行的小河没波没浪！我开始思念她的时候也开始痛苦……

B章

我看着姐姐抱着贝克慵懒在床上。“姐姐”和“妇人”大概是有一些区别。她若凝神沉静的时候我觉得她是姐姐，她的确称得上美，那种发自内心的忧伤通过眼睛表现得淋漓尽致，让人想安慰，想接近，想怜悯。她歇斯底里地向我提出要求时我觉得她是妇人。她像二狗子他妈？欧阳白雪？都不像。她是个需要男人的女人。难道我可以充当她想要的男人吗？

在她面前，我常觉得我像个破旧的风筝永远也飞不起来。当我提出离开她的时候，姐姐勃然大怒，她说你以为你能走的起吗？你整天吃的、喝的、穿的、用的、包括住医院的，花掉我不下万元，你拿什么还我？你能拿得出来放钱走人。拿不起你给我服务五年。两条路由你选，我不拦你！

钱，我自然是拿不出来的。拿不出来就得听她的指挥，她不再把我当弟弟看了，她又让我恢复了以前洗狗工的角色，她的反复无常让我左右为难。贝克又开始如颐养天年的老人一样享受我的服侍，在我最潦倒的时候它毫无怜悯之心，却向我摆弄出异常神气的姿态。连狗都不如的感觉又慢慢渗透着我的心……

姐姐说：“去，把浴室里的擦屁股手纸倒掉。”

我就去倒掉。

“去，给我买五包卫生巾。”

我说：“还有很多呢。”

“那我也要你买。”

我就去买。仿佛让我买这种东西是对我最大的羞辱和惩罚。因为她了解我对此种差事表示过难为情，所以她就故意为难我。

玻璃要一天擦两遍。我白天需要“日浴”，晚上需要“月浴”。

我说：“那要没有月亮呢？”

她说：“那我要‘夜浴’。这就是有钱人的活法。”

“去，把便池洗干净。”

我就去洗。

她说：“看没看见，池眼里有尿锈，用手把它抠掉。”

我说：“非得用手吗？”

她说：“非得用，不然能洗得起来？”

我有些犹豫，就算专门的清便工也还需要相应的工具吧？可我债台高筑又怎么可以不听人的指挥呢？

我就在硫酸配制起来的清便水里给她抠……

贝克围着我嗷嗷地欢喜欲狂，表示着极大的取笑。我真想狠狠地揍它一顿，可是姐姐一直站在我身边如同监工一样观察着我的表情，她一边享受着钱在这个世界上的至高无上，一边痛恨钱使世界上的男人变坏变得丧失掉人性。她喜怒无常，变幻莫测，我常常被她搞得不知所云。

我没有权利再讨价还价，因为人情的集中使用，透支过甚连起码的条件也没有了。我觉得我仿佛是被冥冥中的巫术一步一步引入了某个圈套里不能自拔，我曾经想过死，可欠别人的钱怎么可以死掉呢？我必须度过这漫长的五年才可以享受自由。我的世界阴雨连绵，我的前途黑暗无边。挣钱给母亲买睡衣的远大理想已成一段旧梦。

我拼命想维护我的自尊，可姐姐最晓得怎样消灭我所在乎的东西。这一刻二狗子的话突然在我耳边响起“什么他妈的尊严。你们的尊严都是假的，你们的尊严是你们的妈妈给你们撑着你们才有力气叫喊尊严的，我他妈忒知道尊严给活命带来的麻烦和不利了……”

二狗子的话居然有了真理的意味，映照着我此刻的心。什么是人的权利我早已模糊不清，只记得，衣食无忧的时候，我在家里跟父亲要人权，在学校往老师要人权，可眼下我又往谁要人权呢？人有支配自己的权力吗？好像钱就是一切的权力！我直僵僵地望着正前的不知哪儿，手在不停地抠着便眼里的尿锈……泪水一点一点地溢上来……

我看到了世界凹凸不平，世界实质就是由凸凹组成的，可我还要天真地渴望平等。

我开始怀念我的父亲，父亲对人类的等级理解得太深刻了，所以他曾那样渴望我能逃离普通人的范畴，不惜打磨掉我身上所有的棱角以求安全，去争取自己一生的“尊严”。可我太热衷于母亲所讲究的爱憎的意义了，爱憎仿佛是一个人心灵的品牌，是一个人起码的是非疆界，爱憎使我热情，热情激发勇气！可我从来没有怀疑过热情和勇敢、正义和良善成为我成长过程中心灵的疼痛！

是的，母亲的人生在空幻的理想中，父亲的人生却在现实的生活中。

可是，难道母亲的话有什么过错吗？人难道可以没有爱憎，不要热情、公道、正义和良善吗？然而，我并未意识到天下可以庇护因有了钱而无视于人间一切法规的人！于是，骨质里的热情、勇敢、正义、良善都显得弱小无力。

C章

我们“飞鸿帮”曾经坚守热情、诚信和勇敢无视于“脚”的厉害与霸道，校足球队整编好之后，教练决定选拔一个既有战斗力，又有调动力和组织力量的人，此人选，非我莫属，这个信息我早已从教练的目光和球员们的拥戴中获胜。结果不出所料，在民主选举的过程中我获第一。

但“脚”不允许，“脚”说他要当队长。然后教练就得到了校方传来的一张纸条，人选就迅速变更。全体队员为此反抗，举着拳头喊：

民主！民主！我们要民主！

喊声如雷，校方措手不及。“镇压”学生当然没有道理。无论暗箱操作得怎样波澜壮阔，但表层保持形象还是必要的。校长亲自出来训话，要我们遵守学校法规，谁胆敢无视校规就开除谁……

后来司马柯冒着被开除的危险大声质问：“民主、自由、平等、竞争是不是当代青年应该提倡的？”

校长并不否认。

然后我们就举着拳头又喊：“平等、竞争！平等、竞争！”

我们的抗议引起了全校师生的哗然，很多平日小绵羊一样的同学也禁不住伸长颈项燃起了激情，纷纷为我们平等竞争的要求给予支持。

为了“公平”起见。教练让我们进行一次球赛，以胜败论队长。赛前我和“脚”各自组织各自的人马。

“脚”在赛前给他的战将从他家中搬来健力宝管喝，以为重赏之下必有勇夫。

夕阳西下，“脚”用眼睛蛊惑驼爷他们了，“四大天王”无可动摇。但他决定瓦解我们的潜力，他故意把整瓶子饮料扔在他们脚下，他们故意眼都不眨一下，表示意志坚强。“脚”转身离去的时候，大家的目光立即身不由己地聚集在饮料上。四周静静的，没有一丝声音，都以为万无一失了，小非洲用舌尖舔舔嘴唇，经不起饮料的诱惑率先拣起来一罐“咕咚”到肚子里去了，还颇满足地说了声：“爽！”

如此一来，驼爷和飞毛腿均都蠢蠢欲动，怪难为情地用目光进行了高度视察，没有发现异常也依样地喝下去了。

小非洲说：“真他妈是个意外收获！”几个人就怪不好意思地笑了！可就在这当儿，“脚”神不知鬼不觉地站在他们面前了，一脸是轻蔑的笑。然后斜睨着眼睛看他们，说：“我扔过来的饮料呢？喝了吧？好喝吧？没有喝过吧？”

三个人的脸就顿时红成了一片，出现了时间不短的尴尬。

“脚”说：“想喝跟着我，天天不少你们的。”

三个人就都低下了头，吃了人嘴软在这一刻他们体验最深！飞毛腿率先逃避尴尬拔腿跑开了，“脚”达不到要求，每人赏了一巴掌，算是对他尊严的补充。

我喜欢这样公平的仲裁！

“胜者为王”让我兴奋不已。赛前我们养精蓄锐，也许竞争是我们这个年龄最为刺激的一件事。公正对我们就至关重要了。

在一天下午我对“将士”们进行了战略战术的交待，次日比赛拉开了帷幕。

可悲的是我准备了足够的力量迎战，没有费多大的力气，甚至用不着战术，获胜者竟轻而易举就成了“飞鸿帮”！这让我大失所望，甚至是一种技术资源的浪费。

“脚”总是与人对立，好像这天下用不着争，就该是他的，竞争对他本身就是不公，就是侮辱。他任何时候都想坐享其成！在生活中没有他不想要的，但也没有他要不到的，甚至常常是他用不着伸手也会有的。他的世界大的很。然而球赛失手，我看到了他深重的挫败感，眼神里发出的光，都是硬硬的。“飞鸿队”队员个个欢天喜地，这才叫扬眉吐气呢！我也没有更宽阔的胸怀给予“脚”同情。

那一天，南中的上空如同蒙上了一床暖暖的被子，喜悦“哐咚”一下蒙住了我！望着“脚”气急攻心的样子，有一句话再一次匆匆掠过脑际：

“去，别挡住我的阳光！”

是的，没有人能够挡住我们“小飞鸿”的阳光。兴奋持续升温，我高兴，我快乐，我想哭，我想笑，我不知怎么样才好。我若坐在旗台前，就无数次地重复着想象中的颁奖仪式，我看到万人敬慕的神态！国旗做我的背景……

我若走路，总没有安分的时候，我一路走一路跳，我举起手把林荫道上的树叶扫得刷刷落地，叶儿惊惊颤颤好像还没有足够的思想准备落叶归根，就被勒令下岗，左右窥视，仓皇地飘了一地才发现是一个毛小子拿它们逗乐呢！我唱着，叫着，在这座城市的上空回荡着，把城街上的路人都吓得慌慌地站下来给我让路，连汽车也有些善解人意不和我争先恐后。我觉得我是那样的至高无上，比这座城市的楼房都高，比路旁的电线杆子都挺拔，我的眼睛比夜晚的路灯都亮，比太阳都光芒四射！我完全是个胜利者了，不仅是球赛的胜利，顶要紧的是平等竞争的胜利，世界让我获得了平等！胜利者的心情原来是这么样的好，眼里的事物又是这么样的美。匆匆路过的人也格外亲，亲得让我很想学雷锋，对面站着三个盲人，表示横过马路的困难，我毫不迟疑地跑过去帮助，并且把仅有的一元五角钱送给他们。三个盲人向我点头鞠躬。“高尚”又使我自豪。

回到家里我可是得收敛一些，球赛始终是我的小秘密，父亲是因了我迷恋足球才把我搞到南中去的，我知道我不能明着伤他们的心。这是我们这个年龄的基本特征。我决定一方面完成我的足球使命，一方面还得好好抓紧学习，不能露出蛛丝马迹破坏了大事。我晓得跟父亲母亲多谈学习上的事他们就会显得容光焕发。

我说：“妈妈，你说我能考上重点高中吗？”

“当然，妈妈任何时候都相信你！”

“万一考不上呢？”

“那说明你没有努力。”

“妈，我觉得我很笨。”

“一点都不，一个人心里装着信念，胜利会一点一点靠近你！谁笑到最后谁才最美！就像那天你站在高桌上演讲，你完全进了状态，你完全投入了真感情才发动了那么多人的支持。因为你心里装了信念，你不愿意你的朋友钟炜失学，所以你做了最大的努力，结果就出奇制胜，学习和这是同一个道理，任何事情都大致相同！”

母亲说这话的时候脸上出现了陶醉的色彩。

她说：“我的儿子为挽救一个失学生，站起来抑扬顿挫地演讲，我看到了他的真性情，看到了他的真勇气，我看到了一个人生命过程中的灿烂。这真是我一生最伟大的作品！这样的人做什么样的事会不成功呢？”

母亲的话，好像在一点一点应验。就如同我战胜“脚”一样，他用物质收买队员，而我们“四大天王”靠的是实力、感情、凝聚力。我仿佛觉得胜利的不仅仅是球赛，而且是精神的什么东西。这个让我说不清道不明的东西，力量好像很大，它让我对任何事情、任何我应该做的事有了积极的态度。我真想把我战胜“脚”的这个伟大胜利告诉母亲，可是我不敢，母亲信赖我，我可是没有足够的勇气信赖母亲……

然而，我并不知道这却是我与母亲最后一次谈话。现实老不和心情一致，就在当天晚上驼爷他们受到了袭击，本来“脚”的目的是要打断我的腿，让我的四肢分解，以达到他夺取足球队长的最终的目的。他是不会让我顺利当上队长的，这是这个时代赋予他的秉性和脾气。结果借助夜的掩护，驼爷是我们“四大天王”的追随者，有驼爷，就会有我成了他们错误的判断。

上天有灵，那天我负责值日，驼爷他们无法将我交出来，导致了阴错阳差，伤其人误伤自己的重大失误，可这一切进行的时候我却一无所知……

然而，我没有逃脱了厄运，一张名片，就使我成了“黑社会萌芽势力”的犯罪嫌疑人，一封联名信，集体帮我虚拟了一个“战争”的指使者。从而名正言顺地把我赶出了校门。

我的一点小胜利就这样扼杀在无形的手掌里，为那一点点小平等，付出了如此惊人的代价。驼爷和小非洲可以用金钱买回他们的“错误”。可我的“错误”是金钱也解决不了的。我不知道该恨谁，该怨谁。

钟炜的失学可以发起全社会的支助，可我的失学有谁来同情，又有谁敢来同情？只有我的朋友钟炜凭着一点意气搞清事情的原委，却让我对世界产生了更深重的惘然……

B章

一

一切的现实和记忆让我觉得人还不如一条狗，外面的狗随地一卧就可以睡，而人是不可以在街上睡的。家里的狗如同主人一样地供养，但它一有厌烦主人的情绪一扭屁股就可以走了，不管任何人间世俗的事。人不能像狗，人得为良知负责，设若我不管良知，趁姐姐不注意，一跺脚也就走了。可我走不起，我得还姐姐的债，听姐姐的指使。世界在我的心中是个冷的东西，即便花开了，叶绿了，也觉不到一点点春的气息。我的心是空的，所有人身上应该有的，我什么都没有了，包括热情和勇气。我成了金钱的人质；肮脏圈里的猪；鞭子下的牛；绳索里的狗！我不肯哭，可是眼泪却死皮赖脸自己往下流……

姐姐说：“雨，你哭了？”

我说：“没有！”

她说：“哭了！”

我说：“我就没有哭。”

她说：“看着你眼里流泪，怎么能说没哭呢？”

我从便池里抽出手来，用胳膊狠狠擦了一下眼睛，以达到掩盖真相的目的，却不料姐姐大惊失色抓住我的手，说怎么指甲缝里全是血？是的，我也看到了血，十个指头全往出渗血，便池里的尿锈那么顽固，劳指甲的大驾帮忙怎么可以不流一点血呢？可我却觉不出一点儿疼！我还看到便池里成了一个小小的“血湖”，我居然一点儿没有注意到。我注意到的是我的心，咸咸的好像在流血……

姐姐不知因何哭了，姐姐用肥皂水给我洗去手，然后紧紧地抓住，样子好像比我还疼！

她说：“雨，是姐姐不好，姐姐怎么可以让你做这种粗活呢？姐姐养得起你，姐姐完全可以请一个清便工干这种粗活。雨，你为什么不听姐姐的活，你要听姐姐的话，你就能过阔少的生活，不听姐姐的话你连狗都不如你知道吗？雨，姐姐不会害你，姐姐只是太寂寞，太孤独了，姐姐夜间醒来很害怕，希望床上能有一点人气儿，姐姐希望醒来的时候看到的是一个人而非是狗，难道你忍心让姐姐的另一半床上永远卧着一条狗吗？”

我瞥了一眼贝克，它永远不懈地围着姐姐摇尾乞怜表现它的忠诚。只不知贝克是否听懂了姐姐这一番话。

可我对姐姐的反复无常失去彻底的理解，我僵僵地一动不动，好一阵回不过味儿来。难道我可以为过上阔少的生活做自己不该做，或不愿做的事吗？这是我惟一坚守的一点点自尊了。

姐姐喋喋不休地诉说，我慢慢被姐姐说得心软了，我开始同情姐姐。我决定为姐姐做点事。于是我站起来，我说：“姐，你等着。”然后没经姐姐同意我就擅自走了。我觉得姐姐身边陪着的不该是我而该是她的老公。我决定把姐姐的话转告给他的老公，我想她的老公听到一定会感动的，连我都被感动了，难道他会无动于衷吗？姐姐的要求那么简单，就是希望她的床上能有一点人气儿。这有什么难呢？她老公一定会答应的。我要告诉他我会帮助姐姐一同服侍好他。

可是我失败了！我费了那么大的事儿等到了他，但他丝毫没有把我当一回事儿，好像我根本就是无故窜到他面前的一只小猫、一条小狗，或者是一个叫花子。当我找机会把我的意思告诉他的时候，他一副玩世不恭的样子盯着我说：“怎么，你姐姐不好使吗？我要回去你怎么办？你告诉她，她爱的是钱，爱的又不是人，既然她喜欢钱我就终身满足她的要求，钱会给她幸福的，我没有辜负她吧？好好回去侍候你的‘姐姐’吧，我有事做，你赶快给我离开公司，否则我对你不客气！”

我说：“你没有同情心。”

他说：“你有就够了。”

我说："你不懂爱情。"

他说："你脱了裤我看看你的毛长齐整了没有，还爱情呢。"

我的脸红了，烧得很厉害。我孤零零地站在城市的一角很是茫然，我救不了姐姐。我真的不明白他们的心迹。

回到家里我劝姐姐离婚，姐姐说为什么？我就把男人的话告诉姐姐。我挨了姐姐一巴掌，姐姐痛恨我出走给她带来的消息。后来姐姐就趴在床上哭了一个下午。我是不会哄劝人的，我甚至连贝克都不如，贝克看到姐姐哭还温情脉脉地卧在姐姐身旁给她一些关爱呢，可我连句像样的话都不会说。

该吃饭了姐姐还哭。天暗下来后，我知道我该组织一顿晚饭。我还知道姐姐平日订饭的地点，我打了一个电话，有人就送来了晚餐。

我把姐姐扶起来，我说："姐姐吃饭。"

姐姐不吃。

后来我说："姐姐我喂你好吗？在医院你常常喂我的。"

姐姐就认真地盯住我看，然后她把我手上的碗拿下来放在一边，就突然把我抱住了。

她说："雨，你知道你是多么好多么乖的一个小男孩吗？心灵干净得就像雨水洗过的蓝天，姐姐真的很喜欢！姐姐才比你大十岁，那些男人泡的女孩比他们大二十、三十岁都有。何况，女人命苦，男人永远处于主动，你不情愿，姐姐又能怎么样呢？雨，陪姐姐好吗？姐姐不强迫你，直到你长大，直到你愿意为止……"

我好像是懂姐姐的意思，可是我告诉姐姐，有一个人不允许我这样，每当我拗不过姐姐的时候，她就出来帮助我。

姐姐突然把我松开，动作有一些失常的感觉，姐姐惊异的表情令我恐怖，她凝神盯住我说："谁？"

我说："我的同学欧阳白雪。"

"你喜欢她？"

我点点头。

"你喜欢她什么？"

"我说我喜欢她的正义感！她为了我的名誉可以去死！"

"哦，没想到你这么小倒有一些经历。"

"她喜欢你吗？"

我点点头。

“她又喜欢你什么呢？”

“她说她喜欢我的热情和勇敢。”

姐姐说：“热情和勇敢能顶饭吃？慢慢地生活就会把人身上的好处磨得干干净净，那时她还喜欢你吗？你要喜欢姐姐你一生都衣食无忧。”

我说：“我不愿意这样活，我要自己有出息。”

姐姐说：“你对那女孩儿只是喜欢不是爱！”

“爱和喜欢有什么不一样吗？我说我不管爱还是喜欢我就要这个！”

我知道这是我惟一的一点点坚持了。可我却伤了姐姐，姐姐把我狠狠地推开，她的五官就不在正位上了……我重新端起碗来劝姐姐吃饭，姐姐就一巴掌把碗打翻在地，贝克嗖地蹿出来吞食，我忙着收拾残局，不料姐姐又飞来一巴掌，一巴掌还不够，她的疯劲儿如同火一样蹿起来，抓住我的头发往床上碰，由于床垫子的回力，对我的肉体形成实质性的保护，姐姐心有不甘，抓住我的胳膊又掐又拧，还用牙咬，还卡我的脖子……

我咬着牙，我不躲，可是我的泪却不听支使就流下来了，姐姐对我的残忍不知从何而来，我也难以找到抵御的办法，我知道我是不会和她反抗的。我觉得我的目光一定表现的很绝望。姐姐终于松手了，她也许是看到了我的泪心软了吧？

她说：“你不是勇敢吗？你怎不还手呢？你的勇敢哪儿去了，我怎么一点也看不出来？你打我呀，你骂我呀，你掐死我呀！”

我说：“你就是打死我，我也不还手，你是姐姐，我怎么可以还手呢？我妈妈说男孩子是应该保护弱小女子的……”

姐姐就又把我把抱住了，抱住我哭得唏唏嘘嘘。

她说：“雨，你多乖啊，连你这么大一点的小人儿都知道保护弱小女子，可那些大男人，咋就只会丧心病狂地伤害女人呢？”

姐姐抹一把泪说：“姐姐真是糊涂，怎么可以对你这样狠心，雨，你打姐姐，你打呀你打……”

我死活不打，姐姐就又哭了……

二

在此后的日子里，我和姐姐都闷闷的，彼此不多说话，姐姐也没有再要求我陪她睡觉。我还是住在我的“工作室”里。但我仿佛觉得她比先前更孤独了。她总是抱着狗一个人发呆，眼里总少不了两包泪。我每看到这个情景心就有些隐隐的疼，我想陪姐姐说说话，可是找不到言语。

我说：“姐姐我陪你出去散散步好吗？”姐姐像个听话的小女孩，顺从地随我一同出去，外面有硬硬的风，好像很冷，我又返回来给姐姐加了一条毛披肩，姐姐也没有表示反对。我牵着贝克，就这样漫无目的地走。浓郁的紫丁香垂头丧气地围在别墅的四周，更加了些寂静的气氛。走出草坪，身后有人“鸭子，鸭子”地喊，我回过头来却看不出谁在说这种话，可我知道这话一定是冲我来的。在这个时代，鸭子并不令人费解，和“娼妓”没有什么区别。仿佛一朵小黑云向我飘来，我有一种被人扒光的感觉。

回到家里我眼眶里有两包泪，我觉得我的心在痛，自尊在痛，衣食无忧的阔少和街头穷小子如同两个理由相当又能言善辩的律师，各持己见争执不休，不！好像根本问题还不是这个，是什么呢？我想不明白。我想走，可是该姐姐的钱怎么办？

姐姐一直怔怔地看着我，仿佛看透了我的心事，她说：“雨，你想离开姐姐吗？”

我心一惊！觉得姐姐真是厉害，我本能地点点头，但马上又摇头否定。

我说：“我想走，可是我走了姐姐怎么办呢？姐姐寂寞、孤独的时候谁来管？”

我这样说着，突然觉得找着了问题的根本。是的，我有点放不下姐姐……我看到姐姐的泪水夺眶而出……但她很快就控制住了。

她说：“雨，能告诉姐姐，你现在最想干什么吗？”

我说：“最想让我妈重生我一次。”

姐姐显出很意外的神色，说：“为什么呢？”

“我想消除我以前的经历，重活一次。”

“那多累啊，好不容易长到十七岁。”

我想，那倒也是。然后是很长一段时间的沉默。

就在这天晚上，我盯住天上的星星那么渴望改变一下我的命运。可是怎么改变呢？也想不出个总主意。要想改变命运除非重生一次！我一直这样，可是谁又能做到重生这个奇迹呢？心的无聊让我难耐难忍，后来我突发奇想，替我的重生设计了一个绝妙的办法。看看姐姐的房间已熄灯，我便翻身拿起久违了的纸和笔让记忆返到校园——

永恒的梦想

——重生

我叫叶雨枫，今年十七岁，属狗，１９８２年生于北方一座城市。我的同学说我热情、勇敢。这点当然我也不否认。我和歌星刘德华同一天生日。和意大利的“球星”罗伯特·巴乔长得大致相同，我的球风敢与他媲美。可惜，人间的嫉妒如一个血口把我的一切才华吞噬，使我失去了应有的欢乐。我是个善良的人，我很爱我的父母，但我做的事一再伤他们的心。我虽然当过班干部，但又进过令人难堪的派出所。我曾为我们班夺过五项田径冠军，但没有走上领奖台……

我每天都在做一个梦，让妈妈重生我一次。爸爸最好是在我生下的那一天就是教育局局长，让所有的老师都怕爸爸，同学们也不敢惹我。妈妈还是原职。我是有钱的商人（未来）。

梦开始的地方

——桌子

我对桌子的感情是不言而喻的，在学校我的唯一爱好是睡觉，我在桌子上梦到我的过去和未来。

星期六的晚上，我正睡得香甜，突然有一个声音把我震醒了：“天降大任于斯人也！”我在迷糊中揉揉眼睛，发现一个外星人乘着宇宙飞船徐徐而降，宇宙飞船停下后他就破窗而入，他对我说，朋友，我的宇宙飞船坏了，能帮我找些工具吗？由于新奇，我来了精神，我跑着去找了工具盒给他，然后随着他的需要，我为他传递扳子、钳子等工具，经过几个小时的工作，宇宙飞船修好了。

外星人说，谢谢你的帮助。

我说没什么。

他说交个朋友好吗?

我说，当然可以。

他说，你有什么烦恼需要我为你解除吗?

我说我从小把爸爸妈妈气坏了，学习很少拿到好成绩，爸爸为我的事总是愁眉苦脸。

他说，那我帮你什么?

我说地球上的事你哪里能帮得了，我看你不行的。

外星人急了，说有什么我办不到的，我可以把科学、音乐、艺术、体育天赋统统移植到你的脑中，你从此一定很棒!

我摇摇头说，可我这十七岁以前的耻辱呢?所有的人都不会忘记我的以前，他们靠印象看人。

你有错吗?

我不知道我有没有错。反正学校把我当坏人开除了。派出所非说我是嫌疑犯。

外星人说那你到底想怎么样?

我说我想重活一次，但我一生下来还得有现在的智慧和水平。

外星人“啊”了一声。

我说，你不行吧?

外星人笑了，谁说不行，我只是为你这个决定惊奇而已。走吧，进我的飞船里去。

我随同外星人进了宇宙飞船的科技箱，他让我坐下，然后说，忍着点。

我闭住眼睛，我仿佛觉得有一条红线穿过，就听到外星人说，启动时光倒流系统：10、9、8、7、6、5、4、3、2、1、0，起程!

我的身体在飞速旋转中一圈圈瘦小，我渐渐消失了，并且坠入了黑暗中很久很久，我憋得喘不上气了，我正想喊一声，突然眼前一亮……

有人说，这孩子怎么不哭啊?是不是死掉了?

啪!一个巴掌打来。

“啊哟，好疼!”

婴儿喊了一声，吓得医生差点把婴儿扔掉。其实此婴儿就是我。我重新诞生在一家医院。医生为我一生下来就说话吓傻了。我一时还没有适应婴儿的状态，我感到不对劲儿，马上咧开嘴哇哇大哭，尽量混淆医生刚才的记忆，以弥补我的过失。我偷偷地看了一眼妈妈，妈妈躺在床上正在微笑，我也诡异地笑了。

外星人帮了我的大忙，他不仅让我重生，抹去了我十七年的坏名誉，最要紧的是我又回到妈妈的身边。而且可以尽情地享受母爱。

医生抱着我大叫，看，这小孩笑得多成熟啊！

我又吓了一跳，赶紧收住笑。心想，这医生的眼睛真贼，笑都能分别出种类来。

站在产房门外傻等的爸爸，听医生说，生了个小子，就高兴地跳起来，说，这下对我爹有个交待了。医生说，好好地乐吧，这孩子眉清目秀的，长大一定很酷！

我在爸爸的怀抱里想，如果我长得好，将来可就不发愁找对象了。

回到家里，热暖暖的气氛扑面而来，爷爷、奶奶都在沙发上坐着，爸爸刚进门，爷爷就问是孙子还是孙女？父爸爸回说，当然是孙子了。爷爷就高兴地夸爸爸真棒，说又生了个儿子，叶家又有后了，好好地看着，可别长大再叫跑了。我知道爷爷还在想以前的我，我感动地哭了。但是没有哭出声音。爷爷奇怪地说，这孩子怎么光流泪不张大嘴哭呢？这哪像个小孩子啊！是不是有毛病？我听了这话赶紧哭出声来……

我成了家里的宝贝，轮流看护，妈妈晚上为我哺乳几乎不能睡觉；爸爸为我洗尿布非常辛苦；一家人为我忙得颠三倒四；我心里过意不去，真想说我能行，可是我又怕把家人吓坏，只好忍了。

到了学话的时候，家人发现我学得太快，第一天叫妈，第二天我就没有耐心等了，爷爷，奶奶，叔叔，阿姨脱口而出。而且撒尿的时候，我可以说上厕所。爸爸妈妈拍手叫绝认为我聪明过人。我心想，要不是怕把你们吓坏，我早就开始跑了。

后来爸爸妈妈上班之后，我就开始预习小学的功课，我拿起笔一行行地写字，我想一定要让爸爸妈妈开心，补回我“前生”十七年的过失。可是这一切必须在秘密中进行，不然爸爸妈妈可是承受不住。那一天，我用铅笔写了几个字觉得没劲，就用毛笔挥毫泼墨般地写了个“龙”字，正自得其乐，爸爸突然回来了，一看我小小的身体,正站在凳子上,小手抓着毛笔,小脸全是墨汁不由地愣住了！

我说，爸你怎么回来了？

爸爸没有回我的话，却惊奇地盯住我，说这是你写的？比我都写得好，小子你神了啊，谁教的？

我谦虚地说，看着墙上的书法瞎写的。

书法？我的妈呀，你这么一丁点儿，居然知道还有书法？

我知道又失言了，我说我是听妈妈说的。爸爸的神态稍微恢复了一点正常，但还是不住地表示诧异。我看出爸爸的惊喜是发自内心的。他在抽屉里乱七八糟地翻，我说，爸，你找什么？爸嗯、哦地应着说，找我的工作总结。

我从另一个抽屉里拿出来说，我给您抄了一遍。

爸爸一看又愣住了，他像看一个外星人一样地盯住我，说神了，简直神了。好儿子，你成了神童了。爸爸表示了最大程度的惊异之后，说好好玩，等我中午回来再说。

爸爸走了，我把家里打扫干净，本想替妈妈把饭做好，可又怕过分张扬只好忍住。我打开十二寸小电视看开了《西游记》。

中午爸爸回来，开了一个全体家庭扩大会议，一致同意我去学书法。

书法班里最小的是四岁，但我只有两岁。刚开始老师不同意，说年龄太小。最后成了旁听。我在小小的角落里根本看不起那些练字的小孩，无论是楷书、行书、还是隶书、草书我样样精通。这样的事第一次发生，惊奇得连老师都不可思议。我成了书法学习班最小也是最好的学员，被老师视为高徒。

小学一至五年级我都是全班第一名，我考上了本市最好的初中，学杂费一律减免。爸爸高兴得晚上都睡不着觉，一晚上跑过来看我好几次。我看到爸爸神采飘逸，风度翩翩，再也不是点头哈腰的样子，我自豪极了！初一我还不知道美，初二我已经打扮得和明星一样，学习上超常规发挥，每次除语文外都是满分进级。爸爸因此也荣升为教育局局长的高位。

因为我是教育局局长的儿子，老师对我像对“脚”一样地客气，像对程超一样地好。没有人敢欺负我。只是我太狂了点，老师就考查我的学习想压住我的狂，给我出了好多难题。我一看，说这题太简单了，我不做，没意思。老师有些不快，她教了三十年的书，没见过这么狂的学生。然后老师找了有史以来最难的题给我做，我竟然全做对了，吓得老师上了三次厕所。我无师自通五十个国家的语言，英语更不在话下，我可以和外国友人对答如流。有一次一个美国官员非常赞赏我的智商便对我说，可以免费去美国留学，将来在美国发展。我说我要用自己的能力考上公费留学，学了本事回到中国发挥作用。美国官员表示惋惜。爸爸还夸我有志气。

早恋是每个中学生都有的毛病，很多女生给我写情书，说实话，我是过来的人了，什么都清楚，早恋实际上都是泡沫式的爱恋，没一个长性，费时费力，还引出很多麻烦，为了不让爸爸妈妈担心，所以我都婉言拒绝了。

中考时，我以６９５分的成绩获全国第一名，考上清华附中。在那里我照样狂，谁都不放在眼里。高一的时候就获得了世界奥林匹克数学竞赛和物理竞赛的金牌。在世界上我拥有了“十大杰出青年”的称号。真可谓少年得志。爸爸终于成了有威势的父亲。院里的邻居见了爸爸都矮他三分，在爸爸面前点头哈腰，夸我有出息。

当我从清华大学毕业回了家，办了一个小企业，这个企业由于管理得当、信誉至上，从小到大一直发展到垄断了世界企业界。一直都是由我经营。我有了用不完的钱。

我还了姐姐的钱，我给姐姐找回了她的丈夫，因为她的丈夫很怕我，所以很爱姐姐。姐姐再也不孤独了。

我给爸爸买了一个庄园，那里环境优美，空气清新。

我给妈妈买了好多好多的书。还给妈妈买了一个自动散步的床椅，让妈妈每天在树荫下边散步边看书。

然后，我在中国办了一个最大的律师事务所，专为那些没权没势、无处伸冤的平民打不平。这个事务所的所长由钟炜出任掌管。王子犯法也与庶民同罪。

“脚”不敢霸道了，他的爸爸被枪决。我要“脚”必须娶童妞妞为妻，把他们家的钱分出一部分给童妞妞的家乡建一所学校，让她们村的孩子都上了学。

那些趋炎附势的警官统统被开除。

我办了一个国家级足球训练队，由司马柯和程超当教练。

我把二狗子交给那个外星人，让他重生了一次。做一个为人师表的好老师，决不让他从学生身上刮油水，犯了错误的学生也不能一棒子打死，尊重学生的爱好。

我把欧阳白雪找到也让她重生了一次！做了我的爱人，她给我生养了很多聪明的孩子，长大后继承我的思想和意愿。

我有出息了，我从小到大一直很乖，爸爸妈妈高兴了……

写到这里天亮了，我用手支着下巴，望着窗外的世界，很是苍茫，麻雀开始啁啁啾啾叫得好寂寞。我过了一个狂欢的夜晚，天一亮，梦却要醒了，我又开始对自己的境况发愁。姐姐悄悄地走进来站在我身后看我都没有察觉。姐姐大约看了一阵，伸手要翻到前面看，把我吓了一跳！我不好意思阻挡姐姐的阅读，难得她对一件事感兴趣，我就让她拿起来从头至尾地看，之后她“扑哧”笑了。但笑意很快又消失了。她把我写的东西还给我，然后一直默默地望着窗外。可我却随着姐姐扑哧一笑，泪，即刻冒了上来，我知道这是永远实现不了的梦！我希望我自己好，可一个被学校开除了的人是永远好不起来的，世俗就是一床肮脏的被子，只要盖在谁身上谁就为之牺牲。为了掩饰我的悲伤，我站起来开始收拾房间，给姐姐在微波炉里热奶。

姐姐回过头来说：“雨，别忙乎了，过来听姐姐说。”

我停下手望着姐姐有些费解。

姐姐说：“你走吧，出去找工作，姐姐盼你能有点出息，或者回去找你的爸爸妈妈，你找工作还不现实。”

我说：“我不回去，我一定得找到工作，挣了钱，有一点出息才能回去。”

姐姐说：“那你去吧，现在就去找，什么时候找到工作什么时候你就走。”

我注视着姐姐说：“欠姐姐的钱怎么办？”

“你真能有出息还怕还不了姐姐那一点儿钱？告诉姐姐，你怎么不读书了？”

“我被学校开除了。”

“犯事了？”

我低头不言。

姐姐说：“讲讲你的故事吧，或许我对你有帮助。”

我当然不能拒绝姐姐的要求，何况那也不是什么不可告人的事。于是离家出走的一幕一幕情况如同空域里的小黑云一朵一朵汹涌而来……

三

一缕阳光透过窗幔歪歪扭扭地照着我和姐姐的身体。姐姐整个人嵌入沙发里，从头至尾听完我的故事出现了若有所思的神情，并没有出现应有的惊异。好像这一切都应是顺理成章的事一样，那种见怪不怪的态度让我扫兴，我多么希望姐姐为之愤慨！然而她任何情绪都没有表示，只是习惯性地拍拍我的脸说：“去找工作吧，祝你好运！姐姐还想睡一会儿。”话毕就躺在沙发上做出睡眠状。

难道这就是她对我的帮助吗？哦，姐姐也是富人，她当然会站在富人一边。我开始不满意姐姐了。可是姐姐突然的开通让我费解，也许这是她对我的帮助？是的，若她真放我出去找工作，当然对我是最大的帮助。是的，她的决定让我看不出她有不诚之处。我决定按姐姐的话去做，可我惟恐她出尔反尔把我中途叫住，然而姐姐没有叫。我加快步伐走出来的时候好像并没有觉出有多少快乐。离开姐姐到哪里去呢？再回去住老万的工棚？不，天凉了，我必须找到有住宿的工作才是。可要是找不到呢？哦，找不到我还可以回到姐姐这里来的。我这样安排着自己，也不管姐姐是否同意。

在这座城市，我几乎跑遍了所有的美容厅，都没有找到欧阳白雪，我想，找到欧阳白雪可能她会帮我一点忙的。可是我的设想破产了！心沉沉的，我再没有刚跑出校门那时候的雄心壮志了，在学校阳光得不得了，好像是正义的化身。可一出校门却无能为力。母亲曾经认为我是她一生中最伟大的作品，可我这部“作品”还有人阅读吗？母亲还为之骄傲吗？母亲一定惭愧死了。一切的希望越来越渺茫，眼前是一片漆黑，大千世界竟然没有我做事的地方？

可事情的凑巧，是我碰到了街头哭泣的外乡妹，那时候她饿得五块钱就可以把她给我，可惜我五块钱都没有。如今看上去她也阔了，她拿着手机，和谁谈笑得非常大胆。她一会儿背靠着树，一会儿抱着树转圈儿。从她的衣着打扮看早已脱了先前的土味儿。她是怎么发的财呢？我忍不住有了探究之心，当她进行了篇幅不短的谈话关了手机之后，她发现了我的目光，瞥了我一眼，很牛地转身要走，又突然翻回身认真地盯住我。

她说："你……"

我说："你……"

我知道我们谁也叫不出对方的名字，但我们好像很熟。我说那天你跑了之后，我帮人办事挣了十块钱，我想假如你没有走，我一定分给你五块钱，可惜我已经找不到你了。

她说："你有那么好心吗？那我可要谢谢你啦。"

我说："看你现在很有钱，你是怎么发的财？"

她说："保密啦，反正在你这里我是发不了财的。你找到工作了吗？"

我说："没有，你能帮忙吗？"

她说："你想干什么？"

我说："只要能挣到钱什么工作都行。"

她稍加思索说："天气冷了，我们村的工程队已经回去了，不然你当小工一天可以挣到十五块钱。要不到我老乡的拉面馆做事？那里需要一个帮手。"

"真的？"

"看你对我有过好心，现在我就带你去找他？"

四

事情的成功，让我猝不及防，由于突兀我好像不敢相信事实的真相。

兰州拉面馆很火，老板上下打量我，说："留下吧，一天给你七块钱，干不干？要干现在就留下，时间是早晨六点晚上九点，睡觉就在阁楼上，你可以不必带铺盖卷儿。工作衣我一会儿发给你。"

我马上就可以赚钱了？马上就可以有事可做？喜悦如同一床温暖的被子一样盖在我头上，我乐不可支了，我领到工作衣之后，决定回去告诉姐姐。

风，不再很冷，世界也变成了喜庆的颜色，我似乎与这座城市的喧哗融为一体了。

"姐姐，姐姐，我有工作了！我这样乐颠颠地喊。"

姐姐从床上站起来说："这么快？"

我仿佛看到姐姐的身体倏然瘦小了一圈，脸一下子苍白如雪。姐姐穿了一身素白的睡衣，抱着雪一样的贝克，挺挺地站着一动不动，黑洞洞的眼睛空洞无物，好像一尊凝固了的石膏像。

我对姐姐说："老板让我马上就去上班。"

姐姐说："这么快？这么快？"她不停地重复这句话，样子有些六神无主。

她说："不行！明天一早吧。"

我说："老板答应今天给我三块钱呢！"

姐姐说："我给你三十块！"

我就不好进一步坚持了。

这天晚上姐姐叫了一桌丰盛的晚餐，不知为什么她点燃了很多蜡烛。烛光使这座小楼充满了神秘和浪漫。我和姐姐对饮了威士忌，这一次我喝多了，我不知道我是怎样躺在床上，怎样脱掉了衣服的。我只记得姐姐不停地给我讲安徒生的童话《海的女儿》。当她讲到美人鱼为了不伤害她心爱的王子，自己用刀尖刺向自己的心脏，化成了一缕金光，然后变成了大海里的泡沫……姐姐就哭起来，流了很多很多的泪水，然后再和我说话就泣不成声了。

我醒来的时候，姐姐正坐在床边守着我，两只眼睛如一对泉眼，泪不停不停地流。

我喊了一声："姐——"

姐姐就赶紧擦掉眼泪，转身出去了，说："起床吧，六点上班该走了。"

这天，贝克对我特别的关照，在我床前跑来跑去，不时用嘴扯扯床单向我叫几声。然后叼着我的鞋四处撒欢，眼神里的笑意一波儿一波儿地荡漾……

我起床穿齐整了，走进卫生间洗漱，洗着洗着就特别的想哭，我把脸泡进池子里好一阵才抬起来，我知道这是最后一次在这里洗漱了，这里的一切都让我触景生情，这当儿我想起的尽是些姐姐的好，要不是姐姐我也许早就饿死在街头了。我的眼睛胀得厉害，我用毛巾捂了一会儿，松开之后，泪水还是热乎乎地往下流，通过镜子我看到姐姐已经提着一个硕大的皮箱在等我。我不敢回头，我怕姐姐看见我的泪……

可姐姐已经走近我，用手把我扳过来，柔情似水地盯住我，勾起食指刮着我脸上的泪说："乖，不哭啊！展开你的小翅膀好好地飞吧，一定要飞出自己姿态。"

我向姐姐点点头，依旧不住地流着泪。

姐姐不让我哭，可她的泪却汩汩地往下流。姐姐抓起我的手将皮箱递给我。说：“这是你换洗的衣服，和一些日用品。去吧，姐姐等你有出息……”

我突然失声哭了，我说：“姐姐我会回来看你的，你不要孤独……我挣了钱回来还姐姐……”

姐姐说：“我知道，乖，不哭啊，到外面多长个心眼，太老实会吃亏的。”

我向姐姐点点头。

姐姐抱起贝克说：“和雨再见。”贝克就伸出一个蹄子表示再见！

我提着姐姐给我准备好的皮箱走出去，回头见姐姐站在落地窗前和贝克一同向我招手，姐姐和贝克是一体的，都是一身的素白，在灯光的映照下格外的素雅……

走出来的时候，有一种类似断奶一样的疼痛，我停下来好想跑回去再让姐姐抱抱我，可是我不敢，我怕我走不出姐姐的视线！一声鸟叫清脆地划破了夜空，我将泪水咽进肚里，咬紧下唇匆匆离开那幢小楼。

A章

一

我拿到了第一份工资，觉得珍贵无比，我谦和的态度和礼貌待客带来了生意上的不断升温，老板为表示感谢，奖励我五十元钱。我高兴至极！更要紧的是有一天晚上老板让我帮他结账，不知因何丢在吧台上一捆十元钱票面，我火速电话通知老板。老板面对我的时候，表情完全可以用出奇不意这一词汇来形容。他两眼直勾勾地盯着我，就像盯着一个两脚走兽一样新奇。我摸摸我的脸，看看我的脚，并无异常。我说："我做错事了吗？"

他说："没有，你做的太对了，以后帮我理财吧，你是个诚实的店员，很能靠得住。我一直想物色一个像你这样的帮手。"

我一向对别人的表扬特别在乎。如果得到别人的信任，卖命都不在话下。我并不知道这是老板为重用我设下的"试金石"。老板为此第一个月就让我领到了三百块钱，我可以开始还姐姐的债了，我还要把老板的重用和好感一同带给姐姐。我换了干净的衣服，是姐姐最喜欢的那一套。饭店脏，我已好久没有穿了，可是衣襟上有一个用布缝死了口的硬包，不觉有些好奇。我手拆开一看，里面是一封信和一张存折，数额是十五万，名字竟是叶雨枫！我吓了一跳！我在惊异中不断重复着浏览我的名字和数额，以确定事情的真实性。我仿佛一下子进入了童话般的境地。展开信，我看到姐姐娟秀的笔迹，她说：

雨：

看到这封信之后，你一定要听姐姐的话，赶紧回去找你的爸爸妈妈，你还小，一定不可以在社会上混，你找的那份工作不会有什么出息。你只不过是众多“盲流”中的其中一个。姐姐在这世界上已无亲人，你的出现使姐姐一度找到了亲情和爱情的双重幻想。姐姐为此十分的感激！你的女同学喜欢你的热情和勇敢，而姐姐更喜欢你纯洁、善良、坚定的美好人格！

欠姐姐的钱不必再还，钱对姐姐已毫无用处。幸福来自内心而不在金钱！你一走姐姐也无欢乐可言。这十五万元钱是姐姐拍卖了洗车行的资金，存在你名下，拿着它找一所好学校读书。按你的想象去做吧，姐姐终于知道你最想做的事是“重生”，考上清华大学就等于“重生”。这点钱或许能为你“重生”奠定一点基础。去替姐姐完成未完成的大学课程，去做一个天底下最公正的仲裁员！你头脑聪明，心底磊落，姐姐相信你日后必成大才。你想给你妈妈买的紫粉色睡衣和你爸爸的高级公文包姐姐已一并给你买好，带着你可爱的愿望回家。

切记！

爱你的姐姐！

有什么凉凉的东西爬出眼睑，姐姐的声音如同鸽群在空中飞过。继而淡远，淡远……

我手忙脚乱地把皮箱里的东西翻出来，我怔住了！箱底下果然有姐姐替我给父亲母亲买好的礼物。直到这一刻我并不知道事情的严重性，我只为姐姐所感动，只觉得不该要姐姐的钱。我决定送回姐姐的钱，还要还她的债。

然而，我已经找不到姐姐了。

二

站在那幢小楼面前我的心房哗啦一声塌了，小楼已成被大火焚烧过的废墟，除去水泥钢筋凝固起来的框架以外，一切已成灰烬！

我看不到屋里凝神伫立的姐姐，看不到跑前跑后的贝克。我跑进去，从一楼到二楼，又从二楼至一楼，黑色的灰烬嘭嘭地随着我的脚步如同一枚枚炸弹弥散开来，一群麻雀早已在此安居落窝，被我一惊，扑棱棱乱飞。此外，屋内，空无一物，静如墓地！

我直僵僵地站着一动不动，我不敢想象姐姐的下落，可是一个黑色的念头，闪电一样掠过，我不能不朝那个方向去想，姐姐最后平静地把我送走，也许是早已做好了准备？不！姐姐怎么会那样呢？说好的她等我有出息。可是欧阳白雪说，生与死只差一步。

到处是黑的灰烬，我的心隐隐爬上悔恨，我多么希望姐姐再走出来抱抱我，哪怕她再打我、拧我、掐我、咬我都行啊！可是姐姐到哪里去了？记忆，如同红油锅一样地炸煎着我的心，孤独顿然让我觉出了恐惧！

姐姐哪里去了呢？这句话在我心里一直不停地重复，我问天，我问地，我问大树小鸟，我问水泥钢筋直到问得我泪流满面……

我从来没有想到我和姐姐联系的这么深。

转眼间我仿佛成了一只迷途的羊羔。在我心里：姐姐——姐姐——不停地叫着。我希望有一个人告诉我姐姐的去向，哪怕是天边，哪怕是海角我都要去找到姐姐。可是姐姐没有下落，难道姐姐生我的气，再也不想见我了吗？

我怔怔地望着天边，我慢慢地离开这幢焚烧过的小楼，我试图从附近打听到一点姐姐的消息，可是没有人愿意说这件事。

他们说："别问，晦气！"

我说："我姐姐惹你了吗？"

他说："你看看把我的枣树林都烧毁了，以后我靠什么活。她一个人死掉还不够，还要连累别人！"

"咣"的一声，好像一面铜锣在我脑际里敲响！我拔腿跑回小楼，我使劲地喊："姐姐——姐姐——"

只有长长的声音穿越长空，一切都烟消云散了……

三

姐姐在世界上消失了，可在我的心里却从此诞生！十五万块钱重如泰山，让我喘不过气来，但我知道应该怎么处理它。我找到她的老公，我仿佛看到了一个仇人，他依然从容不迫，没有丝毫不爽的迹象。好像他们家里死去的是一只蚂蚁或是与他无关的蚊虫一样不动神色。我知道我胸中燃着怒火，眼里淌着泪，我不怕他耻笑我。我对他说："我虽然敬佩过你赚那么多的钱，创造那么多的资产，但你有钱却没有心肝！这十五万块钱是姐姐留给我的，我知道我没有理由要这钱。你不爱姐姐，可你却以盛气凌人的臭钱供养她，你把姐姐当猫看、当狗看，可你从来没有把她当作人来看！这钱是你的，我不要你的臭钱！如果钱会变成杀人的工具，我宁可去爱戴一个善良的穷光蛋。我把存折朝男人脸上扬去，头也不回地走了……"

我不知道那男人有什么感受，但我觉得很痛快。

那天晚上我睡在姐姐"床上的另一边"陪着她的灵魂过了一夜，我希望姐姐在天之灵永不孤独……

我望着窗外的星星，我听到姐姐一夜都在给我讲《海的女儿》，海面上风平浪静，姐姐的泪凉凉地滴在我的脸上，蓝色的海面匆匆变灰，我看到美人鱼用尖刀刺向自己的心脏，变成了一缕金黄，化成了海的泡沫……

我听到夜莺在悲鸣，悲鸣永不觉醒的王子……

世上的麻木令我惊异，我该用怎样的行动唤醒世人的麻木？白天我没有更多的时间想姐姐，夜晚在时间不长的睡眠中我都用来思念她，泪水浸透了枕巾，我希望我能在夜晚看到姐姐，都说人死了会变成灵魂，灵魂是万能的，若是心有灵犀，姐姐就一定会来看我！阁楼里的空气很糟糕，我怕姐姐嫌脏，我睡前总把阁楼打扫一遍，然后喷一点姐姐喜欢的柠檬香清洁剂。然后我换上姐姐给我买的白色的丝质睡衣。睡不着，我故意闭住眼睛然后睁开，重复回想临别前姐姐坐在床边的图景……如此，我觉得姐姐还在，可以缓解我的思念……

然而，上苍无情，无论我做着怎样的努力，姐姐都没有前来与我相会！姐姐难道是生我气了吗？

四

我没有听姐姐的话回家找我的父亲母亲，我还是坚持等我有一点出息，否则我难以交待我出走的时间。老板说，就是摩天酒楼垮了，他的拉面馆也不会垮，只要天下有老百姓，他的拉面馆就永远会"火"下去。他说让我锻炼锻炼，将来再开一个分馆让我掌管，然后他每年只收我的专利费。

我就是奔着这点"出息"留下的。因为我不知道我还会有什么更大的出息。可是在一天中午面馆正"火"的时候，我发现了一双焦虑的眼睛，如同触电般的感觉，我脱口喊道："钟炜？"话音未落我脸上已吃了他一拳！由于突兀，所有的人都惊下不动了！

老板跑过来说："怎么了？你为啥平白无故打我的店员呢？"

钟炜不管为啥，也不听老板的，力大无比地把我拉出去，走到一个背人的地方，不分青红皂白就把我一顿狠揍。但他眼里淌着泪，语气里带着血。他说："你这猪你这狗，你妈快疯了，你爸都快死了，你好歹给家里说一声，多长时间了，你的心还是肉长的吗？你的出走有多少人为你付出代价你知道吗？"声音在熙攘的街市里横冲直撞钻进钻出。把我震得每一个毛孔都嗖嗖冒着凉风！

我望着钟炜，我不相信事情的真实性，我甚至以为这是他激我回家的手段，我于是反扑过来痛揍了钟炜一顿，我说："你居然敢咒我爸我妈，你才是猪你才是狗！"

钟炜泣不成声地双腿一曲跪在我面前说："毛驴，我都找你好几个月了，我去过好几个城市找你，可我根本没有想到会在这么近的省城找到你。快回家吧，你爸是血癌！他拒绝治疗，他已经快不行了，我求求你快回去吧，我虽然愿意一辈子充当他的儿子，可我顶替不了你。不然你就再也见不到你爸了，真的……"

我僵僵地站下不动了，风，好像饿了一般，使劲地啃着我身体的热量，我不知是冷的还是吓的，我的身体瑟瑟地发抖！我看到高楼大厦一劲儿朝我倾斜，树木都在拔根断苗地倒下来……

围观的人提醒我，傻愣什么还不赶快回家去，谁家的爹妈死前都想见见自己的亲儿女。这是顶顶重要的！我这才醒过神来，是的是的，我是该赶快回家了，我是得回家去了，我并没有忘记给父亲带上公文包，虽然不是我买的，但这是我的心愿，我还指望父亲提上它会抬高他的身份，再也不用向别人小心翼翼，再也不用点头哈腰……

可是……可是我回到家里，我站在父亲的床前，父亲已成了薄薄的一张白纸，我看见他闭着眼睛，一只手紧紧地抓着贴身衬衣的口袋。

我喊了一声："爸……"

父亲睁了一下眼。

我又喊了一声："爸……"

爸又睁了一下眼，泄出了一点儿光，是灰暗的，绝望的，瞳孔渐渐扩大成硕大的问号……

“爸……我是雨枫呀，我是你的儿子呀爸……爸我给你买了公文包，我给妈妈买了粉红色的睡衣，爸你睁开眼睛看看呀爸……爸你不要死，不要离开我和妈妈，我已经会赚钱了爸！我赚钱给你看病，你不要死不要死呀爸……”

父亲彻底睁开了眼睛，眼神里好像跳过一个亮点，眼里滚落出两滴清泪，紧紧抓着衣袋的手松开了，并且向我点了点头……

母亲从衣袋里掏出的是一张两万块钱的存折，背面写满了“读书……读书……”

母亲泪雨滂沱……

母亲有气无力地揪住我，使足劲儿抽了我一巴掌！以示替父亲对我进行最后一次教训。我看到母亲眼神里满是迷惘，满是悲伤，她举头望着窗外不知在想什么……

岁月的变迁，母亲已不再年轻。在我生命的海洋中，在我记忆的童年里母亲始终是照明我心灵的一盏孤灯，那么温暖，那么持久。然而那一抹火焰终于失去了坚定和自信，被灰暗的人生海浪拍碎了，吞没了……

五

命运抽走了父亲生命中的最后一缕忧丝……

世界顿然灰遢遢的，我的心空旷得如同一片了无生机的沙漠。我的目光不会打弯，我的眼里好像久旱无水的枯井挤不出一点儿泪水，一切感觉都像灭绝……我只听到身后的一座大山轰隆轰隆一劲儿地坍塌，震动得整个宇宙都有些哆哆嗦嗦！粉粉末末的尘埃飘荡不止……在飘荡的尘埃中，我仿佛看到了一个图景，我仿佛听到了父亲的声音。好像在天边，好像在眼前——

我坐在父亲的肩膀上，小手抚摸着父亲的额头，我说：“爸，你的额头上为什么有三条小沟呢？”

父亲说：“那不叫小沟那叫皱纹，以后你长一岁，爸爸的额头就会添一条，长一岁添一条，等你长大了，爸爸的皱纹也就填满了。那时候也许你是政治家，也许你是军事家，也许你是科学家……但无论什么家爸爸的条条皱纹里都填满了骄傲……”

然而，父亲生命的皱纹还尚未填满，而十七岁的我却已是满心的皱折。

父亲总是热衷于我惊天动地，可命运却注定我一生平凡。我只想在平凡的生命里获得一点人格的平等！然而这却让我付出了料想不到的代价，我亲自体会到“盲流”群里的卑微，也看到了金钱和权力堆积起来的“高贵”！人人都在自己卑微和高贵的疆界里拼杀着，阶层之间的同情也只是形式而已，人世间丧失了真性情，所有的人都在游戏中把玩生活，把玩规则……

六

我站在南中的操场上，冬天的风，迷了我的眼睛，于是我的眼睛不再清澈，我的梦也不再年轻，曾几何时老师说我们的心灵是崭新的心灵，可我的一切感觉都在迅速变朽，我想喊，可是没有声音，我想哭，却流不出眼泪，面对人世我好像看到很多人溺水，我不知道是我想救人，还是想让人来救我。总之我想喊一句：救救我们！

哪怕，所有的高楼大厦全都倾倒，只要我还没被砸死，我就要发出最后一声呼号！

谋杀生命的凶手也许可以找到，可谋杀正义、公道、天真、良善的凶手又到哪里去找？

我的朋友钟炜和司马柯曾经坚信公道，他们集体审判了驼爷他们的不义，并让他们写了为保全自己出卖同学的自白书，曾经欣喜若狂！他们以为自己是“修天补地”的妙手，以为自己在做一件令人刮目相看的伟大事业而面呈老师，他们等待的是正义的伸张。可他们眼睁睁看着老师将他们苦心得到的证据揉成纸球扔进垃圾箱，表情是前所未有的疲惫和不屑，僵硬的语言是坚信法律的仲裁，而我的生死存亡早已置之度外。司马柯据理力争却遭到了龅牙老师极其冷漠的态度。

她说，正经让你们学习一个也找不到，歪门邪道一个也不少！

他们的心凉透了。一个人遭到诬陷，被无辜驱出校门，朝夕相伴的老师居然无动于衷。

司马柯说，人世可以有恨，有爱，有怨，有苦，怎么可以容忍冷呢？可怕的力量不是拒绝而是冷！司马柯在一段时期内出现了“失语症”，他的眼神如同迷蒙的大雾，难以洞开，难以穿透……期中考试他再一次失败。

此后，司马柯在日子不详的一天，突然失踪了……

他母亲的梦想彻底破灭之后裁缝店关了门，什么也不干了！

我的朋友程超曾经天真。他说，“脚”因为他的父亲有钱而厉害。可他的父亲也有钱，为什么他就不能厉害呢？他曾经胸有成竹地向同伴们宣誓，他要他的父亲用钱为他的朋友叶雨枫讨回一个公道，如果钱是统领人间一切法规的领袖，那他作为有钱人家的儿子，怎么能眼睁睁看着他的朋友被人陷害呢？

可是当他满怀希望慎重地对他的父亲说出他的“伟大理想”时，他的父亲表现出极大程度上的麻木和冷漠，好像他的儿子是一只只会吸血的蚊子和没有思维的跳蚤。

他的父亲说，你知道什么是公道，什么是平等？这世界只要有人，就永远没有平等，没有公道。世上有高楼就有茅屋，公道只不过是一部分人把玩的一个幌子！你一个小孩子有你吃有你喝，管别人的闲事作什么用？我让你好好学习就是让你拥有“公道”的权力！能够在你身上“把玩”住公道！

程超说“公道”不是我自己的，我让所有的人都能拥有公道，你要给我的朋友讨回公道，我就保证给你考上清华！

他的父亲说这是一笔荒唐的交易！

程超就泪流满面了，他说爸，在我最孤独的时候只有叶雨枫肯和我在一起，我在最危险的时候只有叶雨枫领人帮我打架，他把我从泼皮手里救出来。可现在他受到诬陷，被学校开除，我的同学有危险，你为什么就不肯救他呀爸……

程超的父亲面无表情，说他爱管闲事是最大的危险！

当程超对他的伙伴们复述了父亲的态度之后，眼神里出现了前所未有的绝望，他说他考上清华、北大是他父亲梦寐以求的事，以前他只要用这样的承诺换取父亲的某种帮助，无论多么困难父亲都要满足他的要求。他曾经以这样的理由替钟炜索要了一千元钱，也曾经用同样的方式为班里争取了一次夏令营活动的经费。可是这次他只要一个公道。父亲居然像听小孩子过家家一样，如此不屑，如此麻木，如此漠然……他仰头望着蓝瓦瓦的天幕哭了，哭得很伤心……

第二天他用碳素笔在他胸襟上写了“我是富翁的儿子”的几个字，一个人跑到派出所呐喊：“我是富翁的儿子，我要为我的朋友叶雨枫讨还公道！”

他以为“富翁的儿子”就可以把一切人吓住，就可以像我们班的同学“脚”一样想做什么就可以做到什么。然而并不是所有的“富翁”都能做到同样的事。

何况他只是富翁的儿子而已。最初还有民警出于好奇心询问情况。程超脸上于是闪烁着希望的光芒，不下数十次地复述我的冤情，以求帮助找回公道。然而人家以十二分的耐心听完他的叙述后，说这完全是学校的责任与派出所无关。然后就采取不予以理睬的态度将其逐出门外，却是招来了很多人像观看精神病患者一样的目光。嘲笑，如同狂风一样漫卷而来，他没有讨来公道却是被一群赖小子盯住他胸前的招示，把他绑架到一处荒僻的废墟里进行了一番搜索却没搜索出一分钱，最后失望且凶狠地踢了他一脚，说，他妈的冒充富翁的穷光蛋！然后愤然离去。

就在当天夜里程超悄无声息地割腕自杀了。

他的母亲疯了，跑在街上一劲儿地喊，救救孩子，救救我的孩子……

他的父亲睁着黑洞洞的眼睛终日不语，他只是把人民币一张一张地抛向空中……

在我们眼里“钱”曾经如一只硕大无比的“脚”踩着我们的肩膀，可现在公道、热情、良善，原来比金钱更珍贵！

有了钱没有公道，世界就失去了一切的疆界，人会受到意想不到的迫害；有了钱没有热情，人会失去感情的汁液，彼此只剩下了冷酷；有了钱没有良善，人就失去植物的性质，只剩下了动物的习性——自私、贪婪，吞食他人的本能。

多么可怕，我因找不到天真而惊诧，如同星星一样发亮的目光打量世界，我只看到一张张千篇一律没有表情的面孔在为生计奔波！

一切都是木呆呆的。

心，一劲儿地起着小风，我睁着干枯的眼睛，望着灰蒙蒙的天，天空中一朵朵蘑菇云如同原子弹一样无声无息地爆炸开来，无声无息地扩展，无声无息地变形，我仿佛看到姐姐、父亲、程超、司马柯从蘑菇云里旋风般地刮下来，从天边而降刮成一个个硕大无朋的惊叹号木桩一样地栽了下来……

疲惫的灰色小路，蜿蜿蜒蜒地爬向漠然的前方，一座座灰色的城市正在地平线困惑地张望——人类的童心正在迅速变朽，一个个年迈的商人挂着一张张衰老的皱纹脸，如同风化了的石像耸立在前面……